KB052243

링

3

LOOP
by Koji Suzuki

Copyright ⓒ Koji SUZUKI 1998
All rights reserved.
Edited by KADOKAWA SHOTEN
First published in Japan in 1998
by KADOKAWA CORPORATION, Tokyo.
Korean Translation Copyright ⓒ Minumin 2003, 2018
Korean translation rights arranged with
KADOKAWA CORPORATION, Tokyo
through Japan Foreign-Rights Center/EYA.

이 책의 한국어 판 저작권은 Japan Foreign-Rights Center/EYA를 통해
KADOKAWA CORPORATION, Tokyo와 독점 계약한 ㈜민음인에 있습니다.
저작권법에 의해 한국 내에서 보호를 받는 저작물이므로 무단 전재와 무단 복제를 금합니다.

3 루프
LOOP

루

스즈키 고지 | 김수영 옮김

황금가지

차례

제1장

밤의 끝에서

1

발코니 문을 열자 바다 냄새가 방으로 흘러들어 왔다. 바람은 잠잠하지만, 굽이쳐 흐르는 칠흑 같은 물가에서 습기를 머금은 밤공기가 그대로 떠올라 갓 목욕한 살갗에 착 달라붙었다. 가오루는 바다를 가까이 느끼게 해 주는 이 뜨거운 공기가 싫지 않았다.

저녁 식사 후에는 발코니로 나가 별의 움직임이나 달의 이지러짐을 관찰하기로 했다. 달의 표정은 미묘하게 변하여 바라보다 보면 신비로운 기분이 든다. 영감을 받은 적도 많았다.

밤하늘을 바라보는 일은 매일하는 일과였다. 발코니 문을 열어둔 채 가오루는 깜깜한 바닥을 더듬어 샌들을 찾아 신었다. 밤하늘에 닿을 듯 높은 초고층 아파트 29층의 발코니. 가오루가 제일 좋아하는 장소이자 가장 기분이 좋아지는 장소였다.

9월도 반이나 지났는데 뜻밖에도 늦더위가 심했다. 6월부터 열

대야가 계속되었건만 가을이 와도 무더위가 수그러들 기미는 전혀 없었다.

언제부터인가 여름이라는 계절이 점점 길어지는 듯했다. 이렇게 매일 저녁 발코니에 나와도 시원하기는커녕 더위만 실감할 뿐이었다.

그러나 팔을 뻗으면 닿으리만치 밤하늘이 가까이 다가와서, 그렇게 바라보는 동안 더위 따위는 어느새 잊어버렸다.

도쿄 만에 인접한 오다이바 주택 단지는 아파트가 빼곡했다. 하지만 입주민이 많지 않아 창에서 새어 나오는 빛도 한정되어 있다. 그 덕에 밤하늘에 별이 더욱 예쁘게 반짝였다.

이따금 바람이 훅 불었다. 바다 냄새는 희미해지고 감은 지 얼마 안 된 머리카락이 윤기만 살짝 남긴 채 말랐다.

"가오루, 창문 닫으렴. 감기 걸릴라."

부엌 안쪽에서 엄마의 목소리가 들렸다. 공기의 흐름을 느끼고 창이 열려 있다는 것을 알았으리라. 엄마가 있는 위치에서는 발코니가 보이지 않으니 가오루가 밤바람을 쐬는 줄은 모를 터였다.

창문 좀 열었다고 이런 더위에 감기라니. 엄마의 잔소리에 기가 막혔다. 잔걱정 많은 엄마의 성격은 예나 지금이나 변함이 없었다. 발코니에 있다는 것을 들켰다간 분명 다시 실내로 들어가라는 소리를 할 터였다. 가오루는 밖에 서서 창을 닫고 엄마의 목소리가 들리지 않도록 했다.

지상 100미터 높이에서 공중에 삐죽 내밀어진 가늘고 긴 공간을 가오루 혼자 독점하게 되었다. 가오루는 뒤돌아서 유리 너머 실내를 살폈다. 엄마의 모습이 직접적으로 보이지는 않았다. 부억 형광등 빛이 만들어 내는 유백색 빛줄기가 소파가 있는 거실에 길게 번져서, 그 흰 빛 속으로 엄마의 기척을 알아차릴 수 있었다. 개수대 앞에서 식사 뒷정리를 하는 엄마의 움직임에 부엌에서 흘러나오는 빛이 살짝 흔들렸다.

시선을 바깥의 어둠으로 돌린 가오루는 평소 줄곧 하던 생각을 했다. 가오루에게는 자신의 존재를 포함하고 있는 이 세계의 구조를 어떻게든 해명하고 싶다고 하는 꿈이 있었다. 어떤 분야의 첨단을 달리는 수수께끼를 푸는 일만을 뜻하는 것이 아니다. 그의 소망은 자연계의 모든 현상을 설명할 수 있는 통일된 이론을 발견하는 것이었다. 정보공학 연구자인 아버지가 품은 꿈과도 거의 일치해서, 그들 부자는 한자리에 있으면 자연과학 이야기만 나누곤 했다.

사실 이야기를 나눈다기보다는 가오루가 여러 가지 질문을 던지면 아버지가 거기 대답한다고 하는 편이 옳았다. 아버지 히데유키는 인공 생명 개발 프로젝트의 연구원이었다가 교수직을 맡게 되어 대학으로 연구 장소를 옮겼다. 히데유키는 올해 열 살이 채 지나지 않은 가오루의 질문을 어물쩍 넘어가는 법이 없었다. 오히려 상식에 사로잡히지 않은 대담한 발상 덕분에 연구의 힌트를 얻었던 경우조차 있다고 한다. 그러니 아버지와 아들의 대화는 언제나 진지했다.

이따금 쉬는 일요일 오후에는 남편과 아들이 열띠게 논의를 벌이는 모습을, 어머니인 마치코가 만족스럽게 바라보곤 했다. 이야기에 열중하면 주위 상황을 잊기 십상인 남편에 비해, 아들은 화제에 참가하지 못하고 혼자 보고만 있는 엄마를 배려하는 것도 잊지 않았다. 이야기를 알기 쉽게 천천히 설명해 주어 엄마도 가능한 한 논의에 참여할 수 있도록 이끌어 갔다. 히데유키로서는 그런 마음 씀씀이를 도저히 흉내 낼 수 없었다.

드러나지 않게 마음을 써 주니 기쁜지, 아니면 열 살밖에 되지 않았는데도 벌써 이해하기 어려운 자연과학에 대해 얘기하는 아들이 자랑스러운지, 아들을 보는 엄마의 눈에는 항상 만족스러운 기색이 가득했다.

아득히 멀리 보이는 레인보우브리지(도쿄 오다이바의 현수교, 일주일에 일곱 번 조명이 바뀜 — 옮긴이)에 자동차 헤드라이트가 끊임없이 흐르고 있었다. 빛의 띠 속에 아버지가 운전하는 오토바이도 있으면 좋겠다고 가오루는 기대를 품었다. 가오루는 늘 아버지의 귀가를 고대했다.

히데유키가 인공 생명 프로젝트 연구원에서 대학 교수로 발탁된 것이 계기가 되어 도쿄 외곽 지역에서 오다이바의 아파트로 이사한 지 벌써 10년이나 되었다. 바닷가의 초고층 고급 아파트라는 주거 환경은 온 가족의 취향에도 맞았다. 가오루는 높은 곳에서 바라보는 경치에 싫증내는 법 없이, 밤이 되면 별들을 눈앞으로 끌어모아 아직 다 파악하지 못한 세상에 대한 상상력을 마음껏 펼쳤다.

지면에서 한참은 떨어진 주거 공간이 새의 시선을 길러 주는지도 모른다. 파충류가 진화한 형태가 조류라면, 하늘을 향해 뻗기 시작한 거주지는 인간의 진화에 어떤 영향을 미칠까? 가오루는 문득 그런 생각을 했다. 그러고 보니 가오루도 거의 한 달이나 흙을 밟지 않았다.

키와 거의 맞먹는 높이의 발코니에 두 손을 올리고 발돋움을 하려던 순간, 가오루는 그 기척을 느꼈다. 지금 처음 느끼는 기척은 아니었다. 언제부터일까? 철이 들었을 무렵부터 가끔 느껴졌다. 다만 이상하게도 가족과 함께 있을 때는 이런 느낌이 들지 않았다.

이제는 익숙해져서 등 뒤에서 누군가 보고 있는 느낌이 들어도 가오루는 뒤돌아보려 하지도 않았다. 뒤돌아봤자 거기에 뭐가 있는지는 이미 알고 있다. 아무런 변화 없는 거실, 안쪽의 식탁과 부엌. 부엌에서는 여전히 엄마가 설거지를 하는 중이었다.

가오루는 머리를 흔들어 누군가 보고 있다는 느낌을 머릿속에서 떨치려고 했다. 그러자 기척이 슥 물러서더니 어둠에 녹아 사라져 버렸다.

반응이 사라진 것을 확인하자 가오루는 뒤로 돌아 등을 난간에 기댔다. 아까와 똑같았다. 부엌에서 뻗어 나온 빛줄기에 엄마 그림자가 어른거리고 있다. 등 뒤에 있던 무수히 많은 시선들은 어디로 가 버렸을까? 그렇다. 가오루는 분명 수많은 시선을 느꼈다. 무수히 많은 눈에게 관찰당하고 있었다.

밤하늘을 등지고 실내를 들여다볼 때야말로 새까만 눈이 등 뒤에 있음을 느껴야 할 터인데, 그렇게 하면 눈이 어둠과 동화되기라도 하듯이 사라져 버린다.

대체 그를 바라보고 있는 것의 정체가 무엇일까? 가오루는 이것을 아버지에게 물어본 적이 없다. 아무리 아버지라도 대답할 수 없을 테니.

더위에도 불구하고 한기가 느껴졌다. 더 이상 발코니에 있고 싶지 않았다. 가오루는 발코니에서 거실로 돌아와 엄마가 있는 부엌을 슬쩍 들여다보았다. 엄마는 설거지를 마치고 싱크대 테두리를 행주로 닦는 중이었는데, 등을 이쪽으로 향하고 콧노래를 부르고 있었다. 가오루는 엄마가 자신의 시선을 알아차려 주길 바라면서 여린 어깨를 지그시 바라보았다. 그래도 엄마는 알아차리는 기색도 없이 계속 콧노래를 부를 뿐이었다.

가오루가 살짝 다가가 뒤에서 말을 걸었다.

"엄마, 아빠는 몇 시쯤 돌아와?"

별로 놀라게 할 생각은 아니었다. 하지만 소리 없이 다가온 것치고 너무 목소리가 컸던 모양이었다. 마치코가 두 팔을 튕기듯 번쩍 움직이는 바람에 싱크대 테두리에 있던 작은 접시가 떨어지고 말았다.

"아이고, 깜짝 놀랐잖아."

마치코가 숨을 멈추고 두 팔을 가슴팍으로 올리며 돌아봤다.

"미안해."

가오루가 바로 사과했다. 그럴 생각이 없었는데 불시에 들이닥쳐 엄마를 놀라게 한 적이 가끔 있었다.

"가오루, 언제 여기까지 왔어?"

"방금 왔어."

"엄마는 잘 놀라니까 깜짝 놀라게 하지 마."

마치코가 타박하듯이 말했다.

"미안. 놀라게 할 생각은 아니었는데."

"그랬구나. 그래도 놀랐잖니, 엄마는."

"몰랐어? 나 잠깐 엄마 뒤에서 보고 있었어."

"그걸 어떻게 알아. 엄마 눈은 등 뒤에 없는걸."

"어, 근데 난······."

가오루는 말을 하려다가 말았다.

'뒤를 보지 않아도, 등 뒤에서 누군가 지켜보는 시선을 느낄 수 있는걸.'

그런 말을 꺼내면 안 그래도 심약한 엄마를 쓸데없이 놀라게 하리라.

"그런데 아빠는 언제 와?"

가오루가 아까 했던 질문을 다시 했다. 아빠가 돌아올 시간을 엄마가 미리 안 적이 없으니 무의미한 물음인 것은 이미 알고 있었다.

"늦게 오시지 않을까, 오늘도?"

역시나 엄마는 애매하게 대답하며 거실에 있는 시계를 흘끔 보았다.

"또 늦는구나."

따분하다는 듯이 말하는 가오루에게 마치코가 아버지 입장을 설명했다.

"아빤 지금 일이 많이 바쁘시잖니. 새로운 연구 주제에 착수한 지 얼마 안 되셨으니."

매일 밤 아빠의 귀가가 늦어도 엄마는 불만스러운 기색을 보이지 않았다.

"자지 말고 기다릴까?"

그릇을 다 정리한 마치코가 가오루 옆으로 와서 수건으로 손을 닦았다.

"왜? 또 아빠한테 물어보고 싶은 게 있어?"

"응. 조금."

"일 이야기야?"

"그건 아냐."

"엄마가 대신 들어 줄까?"

마치코는 자기가 이야기를 들어 주겠다고 제안했다.

"뭐?"

가오루가 무심결에 어이없다는 소리를 내며 웃었다.

"애도 참, 엄마 무시하지 마. 엄마는 대학원도 나왔거든."

"알아. 그래도 엄마는 영문과잖아."

사실 마치코가 대학원에서 공부했던 것은 영문학이 아니라 미국 문화였다. 특히 원주민의 민간전승에 해박하여 지금도 독학하는 차원에서 관련 도서를 읽곤 했다.

"말해도 돼. 엄마는 네 이야기가 듣고 싶어."

마치코가 손에 수건을 쥔 채 아들을 거실로 이끌었다. 가오루는 유독 오늘 밤에 엄마가 왜 흥미를 보이는지 기묘하게 느껴졌다. 평소와 조금 반응이 달랐다.

"잠깐 기다려."

가오루는 일단 자기 방으로 돌아가더니 출력용지 두 장을 들고 나와서 소파에 앉은 엄마 옆자리에 앉았다.

"뭔데, 뭔데? 또 복잡하게 숫자만 가득 있는 거 아냐?"

마치코는 가오루가 손에 들고 나온 종이 두 장을 보자마자 그렇게 말했다. 순수수학 이야기라면 마치코도 어쩔 수 없었다.

"아냐, 그렇게 어려운 건 아냐."

가오루가 표를 위로 보이게 하여 종이 두 장을 건네자 마치코 는 하나씩 손에 들었다. 두 종이에는 세계 지도 같은 것이 인쇄되 어 있었다.

수학과는 관계가 없음을 알자 마치코는 안심한 기색이었다.

"웬일이야? 지리 공부야?"

지리라면 마치코도 자신 있었다. 북미 대륙에 관해서는 빠삭 하니 이 분야라면 아들의 지식을 훨씬 능가하리라 자신했다.

"아니. 중력이상(重力異常)이야."

"뭐……."

역시 마치코와는 인연이 없는 분야였나 보다. 어렴풋이 실망한 기색이 떠올랐다.

가오루는 몸을 내밀며 지구 중력이상의 형태를 한눈에 알 수 있는 세계 지도에 대해 설명하기 시작했다.

"그러니까, 중력식에서 얻을 수 있는 수치랑, 중력가속도를 지 오이드(지구 전체가 바다일 경우 해수면이 그리는 곡면 — 옮긴이) 상의 수치로 보정한 값 사이에는 작은 차이가 있는데, 그 차이가 플러스마이너스 숫자로 지도에 적혀 있는 거야."

두 종이에는 각각 1, 2라고 번호가 붙어 있다. 1번 세계 지도에 는 중력이상을 보여 주는 등고선이 빼곡하게 그려져 있고, 선마다 +와 -표시가 붙은 숫자가 적혀 있었다. 평범한 지도의 등고선이라 고 보면 된다. 플러스 값이 커지면 해발이 높아지고, 마이너스 값 이 커지면 수심이 깊어지는 것과 같다.

중력이상 분포도의 경우에 플러스 값이 커지면 중력이 강해지 고, 마이너스 값이 커지면 그 지점의 중력이 낮아지는 것을 의미한다. 단위는 밀리갈(mgal). 옅게 농담이 있어 흰색 쪽은 플러스 중력이상, 어두운 색은 마이너스 중력이상이라는 것을 한눈에 알 수 있도록 되어 있었다.

마치코는 중력이상 분포도를 가만히 바라보다가 고개를 들었다.

"근데 중력이상이 뭐니?"

아들 앞에서 아는 체하는 건 일찌감치 그만두었다.

"엄마, 지구 중력이 어디에서나 똑같을 거라고 생각해?"

"그런 건 태어나서 지금까지 한 번도 생각해 보지 않았어."

"실제로는 말이야, 지구 중력은 편차가 있어."

"다시 말하면 이 지도에서 플러스 숫자가 커지면 중력이 크고, 마이너스 숫자가 크면 중력이 작다는 소리구나."

"응. 맞아. 지구 내부를 구성하는 물질의 질량이 균일하지 않아서 그래. 중력이상이 마이너스일 경우 그 지하의 지질에는 질량이 작은 것들이 있다고 생각하면 돼. 일반적으로는 위도가 높아지면 중력도 커지지만."

"그럼 이 종이는?"

마치코는 숫자 2가 붙어 있는 종이를 가리켰다. 그것도 마찬가지로 세계 지도였지만 복잡한 등고선이 없는 대신 검은 점이 수십 개나 찍혀 있었다.

"세계의 장수촌이 있는 장소야."

"장수촌이라면 오래 사는 사람들이 사는 동네?"

중력이상 분포도 다음에는 장수촌 위치를 나타낸 세계 지도라니. 마치코가 혼란스러워하는 것도 이상한 일은 아니리라.

"응. 다른 지역에 비해 훨씬 오래 사는 사람이 살고 있는 곳이 세계에 이렇게나 많아."

가오루는 지도 위의 검은 점을 손가락으로 가리켰다. 특히 동그라미가 이중으로 쳐진 지점이 네 곳 있었다. 흑해 연안의 코카서스 지방, 일본의 사메지마 제도, 카라코룸(몽골 중부에 위치한 지역 — 옮긴이) 산맥의 카슈미르 지방, 남미 에콰도르의 남부 지방. 다들 유명한 장수촌이 있는 지역이었다.

두 번째 지도에 대해서는 그 이상의 설명이 필요 없었다. 마치코는 처음으로 보는 장수촌 분포도를 슥 훑고 아들을 재촉했다.

"그래서?"

여기에서 문제가 되는 것은 물론 두 세계 지도의 상관관계였다.

"겹쳐 봐. 두 장을."

마치코는 그 말대로 같은 크기의 지도 두 장을 겹쳤다.

"불빛에 비춰 봐."

가오루가 거실 샹들리에 조명을 가리켰다.

마치코는 종이 두 장을 겹치고서 천천히 위로 향했다. 무수한 등고선 속에 검은 점이 투영되었다.

"봐, 알겠지?"

가오루가 그렇게 말을 해도 마치코는 아직 아무것도 알아차리지 못한 기색이었다.

"뜸 들이지 말고 가르쳐 줘."

"봐, 장수촌이 있는 위치랑 중력이상 마이너스 지역이 딱 맞잖아."

마치코가 종이를 겹친 채 일어서서 빛에 다가가 더 자세히 확인했다. 확실히 장수촌 위치를 나타내는 검은 점이 첫 번째 세계

지도의 마이너스 곡선에 포함된 범위에서밖에 보이지 않았다. 더구나 그 마이너스 값이 매우 컸다.

"정말 그렇구나."

마치코가 솔직히 놀라움을 표현했다. 하지만 아무래도 석연치 않은 듯 고개를 갸웃거리고 있었다. 그게 무엇을 의미하는지는 전혀 이해하지 못하고 있으리라.

"생명과 중력이 뭔가 관계가 있을지도 몰라."

"아빠한테 묻고 싶다는 게 그거니?"

"응. 그렇지. 그런데 엄마, 지구상에 생명이 자연 발생할 확률이 얼마나 된다고 생각해?"

"복권 1등에 당첨되는 정도일까?"

엄마의 대답에 가오루는 웃음을 터뜨렸다.

"말도 안 돼. 비교도 안 될 만큼 훨씬 적어. 기적일지도 모를 정도로."

"그래도 당첨자가 분명 있긴 있잖아."

"엄마가 말하는 건 백 개 중에 하나가 맞는 복권을 백 명이 샀을 경우고. 내 말은 주사위를 백 번 던져서 백 번 다 6이 나올 때의 얘기지."

"그런 건 트릭이잖아."

"……트릭?"

"봐, 주사위를 백 번 계속 던져서 같은 숫자가 나온다면 그 주사위에 뭔가 장치가 있는 게 당연하지."

'뻔하지.' 하고 말하듯이 마치코가 가오루의 이마를 손가락으로 톡 건드렸다.

"장치가……"

가오루가 잠시 입을 딱 벌리고 생각하다가 말했다.

"응, 속임수야. 뭔가 조작이 있는 거지. 안 그러면 이상해."

"그럼."

"인간이 아직 그 장치를 알아차리지 못한 것뿐이야. 그래도 엄마, 만약 아무런 장치도 없는 주사위가 백 번 연속 같은 숫자만 나온다면?"

"글쎄다. 신이 아닐까? 그런 일이 가능하다니."

마치코가 정말로 그렇게 생각하는 건지 가오루는 알 수 없었다.

"그러고 보니 어제 낮에 한 드라마 기억해?"

가오루가 화제를 이끌어 갔다.

낮에 본 건 텔레비전 멜로드라마였다. 가오루는 낮에 방영하는 멜로드라마를 좋아해서 연속극은 비디오로 녹화하면서까지 보곤 했다.

"못 봤어."

"사유리 씨와 다이조 씨, 추억의 장소인 해변에서 재회했더라."

가오루는 등장인물을 '씨'라고 높여 부르며 어제 낮에 한 멜로드라마의 내용을 간단히 이야기하기 시작했다. 대충 다음과 같은 줄거리였다.

결혼한 지 1년 된 젊은 커플, 사유리와 다이조는 여러 오해가 겹쳐서 이혼할 위기에 이르렀다. 아직 서로 사랑하는데도 아주 사소한 우연이 겹치고 두 사람을 둘러싼 인연의 실이 뒤얽혀 수렁에서 빠져나올 수 없게 되었다.

그렇게 별거 중이던 두 사람은 어느 날 우연히 바닷가에서 재회한다. 그곳은 두 사람이 처음 만났던 추억의 장소였다. 그렇게 둘은 공유했던 그리운 시간을 떠올리고, 당시의 감정이 되살아나면서 오해가 하나하나 풀려 사랑을 재확인할 수 있었다.

그런데 그 진부하고 통속적인 스토리에는 훈훈한 반전이 준비되어 있었다. 두 사람 다 추억의 장소에서 우연히 재회했다고 생각했지만 사실 그렇지 않았다. 두 사람의 사이가 원래대로 돌아가길 바라는 친구들이 미리 짜고 그 해변에서 둘이 마주치도록 준비한 것이다.

"알겠어? 엄마, 별거 중인 커플이 바닷가에서 같은 날 같은 시각에 만날 확률이 얼마라고 생각해? 분명 0은 아니겠지. 우연히 만날 수도 있으니까. 그래도 아주 작은 우연으로밖에 일어나기 힘든 일이 실제로 일어났다면 누군가 뒤에서 실을 조종한 사람이 있다고 생각하는 게 훨씬 자연스럽겠지. 이 경우에 장치를 한 사람은 사유리 씨와 다이조 씨의 극성스러운 친구들이었고."

"그러니까 이렇게 말하고 싶은 거지? 0에 가까운 확률을 넘어서 생명이 발생했다. 자, 우리가 이렇게 존재하고 있으니까. 그렇다면 뒤에서 실을 조종하고 있는 존재가 있다……. 가오루가 말하고 싶은 게 이런 거야?"

가오루는 늘 느끼고 있었다. 관찰당하고 조종당하는 것 아닌가 하는 의심이 문득 뇌리에 번뜩일 때가 있었다. 그것이 본인에게만 있는 특이한 현상인지 아니면 보편적인 현상인지는 아직 확인해보지 않았다.

별안간 오한이 들어 몸이 부르르 떨렸다. 창문이 살짝 열려 있었다. 가오루는 소파에 앉은 채 몸을 뻗어 창문을 닫았다.

2

    가오루는 좀처럼 잠들 수 없었다. 아버지가 돌아오길 기다리는 것도 단념하고 이불 속에 들어간 지 30분이 지났다.

    후타미 가에서는 부모와 자식 셋이서 항상 같은 다다미 방에서 잠드는 것이 습관처럼 되어 있었다. 서양식 방 셋과 다다미 방하나, 다섯 평 남짓한 거실로 이루어진 구조는 세 가족이 살기에 충분히 넓었는데, 각자 자기 방이 있어도 잘 때가 되면 왠지 다들 다다미 방에 모여 내 천(川)자를 그리듯 나란히 눕는다. 요를 세 장 깔고 가운데에 마치코, 양쪽으로는 히데유키와 가오루가 누웠다. 이 자리는 가오루가 태어난 이래로 지금까지 계속 변하지 않았다.

    가오루는 천장을 바라보며 바로 옆에 누워 있는 엄마에게 작은 목소리로 말을 걸었다.

    "엄마."

    대답이 없다. 마치코는 항상 눕자마자 바로 잠들어 버린다.

    흥분이라고 할 정도는 아니었지만 가오루는 희미하게 설레었다. 중력이상 분포도와 장수촌의 위치 관계에는 우연이라고는 생각할 수 없는 명백한 특색이 보였다. 간단하게 해석한다면 인간의 생명 혹은 지구상의 모든 생명과 중력은 어떠한 관계가 있다는 뜻이다.

    발견은 우연히 이루어졌다. 마침 텔레비전에서 장수촌 특집을 하고 있을 때 평소 애용하는 컴퓨터 화면에 세계의 중력이상 분포도가 표시되어 있었다. 최근 컴퓨터로 놀다 보면 어째서인지 중력이상에 관한 정보가 많이 보이곤 해서 중력에 대해 생각을 하던 참이었다. 텔레비전 화면과 컴퓨터 화면……, 육감이 작동하면서 가오루는 장수촌 위치를 중력이상 분포도와 비교해 보았다. 인간에게만 주어진 직감이었다.

아무리 정보 처리 능력이 좋고 계산이 빠르다 해도 컴퓨터에는 '영감'이란 기능이 없다. 전혀 관계가 없는 두 가지 일을 연관해 생각해 보기란 기계에게는 불가능한 일이다. 인간의 뇌세포를 하드웨어 안에 잘 집어넣었을 때야 가능한 이야기가 아닐까?

'인간과 컴퓨터의 교미.'

해보면 재밌겠다고 가오루는 생각했다. 결과적으로 어떤 지적 생명체가 세상에 태어나게 될지 흥미롭기 짝이 없었다.

세상의 조화를 알고 싶다는 소망은 다양한 질문이 되어 겉으로 나타났지만, 가장 기본적인 것은 생명의 기원에 관한 물음이었다.

'생명은 어떻게 생겨났을까? 아니, 나는 왜 여기 있는 걸까?'

진화론이나 유전학에도 흥미가 있었지만 생물에 대한 의문은 그 하나로 집중되었다.

무기물의 세계에서 서서히 발전을 거듭해 RNA와 DNA가 생겨났다는 코아세르베이트(여러 유기물이 모인 액체 방울 형태의 무생물 — 옮긴이) 가설을 일방적으로 믿지는 않았다. 생명을 공부하다 보니 가오루는 '자기복제'가 큰 전환점이라는 것을 이해하게 되었다. 자기복제를 담당하는 것은 DNA인데, 그 유전정보에 따라 생명의 본질이 되는 단백질이 합성된다. 단백질은 스무 종류의 아미노산이 수백 개가 붙어 이루어져 있다. DNA 속에 간직된 암호란 요컨대 그 배열 방식을 지정하는 언어이다.

아미노산은 어떤 정해진 배열 방식을 취하지 않은 한, 생명으로서 의미 있는 단백질을 형성하지 않는다. 원시의 바다는 생명 탄생의 계기로 가득한 농밀한 수프에 비유된다. 어떠한 힘에 의해 농밀한 수프가 어지러이 뒤섞여 우연히 의미 있는 배열을 이루었다면, 그 확률은 대체 어느 정도일까?

알기 쉽게 가오루는 실제보다 훨씬 작은, 계산하기 쉬운 숫자로 생각해 보았다. 가령 스무 종류의 아미노산이 100개 이어져 있는데, 그중에 하나가 생명의 원천이 되는 단백질이 된다고 하자. 그러면 확률은 20^{100}분의 1이 된다. 20^{100}이라는 숫자는 전 우주에 있는 수소원자의 수보다도 훨씬 많다. 확률로 생각해 보면 전 우주라는 범위에서 단 하나의 수소원자가 당첨되는 복권을 몇 개 샀더니 그 전부가 들어맞는다는 얘기나 다름없다.

말하자면 확률적으로 불가능한 일이다. 그럼에도 불구하고 생명이 생겨났다. 어떤 조작이 있는 게 확실했다. 어떻게 확률의 벽을 뛰어넘었는지 알고 싶었다. '신'이라는 개념을 꺼내지 않고 어떻게든 그 조작을 해명하고 싶었다.

한편으로는 모든 것이 환상일지도 모른다는 의심이 고개를 들었다. 진짜 육체는 육체로서 존재하고 있을까? 확인할 방법이 없다. 인식 능력에 의해 '있다'고 믿고 있는 것뿐이고 실제로는 아무것도 아닌 상태일 가능성이 있다.

작은 전구가 비추는 엷은 어둠 속의 다다미 방, 정적 탓인지 심장 고동이 크게 느껴졌다. 역시 지금 이 순간, 살아 있다는 사실은 확실한 것 같다. 심장 소리를 믿고 싶었다.

오토바이의 폭음이 가오루의 귀에 들려왔다. 들릴 리가 없는 소리. 실제로는 귀에 닿지 않을 소리였다.

"아, 아빠다."

가오루의 눈에는 집에서 100미터쯤 아래 있는 지하 주차장에 오프로드 바이크를 타고 미끄러져 들어가는 아빠의 모습이 떠올랐다. 새로 산 지 아직 두 달도 되지 않은 오토바이. 오토바이에서 내린 아빠는 만족스러운 표정으로 새 차를 바라보고 있다. 평소 타는 시간이 적어서 그런지 히데유키는 직장 출퇴근을 오토바이로 한다. 지금 막 일을 마치고 아빠가 돌아온 것이다. 그 기척이 농후하게 전해졌다. 틀림없다. 떨어져 있어도 오늘 밤 가오루는 육감으로 아버지의 움직임을 느낄 수 있었다.

가오루는 아빠의 작은 움직임 하나하나를 떠올리며 상상으로 따라갔다. 오토바이 시동을 끄고 헬멧을 겨드랑이에 끼우고 엘리베이터 홀에 서서 층수 표시 램프를 바라보는 아빠.

29층까지 올라오는 시간을 하나, 둘, 하고 헤아렸다. 엘리베이터 문이 열렸다. 카펫이 깔려 있는 복도를 아빠가 빠르게 걸었다. 그리고 바로 지금 2916호실 앞에 섰다. 주머니를 뒤져 카드키를 꺼내 넣고……

상상 속의 움직임과 소리가 현실의 소리로 바뀌었다. 덜컥, 하고 현관문이 열리는 순간부터였다. 상상과 현실이 겹치는 순간, 그 일치감을 느끼고 가오루는 속으로 환호했다.

'역시 아빠야.'

가오루는 아빠를 맞이하러 뛰어가려다가 겨우 그 충동을 억눌렀다. 아빠의 행동을 더 예측해 보고 싶었기 때문이다.

히데유키가 자는 사람은 전혀 신경 쓰지 않고 복도를 걸어 다니고 있다. 옆구리에 낀 헬멧이 복도 벽에 부딪혀 소리를 냈다. 여느 때처럼 평소 크기로 콧노래도 불렀다. 히데유키가 움직이면 어째선지 다른 사람보다 큰 소리가 난다. 몸에서 발산되는 에너지가 커서일까?

가오루는 아빠의 행동을 갑자기 읽을 수 없게 되었다. 모든 소리가 사라지고 아빠가 어디 있는지 알 수가 없었다. 머릿속이 새하얗게 되었다고 느끼자마자 방문이 난폭하게 열렸다. 복도의 빛이 갑자기 쏟아져 들어왔다. 그리 밝지도 않았지만 가오루는 눈이 부셔 두 눈을 찌푸렸다. 예상할 수 없는 행동이었다. 히데유키가 다다미를 밟고 가오루가 누워 있는 이불 옆에 서서 한쪽 무릎을 꿇고 입을 가까이 댔다.

"꼬맹아, 일어나."

때때로 히데유키는 가오루를 '꼬맹이'라고 불렀다. 가오루는 지금 막 일어난 척하며 물었다.

"아, 아빠. 지금 몇 시야?"

"밤 1시."

"그래?"

"빨리 일어나."

히데유키는 한밤중에 갑자기 가족을 깨워서 해가 뜰 때까지 맥주를 마시며 이야기를 할 때가 가끔 있다. 그런 다음 날에 가오루는 학교에 가지 않고 오전 내내 자곤 했다.

지난주에도 어쩔 수 없이 이틀 지각했다. 히데유키는 아무래도 초등학교 공부는 무의미하다고 생각하는 경향이 있다. 가오루는 아빠의 비상식적인 행동에 가끔 어이가 없었다. 학교는 공부하는 곳뿐만 아니라 아이에게 놀이터가 되기도 한다는 점을, 아빠는 전혀 이해하지 못하는 것 같았다.

"나 내일 학교 가고 싶거든."

가오루는 옆에서 잠든 숨소리를 내는 엄마를 깨우지 않도록 목소리를 낮췄다. 일어나서 이야기하는 것은 상관없다. 오히려 바라는 일이었다. 그래도 너무 늦지 않도록 못박아두고 싶었다.

"어린애 주제에 철든 소리를. 대체 누굴 닮은 거냐?"

목소리를 낮추는 가오루의 노력을 헛수고로 만드는 거침없는 말투에 가오루는 항복하고 벌떡 일어났다. 빨리 아빠를 내보내지 않으면 엄마가 깨고 말 터였다.

정말 누굴 닮았을까? 가오루와 아빠는 얼굴에 공통점이 거의 없었다. 성격 면에서도 터프한 아버지와 반대로 가오루는 꽤 섬세했다. 어린애 같다고 하면 그만이겠지만, 가오루는 아버지와 아이의 성격과 겉모습이 다른 건 이상하다고 생각했다.

가오루는 아빠의 등을 밀며 침실을 지나 복도로 나갔다. 계속 아버지를 밀고 나가 거실 입구에 다다랐을 때는 겨우 한숨을 쉬며 멈춰 섰다.

"하아, 무겁다."

자기를 떠미는 아들에게 기대어 히데유키는 일부러 방귀를 뀌거나 얼빠진 소리로 웃기도 하며 맥없이 저항하는 시늉으로 장난을 쳤지만, 가오루가 부엌 테이블 옆에 멈춰 서자 문득 생각났다는 듯이 몸을 돌려 냉장고를 열었다.

그러고는 맥주를 꺼내 잔에 따르더니 아직도 숨을 몰아쉬는 가오루의 앞에 내밀었다.

"너도 마실래?"

히데유키는 술을 마시고 온 것이 아니었다. 멀쩡한 얼굴이었다. 앞에 둔 맥주가 오늘 처음으로 마시게 될 알코올이었다.

"안 마셔. 그런 말 하면 또 엄마가 화낼 텐데."

"너무 성실한데?"

히데유키는 일부러 가오루를 보며 맥주를 벌컥벌컥 들이켜고 입을 닦았다.

"아빠 같은 아빠를 뒀으면 아들이라도 성실해야지."

히데유키가 목을 울리며 두 번째 잔을 들어 올리는가 싶더니 순식간에 맥주 한 병이 비었다.

"후우, 이렇게 자식새끼 얼굴 보면서 마시는 맥주가 최고지."

가오루도 아버지 술상 옆에 같이 있는 것이 싫지는 않았다. 바라보는 사람이 즐거워질 정도로 아버지가 술을 맛있게 마시는 데다 직장에서 쌓인 피로가 풀리며 기분이 나아지는 모습을 확연히 알 수 있어서 가오루까지 기분이 좋아졌다.

가오루는 눈치 있게 냉장고에서 한 병 더 꺼내 아버지 잔에 따랐다.

하지만 히데유키는 아들에게 고맙다는 말 한마디도 없이 오히려 명령했다.

"야, 꼬맹이. 마치를 깨워 와."

마치는 당연히 엄마인 마치코를 부르는 호칭이었다.

"안 돼. 엄마는 피곤해서 자고 있으니까."

"나도 피곤한데 이렇게 깨 있잖아."

"아빠는 좋아서 그러는 거니까 괜찮아."

"됐으니까 깨워."

"엄마한테 할 말 있어?"

"응. 맥주 마시라고 할 거야."

"엄마는 마시고 싶지 않을 수도 있어."

"괜찮아, 내가 불렀다고 하면 벌떡 일어날걸."

"아빠랑 나만 있어도 되잖아. 물어볼 것도 있어."

"뭐, 부탁할 테니 딱딱한 말은 하지 마라. 마치만 왕따시킬 수는 없잖아."

"결국 꼭 이렇게 된다니까."

가오루는 마지못해 침실로 향했다. 어째선지 잠든 엄마를 깨우는 건 아빠가 아니라 가오루 역할이 되어 버렸다. 몇 년 전인가 한 번 밤중에 깨우려다 엄마 기분이 상해서 혼이라도 났나 보다.

후타미 가에서는 마지막에 언제나 아빠의 억지가 통한다. 히데유키가 아버지로서의 위엄을 발휘해서 그런 게 아니라 오히려 세 사람 중에 제일 유치한 면이 있어서였다.

가오루는 과학자로서 아버지가 지닌 재능을 존경했다. 하지만 동시에 어른으로서는 뭔가 결여되었다는 사실도 알고 있다. 아버지에게 없는 것이 무엇인지 확실하게 이해하고 있진 않다. 그저 어린애 같다고 생각할 뿐이다. 성장해서 어른이 되는 과정에서 아이 같은 모습이 서서히 빠져 나가고 어른의 상식으로 대체되어 간다면, 그 기능 자체가 결여되어 있는 것이 아닐까 하는 생각을.

3

깊이 잠든 엄마를 깨우자니 마음이 무거웠다. 가오루가 침실로 돌아와서 주저주저하며 문을 살짝 밀어 열었다. 그런데 마치코는 이불 위에 상반신을 일으켜 손으로 머리를 다듬고 있었다. 일부러 깨울 필요도 없었다. 집에 돌아온 아버지가 시끄럽게 구는 통에 깬 모양이었다.

"아, 엄마. 미안."

가오루가 아버지를 대신해 사과했다.

"괜찮아."

평소처럼 상냥한 눈으로 엄마가 대답했다.

가오루는 어머니에게 혼난 적이 거의 없었다. 원체 혼날 만한 말을 하지 않기 때문이기도 하지만, 어머니는 가오루가 바라는 것은 언제나 들어주었다. 아직 어린 아들을 전적으로 신뢰하고 있다는 것을 말투나 행동으로 알 수 있어서 가오루는 기쁜 한편으로 책임감을 느낄 때가 많았다.

후타미 가의 삼자 견제 상태. 가오루는 부모와 자신의 관계를 그렇게 불렀다. 딱 가위바위보와 똑같아서 아버지와 어머니와 가오루에게는 서로 강한 상대와 약한 상대가 있었다.

가오루는 어머니에게는 강해도 아버지에게는 약하다. 아버지가 하는 불합리한 행동에 어쩔 수 없이 휘말리거나 명령을 듣는 처지가 되고 만다. 아버지는 아들에게는 강해서 마음껏 거칠게 다룰 수 있지만, 아내에게는 어째서인지 강한 태도를 유지하지 못했다. 아내 심기가 안 좋아지기라도 하는 날엔 그야말로 안색이 변해서 조그맣게 움츠러들었다.

그래서 자고 있는 아내를 깨우러 가는 역할은 아들에게 떠맡길 수밖에 없었다. 마치는 아들이 부탁할 때는 관대하게 대해도 남편이 비상식적인 행동을 하면 때로 강하게 맞서서 마치 어린애를 다루듯이 혼을 내곤 했다.

강약 관계를 훌륭하게 지켜 가족의 평화가 유지되는 거라고 히데유키가 자랑스레 이야기한 적도 있다. 그는 과학자답게 '혼돈의 가장자리', '자기조직화' 등 옛날 이론까지 들이대며 가족 관계를 농담으로 얼버무렸다. 가족 구성원이 의도한 결과로 생겨난 것은 아니다. 세 캐릭터가 뒤섞여 갈등을 반복하는 동안 자연스레 그런 특징적인 관계가 형성되었다.

"아빠는 뭐하는데?"

마치코가 손톱을 세워 목덜미에서부터 천천히 머리카락을 빗어 올리며 물었다.

"맥주 마셔."

"어쩔 수 없구나, 정말. 이렇게 늦은 시각에."

"엄마도 함께 오라고 하는데."

마치코가 코웃음 치며 일어났다.

"배가 고픈가?"

"아니면 엄마 얼굴이 보고 싶어서 그런지도 몰라."

가오루가 진지하게 하는 말을 듣더니 마치코가 자못 재미있다는 듯이 웃었다. '아무것도 모르는 주제에.'라고 말하고 싶은 표정이었다.

하지만 그는 부모님의 음란한 면모를 훨씬 전부터 알고 있었다.

3개월 전 장마철인데도 비가 오지 않아 한여름의 열대야가 시작되는가 싶던 유월 중순의 밤, 가오루는 생각지도 못한 모습의 아버지와 주방에서 마주쳐서 작은 충격을 경험했다.

　그날 밤, 방에 틀어박혀 컴퓨터로 놀던 가오루는 목이 너무 말라 물이라도 마시려고 주방으로 갔다. 할 일이 있다며 아버지와 어머니가 각각 방에 틀어박혀서 온 집 안이 아주 조용했다. 부모님은 일을 하다 그대로 잠들어 버리는 일이 있으니 오늘 밤도 그럴 것이라 생각했다. 아버지와 어머니가 어느새 같은 방에 있었으리라고는 생각도 하지 못했다.

　가오루는 불을 켜지 않고 어둠 속에 서서 물을 잔에 따르고 얼음 덩어리 하나를 집어넣었다.

　페트병을 냉장고에 넣으려고 다시 한 번 냉장고 문을 열었을 때, 가오루는 갑자기 부엌에 들어온 히데유키와 정면으로 맞닥뜨렸다. 냉장고에서 새어 나오는 불빛이 벌거벗은 아버지를 비추고 있었다.

　히데유키는 놀라서 물러서나 싶더니 부끄러워하는 기색도 없이 "뭐야. 있었냐." 하며, 알몸인 자신의 모습을 개의치 않고 가오루에게서 잔을 빼앗아 벌컥벌컥 물을 마셨다.

　가오루는 놀랐다. 아버지는 알몸이었고 성기가 평소보다 커져 있었다. 그것은 엷은 액체로 뒤덮여 번들번들 빛나고 있었다. 함께 목욕할 때는 힘없이 늘어져 있을 때가 많았다. 하지만 지금은 신체 기관의 일부로서 역할을 마치고 자신 있게 맥동하며 꼿꼿하게 생생한 모습으로 서 있었다.

히데유키가 물을 다 마실 때까지 가오루는 아버지의 그 부분에서 눈을 뗄 수가 없었다.

"뭘 계속 보고 있어. 부럽냐?"

"별로."

가오루는 퉁명스럽게 대답했다. 히데유키는 슬쩍 몸을 굽혀 자신의 성기 끝에 오른손 검지를 세워 정액을 한 방울 닦더니 가오루의 눈앞에 들이밀었다.

"봐, 네 선조님이시다."

자못 심각하게 아버지는 그렇게 말해 버리더니 가오루가 기대 있던 싱크대 테두리에 손을 비벼 닦았다.

"앗."

가오루는 몸을 비틀어 싱크대에 묻은 흰 방울을 바라보았다.

어떻게 반응해야 할지 알 수 없었다. 히데유키는 돌아서더니 화장실 쪽으로 사라졌다. 잠시 후 열려 있는 화장실에서 소변을 보는 둔탁한 소리가 들려왔다.

가오루는 가끔 아버지가 바보인지 천재인지 알 수가 없었다. 정보공학계의 수석 연구자인 것은 사실이지만 가끔 행동만 보면 어린애 이하였다. 존경을 하긴 하는데, 도저히 마음 편하게 바라볼 수 없는 부분이 있다. 어머니의 고생이 이해가 갔다.

가오루는 그런 생각을 하며 아버지가 말한 '선조님'을 슬쩍 보았다.

콩알만 한 크기의 방울 속에서 헤엄치고 있는 정자는 스테인리스에 열을 빼앗겨 서서히 죽어 가리라. 물론 육안으로 그 모습을 보지는 못한다. 하지만 가오루는 죽은 정자들의 시체가 층을

지어 한 마리 한 마리 쌓여 가는 모습과 그 얼굴까지 상상하며 실제 움직이는 모습까지 파악하려 했다.

아버지의 몸속에서 감수분열을 반복해 탄생한 정자는 난자와 같이 염색체의 수가 체세포의 반이다. 수정란이 되어야 겨우 세포와 같은 수의 염색체를 갖게 되지만 그렇다고 반쪽 사람이라는 뜻은 아니다. 생각하기에 따라서는 정자와 난자야말로 신체의 기본적인 구성단위로 봐야 하리라. 생식세포만은 생명 탄생 이래 계속 맥을 이어 와 불사성을 가지고 있다고 해도 과언이 아니다.

그렇다고는 하지만 아버지의 정자를 육안으로 물끄러미 관찰할 기회가 생기리라고는 꿈에도 생각하지 못했다. 내 생명의 원천이 여기 있다.

'정말 내가 이런 조그만 것에서 생겨났을까?'

뭐라 말하기 어려운 이상한 기분에 사로잡혔다. 아버지의 몸에서 만들어지기 전까지 정자는 아무 데도 존재하지 않았다. 무로부터의 창조. 생명에서만 볼 수 있는 신비의 힘이다.

아버지가 소변을 마치고 돌아온 것도 알아채지 못한 채 가오루는 계속 관찰하고 있었다.

"뭐하냐, 꼬맹이."

스테인레스 판에 붙어 있는 정액을 질리지도 않고 바라보는 가오루에게 아버지가 물었다. 아까 했던 장난 따위는 벌써 잊었다.

"아빠 걸 관찰하고 있어."

가오루가 고개도 들지 않고 말했다. 히데유키는 가오루가 뭘 보고 있는지 그제야 알고 짧게 웃었다.

"바보. 그런 걸 그렇게 열심히 보냐. 부끄럽게."

히데유키는 부엌에 있던 행주로 정액을 닦아 내더니 싱크대로 휙 던졌다. 그리고 동시에 가오루의 머릿속에 형성되고 있던 생명에 대한 이미지가 금세 사그라들었다.

왠지 좋지 않은 예감이 들었다. 몸이 행주에 닦여 툭, 하고 버려지는 장면이 연상되었다.

건드려선 안 되는 부모의 비밀조차 아버지 같은 태도를 보이면 금기도 뭣도 아니게 된다. 3개월 전 밤의 일이 어젯밤 일처럼 생생했다.

물론 마치코는 히데유키가 침실을 나와 냉장고를 열거나 화장실에 다녀오는 동안 아들에게 어떤 장난을 쳤는지 알 리 없었다. 알았다면 부끄러운 나머지 크게 화낸 뒤 남편과 한동안 말도 하지 않았으리라. 아마 오늘 밤 같은 일이 있었다면 일어나서 술안주를 만들어 줄 생각 따위를 할 리 없었다.

"어쩔 수 없네."

마치코는 몇 번이고 그렇게 말하면서도 왠지 들뜬 기색으로 머리를 가다듬고 엇갈려 있던 잠옷 단추를 바로잡았다. 흐뭇한 광경이었다.

4

슬리퍼를 신고 걸어가는 어머니 뒤를 따라 가오루가 거실로 들어왔다.

"깨워서 미안해."

히데유키가 마치코에게 말했다.

"됐어. 그보다 배고파?"

"응. 조금."

"뭐 만들까?"

바로 부엌에 서려는 마치코를 말리며 히데유키가 맥주 잔을 내밀었다.

"먼저 한잔 마셔."

마치코는 잔을 받고 조금씩 핥듯이 마셨다. 탄산에 약해서 맥주를 단숨에 들이켤 수는 없어도 술은 세서 꽤 마시는 편이었다.

아내가 맥주로 한숨 돌리는 것을 보며 히데유키는 겨우 넥타이를 느슨하게 풀었다. 연구자라는 직업 특성상 넥타이를 착용할 의무는 없다. 하지만 히데유키는 당연하게 정장을 입고 셔츠에 버튼까지 잠근 뒤 오토바이를 타고 대학 연구실에 간다. 정장 차림으로 오프로드 바이크를 몰다니 남이 보면 꽤 이상하게 생각할 테지만 히데유키는 상관없는 듯했다.

프라이팬에 기름을 두르고 소시지를 볶는 어머니 옆에서 아버지는 오늘 하루 연구실에서 벌어진 일을 보고하기 시작했다. 아내가 묻지도 않았는데 동료의 이름을 들어 우스꽝스럽게 헐뜯으며 하루 일과를 설명했다. 아들이 옆에 있는 것을 잊은 듯 부모가 둘만의 세계에 몰두하기 시작하자 가오루는 점점 심심해졌다.

소외된 가오루를 눈치 챈 듯 마치코가 눈치 빠르게 말머리를 돌렸다.

"맞아, 가오루. 아빠께 그거 보여 드리자."

"어? 그거라니?"

갑자기 화제를 벗어나자 가오루는 흐름을 파악하기 어려웠다.

"그거, 중력이상인지 뭔지 했던 거."

"아, 그거."

가오루는 찬장에 넣어 둔 프린트 두 장을 들고 히데유키 쪽으로 내밀었다.

"놀랄걸. 애가 대발견을 했다니까."

어머니가 과장스럽게 말했지만, 가오루는 그다지 대발견이라고 할 정도는 아니라고 생각했다.

"어디 보자."

히데유키가 종이 두 장을 받아 코앞으로 가져다 대었다. 등고선이 그어진 세계 지도에 플러스와 마이너스의 숫자가 적혀 있는 종이를 보고 몇 초 안에 히데유키는 의미를 알아차렸다.

"뭐야. 중력이상 분포도잖아?"

눈을 돌려 다른 한 장을 봤지만 이번에는 그렇게 간단하게 정체를 알아차리지는 못했는지 얼굴을 찌푸렸다. 히데유키의 뇌에는 지구상의 지질 분포도가 대강 들어 있었다. 하지만 아무리 보고 있어도 두 번째 종이에 점재한 검은 점이 무엇을 의미하는지 이해할 수 없었다. 중력이상과 관련해 여러 가지 추리를 해서 지하에 묻혀 있는 광물을 떠올려 보기도 했다.

"뭔데? 이게."

히데유키가 항복하고 아들에게 물었다.

"전 세계에 있는 장수촌 위치야."

"장수촌?"

말을 듣자마자 히데유키가 두 종이를 겹쳐 봤다.

"뭐야. 중력이상이 마이너스인 지역에만 장수촌이 있잖아?"

가오루는 '역시 아버지.' 하고 감탄했다. 훌륭한 재치를 보여 주는 점이 아버지와 대화할 때 느끼는 즐거움의 하나였다.

"그렇지?"

가오루가 신나서 재차 확인했다.

"어떻게 된 거지?"

히데유키가 자문하며 종이에서 고개를 들었다.

"이게 통설이야?"

가오루가 걱정한 점은 이게 본인만 몰랐던 일이고 일부 사람들은 이미 이 우연의 일치를 이미 아는 것이었다.

"아니, 최소한 난 몰랐어."

"그래?"

"혹시나 사람 수명하고 중력이 뭔가 관계가 있나? 이렇게 명백한 특징이 있다면 우연이라고 생각하기 어렵겠는걸. 근데 꼬맹아, 장수촌의 정의가 뭔데."

억지스러운 질문은 아니었다. 같은 것을 가오루도 느끼고 있었다. 대체 '장수촌'의 정의는 무엇일까? 다른 지역과 비교해 장수하는 사람이 많다는 뜻, 또는 평균 수명이 다른 지역보다 길다는 뜻이라면 일본 전체를 거대한 장수촌이라고 봐도 이상하지 않으리라.

보다 한정된 지점으로 주위 지역과 명백하게 선을 그어 마을 총 인구 중 100세 이상 인구가 차지하는 비율이 높은 지역을 규정하는 편이 정확하다.

하지만 현실에서는 장수촌의 수학적인 정의는 없다. 통계적, 경험적으로 장수하는 사람이 많다고 생각되는 지역이 그렇게 불리는 것뿐이다.

"아마 수학적인 정의는 없을 텐데."

사람 냄새 짙은 장수촌이라는 말의 울림과, 수치로 명확하게 표시된 중력이상 분포도가 딱 부합하는 것이 못 견디게 신기했다. 가오루나 히데유키나 같은 생각이었다.

"애매하네. 근데 왜 이런 결과가 나왔을까?"

아무래도 납득이 안 되는지 히데유키는 같은 말을 중얼거렸다.

"아빠는 중력과 생명의 관계에 대해 들어 본 적 있어?"

"아, 무중력 공간에서 닭에게 알을 낳게 실험했더니 무정란이었다는 얘긴 들었지."

"그건 나도 알아. 꽤 옛날 얘기지."

가오루는 3개월 전에 관찰했던 아버지의 정자를 머릿속 한구석에 떠올리며 교미를 했음에도 무중력 공간에서 무정란을 낳은 닭의 기사를 기억해 내려 했다. 무슨 실험이었는지는 잊어버렸다. 한참 전에 실행되었던 실험 결과를 현재의 성 풍속과 연관 지은 대중 잡지 기사였다.

수정되지 않고 난자의 세포 분열만으로 탄생하여 성장했다면 과연 어떤 인간이 되었을까, 하고 상상력이 비약했다. 달걀 같은 매끈한 얼굴을 한 여자가 가오루의 머릿속에 떠올랐다. 움찔, 몸을 떨며 이미지를 떨쳐버리려 했다. 하지만 매끈한 여자 얼굴은 좀처럼 사라지지 않았다.

"논리적인 연관성은 아직 아무것도 없을 테지만. 근데 왜 중력이상과 장수촌을 결부시켰는데?"

"어?"

머릿속으로 멋대로 부풀어 오르는 영상에 사고력이 좀먹기 직전이었다. 그럴 때면 가오루의 귀에 말소리가 들려오지 않았다.

"일일이 되묻지 마."

성질 급한 히데유키는 되묻는 것을 끔찍하게 싫어했다.

"미안."

"그러니까, 그렇게 발상하게 된 계기가 뭔데?"

가오루는 텔레비전에서 장수촌 특집을 하고 있을 때 중력이상 분포도를 컴퓨터에서 띄웠다가 직감을 얻었던 일을 설명했다.

"단순한 우연이라니까."

"무의미한 우연은 아무것도 생겨나지 않아. 예를 들면, 그래, 징크스지."

"징크스."

어쩌다 여기서 아버지가 너무나 과학적이지 못한 종류의 이야기를 화제로 삼았는지 약간은 이해가 되었다. 마치코에게도 대화에 낄 거리를 주려 하는 것이다.

술안주 준비를 아까 마치고 거실 탁자에 있던 마치코는 아버지와 아들의 대화를 귀로 들으며 별로 지루한 기색은 없었으나 남편의 입에서 징크스라는 말이 나오자 아주 약간 몸을 내밀었다.

히데유키는 아내의 반응을 놓치지 않았다.

"그렇지, 마치. 뭐 좀 재미있는 징크스 아는 거 없어?"

"왜 나한테 물어?"

"그런 거 좋아하지 않나? 점이라든가, 부적이라든가. 알지? 마치는 항상 주간지 별점 코너를 훑어보더라. 세계 민담도 많이 알고."

"징크스 말이지. 애인에게 손수건을 주면 헤어진다는 건 어때?"

"그런 건 다 아는 얘기지. 좀 더, 그러니까, 특이한 건 없나?"

가오루는 아버지가 어떤 징크스를 바라는지 약간 추측이 되었다. 전혀 관계없는 사실과 현상이 서로 우연하게 연결되는 예가 필요한 것 같다.

"특이한 것. 그럼 이런 건 어때? '강을 헤엄치는 검은 고양이를 보면 가까운 사람이 죽는다.'"

가오루가 놓치지 않고 끼어들었다.

"어? 그런 게 진짜 있어?"

"있지, 그럼. 당신도 알잖아?"

마치코는 히데유키에게 동의를 구했다. 하지만 히데유키는 웃으며 고개를 저으며 물었다.

"더 말도 안 되는 거 없어?"

"집을 나갈 때 의자 등이 창문 쪽을 향하고 있으면 지갑을 잃어버린다, 이런 건?"

히데유키가 탁 하고 손을 쳤다.

"좋아, 그걸로 얘기해 보자. 들어 봐, 진위는 확인할 수 없지만 실제 그런 징크스가 있다고 가정하고."

"정말 있는걸."

"알았어, 알았어."

마치코가 토라지는 것을 보고 히데유키가 팔을 내저었다.

"여기에는 두 가지 이야기가 결합되어 있어. '집을 나갈 때 의자 등이 창문 쪽을 향하고 있다'는 이야기와 '지갑을 잃어버린다'

는 이야기. 이 두 가지는 과학적으로 아무런 관계가 없지. 세상엔 징크스가 여러 가지 있는데, 그 종류에 따라 생겨난 방식도 달라. 하지만 내가 신기하게 생각하는 점은 거리상 멀어서 사람들 왕래가 없는 장소인데도 완전히 똑같은 징크스가 있다는 거야. 만약 지금 마치가 말한 이상한 징크스가 세계 여기저기 있다면, 이게 어떻게 된 일인가 생각하는 건 당연하지."

"그런 일이 실제로 있어? 다른 나라에 똑같은 징크스가."

가오루가 마치코와 히데유키의 얼굴을 번갈아 보았다.

"어때? 마치."

히데유키는 아내에게 대답을 부탁했다.

"당연히 있지. 완벽하게 똑같은 징크스가. 지금 내가 말한 것도 그래. 유럽에도 미 대륙에도 있지."

이번엔 가오루와 히데유키가 미심쩍은 표정으로 마주 보았다.

"그럼 마치는 징크스가 왜 생기는지 생각해 본 적 있어?"

"없어."

마치코는 딱 잘라 대답했다.

"꼬맹이, 넌 어떠냐?"

"그건 사람 심리에 관한 거니까. 난 아직 잘 몰라."

히데유키 앞에 늘어선 빈 맥주병이 벌써 다섯 병이었다. 슬슬 대화에 시동이 걸렸다.

"애초에 징크스란 게 뭘까? 어떤 장면을 보거나 경험한 뒤에 반드시 어떤 일이 일어난다는 이야기야. 그 어떤 일이란 것은 보통 안 좋은 일일 확률이 높지. 물론 좋은 내용도 있고, 또 길흉이라는 측면으로 볼 수 없는 것도 있어. 결론을 그대로 내 보면 징크스란 어떤 생각과 생각을 연관시키는 것이고, 그 관계를 과학적으로 설명할 수 있는 경우도 있어. 예를 들어 '동쪽에서 서쪽으로 구름이 흘러가면 비가 내린다'는 징크스는 현대 기상학으로 간단하게 설명할 수 있지. 아니면 감각적으로 납득되는 것, '사진에 찍히면 수명이 줄어든다'는 것도 왠지 이해돼. 젓가락이 부러지거나 신발 끈이 끊어지거나, 검은 고양이 또는 뱀을 본다는 것도 이해되지? 왠지 불길하니까. 검은 고양이나 뱀에는 전 인류가 공통적으로 불안한 생각을 품게 되는 뭔가가 있어.

여기서 문제가 되는 것은, 논리적으로 맞지 않는 것이야. 애매하고, 어째서 이런 징크스가 생겨났을까 도저히 이해가 안 되는 내용. 예를 들어 마치가 말한 게 해당되지. '집을 나갈 때 의자 등이 창문 쪽을 향하고 있다'는 장면과 '지갑을 잃어버린다'는 사건 사이에 대체 무슨 관계가 있는 거지?"

히데유키가 거기서 말을 멈추고는 가오루를 물끄러미 바라보았다.

"경험을 많이 해 본 일이라 그런가?"

"그렇지. '집을 나설 때 의자 등이 창문을 향하고 있으면', '지갑을 잃어버릴' 확률이 높았다는 것을 경험적으로 아는 거지."

"그래도 통계적으로 봐서 그게 딱 맞을 리는 없잖아."

"아무튼 그렇더라는 걸로 치자. 지갑을 잃어버렸을 때 가끔 의자 등받이가 창문 쪽으로 있었다고 하자. 그다음에 지갑을 잃어버렸을 때도 역시 등받이가 창문을 향하고 있었어. 당사자는 이 두 가지 일이 관련 있다고 남에게 이야기하지. 거기서 중요한 점, 그 이야기를 듣는 사람도 비슷한 경험이 있어서 '맞아, 그런 적 있어.' 하고 맞장구를 치는 거야. 제삼자가 부정하면 아마 입에서 입으로 전해져 정착되거나 하진 않을 텐데. 한번 징크스로 정착되어 버리면 의식하게 되니까 거꾸로 영향을 주고 계속 남겨질 기회가 많아지지. 일단 관계가 생겨나면 공통된 의식이 형성되어서 연관 짓고 마는 일이 많아지는 게 아닐까? 현실과 가상이 호응하기 시작하는 거지."

"'집을 나설 때 의자 등받이가 창문을 향하고 있다'는 생각과 '지갑을 잃어버린다'는 생각이 눈에 보이지 않는 곳에서 영향을 주고받았다는 말이야?"

"깊숙이 연결되어 있을 가능성을 완전히 배제할 수 없지."

징크스의 예를 들며 아버지가 하고 싶은 말이 무엇일까? 징크스 대신 생명과 수치를 넣어 이야기해도 될 것 같았다.

"생명……."

가오루가 웅얼거렸다. 그 말을 신호로 세 사람이 서로 눈을 마주쳤다.

"루프를 떠올리게 하는걸."

화제를 옮긴 사람은 마치코였다. '생명'이라는 말에서 자연스레 떠올린 모양이었다.

하지만 히데유키는 마치코에게 눈짓을 하여 이야기를 말렸다. '루프'에 관한 이야기를 꺼내고 싶지 않은 듯했다.

의학부 출신인 히데유키는 졸업 후에 논리학으로 전공을 바꿔 대학원에 진학한 뒤 초수학(超數學) 개념을 배웠다. 그런데 한번 떠났던 생물학에 대한 흥미가 다시 생기고, 수학적인 언어로 생명을 설명하는 일에 재미를 느꼈다. 원래 생물에 대해 품은 흥미를 수학이라는 방법을 통해 능동적으로 표현했다.

그런 경위도 있고 해서 대학원 박사 과정을 졸업한 후 미일 합동 인공 생명 개발 프로젝트의 연구원으로 초빙되자 두말할 것도 없이 프로젝트에 참여했다. 컴퓨터 내부에 인공 생명체를 만들어 내는 일. 그야말로 히데유키가 가장 하고 싶은 일이었다.

히데유키는 20대 후반의 젊은 나이에 결혼했지만 아이가 없었다. 연구원이 되고 나서 5년 뒤, 예기치 못하게 프로젝트가 동결되었다. 실패해서가 아니었다. 일련의 성과를 얻었기 때문에 종료된 것이었다. 하지만 그의 눈에는 성공으로 보이지 않았다. 아무래도 탐탁지 않은 마무리였다.

히데유키가 젊었을 적 열정을 쏟았으나 중도에 포기해야 했던 인공 생명 프로젝트, 그 이름이 바로 루프였다.

5

히데유키는 끈질기게 루프에 대한 이야기를 피해 가오루에게 새로운 의문을 제시했다.

"생명의 발생은 우연일까, 필연일까? 너는 어느 쪽이라고 생각해?"

"그 물음에는 모르겠다고밖에 답할 수 없는걸."

가오루는 그렇게 답할 수밖에 없었다. 지금 본인이 존재한다고 해서 필연이라고 단언할 수 없다. 지구 이외의 장소에서 생명이 확인되어 있지 않은 이상, 우주에서 유일하게 우연이 내린 선물인지도 모른다.

"너는 어떻게 생각하냐고 묻는 거야."

"현대 과학에서는 알 수 없는 것을 모른다고 인정하는 게 중요하다고, 아빠가 늘 말했잖아."

그것을 듣더니 히데유키가 실실 웃었다. 웃는 얼굴을 보니 취기가 꽤 올랐나 보다. 이제 빈 맥주병은 여섯.

"안다, 알아. 그럼 게임이라고 생각해 봐. 게임 속의 세계. 너의 직감을 알고 싶어서 그래. 그게 전부야."

마치코가 부엌에서 야키소바를 만들다가 손을 멈추고 가오루를 바라보며 눈을 빛냈다.

가오루는 자기 자신에 대해 생각했다. 우주나 생명의 발생까지는 아무래도 상상력이 미치기 어려웠다. 알기 쉽게 개체 발생을 예로 들어 보는 편이 낫다.

우선 자신의 탄생을 언제로 정의해야 할까? 어머니의 태내에서 나와 탯줄을 끊었을 때일지, 아니면 나팔관에서 수정되어 자궁에 착상되었을 시점일지.

발생이라는 시점에서 생각하면 수정(受精)이 그 첫 발자국이다. 수정 후 3주밖에 지나지 않아 신경계가 생긴다.

만약 그즈음 태아에게 의식이 있고 사고 능력이 있다고 하자. 태아에게 어머니의 자궁은 우주 그 자체이다. 어째서 자신이 여기 있는지 태아는 생각한다. 양수라는 물속에 잠겨 탄생의 조화를 이리저리 생각해 보겠지만 자궁 바깥의 세상을 모르니 설마 자신의 탄생 이전에 생식 행위가 있었으리라곤 상상도 못 한 채, 자궁 안쪽에 남은 다양한 흔적을 더듬으며 추리를 할 수밖에 없다.

일단 양수 그 자체를 생명의 부모라고 생각하게 되는 게 자연스러우리라. 원시 지구를 뒤덮은 유기분자가 농축된 엑기스 같은 양수가 뒤섞이는 와중에, 스무 종류의 아미노산이 사이좋게 손을 잡아 생명의 근원인 단백질이 형성되고 자기복제를 시작했다고……. 그 확률은 원숭이에게 타자기를 쥐여 주었더니 셰익스피어 작품의 한 구절과 동일한 문장이 만들어질 확률과 같다.

몇 조 마리나 되는 원숭이가 몇 조 년 동안 타자기를 쳐도 불가능할 확률. 혹여 셰익스피어의 글을 완성했다고 해도 인간이 이를 우연이라고 생각할까? 틀림없이 무언가 조작된 게 아닐지 의심하리라. 원숭이의 모습을 한 사람이 대신 타자를 쳤다든가, 아니면 그 원숭이에게 지능이 있었다든가.

하지만 양수 속에 있는 태아는 자기 탄생을 우연이라고 생각할 뿐 그 이면에 조작이 있으리라 상상하지 못한다. 태아는 바깥 세상을 모르기 때문이다.

약 36주에 걸쳐 태내에서 성장하고 산도를 지나 밖으로 나와서야 처음으로 자신을 낳은 어머니의 겉모습과 접촉한다. 이윽고 성장하여 지식을 얻은 후, 그제야 자신이 왜 탄생하게 되었는지 그 과정을 정확히 알 수 있다. 자궁이건, 우주건 간에 내부에 있는 동안에는 과정을 알 수 없도록 인식 능력이 차단되어 있는 상태나 마찬가지다.

가오루는 자궁이라는 세상에서 성장하는 태아의 예를 우주와 지구 생명에 대입해 보았다.

자궁에는 수정된 태아를 키우기 위한 기능이 대부분 선천적으로 갖추어져 있다. 하지만 늘 태아를 품고 있지는 않다. 수정이라는 현상은 대부분 우연에 의해 좌우된다. 의도적으로 자식을 낳지 않는 여성도 있다.

평생 두 자녀를 낳는다고 해도 자궁 내부에 태아가 있는 기간은 다 합쳐 2년도 되지 않는다. 즉, 기능이 갖춰져 있다 하더라도 자궁에 태아가 없을 확률이 훨씬 높다는 뜻이다.

돌이켜 우주를 바라보자. 우리가 이미 존재하고 있다는 점을 생각하면, 우주가 생명을 기를 기능을 갖추고 있다는 점은 확실하다. 그렇다면 역시 필연일까? 아니, 설령 기를 수 있는 기능을 가졌다고 해도 자궁에 태아가 없을 경우가 많다. 그렇다면 역시 우연일까? 늘 우주에 생명이 넘쳐흐른다고는 단정하기 어려우며 생명을 잉태하지 않는 상태의 우주가 자연스러운지도 모른다.

역시 가오루는 답을 할 수 없었다.

히데유키는 아들의 대답을 기대하며 맥주를 마시고 있었다.

"어쩌면 우주에 존재하는 생명이 우리밖에 없을 수도 있어."

가오루가 그렇게 말하자 히데유키가 "그래, 그래." 하고 맞장구를 친다.

"직감으로는 그렇게 생각하는 거냐?"

히데유키는 무척 흥미롭다는 듯이 가오루를 바라보며 그 시선을 아내에게 옮겼다.

마치코는 탁자 위에 올려 둔 두 손을 베개 삼아 엎드려 고른 숨소리를 내고 있었다.

"어이, 마치에게 덮을 것 좀 갖고 와."

히데유키가 아들에게 명령했다.

"응, 알았어."

가오루가 바로 침실에서 모포를 가지고 나와 히데유키에게 건넸다. 히데유키는 마치코의 어깨에 모포를 덮어 주면서 자는 얼굴을 보고 웃으며 고개를 들었다.

동쪽 하늘은 어느새 희게 밝아 오고 집 안 온도도 낮아졌다. 후타미 가의 밤은 끝났고 잘 시각이 가까웠다.

김빠진 맥주를 마시던 히데유키의 눈은 어딘가 멍해 보였다.

"아빠, 부탁할 게 있어."

맥주를 마저 마시기를 기다리며 가오루가 말을 꺼냈다.

"뭔데?"

가오루는 중력이상 세계 지도를 다시 아버지 앞에 펼쳤다.

"여기 말인데, 어떻게 생각해?"

가오루는 세계 지도에 있는 한 점을 새끼손가락으로 가리켰다. 그곳은 북미 대륙 서쪽의 애리조나 주, 뉴멕시코 주, 유타 주, 콜로라도 주에 걸친 포코너스(Four Corners)라고 불리는 사막 지대였다.

"여기가 어쨌다는 거냐?"

히데유키가 눈을 깜빡이며 그 지점에 바싹 고개를 들이밀었다.

"여기, 잘 봐. 이 지역 중력이상 수치를 다시 한 번 보고."

졸린 눈에 글자가 번져 보이는지 히데유키는 몇 번이나 눈을 문질렀다.

"흠흠."

"여기, 이 지점을 향해 등고선 수치가 점점 작아지지?"

"분명 그렇군."

"극단적인 중력이상이야."

"그래. 마이너스 값이 꽤 크군."

"지질학적으로 이 근처에 뭔가 있을 것 같아. 특이하게 질량이 적은 물질이 이곳 지하에 묻혀 있을 수 있어."

가오루는 네 개 주가 교차하는 지역 부근에 볼펜으로 X표시를 그렸다. 그 지점의 정확한 중력 값이 적혀 있기 때문이 아니었다. 그저 주변을 둘러싼 등고선 모양에서 한 지점의 중력이 극단적으로 낮다고 예측할 수 있어서였다.

가오루와 히데유키는 잠시 말없이 지도를 바라보았다. 그 와중에 잠들었다고 생각했던 마치코가 고개를 비스듬히 들더니 나른하게 말을 꺼냈다.

"분명 아무것도 없어. 그 아래는."

잠든 척하면서 남편과 아들의 이야기를 제대로 듣고 있었던 것이다.

"뭐야, 깨어 있었어?"

엄마가 꺼낸 말은 자극적이었다. 가오루는 사막 아득한 지하에 있는 텅 빈 공간을 상상하려 했다. 지하에 거대한 공동(空洞)이 있으면 극단적인 중력이상도 쉽게 설명되었다.

지하로 뻗은 광대한 종유 동굴에 태고부터 이어져 내려온 부족이 살고 있다……. 그렇게 장수촌의 존재가 부각된다.

가오루는 꼭 그 장소에 가 보고 싶다는 생각이 들었다.

"뭔가 이상해, 아무것도 '없는' 공간이 '있다'니……."

마치코는 하품과 함께 중얼거리며 의자에서 일어서려 했다.

"그럼, 엄마도 관심 있지? 여기. 마이너스 중력이상과 장수촌 위치가 일치하고 있는 것을 생각하면 여기에 문명으로부터 독립된 엄청난 장수촌이 있을 가능성도 있으니까."

가오루는 마치코의 흥미가 북미 민속학, 특히 미국 원주민 민화에 있는 것을 알고 떠보았다. 가오루가 직접 원하는 바를 말하는 것보다 마치코가 대신 말해 주는 편이 실현될 가능성이 높기 때문이었다.

가오루의 생각대로 마치코는 급속도로 흥미를 보였다.

"여기라면 분명 나바호 족 주거지와 가깝네."

"그치?"

황량한 사막이나 협곡에 주거지를 정하고 태곳적부터 변치 않는 생활을 하는 부족이 있다며 마치코가 전에 알려 주었다. 그 땅에 장수촌이 존재하는지는 아직 확인되지 않았지만, 돌려 말해서 거꾸로 마치코의 호기심을 자극하려 했다.

"어이, 꼬맹이, 뭘 꾸미려고?"

히데유키가 가오루의 의도를 먼저 알아차렸다. 가오루가 의미 있는 시선으로 엄마를 바라보았다.

"가 볼까? 여기."

가오루의 소원을 대변하는 것이 아니라 마치코 자신이 흥미를 느낀 듯한 말투였다.

"가자!"

가오루가 기대를 가득 담아 말했다.

"포코너스? 이것도 우연인가."

"응?"

가오루가 아버지를 바라보았다.

"조만간, 그래, 아마 내년 아니면 내후년 여름에 이쪽으로 전근을 가게 될지도 몰라."

"진짜?"

가오루가 환성을 질렀다.

"그래. 뉴멕시코 로스앨러모스 연구소와 산타페 연구소에 갈 일이 있거든."

가오루가 아버지 앞에서 두 손을 맞잡았다.

"나도 같이 갈래, 제발!"

"마치도 같이 갈 거야?"

"당연하지."

"좋아, 그럼 다 같이 갈까?"

"약속이야."

가오루는 이 여행 계획을 확실하게 다짐받고자 히데유키에게 종이와 볼펜을 내밀었다. 각서를 받기 위해서였다. 각서가 있으면 히데유키는 잊었다며 잡아떼지 못하리라. 확실하게 약속을 받아 내기 위한 간단한 수단. 아버지의 경우 입으로만 약속하기보다 문서로 받아내는 편이 이루어질 확률이 높다는 것을 경험으로 알고 있었다.

히데유키는 고르지 못한 글씨체로 각서를 적고서 종이를 흔들었다.

"여기, 분명히 약속했다."

가오루가 각서를 받아 내용을 확인했다. 만족스러웠다. 이제 푹 잠들 수 있다는 생각이 들었다.

아침이 밝아 왔다. 9월도 곧 끝인데 한여름보다 더 이글대던 태양이 동쪽에 떠오르고 있다. 서쪽 하늘에는 곧 덧없게 사라질 별들이 아스라이 떠 있었다. 명암을 나누는 선이 없어 어디부터 밤이고 어디부터 아침인지 나누기 어려웠다. 색이 바뀌면서 시간의 흐름을 눈으로도 볼 수 있는 순간을 가오루는 마음 깊이 사랑했다.

아버지와 어머니가 침실로 사라진 다음에도 창가에 계속 서 있었다.

매립지에서 지축을 흔드는 소리가 울리며 도시의 태동이 시작되었다. 눈앞에 펼쳐진 도쿄 만에는 새 떼가 구름처럼 날아다니고 있다. 아기 울음소리와도 비슷한 새소리가 사라져 가는 별빛 아래 생명력을 주장하고 있는 듯했다.

검은 바다나 미묘한 색의 조합으로 변화하는 하늘을 바라보고 있자니, 세상의 시스템을 밝히고 싶다는 소망이 한층 더 강해졌다. 높은 곳에서 경치를 내려다보니 상상력이 자극되었다.

동쪽 평지에서 태양이 떠올라 밤이 밀려 사라지자 가오루는 방으로 돌아와 자기 자리의 이불에 파고들었다.

히데유키와 마치코는 각각의 모습으로 이미 잠들어 있었다. 히데유키는 이불도 덮지 않고 대(大)자로, 마치코는 이불을 구겨 끌어안아 온몸을 둥글게 말고 잤다.

가오루는 그 옆에서 사막 여행에 대한 각서를 손에 꼭 쥐고 베개를 끌어안고 누웠다. 등을 둥글게 만 모습은 누가 봐도 태아의 형상이었다.

제2장
암 병동

1

가오루는 최근 들어 실제 나이인 스무 살보다 연상으로 보이는 경우가 더욱 많아졌다. 얼굴이 삭아서 그런 것이 아니다. 평균 이상의 체격 때문에 강한 인상을 주는 데다 내면에서 우러나는 어른의 분위기가 있었다. 만나는 사람마다 나이에 비해 야무지다고 하는 경우가 많았다.

열세 살부터 한 집안의 가장 역할을 맡아야만 했기에 그도 당연하겠다고 가오루는 생각했다. 10년 전, 겨우 초등학생이었던 무렵에는 마르고 작아서 나이보다 어리게만 보였다. 아버지에게 자연과학을, 어머니에게 어학을 배워 아는 것만 많은 어린애였다. 일상의 잡다한 일에는 신경 쓸 필요도 없이, 세상의 시스템이 어떻게 구성되어 있을지 공상의 나래를 펼치는 게 주된 일과였다.

10년 전을 떠올리자 가오루는 격세지감을 느꼈다. 그때에는 부모님과 밤을 새워 가며 이야기를 하고 컴퓨터로 놀곤 할 뿐, 온 가족의 앞날에 어두운 그림자라고는 털끝만큼도 없었다. 장수촌의 위치와 중력이상 분포도에 어떤 관계가 있다는 공상을 하고 중력이상 마이너스 값이 큰 북미의 애리조나, 유타, 콜로라도, 뉴멕시코 네 개 주에 걸친 지역에 가는 가족 여행 계획도 세워 아버지에게 각서까지 쓰게 했다.

가오루는 미국 여행을 약속한 각서를 아직도 소중하게 책상에 보관하고 있다. 이룰 수 없는 각서. 히데유키는 아직도 그 약속을 들어주려 하지만 불가능한 일이라는 것은 의학생인 가오루가 가장 잘 알았다.

히데유키의 몸속에 언제 어떠한 경로를 통해 전이성 인간 암 바이러스가 침투했는지 가오루는 알 방도가 없다. 위에 문제가 있는 것 같다고 말을 꺼냈던 수년 전에 바이러스가 체세포 하나를 암화(癌化)한 것이 틀림없었다. 암세포가 탄생하여 아버지의 몸속에서 최초로 세포 분열을 한 것은 대략 사막 여행을 약속했던 그 즈음이리라. 그렇게 암세포 증식은 소리 없이 착실하게 진행되었고 가족이 바라던 미국 사막 여행의 꿈을 덧없이 종식시켰다.

히데유키가 뉴멕시코 연구소를 방문하는 계획은 연기되어 약속한 지 3년이 지나서야 겨우 일정에 들어가게 되었다. 로스앨러모스 연구소와 산타페 연구소에서 아버지가 머무를 기간은 약 3개월이었다. 마치코와 가오루를 데리고 2주 먼저 출발해 가오루가 흥미를 가졌던 중력이상 마이너스 값을 가진 지역에 방문하려 했다.

2개월 전부터 항공권을 예매하며 온 가족이 여행에 대한 기대로 한껏 부풀어 올랐던 초여름, 히데유키가 갑자기 위의 통증을 호소했다.

"병원에 가 봐요."

히데유키는 그런 마치코의 조언을 한 귀로 흘리며 멋대로 위염이라고 판단하더니 생활 습관을 고치려고도 하지 않았다.

여름이 본격적으로 시작되자 위의 통증이 강해졌고 출발 예정일이 되기 3주 전에는 결국 구토 증상까지 생겼다. 그래도 히데유키는 별일 아니라며 우겼다. 가족이 즐겁게 기대하는 여행을 취소하고 싶지 않아 정밀 검사를 계속 거부한 것이다.

증상이 견딜 수 있는 한계를 넘어서자 히데유키는 대학 병원 의사로 일하는 친구에게 진찰을 받는 것까지 겨우 동의했다. 정밀 검사 결과, 위의 유문(幽門) 근처에 용종이 있다는 진단을 받아 입원 수속을 밟았다.

여행은 당연히 무산되었다. 가오루도, 마치코도 여행을 생각할 겨를이 없었다. 담당의에게서 악성 용종이라는 말을 들었기 때문이다.

이렇게 열세 살 가오루의 여름 방학은 천국에서 지옥으로 급변했다. 즐겁게 기다리던 여행이 취소되었을 뿐만 아니라 온 가족이 뜨거운 여름의 대부분을 병원과 집을 오가며 보내게 되었다.

"내년에는 다 나을 테니 사막으로 떠나자!"

시원하게 말하는 아버지의 밝은 표정을 위안으로 삼을 뿐이었다.

마치코는 남편이 하는 말을 믿는 한편, 만에 하나 벌어질 사태를 상상하다 비관적이 되어 심신 모두 쇠약해져 갔다.

가오루가 가족의 중심 역할을 맡을 수밖에 없던 데에는 그런 사정이 있었다. 제대로 식사를 하려 하지 않는 어머니 대신 부엌에 서서 억지로 어머니 식사를 챙긴 것도 가오루였고, 빠르게 흡수한 의학 지식을 토대로 어머니에게 낙관적인 미래를 심어 주려한 것도 가오루였다.

위의 3분의 2를 절제하는 수술이 잘 되고 병이 다른 데 전이되지만 않으면 치유될 거라 생각했다. 여름이 끝나고 가을이 되자 히데유키는 가정과 연구실에 복귀할 수 있었다.

가오루를 대하는 히데유키의 태도가 달라진 것은 그때쯤이었다. 히데유키는 입원 중에 보인 아들의 믿음직스러운 모습에 남자로서 경의를 표하며, 보다 강한 남자로 키우기 위해 전에 없던 엄한 태도로 대했다. 꼬맹이라 부르기를 그만두고, 컴퓨터로 놀지 말고 육체를 단련하라며 아들을 내몰았다. 자신의 육체 안에서 사라져 가는 무언가를 필사적으로 아들 육체에 옮기려는구나, 하고 당시의 가오루는 느낀 바가 있어 저항 없이 아버지의 기대에 따르려 했다.

아버지에게 사랑받고 있다는 실감과 함께 그 의지를 이어받는 특별한 사람이 되었다는 기분이 들어, 전신에 자랑스러움이 가득 차오르는 감각을 맛보았다.

아무 일 없이 2년이 지났다. 가오루는 열다섯 생일을 맞이했다. 하지만 아버지의 몸속에는 차근차근 변화가 일어나고 있었다. 변화가 표면으로 불거진 것은 하혈이었다.

피는 암의 전이를 알리는 적신호였다. 히데유키는 망설임 없이 의사를 찾아가 바륨 관장술을 받은 뒤 엑스레이 검사를 받았다. 구불창자에 주먹 반만 한 검은 것이 확인되었다.

수술로 절제하는 방법밖에 없었다.

수술 방법은 두 가지였다. 항문을 남겨 두는 방법과 보다 광범위하게 절제하여 인공항문을 다는 방법. 전자의 경우 침투한 암세포가 남아 재발할 우려가 있지만, 후자의 경우 구불창자를 전부 제거해야 완벽을 기할 수 있다. 의사는 인공항문을 권하고 싶어 했지만, 생활의 불편을 생각하면 최종적인 결정은 환자 본인의 판단에 따라야 했다.

히데유키는 망설임 없이 인공항문을 선택했다.

"개복해 보고 침투 가능성이 없다고 단언할 수 없다면 주저하지 말고 제거해 주시오."

그는 자청해서 그렇게 말했다. 생존 가능성이 높은 쪽에 운명을 건 것이다.

여름에 다시 입원해 수술을 받았다. 개복해 보니 생각보다 암의 전이 상태가 심하지 않아 보통이라면 반반의 확률로 항문을 남길 상황이었다. 하지만 집도의는 환자의 요청을 고려해 구불창자를 전부 들어냈다.

2년 전과 마찬가지로 퇴원 시기가 가을로 접어들 무렵이었다. 그 후 2년간 히데유키는 재발의 공포에 떨며 인공항문을 끌어안은 생활에 익숙해지려 노력했다.

정확히 2년 뒤, 이번엔 노란색 신호가 왔다. 발열과 함께 히데유키의 온몸이 노란색으로 변했는데, 날로 증상이 심각해졌다. 황달 증상이었다. 간이 암세포의 침입을 받았다는 것을 한눈에 알 수 있었다.

지난 두 번에 걸친 수술로 간과 림프절에 전이되었는지 확인했었다. 의사들은 고개를 저을 수밖에 없었다.

이즈음부터 가오루는 뭔가 정체를 알 수 없는 병……, 암의 일종이면서 지금까지의 암과 어딘가 다른 병이 출현한 것은 아닌지 의심하여 기초의학에 관심을 갖게 되었다. 열일곱 여름, 고등학교를 조기 졸업한 가오루는 아버지가 졸업했던 대학 의학부 1학년에 재학 중이었다.

세 번째로 수술대에 오른 히데유키는 간의 반 이상을 잃었다. 퇴원하더라도 가오루와 마치코는 히데유키의 암이 완치되었다고는 생각할 수 없었다. 다음은 어디로 전이될지 온 식구가 전전긍긍 불안에 떨 뿐, 이전처럼 화목하고 단란한 가정은 바랄 수 없었다.

"그 사람 몸에서 장기 하나 남기지 않고 다 꺼낼 때까지, 암은 공격을 멈추지 않을 거야."

마치코는 진심으로 그렇게 말하며 가오루가 어떤 의학 지식을 말해도 들으려 하지 않았다. 신종 백신이 개발되었다는 말을 들으면 그 효과를 확인하는 동안에도 손에 넣으려고 동분서주했다. 비타민 요법이 효과가 있다는 말을 들으면 바로 해 보고, 의사에게 림프구 요법을 재촉하는 한편으로 신흥 종교에 빠져들었다. 그저 뭐든 상관없었다. 남편의 생명을 구하기 위해서라면 악마에게 혼이라도 팔 기세였다. 가오루는 귀기 어린 눈빛을 하고 닥치는 대로 뛰어가는 어머니의 모습을 보면 암담하기만 했다. 아버지의 죽음은 그대로 어머니의 정신이 무너지는 것을 의미했다.

이후 히데유키는 대부분의 시간을 병원 침대에서 보냈다. 아직 49세였지만 겉모습은 70세 넘은 노인처럼 보였다. 항암제의 부작용 때문에 머리카락이 모두 빠졌고 근육이 사라졌다. 피부의 윤기도 없어서 종일 가렵다며 온몸을 손으로 긁어 댔다. 그렇지만 삶에 대한 집념은 사라지지 않았다. 병원 침대 옆에 앉은 아내와 아들의 손을 잡으며 "알았지? 내년에야말로 북미 사막에 가는 거다."라며 억지로 웃어 보였다. 그냥 하는 말이 아니라 진심으로 약속을 지키기 위해 병마와 싸우는 모습이 믿음직스러우면서도 애처로웠다.

아버지가 긍정적인 삶의 자세를 보이는 이상, 가오루의 가슴에는 포기라는 말이 떠오르지 않았다. 아무리 상황이 악화되어도 끝내는 아버지가 병마와 싸워 이길 거라고 믿었다.

이때부터 히데유키와 같은 증상으로 진행된 암이 일본을 필두로 전 세계 각지에서 증후군처럼 확인되기 시작했다. 당시에는 아직 이런 타입의 암을 유발하는 것의 정체가 베일에 싸여 있어 특정할 수 없었다. 신종 암 바이러스에 의한 세포의 암화 설을 주장한 의사도 몇 있었지만, 기존의 암과 다른 점이 명확하게 밝혀지지 않았으며 일단 바이러스 순수 분리에 성공한 예가 세상 어디에서도 확인되지 않았다. 아무래도 신종 바이러스를 원인으로 한 암이 만연하기 시작한 것 같다는 추측만 떠돌 뿐이었다.

뭔가 기묘한 전염병이 나타나기 시작했다고 알려져도 그 범인일 바이러스를 밝혀내기 위해서는 여러 해가 걸린다. 히데유키를 포함해 수백만 명이나 되는 전 세계 사람이 걸린 암이 초기에는 기존 암과 아무런 차이가 없어 새로운 질병이라는 사실을 깨달은 사람이 없었던 것도 이상한 일이 아니었다.

전 세계에 새로운 바이러스가 번지고 있다는 불안감이 서서히 확산되고 있었다.

그런데 어쩌다 1년 전에 K대학 의학부 연구실이 신종 암 바이러스를 분리하는 데 성공했다. 비로소 전이성 인간 암의 원인이 어떠한 종류의 바이러스라는 것이 증명되었다.

'METASTATIC HUMAN CANCER VIRUS(전이성 인간 암 바이러스)'라고 불리는 신종 암 바이러스는 대부분 다음과 같은 특색이 있었다.

일단 첫 번째, 세포를 암화시키는 범인은 RNA 레트로바이러스라는 점. 따라서 발암 물질을 섭취하지 않아도 바이러스에 감염된 인간은 다 발암 위험에 노출된다. 하지만 개인차가 있어서, 숙주인 채 암이 발병하지 않은 사람도 적지만 확인되었다. 바이러스 감염에서 임상적으로 관찰 가능한 크기로 암이 성장하는 기간은 3년에서 최대 15년으로, 이 또한 개인차가 컸다.

두 번째 특징. 이 암은 바이러스에 감염된 림프구가 직접 체내에 침입하여 타인을 감염시킨다. 공기 감염이 아닌 성행위나 수혈, 모유 등의 접촉으로 감염되며 지금 상황에서 감염력이 그렇게 강한 것은 아니다. 하지만 이후에도 공기로 감염되지 않으리라는 보장은 어디에도 없다.

바이러스가 무서운 속도로 갑자기 변이를 일으키기 때문이다.

전염 방법은 유사하지만 새로운 암 바이러스는 에이즈 바이러스가 어떠한 돌연변이를 일으켜 발생한 게 아닌가 의심하는 학자도 있었다. 백신으로 사라질 운명이라는 것을 알아차린 에이즈 바이러스가 기존의 암 바이러스와 결합하여 교묘하게 모습을 바꾼 것이 아닐까 하는 가설이었다.

사실 두 바이러스는 전염 방법만이 아니라 인간의 체세포에 자리 잡는 방식까지 많이 유사했다.

우선 역전사 효소를 품은 전이성 인간 암 바이러스가 인체의 세포질과 융합하면 RNA와 역전사 효소가 방출되어 이 두 힘으로 DNA 사슬 두 가닥이 합성된다.

그렇게 합성된 DNA가 정상 세포의 DNA로 짜여 들어가면 세포가 변화를 일으켜 암화한다. 거기서 끝나면 다행이겠지만, 자신의 DNA와 바이러스의 DNA를 구별하지 못하게 된 세포는 점점 암 바이러스를 제조해 체세포 밖으로 방출한다. 방출된 바이러스는 혈관이나 림프구를 지나 면역 세포의 공격을 피해 다른 개체로 옮길 기회를 노리며 도사리고 있게 된다.

세 번째 특징. 암이 발병하면 대부분의 경우 강력하게 침투하여 전이된다. 전이성 인간 암 바이러스라는 명칭은 당연히 여기서 유래되었다. 원래 종양은 양성과 악성, 둘로 구분할 수 있는데 그 차이는 침투와 전이라는 아주 성가신 특색으로 나뉜다. 종양이 생겼다 하더라도 주위로 확산되지 않고 혈관이나 림프관의 흐름을 타고 전이하지 않으면 겁낼 필요가 없다.

그러나 전이성 인간 암의 경우 빠르게 증식하고 침투성이 강해서, 혈관이나 림프관을 순환하며 확산되는 동안 면역계의 공격을 받아도 강력한 방어력으로 막아 낸다. 기존 암보다 순환계에서 살아남을 확률이 매우 높다.

따라서 이 암에 걸리면 100퍼센트 전이될 것을 상정해야만 한다. 암이 나을지 낫지 않을지는 전이를 막을 수 있는가에 따라 다르다. 그러나 전이성 인간 암은 100퍼센트의 확률로 전이가 되니 완전히 치료하기란 거의 불가능에 가깝다.

네 번째 특징. 이 암 바이러스로 인해 발생된 암세포는 숙주인 인간이 죽지 않는 한 영원히 살아 있는 불사 세포라는 점이다.

인간의 정상 세포는 태어나서 죽을 때까지 분열하는 횟수가 대강 정해져 있어서, 마치 사람처럼 태어났을 때부터 일정한 수명이 있다. 이를테면 신경 세포는 성인이 되면 증식하는 능력이 사라져 새로 세포분열을 하지 않는다. 신경세포는 거의 사람 수명과 비슷하게 세포 수명이 주어져 있다.

이렇게 세포 자체가 가진 노화 특징과 수명은 그 인간 개체의 수명으로 이어지지만, 이 암세포는 체내에서 꺼내 배양 용액에 넣으면 무한하게 분열을 반복하여 영원히 죽지 않는다.

이 점을 가리켜 예언 같은 말을 하는 종교인마저 등장했다.

"암세포의 능력을 정상 세포에 잘 조합할 수 있다면, 인간은 불로불사의 몸을 가질 수 있을 것이다."

물론 비전문가가 하는 망상에 불과했다. 영원한 생명을 가진 세포가 숙주인 인간을 죽이고 동시에 자신도 죽는다는 것은 모순으로 보였다. 그러나 대부분 인간은 그 모순을 자연스럽게 받아들이고 있었다.

2

국가시험을 이듬해에 앞둔 장마의 계절. 가오루는 바쁘게 지내고 있었다. 아버지 간병과 아르바이트에 많은 시간을 할애하느라 공부할 시간도 없이 어머니의 상태를 늘 신경 써야만 하는 상황이었다.

어머니는 그냥 두면 암에 관한 특효약이라 이름 붙인 것을 모조리 입수하려 들어서 계속 지켜보지 않으면 수습이 불가능할 지경이었다.

히데유키는 아들이 아르바이트에 힘을 쏟는 것을 못마땅하게 여겼다. 공부에 전념해야 할 시간을 쓸데없는 데 쓴다고 생각했기 때문이다. 원인이 자신의 병에 있음을 알기에 더욱 분노가 커서 대학 학비 정도는 낼 수 있고 저축해 둔 돈도 있다고 큰소리쳤다. 허풍과 호언장담하던 버릇은 아직 건재해서, 가오루는 낙천적이기까지 한 말에 오히려 크게 위안을 받기도 했다.

현재 집안의 가장을 맡고 있는 가오루 입장에서 보면 여유라곤 조금도 없었다. 결국 아르바이트를 할 수밖에 없는 상황이지만 아버지에게 궁핍함을 호소할 수는 없었다.

아버지에게 가정 형편을 말해 봤자 아무것도 얻을 게 없었다. 그래서 아버지에게는 아르바이트를 하는 이유를 용돈이 필요해서라고 이야기해 뒀다.

함께 있는 동안에는 되도록 아버지의 마음을 편안하게 해 주고 싶었다. 아내와 아들이 가장의 오랜 투병 생활로 인해 생활고를 겪고 있는 모습을 절대 보여 주고 싶지 않았다. 다행히 의대생이라는 간판을 달고 과외 일을 하면 상당히 고액의 소득을 얻을 수 있었다. 또한 가오루가 다니는 대학의 부속 병원에는 어린이 입원 환자도 많았고, 자식들이 학교 진도에 뒤처지지 않기를 부모가 바라는 덕에 과외 일자리는 늘 있었다.

대학이 여름방학 기간으로 접어들었다. 가오루는 부속 병원 개인 병실에 입원한 중학생에게 수학과 영어를 가르치고 나서 카페테라스에서 간단하게 점심을 먹고 있었다. 아버지가 입원한 병원이기도 했다. 방금 폐에 암세포가 전이될 우려가 있다는 소식을 듣고 침울한 기분이었다. 초여름인 이 시기에는 아버지가 늘 하는 허풍이 시작된다.

　"올해야말로 미국 사막의 장수촌으로 가족 여행을 가는 거다."

　늘 똑같은 시기에 변치 않는 레퍼토리의 그 공허한 말을 듣는 것과 동시에 암이 폐로 전이될지도 모른다는 가능성이 떠올랐다.

　스기우라 레이코와 료지 모자의 모습을 부속 병원 카페테라스에서 본 건 가오루가 아버지의 병세나 그 후 집안이 어떻게 될지 생각하며 한숨을 쉬던 그때였다.

　3층의 카페테리아는 가운데 정원을 유리로 둘러싼 원형 구조였다. 정원에 있는 분수에서 앉은키 높이까지 물방울이 튀어 올라온다. 부속 병원 식당이라고 생각할 수 없을 정도로 내부가 훌륭하고 맛도 좋았다. 솟아오르는 물을 물끄러미 보고 있노라면 잠시 마음이 편해진다.

　가오루의 시선이 자연스레 입구 쪽에서 안내를 받고 근처의 빈자리를 찾는 아름다운 여성에게 향했다.

　보기 좋게 태운 몸을 베이지색 여름 원피스로 감싼 여성은 화장기 없는 단정한 얼굴이었다. 옆에 아들이 없었다면 10대로 보였으리라.

　점원의 안내를 받아 여성과 아들은 가오루의 대각선 자리에 앉으려 했다. 그들이 앉은 후에도 가오루는 여성의 미니 원피스 아래로 보이는 다리에서 계속 시선을 거둘 수 없었다.

2주일 전, 호텔 수영장에서 우연히 그들과 마주치지 않았나 하는 생각이 불현듯 떠올랐다. 과외 학생의 성적이 오른 덕에 올해 여름까지 쓸 수 있는 수영장 사용권을 받았는데, 그 수영장에 간 첫날 수영장 옆 데크체어에 앉아 있던 모자의 모습이 떠올랐다.

녹색 수영복 차림의 여자를 보자마자 오래전에 어디선가 만났던 사람이라는 확신이 들었지만 언제 어디서 만났는지 생각이 나지 않았다. 기억력에는 자신이 있었는데 기억 밑바닥까지 아무리 더듬어도 그녀의 그림자를 찾을 수 없어 어딘가 석연치 않았다. 그만한 미모라면 당연히 기억할 텐데, 떠오르지 않는 게 신기했다. 단순히 잘못 본 것이라고, 그 자리에서는 그냥 잊으려 했다. 어렸을 적 자주 보던 멜로드라마의 주인공 여배우였나 싶은 생각이 문득 들었다.

소년의 몸은 매우 이상했다. 헐겁게 쓴 수영 모자와 물안경, 한눈에 수영복이 아님을 알 수 있는 체크무늬 반바지, 가느다란 O자 다리, 희한할 정도로 흰 피부. 옛날 방송 프로그램에 나온 우주인 시체를 방불케 하는 이상한 외형의 소년과 그 어머니의 모습은 가오루의 뇌리에 강하게 남았다.

그 두 사람이 지금 가오루의 대각선 방향 테이블에 앉아 있다. 분수를 내려다볼 수 있는 창가 자리여서, 유리창에 두 사람의 모습이 훤히 비쳤다. 가오루는 실제 두 사람이 아니라 유리에 비친 모습을 슬쩍 관찰했다.

잠시 보는 동안, 가장 인상에 남았던 소년의 불완전한 느낌이 어디서 기인되었는지 깨달았다. 머리카락이었다. 수영장에서 봤을 때는 수영모자 아래 있었을 머리카락의 존재가 느껴지지 않았다.

소년은 탁자에 잠시 앉아 있다가 쓰고 있던 모자를 벗었다. 동시에 머리카락 한 올 없는 매끈한 머리가 드러났다.

가오루는 그 순간 모든 것을 이해했다. 소년이 병원에서 치료를 받는 암 환자임을 한눈에 알 수 있었다. 입원 환자의 병문안을 온 가족이 아니라 아들의 항암 치료 때문에 엄마가 함께 왔다는 것을.

히데유키도 같은 치료를 받아서 부작용으로 머리카락이 빠졌지만, 소년의 머리는 그 이상으로 애처로웠다. 수영장에서 굴곡 없이 피부에 착 붙어 있던 수영모자의 기묘한 느낌을 이제야 납득할 수 있었다.

가오루는 멍하니 턱을 괴며 30대 초반으로 보이는 아름다운 엄마와 초등학교 고학년생으로 보이는 아들이 말없이 점심을 먹는 광경을 바라보았다. 무의식중에 입원 중인 아버지와 비교했다. 아버지는 마흔아홉 살, 이 소년은 열한 살이나 열두 살쯤. 둘 다 암 치료 때문에 항암제를 투여받는 환자였다.

베이지색 여름 원피스를 입고 병원에 있기 아까울 정도로 화려한 분위기를 띤 아이 엄마는 가끔 고개를 들어 시선을 창밖으로 향했다. 음식을 대하는 태도에서 맛을 즐기기보다는 어쩔 수 없이 먹는다는 자포자기의 심정이 느껴졌다. 그녀는 그렇게 누구에게랄 것 없이 미소인지 한숨인지 구별이 안 되는 표정을 지었다.

여자가 허공에서 멈췄던 수저를 다시 접시로 되돌렸다가 먹기를 주저하며 갑자기 비스듬히 시선을 보내왔다. '아까부터 뭘 보고 있어요?'라는 의미의 뾰족한 시선이었지만, 가오루와 눈이 마주치자 점차 부드러워졌다. 가오루는 시선을 피할 수가 없었다.

이전에 수영장에서 마주쳤던 사람이란 것을 여자도 알아차린 듯했다. 어딘지 모르게 말을 하려는 듯한 표정이었다. 가오루가 가볍게 고개를 숙이자 그녀도 같은 동작으로 응답했다.

그러다 곧바로 그녀는 젓가락과 수저를 내던지며 보채는 아들에게 뭐라고 작게 말을 걸었다. 가오루에 대한 생각은 이제 안중에도 없어 보였다.

하지만 가오루는 그 모자를 계속 관찰했다. 어떤 저항도 하지 못하고 의식을 송두리째 빼앗겨 버렸다.

며칠 뒤, 이번엔 병원 안뜰에서 이 모자와 다시 마주쳤다. 운 좋게 벤치 옆자리에 앉자 누가 먼저랄 것 없이 아주 자연스럽게 이야기를 시작하게 되었다.

엄마는 스기우라 레이코, 아이는 료지라는 이름이었다. 료지는 폐에 생긴 암세포가 뇌로 전이될 우려가 있어 방사선과 항암제 치료를 앞두고 계속 검사를 받는 나날을 보내고 있다고 했다.

게다가 세포를 암화시킨 범인은 최근 순수 분리에 성공한 전이성 인간 암 바이러스로 보였다. 발생에서 전이로 이어지는 순서가 아버지의 병세와 유사했다.

가오루는 친근감이 생겼다. 같은 적을 두고 싸우는 동지 의식인 셈이었다.

"전우군요."

아이 엄마인 레이코 역시 그렇게 말했다. 하지만 문득 전에 카페테리아에서 본 두 사람의 표정 때문에 레이코의 말을 믿기 어려웠다. 포기라는 표정이 두 얼굴에 떠올라 있지 않았던가. 조금이라도 병을 상대로 진심으로 싸우려는 사람이 지을 표정은 아니었다는 생각이 들었다. 음식을 입으로 떠넘길 때의 다 내던진 듯한 태도는 잊으려 해도 잊을 수가 없었다.

가오루는 처음 봤을 때 움튼 작은 의문을 이 기회에 풀기 위해 물었다.

"그런데 전에 어디서 뵌 적이 있지 않나요?"

여자를 유혹할 때 상투적으로 쓰는 말 같아서 부끄러웠지만 다르게 말할 수가 없었다.

레이코는 그 질문에 의미를 알 수 없는 웃음으로 답하며 부끄러워했다.

"그런 말을 참 잘 들어요. 옛날에 드라마에 많이 나온 여배우와 닮아서 그런가."

가오루에겐 이 말이 거짓말처럼 들렸다. 비슷한 정도가 아니라 본인이라고밖에 보이지 않았다. 하지만 과거를 지우기 위해 거짓말을 하는 거라면 이 이상 깊이 물을 수 없었다.

안뜰에서 헤어질 때 레이코는 개인 병실 번호를 가오루에게 알려 주며 가볍게 손을 잡았다.

"다음에 꼭 놀러 와요. 꼭."

손에 생기가 있었다. 온몸에서는 은은한 향기가 났다.

세 번째 만남을 통해 가오루는 스기우라 레이코라는 여성에게서 더욱 눈을 뗄 수 없게 되었다.

3

레이코의 초대를 진지하게 받아들여 료지의 개인 병실 문을 두드린 건 바로 그다음 날이다.

레이코가 다소 과장스럽게 미소 지으며 환영했다. 료지는 침대에 앉아 다리를 흔들며 책을 읽고 있었다. 의학부에 적을 둔 가오루는 들어가자마자 병실 가격을 알 수 있었다. 하루 비용이 일반실의 다섯 배가 넘는 개인실. 개인 욕실도 딸려 있는 곳이었다.

"와 줘서 고마워요."

레이코가 감사의 뜻을 전했다. 인사치레로 병실에 놀러오라는 말을 했지만 진짜 와 줄 거라 기대하진 않았나 보다. 레이코는 정말 즐겁게 료지를 향해 일어나라고 재촉했다.

"얘, 얘."

가오루는 알아차렸다. 아마 레이코는 아들의 대화 상대로 가오루를 부른 듯했다. 약간 기대와는 어긋난 기분이었다.

가오루가 끌린 상대는 료지가 아니라 레이코였다. 가오루는 연애 경험이 미숙했지만, 결코 피하지 않고 받아 줄 듯한 레이코의 눈빛이 성적인 분위기를 풍기고 있다고 생각했다. 귀염성 넘치게 살짝 처진 커다란 눈, 도톰한 입술……, 가슴이 크게 풍만한 편은 아니지만 160센티미터도 되지 않는 몸에서 여성스러움이 풍겼다. 같은 나이 대의 여성에게는 없는 세련미가 가오루의 전신을 꿰뚫는 것 같았다.

그에 비해 료지의 시선에는 가오루만 한 집착이 없었다. 침대옆에 달린 의자에 앉아서 바라보니 료지의 눈에 담긴 빛은 놀랄 정도로 희미했다.

눈조차 마주치려 하지 않았다. 이쪽을 향하고 있는데도 그 눈은 명백히 아무것도 보고 있지 않았다. 가오루가 있는 곳을 통과해 뒤에 있는 벽 언저리에 시선이 맴돌았다. 시간이 아무리 지나도 초점이 맺히지 않았다.

료지는 페이지 중간에 손가락을 끼우고 무릎 위에 단행본을 펴 놓은 채였다. 이야기를 시작할 거리를 찾기 위해 가오루는 상체를 숙여 료지가 읽고 있는 책의 책등을 봤다.

『바이러스의 공포』라는 제목이었다.

환자는 자기 병에 대해 자세히 알고 싶어 한다. 료지도 마찬가지였다. 몸 전체에 침입한 이물질의 정체를 알고 싶어 하는 게 당연했다.

가오루는 본인을 의학부 학생이라고 밝히며 바이러스에 대해 몇 가지 질문을 했다. 초등학교 6학년생치고 놀라울 만큼 정확한 대답이 돌아왔다. 료지는 DNA 구조뿐만 아니라 생명 현상의 최첨단 이슈에 이르기까지 나름의 견해를 갖고 있었다.

료지와 문답을 계속하면서 가오루는 아이일 때의 자신과 마주하는 기분이 들었다. 과학 지식으로 무장한 소년을 보자, 아버지가 이전에 그랬듯이 가오루 스스로가 어른이 된 기분이 들었다.

하지만 그것도 길게 지속되지 않았다. 막 허물없이 대화하게 될 즈음, 담당 간호사가 들어와서 료지를 검사실로 데려가 버렸다.

좁은 병실에 둘만 남자 가오루는 좌불안석이었다. 레이코는 그때까지 기대고 있던 창가에서 떨어져 알 수 없는 표정으로 침대 옆에 앉았다.

"스무 살일 줄은 몰랐어요."

료지와 대화하다 어쩌다 나이 이야기가 나와서 털어놓았다.

"몇 살로 보이는데요?"

가오루는 언제나 원래 나이보다 더 들어 보인다는 소리를 자주 들어 익숙했다.

"스물다섯 살 이상은 되어 보여서……."

미안하다고 말하며 레이코가 말꼬리를 흐렸다.

"제가 나이 들어 보이나요?"

"너무 생각하는 게 어른스러워서요."

늙었다고 하면 기분이 나쁘겠지만 어른스럽다고 하니 훨씬 듣기 좋았다.

"부모님 사이가 정말 좋으셨거든요."

"어머나, 부모님 사이가 좋으면 아이가 어른스럽나요?"

"부모님 두 분이서 충분히 행복해 보이니 일찍부터 자립할 수밖에 없더군요."

"그런가."

레이코가 납득하기 어렵다는 표정으로 비어 있는 아들의 침대를 바라보았다.

가오루는 레이코의 남편에 관해 생각해 보았다. 아무래도 료지에게는 아버지의 존재가 느껴지지 않았다. 부모님이 이혼 또는 사별을 했든지, 아니면 처음부터 없었던 것처럼 아버지와의 관계가 거의 느껴지지 않다는 인상을 받았다.

"그럼 이 애는 영원히 자립 못 할지도 모르겠네요."

레이코가 비어 있는 침대에서 눈을 거두지 않고 말했다.

가오루는 진지하게 그녀를 바라보았다. 상대가 먼저 말을 꺼내기 기다릴 수밖에 없었다.

"암이었어요……."

"그렇습니까?"

'역시.'라는 생각이 들었다.

"2년 전이었지요. 료지도 참, 아빠가 세상을 떠났는데도 전혀 슬퍼하지 않아하던걸요."

이해할 수 있었다. 분명 그 애라면 눈물도 흘리지 않았으리라.

"다 그렇다니까요."

본심에서 한 말은 아니었다. 아버지의 죽음을 상상만 해도 가오루는 억누를 수 없을 정도로 슬픔이 솟구쳤다. 실제로 죽음과 직면하면 극복할 수 있을지 자신이 없었다. 그런 의미로는 가오루도 아직 자립하지 못했나 보다.

"가오루 씨, 혹시 괜찮으시면……."

레이코는 거기서 잠시 멈추더니 애원하는 눈빛으로 말을 이었다.

"저 애 공부를 좀 봐줄 수 없을까요?"

"과외를 맡아 달라는 말씀인가요?"

"네."

아이에게 공부를 가르치는 것은 가오루의 특기인 데다, 학생을 하나나 둘 더 맡을 시간 여유도 있을 것 같았다. 하지만 과연 료지에게 과외 선생이 필요할까? 약간 대화해 보니 료지의 학력은 같은 나이 대의 학생을 훨씬 능가하는 게 분명했다.

그뿐만이 아니었다. 암이 폐나 뇌로 전이되었다면 아무리 과외로 공부를 시켜도 소용없으리라. 학교로 복학할 수 있는 기회도 있을 리 만무했다. 하지만 그렇기 때문에 더욱 과외 선생을 고용할 이유가 있을 터였다. 복학하여 공부를 다시 시작할 때를 위해 대비하고 미래에 대한 희망을 갖도록 하려고. 가까운 사람 입장에서는 미래를 결코 포기하려 하지 않는 모습을 행동으로 표현해야만 하는 법이다.

"좋아요. 한 주에 두 시간 정도 여유가 있습니다."

레이코가 가오루 쪽으로 두세 걸음 다가와 그의 손 위에 자기 손을 얹었다.

"고마워요. 학교 공부도 공부지만 좋은 이야기 상대가 되어 주면 저 애도 좋아할 거예요."

"알겠습니다."

아마 료지에게는 친구가 아무도 없을 것이다. 가오루도 그래서 잘 안다. 그 역시 학교라는 사회에는 별로 익숙하지 않았다. 그래도 고독을 느끼지 않았던 것은 부모님과 사이가 좋았던 덕택이었다. 비상식적인 아버지였지만 대화 상대로는 최고였다. 아버지, 어머니를 대하다 보면 자신이 왜 이 세상에 태어났는지 이유를 의심할 필요가 없었다. 가오루는 정체성의 확립 때문에 고민했던 적이 없었다.

레이코가 가오루에게 부탁한 것은 아들에게 아버지를 대신할 존재였다. 물론 거기에 불만은 없었다. 역할을 해낼 자신이 있었다.

'하지만 레이코 씨는 남편을 대신할 존재는 바라지 않는 걸까?'

가오루의 망상이 부풀어 올랐다. 자신은 없었다. 하지만 가능하면 한 사람의 남자로서 레이코를 대하고 싶었다.

다음 약속을 잡고 가오루는 료지의 병실을 뒤로했다.

4

정해진 공부 시간 이외에도 료지와 이런저런 이야기를 나누는 일이 많아졌다. 주로 과학 개론을 테마로 삼아 잡담을 나누다 보니 가오루는 세계의 시스템을 이해하고 싶다는 열망으로 자연과학을 심도 깊게 탐구하던 어린 시절이 떠올랐다.

원래 가오루가 바랐던 것은 초상현상 등 비과학적인 것으로 규정되는 분야까지도 포괄하여 설명하는 체계나 이론을 만들어 내는 일이었다. 하지만 이해가 깊어짐에 따라 어떤 통일 이론을 만들더라도 그 체계를 따르다 보면 절대 설명할 수 없는 현상이 반드시 나타난다는 것을 알게 되었다. 거기까지 진행되었을 때, 그의 탐구심은 아버지의 발병을 계기로 의학이라는 실천 학문으로 향했다.

가오루는 문득 회상에서 깨어나 일찍이 자신이 그랬던 것처럼 세계의 구조를 밝히려는 료지를 선배가 된 느낌으로 보게 되었다.

료지는 평소처럼 침대에서 책상다리를 하고 앉아 몸을 흔들고 있었다. 창가 의자에 앉아 두 사람의 대화를 바라보던 레이코도 어지간히 눈이 무거웠는지 아들의 움직임에 맞춰 머리를 앞뒤로 흔들고 있었다.

"지금 네가 흥미를 가진 게 그거니?"

료지는 유전자에 관해 다양한 질문을 가오루에게 퍼붓던 중이었다.

"뭐, 그래요."

료지는 늘 그렇듯 공허한 눈을 똑바로 앞으로 향하며 침대 위에서 등을 쭉 폈다. 재미있는 것도 없는데 얼굴에 웃음을 띤 건 언제부터였을까? 건강한 웃음은 아니었다. 이제 곧 끝날 목숨이라는 것을 알고서 현세를 비웃는 인간의 웃음이었다. 이전보다 익숙해졌지만 보고 있으면 아직 화가 난다. 만약 아버지가 같은 표정을 지었다면 화를 냈으리라.

료지의 경우, 조소를 지울 방법은 하나밖에 없다. 치열한 의논의 장으로 상대를 몰아가면 된다.

"진화론에 대해서는 어떻게 생각하지?"

가오루는 진화론으로 화제를 돌렸다. 유전자를 테마로 이야기하면 진화론으로 기우는 것은 자연스러운 흐름이었다.

"어떻게라뇨?"

료지는 움찔거리며 눈을 치뜨고 가오루를 노려봤다.

"그럼 말이야, 진화의 방향에 목적이 없는지 아니면 특정하게 예정된 목적이 있을지, 그 부분부터 들을까?"

"가오루 아저씨는 어떻게 생각해요?"

료지의 좋지 못한 버릇이었다. 자기 의견을 바로 이야기하기 전에 일단 상대 의견부터 탐색하려 들었다.

"나는 어느 정도 선택의 폭이 있다는 가정하에 진화에는 방향이 있다고 생각해."

가오루는 정통파인 다윈의 진화론을 적극적으로 부정할 생각은 없었다. 자연과학 전문가로서 길을 밟아 가면서도 합목적론의 방식을 전부 배제할 수는 없었다.

"정방향진화설. 사실 저도 거의 그렇게 생각해요."

료지는 본인도 같은 생각이라는 듯 가오루 쪽으로 몸을 기울였다.

"처음의 발생부터 순서를 밟아 갈까?"

"발생?"

료지는 얼빠진 소리로 말했다.

"생명의 발생을 어떻게 보는지가 중요한 문제겠지."

"아아, 그렇구나."

료지는 미간을 찌푸리며 이 문제에서 빨리 벗어나려 했다.

가오루는 료지의 태도를 납득할 수 없었다. 생명이 어째서 생겨났는지 이런저런 생각을 하는 것은 즐거운 유희일 터였다. 지구상의 생명이 어째서 진화 능력을 얻게 되었나 하는 의문은 생명 그 자체가 어떻게 생겨났냐는 의문과 밀접하게 연관된다. 적어도 가오루는 이 명제를 갖고 아버지와 충분히 놀아 왔다.

"먼저 이야기를 진행해 볼까? 어떤 방식인지는 모르지만 맨 처음 생명이 탄생했다고 하고, 다음에……."

가오루는 여기서 잠시 멈춰 료지에게 다음 내용을 추측하게 했다.

"최초의 생명은 씨앗 같은 것이었다고 생각해요. 발아하여 성장하면 결국 인간을 포함해 생명수가 될 정보가 담겨 있는 씨앗."

"하지만 당연히 '흔들림'이 있었겠지."

"맞아요. 정말 작은 씨앗이라도 큰 나무로 성장할 수 있죠. 나무 굵기나 나뭇잎 색, 열매 종류까지 모든 정보가 최초의 씨앗 속에 들어 있고. 그래도 당연히 큰 나무는 자연의 영향을 받아요. 해가 비추지 않으면 마르고 양분이 적으면 줄기가 가늘어져요. 번개가 떨어져 쪼개질지도 모르고 강풍으로 가지가 부러질지도 모르고. 그래도 아무리 예상 밖의 영향을 받더라도 씨앗에 들어 있던 본질까지 바뀌지는 않아요. 비나 눈이 내려도 은행나무가 사과를 맺는 일은 없어요."

가오루가 혀를 내둘렀다. 료지의 생각에 반대할 의사는 없었다. 오히려 생각하는 방식이 비슷한 부분도 있었다.

"즉, 바다 생물이 뭍으로 오르고 기린의 목이 길어지게끔 애초부터 프로그램되어 있었다는 거지."

"응. 그래요."

"그럼 발생 이전에 어떤 의지가 작용하고 있었다고 생각할 수 있겠네."

"의지라니, 누구의? 신?"

료지가 해맑게 답했다.

가오루가 생각하던 것은 신의 의지가 아니었다. 발생 전에도, 진화의 단계에도 작용한 눈에 보이지 않는 의지를 생각했다.

문득 뇌리에 뭍을 향해 떼 지어 올라오는 어류의 모습이 펼쳐졌다. 바다를 검게 물들이며 수면에서 뛰어올라 땅으로 이동하는 어류의 모습은 압도적으로 박력이 있었다.

바다 생물은 스스로 육지를 선택한 것이 아니라, 반복된 조산 (造山) 운동 끝에 물가가 말라 감에 따라 육지에 적응하도록 강요당한 건지도 모른다. 정통 진화론자라면 그 설을 채택하리라.

하지만 가오루가 떠올린 장면은 매일 계속 뭍을 향해 기어가다가 죽어 가는 산처럼 물가에 쌓인 물고기 시체들의 공허한 눈이었다. 그중 극히 일부가 육지에 적응했다는 내용은 아무래도 믿어지지 않았다. 물에서 뭍으로의 주거 환경 변화는 내장 기관의 변화를 수반한다. 아가미 호흡에서 폐 호흡으로 내장 기관이 변할 필요가 생긴 것이다. 체내에서 내장을 변화시켜 가는 시행착오가 어떻게 이루어졌을까? 하나의 기관이 다른 기관으로 바뀌어 생겨난다니, 생각해 보면 대단한 일이다.

가오루의 눈앞에는 매끈하게 벗어진 료지의 머리가 있다. 등을 구부리고 있어서 정수리가 바로 코앞에 있었다. 이 마르고 작은 육체 안에서도 격심한 세포의 공방전이 펼쳐지고 있다. 아버지와 마찬가지였다. 대부분의 위와 대장 일부와 간을 잃었다. 그것을 대신하듯 미지의 암세포가 새로운 부위에 정착하며 계속 꿈틀대고 있었다.

갑자기 영감이 떠올랐다.

암세포는 정상적인 내장 기관의 색과 형태를 바꾸고 새로운 돌기를 만들어, 기관의 기능을 상실한 채 개체의 죽음을 일으킨다. 부정적인 측면만 부각되었지만, 그러한 암세포의 활동이 일종의 모색으로 보이지 않는 것도 아니다. 혈액과 림프액의 흐름을 타고 곳곳의 세포로 이어져 불로불사의 성질을 부분적으로 이식하는 실험을 반복하는 것이다.

'무엇을 위해?'

미래에 적응할 수 있는 새로운 장기를 신체의 일부에 만들어 내기 위해서다. 전이성 인간 암 바이러스의 활동, 그것은 새로운 장기를 체내에 창조하기 위한 시행착오가 아닐까?

그 과정에서 대부분의 어류가 물가에서 멸종한 것처럼 많은 사람이 죽어 가고 있다. 그러나 1억 년 걸려 상륙에 성공한 바다 생물처럼, 언젠가 인간도 무수한 희생 위에 새로운 장기를 얻을지도 모른다. 그때야말로 인류는 진화한다. 바다에서 육지로의 비약적인 진화와 같은 수준의 진화는 새로운 장기를 손에 넣지 않으면 불가능한 것이 아닐까? 과연 그 시기는 언제일까?

암으로 죽는 사람의 숫자는 요즘 갑자기 증가하고 있지만, 암 세포의 활동이 언제부터 시작되었는지 알 수 없는 이상, 인류가 진화로 가는 시행착오가 막 시작된 건지 아니면 끝나 가고 있는지는 판단할 방법이 없다. 단, 진화 시간이 단축되고 있는 것만은 확실했다. 어류에서 양서류로 진화하는 데 걸린 세월과 원숭이에서 인간으로 진화하는 데 걸린 세월은 비교할 수 없을 정도로 후자가 짧다. 그러니 가능성은 있다. 진화의 간격은 점차 짧아지고 있다.

가오루는 그렇게 생각하고 싶었다. 조금이라도 희망을 가질 수 있는 쪽으로 시선을 향하고 싶었다. 아버지는 암의 희생자가 아니라, 진화에 이르기 위한 선구자 중 한 사람이 되는 것이라고.

새롭게 거듭나는 것. 가능하다면 가오루도 바라는 일이었다. 재생에 대한 욕망은 누구나 갖고 있다. 소원을 빈다면 영원한 생명이리라.

전이성 인간 암 바이러스의 특징이 불로불사의 세포를 만들고 유지하는 것이라면, 공상은 응당 거기까지 미친다. 기회는 물론 료지에게도 있다.

그 가능성에 대한 말이 가오루의 목구멍까지 올라왔다. 질병의 역할을 긍정하는 것 같은 말투는 삶에 대한 집착이 박하다는 뜻이다.

바로 뒤에서 희미한 숨소리 소리가 들렸다. 아까부터 졸고 있던 레이코는 테이블에 고개를 떨구고 본격적으로 잠든 모양이었다. 가오루와 료지는 서로 얼굴을 마주 보며 슬며시 웃었다.

8시가 되기 전. 아직 밤이라기엔 이른 시간이었다. 창문 너머 초여름 땅거미가 대도시의 야경 뒤로 지고 있었다. 바로 아래 고속도로에서 자동차 소리가 유달리 크게 들려왔다.

레이코의 팔꿈치가 움찔했다. 그 반동으로 주스의 빈 캔이 바닥에 떨어졌지만 그녀가 일어날 기색은 없었다.

가오루는 일어나려는 몸짓을 하며 말했다.

"네 어머니는 잠들어 버리셨구나. 난 이제 가야겠다."

약속했던 과외 시간은 벌써 지난 지 오래였다.

"아까 뭔가 말하려고 하지 않았어요?"

아직 대화가 부족했는지 료지는 불만스러운 표정이었다.

"다음에 이어서 이야기하자."

가오루는 의자에서 일어나 실내를 둘러보았다. 레이코는 거칠어진 손등에 뺨을 댄 채 얼굴은 이쪽을 향하고 있었다. 눈은 감고 있는데 입을 반쯤 벌려 손등이 침에 젖어 있었다. 푹 잠들어 버린 귀여운 얼굴이었다.

열 살 넘는 연상의 여자가 사랑스럽다는 느낌이 들기는 처음이었다. 가오루는 레이코의 온몸이 사랑스러워서 문득 몸을 만져 보고 싶다는 욕망을 품었다.

료지가 침대에서 팔을 뻗어 어깨를 흔들었다.

"엄마, 엄마."

일어날 것 같지 않았다.

"안 되겠네. 완전히 잠들었어."

료지가 천진난만한 눈으로 가오루를 보더니 그대로 시선을 보호자 침대로 옮겼다.

"엄마는 제 병간호를 하느라 늘 지쳐 있어서, 잘 수 있을 때는 푹 자게 하고 싶어요. 오늘 밤도 한밤중에 일어나야 할 테니까."

료지가 담담하게 말했다.

가오루의 온몸에 이상한 전율이 흘렀다. 어쩐지 료지가 가오루의 속을 들여다봤다는 생각이 들었다.

'엄마를 깨우지 않고 안아서 보호자 침대에 눕히고 싶어요.'

가오루에게는 료지가 그렇게 바라는 것처럼 들렸다.

이동 거리는 2미터도 채 되지 않았다. 짧은 플레어스커트 아래로 뻗은 레이코의 다리가 보였다. 누가 만지는 것을 거부하듯 무릎이 가지런히 모여 있었다. 가오루의 힘이면 여성 한 명을 침대로 들어 옮기는 일쯤은 아무것도 아니었다. 하지만 피부를 만지고 어떤 자극을 받고 욕망을 제어할 수 없게 될까 봐 경계심이 생겼다.

"엄마도 참, 이렇게 잠들면 꼼짝도 안 해."

그렇게 말하며 료지가 의미심장한 표정을 지었다. 일부러 가오루 쪽을 바라보지 않고 있었다. 모두 꿰뚫어 보는 태도로. 가오루가 레이코를 이성으로 느끼며 흥미를 갖고 있다는 것을 알고 일부러 떠보는 것처럼 보였다.

'엄마를 만지고 싶죠? 괜찮아요. 내가 허락해 줄 테니까. 내가 기회를 만들어 줄 테니까.'

숨죽여 웃으며 료지가 도발했다.

가오루는 말없이 간이용 침대를 폈다. 료지의 도발에 굴복한 것이 아니다. 몸에 닿아서 레이코에 대한 감정이 더 깊어진다면 일부러라도 그래 보고 싶었다. 육체 접촉이 끼치는 정신적인 영향을, 가오루는 아직 제대로 느껴 본 적이 없었다.

가오루는 레이코의 목과 양 무릎 아래에 팔을 넣어 단번에 들어 올리고 침대로 옮겼다.

침대에 내려놓을 때의 반동으로 레이코의 입술이 순간 가오루의 목에 닿았다. 레이코는 눈을 살짝 뜨며 두 팔에 힘을 주어 가오루의 몸을 안으려는가 싶더니 안심한 표정으로 힘을 풀며 그대로 다시 잠에 빠져들었다.

지금 움직이면 레이코를 깨우게 될 것 같아 가오루는 조용히 있었다. 몇 초 동안 레이코와 정면으로 몸을 겹치고 있었다. 가슴과 배 중간 위치에 얼굴을 얹고 살결의 탄력을 느끼며 시선은 얼굴 쪽으로 향했다. 레이코의 얼굴을 아래에서 올려다보는 상황이었다. 가느다란 턱선, 그 위에 두 개의 검은 콧구멍이 있다. 지금까지 경험해 본 적 없는 앵글이었다.

서서히 몸을 일으켜 레이코의 몸에서 떨어지며 가오루는 자문자답을 되풀이했다.

'좋아하게 되어 버렸구나.'

목에 닿았던 입술의 감촉이 아직 생생했다.

"그럼 다음 주에 보자."

가슴의 고동을 들키지 않도록 가오루가 조심스레 문손잡이를 잡았다.

료지는 책상다리를 하고 앉아 무릎을 위아래로 흔들며 똑, 똑, 손가락 관절에서 소리를 냈다. 아까 모습에서 확 돌변하여 표정이 사라졌다. 도발하는 것도, 조소하는 것도 아닌 모든 감정을 일절

죽인 표정이었다.

"안녕히 가세요."

가오루는 조용히 방을 나갔다. 그가 떠난 뒤에도 료지의 딱딱한 웃음이 문에 고정되어 있다는 것을 알 수 있었다.

가오루는 직감했다. 이 만남은 우연이 아니며 자신의 인생은 레이코, 료지와 진하게 얽혀 버렸다는 것을.

5

병리학 교실에 적을 둔 사이키 조교수의 거처에 놀러 가는 건 가오루에게 몇 안 되는 즐거운 일 중 하나였다. 사이키는 아버지와 같은 대학 동급생으로, 아버지의 상태가 좋지 않은 지금 여러 가지 의논 상대가 되어 주었다. 직접 지도해 주는 의사는 아니었지만 가족 모두와 오래 알아 온 덕에 어릴 적부터 친숙했다.

가오루가 정기적으로 사이키를 방문하는 데에는 한 가지 목적이 있었다. 아버지를 고통에 빠뜨린 암세포는 현재 그의 연구실에서 배양되고 있다. 그 상태를 현미경으로 보기 위해 찾아가는 중이었다. 지피지기면 백전백승이니까.

일단 가오루는 병동을 빠져나와 병리, 법의학, 미생물 등의 기초 의학 연구실을 수용하고 있는 건물로 들어갔다. 새 건물과 옛 건물이 혼재한 대학 병원에서는 옛 건물에 속하는 곳이었다. 2층에는 법의학 교실, 3층에는 가오루가 향하는 병리학 교실이 있었다.

계단을 올라 왼쪽으로 돌면 양쪽에 작은 연구실들이 이어진 복도가 나온다.

가오루는 사이키 조교수의 연구실 문을 두드렸다.

"들어와요."

사이키의 목소리를 들으며 가오루는 얼굴을 반 정도 문틈으로 들이밀었다.

"아, 왔군."

사이키는 평소처럼 맞아 주었다.

"바쁘신가요?"

"보는 대로 바쁘네. 작업은 알아서 하게."

사이키는 오늘 오후에 절제한 환부 조직의 세포 검사를 하느라 바빠서 이쪽을 쳐다보지도 않았다. 그래도 상관없다. 혼자 작업을 하면 눈치 볼 것 없이 천천히 관찰할 수 있다.

"감사합니다."

가오루는 대형 냉장고 같은 형태의 CO_2 인큐베이터 문을 열어 아버지의 세포를 찾았다. 인큐베이터 안쪽은 일정한 온도를 유지하고 있고 이산화탄소 값도 거의 일정하다. 오랫동안 문을 열어 두면 안 된다.

아버지의 암세포를 배양하는 플라스틱 샬레는 평소대로 같은 장소에 있어서 바로 찾을 수 있었다.

이것이 영원한 생명일까 싶어 볼 때마다 가오루로서는 이상한 기분이 들었다.

절개된 아버지의 간은 원래 색깔인 붉은빛이 도는 분홍색에서 흰 반점이 있는 막 형태로 변화했다. 포르말린에 담겨진 채 유리병에 밀봉되어 이것과는 다른 캐비닛에 3년 전부터 보관되고 있다. 빛의 가감 때문이겠지만 가끔 꿈틀거리며 움직이는 것처럼 보일 때가 있다.

포르말린에 든 간은 당연히 살아 있지 않다. 살아 있는 것은 샬레에 배양되고 있는 암세포뿐이다.

아버지의 암세포를 혈청 농도 1퍼센트 이하에서 배양하여 증식시킨 것이었다.

정상 세포는 혈청 속의 증식 인자를 다 쓴 시점에서 증식이 정지된다. 아무리 많은 증식 인자가 있더라도 샬레 안에서 중첩되어 늘어나는 경우는 없다. 이 성질을 접촉 저지성이라고 하는데, 암세포는 접촉 저지성이 없는 데다 혈청 의존성이 매우 낮다. 간단히 말하면 영양분도 거의 섭취하지 않고 아무리 좁은 장소에서도 빈틈없이 포개진 상태까지 증식할 수 있다는 말이다.

정상 세포는 샬레 속에서 한 겹밖에 증식되지 않는 데 비해 암세포는 겹겹이 증가할 수 있다. 정상 세포의 우직한 평면적 증식과 비교하면 입체적으로 무절제한 증식을 이루는 것이 암세포다. 정상 세포에는 분열 횟수 수명이 있지만 암세포의 분열은 영구하다.

'불사성.'

가오루는 태곳적부터 줄곧 인간이 원해 온 불사성을, 인간을 죽이려는 원흉이 가지고 있다는 부조리를 통감할 수밖에 없었다.

입체성을 증명하기라도 하듯이 아버지의 암세포는 구형으로 떠올라 있었다. 관찰할 때마다 형태가 변화했다. 원래는 아버지의 내장 기관의 정상 세포였는데 지금은 독립된 생명체로 봐야 할까? 숙주의 생명이 위기에 처했는데도 이놈은 영원한 삶을 원하고 있다.

가오루는 모순으로 똘똘 뭉친 샬레를 위상차 현미경에 고정했다. 최고 배율이 200배 정도에 불과했지만 쉽게 컬러 영상을 볼 수 있다. 주사형 전자 현미경으로 관찰하는 것은 시간이 많을 때뿐이다.

생명으로서의 절도를 잃어버린 암세포는 기분 나쁜 형태를 취하고 있었다. 인간의 목숨을 앗아 가는 세포라는 선입견 때문에 그로테스크하게 보이는 것일까 아니면 객관적으로 봐도 그로테스크한 모양인 걸까?

가오루는 아버지를 괴롭히는 장본인에 대한 증오나 선입견을 버리고 계속 표본을 관찰했다.

배율을 올리니 세포가 모여 덩어리를 형성하고 있는 것을 알 수 있었다. 반투명하고 가늘고 긴 세포가 하늘거리며 밀집해 엷은 녹색으로 물들어 있었다. 세포 본래의 색이 그런 게 아니라, 현미경에 설치된 녹색 필터 때문에 그렇게 보이는 것이었다.

정상 세포는 어느 부분이나 튀어나오지 않게 평균적, 전체적으로 정돈되어 있지만 이 암세포는 부분적으로 녹색이 짙게 그림자를 드리우고 있었다.

무수한 점이 도드라져 보였다. 둥글게 몽글몽글 솟아올라 반짝반짝 빛을 반사하고 있었다. 분열 중인 세포다.

가오루는 몇 차례나 샬레를 교환하여 정상 세포와 암세포를 비교했다. 표면적인 차이는 명백했다. 암세포에는 혼란이 잠재한 더러움이 있다.

세포의 표면을 더듬는 것까지가 한계여서 세포 내부, 핵이나 DNA의 민낯을 보기에는 광학 현미경의 힘이 미치질 않았다. 하지만 가오루는 끈기 있게 바라보았다. 이러고 있어 봤자 소용없다는 것쯤은 충분히 알고 있었다. 관찰하기만 해서 대체 뭘 알 수 있을까? 하지만 그렇게 속으로 욕하면서도 하나하나의 표정을 공들여 살폈다.

세포는 어느 것 하나 다름없이 같은 표정을 짓고 있는 것처럼 보였다. 같은 얼굴이 무수히 많이 늘어서 있었다.

'같은 얼굴들.'

가오루는 위상차 현미경으로부터 고개를 들었다.

아무런 맥락 없이 가오루는 세포를 인간의 얼굴로 비유했다. 무수히 몰린 같은 얼굴이 울퉁불퉁한 덩어리가 되어 얼룩 같은 형상을 만들어 내는 것처럼 보였다.

잠시 위상차 현미경에서 눈을 뗄 수밖에 없었다.

'직감적으로 받은 이미지에 뭔가 의미가 있을까?'

우선 그 점이 의심스러웠다. 직감이 중요하다는 아버지의 가르침 때문이었다.

책을 읽을 때도, 길을 걸을 때도 갑자기 다른 장면이 떠오를 때가 자주 있다. 보통은 일일이 그 이유를 생각하진 않는다. 거리를 걷다가 어떤 탤런트의 포스터를 보고 그와 닮은 아는 사람을 회상하기도 한다. 그럴 경우, 포스터를 봤다는 사실을 의식하지 않으면 아무런 맥락도 없이 갑자기 얼굴이 떠오른 것처럼 느껴지는 것이다.

일종의 공시성(共時性)이라고 한다면, 어디서 무엇이 겹친 건지 가오루는 분석해 보고 싶었다. 암세포를 약 200배의 배율로 바라보던 중 무언가가 촉발되어 세포 하나하나가 사람 얼굴로 보였다.

최소한 이 일에 어떤 의미가 있는지 알고 싶었다.

생각해도 답을 찾을 수 없어 다시 위상차 현미경으로 눈을 돌렸다. 상상을 유발한 뭔가가 있으리라. 입체적으로 겹쳐져 있는 가늘고 긴 세포. 반짝반짝 솟아오른 구형의 입자. 가오루는 아까와 똑같은 말을 중얼거렸다.

"역시, 다 똑같은 얼굴들이야."

게다가 확실히 남성 이미지가 아니었다. 여성의 이미지가 느껴졌다. 단정한 계란형 얼굴에 피부가 매끄러운 여성.

너무나 이상했다. 위상차 현미경으로 세포를 관찰하다가 인간의 얼굴을 떠올린 것은 처음이었다.

6

가오루는 병실에서 료지와 마주하고 있었지만, 욕실에서 들려오는 소리가 신경이 쓰여 견딜 수 없었다. 레이코가 아까부터 계속 욕실에 틀어박혀 물소리를 내고 있었다. 샤워를 하고 있는 것이 아니라 속옷 따위를 빠는 중이었다. 료지에게 한창 공부를 가르치는 중에, 방에 쌓아 두기만 하던 속옷들을 레이코가 서둘러 거둬들이는 것을 보았다. 가오루는 마음이 딴 데 가 있는 채로 료지의 질문을 받아 아버지의 상태를 설명해 주었다.

이야기가 일단락되었으나 료지는 계속 듣고 싶은 눈치였다. 자신의 병이 이제부터 어떻게 진행될 것인지 가오루의 아버지 상태를 참고하며 미래를 예상하는 것 같다.

가오루는 아버지의 암이 폐로 전이될 가능성이 있다는 것을 말하지 않고 이야기를 마무리하려 했다. 료지에게 안 좋은 영향을 줄까 봐 걱정이 되어서도 그랬지만 가오루 자신이 말로 꺼내고 싶지 않았다.

암의 폐 전이 가능성이 농후해지자 히데유키는 때때로 약한 면을 보이며 자신이 죽고 난 뒤의 아내를 걱정하곤 했다.

'마치를 잘 부탁한다.'

그렇게 약한 모습을 보이면 가오루는 아버지에게 화를 내고 싶어졌다. 아버지를 잃은 엄마를 어떻게 위로하라는 말이냐고 말도 안 되는 소리 하지 말라고 외치고 싶었다.

가오루는 침대에 누운 료지를 상대로 아버지의 경과를 이야기하는 동안 뇌리에 아버지의 모습이 선하게 떠올라서 말하는 입이 무거워져만 갔다. 점점 말수가 적어지는 가오루의 기분을 알아차리지도 못하고 료지는 아하하 하고 일부러 그러는 듯 크게 웃었다.

"그러고 보니 나 한 번 가오루 아저씨네 아버지랑 이야기한 적 있어요."

같은 병으로 몇 번이나 입원과 퇴원을 반복하던 두 사람이었다. 거대한 대학 병원이긴 하지만 어딘가 접점이 있어도 이상한 일은 아니었다.

"그래?"

"7층에 있는 키 큰 아저씨죠?"

"맞아."

"엄청 센 사람 말이죠? 간호사 엉덩이도 만지고 항상 난리도 아니에요."

틀림없이 히데유키의 이야기였다. 쾌활함을 잃지 않고 병마와 싸우며 무너지지 않는 아버지의 존재는 일부 환자 사이에서 유명했다. 죽음의 공포 따윈 추호도 보이지 않고 밝게 행동하는 아버지를 보며 주위의 환자는 극미한 가능성에 걸 희망을 버리지 않게 되었다. 위와 대장과 간의 일부를 잃고 폐로 암이 전이될 것을 예상하는 중이니 이제 명이 다했다고도 할 수 있었다. 그럼에도 아버지는 쾌활함을 계속 연기했다. 다른 이에게 불가능한 상황에서도. 단 하나 예외로 가오루 앞에서만 약한 모습을 보이고는 있지만…….

"엄마는? 가오루 아저씨네 엄마는 어때요?"

걱정하는 기색 없이 료지가 물었다.

욕실에서 나와 간이침대에서 세탁물을 정리하던 레이코가 슥 일어나 다시 욕실로 사라졌다.

가오루는 그 뒷모습을 눈으로 쫓았다. 계속 들리던 물소리가 들리지 않았다. 레이코는 그저 자리를 벗어나고 싶었나 보다. 가오루의 어머니가 화제에 오른 탓일까?

"림프구 접촉으로도 전이성 인간 암 바이러스가 감염될 수 있습니다."

담당의가 그렇게 말했을 때 가오루가 가장 걱정했던 점은 어머니의 건강이었다. 림프구 접촉으로 바이러스가 옮을 우려가 있는 상황에서 아버지와 어머니는 성교를 끊었을 테지만, 그 이전에 어머니가 감염되었을 가능성도 컸다. 가오루의 설득에 못 이긴 어머니가 혈액 검사를 받은 건 겨우 최근 일이었다.

결과는 양성. 아직 발병은 하지 않았다. 하지만 이미 전이성 인간 암 바이러스는 어머니의 세포에 들러붙어 있었다. 즉, 레트로바이러스의 염기배열이 어머니의 세포 염색체에 섞여 들어갔다.

지금은 그 상태로 유지될지, 언제 세포가 암화할지 모르는 상황이었다. 아니, 표면으로 드러나지 않았지만 이미 암화가 시작되었을 우려가 충분히 있었다.

염색체에 스며든 프로바이러스가 언제, 어떻게 세포를 암화시키는지 그 메커니즘은 불분명하다. 이후의 전개는 전부 예측에 지나지 않았다. 다음 단계로 진행되면 어머니의 세포에서 새로운 전이성 인간 암 바이러스가 점점 방출된다.

"발병해도 난 절대 수술하지 않을 거야."

결과가 나오는 것과 동시에 어머니는 그렇게 단언했다. 전이될 경우 수술할 수밖에 없다는 것을 잘 알고 있다. 수술은 그저 진행을 늦추기 위함이며 완치할 방법이 없었다. 아버지의 병을 돌봐 온 어머니인 만큼 신체 일부를 잘라 내는 것을 혐오하는 마음이 강했다.

허나 문제는 현대 의학으로 치료가 안 된다면 기적을 제 손으로 불러일으키겠다며 어머니가 미신의 세계에 빠져들었다는 점이다. 어머니가 구하려는 건 암에 걸릴 것을 알고 있는 자신의 미래라기보다 말기에 접어든 남편의 생명이었다.

악마에게 혼을 파는 것도 불사하는 열의로 어머니는 북미 인디언의 옛 문헌 등을 조사하고 있다. 어디서 받는 것인지 어머니의 책상에는 원서 자료가 잔뜩 쌓여 있었다.

"암의 치료법이 민화에 암시되어 있어."

어머니는 그렇게 열띤 헛소리를 하곤 했다.

욕실에서 두 번 물이 흐르는 소리가 들려왔다. 일부러 내는 소리 같았다. 그 소리에 반응해 료지는 힐끔 욕실을 바라보았다.

"우리 어머니도 보균자야."

목소리를 낮춰 가오루가 말했다.

"그렇구나. 그럼 가오루 아저씨도……."

료지가 감정을 전혀 내보이지 않고 물었다. 가오루는 천천히 고개를 저었다. 가오루는 두 달 전에 받은 검사에서 음성 판정을 받았다.

하지만 가오루가 음성이라는 것을 알고 료지는 웃었다. 암 바이러스에 감염되지 않았다는 것을 알고 안심해서 나오는 웃음이 아니었다. 오히려 조소에 가까웠다. 가엽게 여기는 듯한 큭큭큭, 하는 짧은 웃음에 가오루는 울컥하여 료지를 쏘아보았다.

"뭐가 우스워?"

"불쌍하잖아요."

"내가?"

가오루가 스스로를 손가락으로 가리키며 묻자 료지가 두 번 끄덕였다.

"아저씨는 체격도 좋고 건강도 그렇고, 충분히 오래 살 것 같은데, 그러면……."

오토바이를 좋아하는 아버지의 영향으로, 가오루는 열여섯 살부터 모터크로스를 시작해 아버지의 지도를 받아 레이스에 나갈 정도의 실력을 쌓았다. 새벽까지 컴퓨터를 하고 놀던 어린 시절을 생각하면 상상도 할 수 없을 정도로 듬직한 체격으로 성장했다. 하지만 료지는 지금 티셔츠로 확연히 보이는 가오루의 근육을 보며 불쌍하다는 듯이 비웃고 있다. 아버지에게 물려받은 것이 웃음거리가 되자 가오루는 평소보다 진지한 태도로 반론했다.

"살아간다는 것은 네 생각만큼 불쌍한 일은 아니야."

료지의 기분을 모르는 바는 아니었다. 언제, 어떤 식으로 감염되었는지는 모르지만 아이는 겨우 열두 살밖에 되지 않았다. 수술, 항암 치료와 입원, 퇴원을 반복하며 지금까지 살아온 인생이 고통스러울 수밖에 없었으리라. 자신이 걸어 온 인생을 보편화하여 모두가 그럴 것이라고 비뚤어진 생각을 가지게 된 것이다.

"어차피 인간은 다 죽잖아요."

료지가 공허한 눈으로 천장을 보았다. 가오루는 반론할 생각이 사라졌다.

온통 죽음이 가득하다. 매끈하게 벗겨진 작은 머리가 앞에 보였다. 엄연한 사실이었다.

경험해 보지 못한 사람은 항암제 치료의 고통을 모른다. 끔찍이 토하고 싶어지고 식욕도 없는데 먹자마자 금방 게워 내며 한숨도 못 잘 때가 많다. 그런 인생을 살며 가까운 미래에 고통 속에서 인생을 끝낼 료지를 앞에 두고 대체 어떤 말이 소용있을까?

가오루는 피곤했다. 육체적인 피로가 아니다. 마음이 꽉 막힌 상태로 비명을 질렀다. 자유로이 날고 싶다. 아무 생각 없이 마음으로부터 웃고 싶다. 몸과 몸이 부대끼는 농밀한 시간이 필요하다.

"난 처음부터 태어나고 싶지도 않았다고요."

가만히 입을 다문 가오루 곁에서 료지가 그렇게 이야기하자마자 욕실에서 나온 레이코는, 채 여운이 가시지도 않은 아들의 말에 그대로 직면해야 했다. 그녀는 얼굴색 하나 변하지 않은 채 그대로 방을 가로질러 복도로 나갔다.

'왜 나를 낳았어?'

아들의 그런 비난을 견딜 수 없어 그 자리를 벗어난 건지, 그저 다른 용무가 있어서 나갔는지는 알 수 없었다.

아까부터 가오루는 레이코의 움직임만을 신경 쓰고 있었다. 동시에 두 가지 의문이 들었다. 첫째, 레이코는 전이성 인간 암 바이러스에 감염되었을까? 둘째, 료지는 어떤 경로로 암에 감염되었을까? 가족이 아니면 알기 어려운 이야기라 갑자기 묻기도 그랬다.

"이제 그만 가 볼게."

이 이상 료지 곁에 있을 수 없다는 생각이 들었다. 레이코의 뒤를 쫓아가고 싶어졌다.

가오루는 료지의 침대에서 물러나 복도로 나가는 문을 열었다. 훨씬 깊숙이 레이코의 몸과 그 내면에 접촉하고 싶어져서 견딜 수가 없었다. 레이코에 대한 흥미가 사랑의 일종인지는 본인도 알 수 없었다. 좁은 병실에서 바깥 세계로, 레이코가 유혹하는 것처럼 느껴졌다.

강한 충동에 휩싸인 가오루는 레이코의 모습을 쫓아 병동의 긴 복도로 나갔다.

7

레이코는 어디 있을까? 가오루는 어쩐지 알 것 같았다.

'이 병원 제일 높은 곳에서 탁 트인 도시를 바라보면 약간은 위

안을 얻을 수 있어.'

머칠 전 저녁에 병동 가장 높은 층의 레스토랑 옆에 서서 유리창에 얼굴을 파묻고 밖을 내려다보던 레이코에게 지금 뭐하는 거냐고 하고 물었더니, 그녀는 스스로의 행위를 그렇게 설명했다.

애초에 해도 저물고 있고, 부도심 초고층 빌딩숲의 실루엣이 검고 아름답게 떠오를 무렵이었다. 그 시간에 도심을 바라보는 것을 레이코가 가장 좋아한다는 사실을 가오루는 알고 있었다.

엘리베이터로 17층에 올라가 왼쪽 복도로 나가자 기둥에 기대어 서성이는 여성의 그림자가 눈에 띄었다. 가오루는 말을 걸기 전에 가까이 다가가 슬쩍 옆에 섰다.

석양빛을 받아 레이코의 얼굴이 붉게 물들었다. 바뀌어 가는 하늘의 색이 볼에 비쳐 요염하게 빛났다. 창유리에 가오루가 옆에 선 모습이 비쳐 보이자, 유리 속의 가오루에게 레이코가 살풋 웃음 지었다.

"미안해."

무엇을 사과하는 걸까? 가오루는 알 수 없었다. 고생하는 아들의 과외 선생을 위로하기 위해서일까? 그렇다면 '고마워'라고 할텐데, 뜬금없이 사과라니 대답할 말이 궁했다.

"높은 곳을 정말 좋아하시네요."

가오루는 구태여 '미안해'의 이유를 묻지 않았다.

"좋아해. 항상 땅바닥에 붙어 아슬아슬하게 살고 있으니까."

단층집에 산다는 뜻일까? 그럼 가오루와는 대조적인 주거 환경에서 살고 있는 셈이었다. 가오루는 지금까지도 도쿄 만에 있는 고층 아파트에 어머니와 살고 있었다.

어색한 분위기를 피하려는 듯 레이코는 앞으로의 꿈에 대한 이야기를 꺼내 활달한 목소리로 말했다. 아들의 병이 나으면 일단 가장 하고 싶은 일들을 잇달아 제시했다. 아들의 병이 낫는다는 전제에 무리가 있기 때문에 어떤 비현실적인 꿈을 이야기해도 상관없다. 그중에 꽤나 현실적인 꿈인 해외 여행이 있었다.

그래서 "당신의 꿈은 뭐야?"라고 이야기가 돌아왔을 때 가오루는 망설임 없이 10년도 전부터 북미 사막으로 가족 여행을 가려고 계획했었다는 이야기를 꺼냈다.

간단하게 10년 전 한밤중에 가족끼리 나눈 이야기를 레이코에게 들려주었다. 중력과 생명의 관계, 생명 탄생의 비밀, 그러다 장수촌이 있을 가능성에 관한 결론을.

아버지가 북미 사막으로 여행을 가자고 약속해 준 것이 기뻐서 그 후 줄곧 세계의 장수촌에 흥미를 갖게 되었는데, 암 발병을 계기로 더 자세히 조사한 결과 장수촌과 암 환자 수 사이에 어떠한 관계가 있다고 의심해 왔다는 내용을 알기 쉽게 설명했다.

흥미를 느낀 레이코는 유리창에 스치듯이 움직여 가오루 쪽으로 돌아섰다.

"관계가 있다고?"

"아직 잘 모르겠지만, 무시할 수 없을 만큼 통계상으로 특색이 나타났어요."

레이코가 깊은 흥미를 보이며 귀를 기울인 탓에 가오루의 이야기도 열기를 더했다.

"그날 밤, 중력이상과 장수촌을 연결해서 생각한 것은 우연이 아니었어요. 직감이었지. 대부분의 과학적 발견은 직감으로 일어나요. 직감이 먼저 있고, 논리는 나중에 붙는 거죠. 그날 밤 일은 무슨 암시라고 생각할 수도 있어요.

아버지의 암이 간에 전이될 때부터 나는 세계 각지의 장수촌에 대해 자세히 조사하고 있었어요. 공상 속의 일이 아니었어요. 실재하는 것이 확인된 세계 각지의 장수촌을 다양한 테마로 분석했죠. 공통점을 찾아보려고.

그중 가장 유명한 장수촌 네 곳을 찾았어요. 흑해 연안, 코카서스 지방의 아브하지아. 페루와 에콰도르 국경 근처에 있는 성스러운 계곡 빌카밤바. 카라코룸 산맥과 힌두쿠시 산맥에 둘러싸여 주변으로부터 격리된 산지, 훈자 계곡. 그리고 일본의 우지 군도에 속한 사나지마 섬. 실제로 직접 찾아가서 조사하는 건 불가능하니 이들 지역에 관한 문헌을 모아 가능한 한 살펴보고 직접 통계 자료를 만들었어요. 그랬더니 분명한 특징이 보였죠. 단언하기엔 아직 약간 어려운 감은 있지만, 이 지역들에는 암으로 죽은 사람이 하나도 없는 것 같아요. 전 세계의 의학자나 생물학자가 장수촌을 조사하면서 많은 보고서를 남겼어요. 그런데 어떤 보고서에도 암으로 사망했다는 이야기는 나와 있지 않아요.

암이 적은 가장 큰 요인은 식생활의 차이 때문일 거라고 어느보고서에나 설명하고는 있지만, 발암 메커니즘이 명확하게 밝혀지지 않은 이상 추측에 지나지 않죠. 이 지역 주민이 채소나 곡물을 주식으로 한 검소한 식생활을 하고 있는 것은 틀림없어요. 그런데 담배나 술은 다른 지역보다 많은 양을 소비하고 있다는 자료도 있으니 발암 물질 섭취량이 다른 데보다 적다고는 확신하기어렵더라고요.

그 부분이 이상해요. 장수촌에는 어째서 암 환자가 적은지. 그렇게……, 알겠어요? 암세포는 정상 세포를 불로불사화시키는 작용을 해요. 이게 무엇과 관계있을지. 그리고 장수촌의 위치와 중력이상이 마이너스인 지점이 딱 맞아떨어지는 것도 어떻게 설명할 수 있는지. 뭔가 잘 해석할 방법이 있을 텐데 전혀 생각이 떠오르지 않는군요."

가오루는 거기서 한 호흡 뜸을 들였다. 이야기하는 동안 묘한 고양감이 솟아올랐다.

레이코는 잠자코 가오루를 바라보다가 입술을 적시고 천천히 입을 열었다.

"그런데 말이야, 지금 맹위를 떨치고 있는 전이성 인간 암 바이러스는 어디서 왔을까?"

요점을 벗어난 이야기라고도 볼 수 있는 질문이었다.

"왜 그게 궁금합니까?"

눈을 크게 뜨고 진지한 표정으로 질문에 대한 답을 바라던 레이코는 참을 수 없을 만큼 귀여웠다. 가오루는 상대가 열 살 이상 연상이라는 것도 잊고 그녀의 뺨을 부드럽게 두 손으로 감싸 얼굴을 가까이 하고 싶었다.

"웃지 마. 그래도 혹시나, 전이성 인간 암 바이러스의 발상지가 당신이 말한 장수촌일 가능성도 있지 않을까 문득 떠올랐을 뿐이니까."

가오루는 레이코가 하는 생각의 흐름을 추측했다. 이전에 그런 소설을 읽었던 기억이 있어서였다. 몸 전체에 암세포가 침투하여 죽지 않고 오히려 불사성을 얻게 된 인간의 이야기였다.

'장수촌에 있는 사람들은 암과 공존하는 방법을 익힌 덕분에 수명이 늘었다.'

레이코는 그렇게 상상하고 있으리라. 암이 없는 게 아니다. 장수촌은 암으로 가득하다. 그저 그것 때문에 죽는 사람이 없을 뿐이다. 그리고 장수촌이야말로 암 바이러스의 발상지가 아닐까 하고.

"장수촌 원주민이 가진 암 유전자가 바이러스의 힘으로 확산되고 전이성 인간 암 바이러스가 되어 전 세계로 퍼져 나간 것이라고, 그렇게 말하고 싶은 겁니까?"

"어려운 건 모르겠어. 문득 떠올라서 말한 거라. 신경 쓰지 마."

레이코는 눈길을 아래로 떨어뜨렸다. 이 몇 분 동안 하늘의 색은 현란하게 바뀌었고 그 변화가 점점 짙어지며 레이코의 표정에 반영되었다. 움푹한 눈과 콧망울에서 눈꼬리 아래에 그림자가 지며 음영이 깊어졌다. 바깥이 어두워진 만큼 유리창이 점점 거울처럼 비치기 시작했다. 부도심 고층 빌딩을 배경으로 레이코의 얼굴이 유리에 비치자, 어둠 속에 얼굴만이 떠올라 있는 것처럼 보였다.

"전이성 인간 암 바이러스에 걸린 암 환자가 특히 많은 지역이 일본과 미국이에요."

확실히 환자 분포에 두드러진 특징이 보였다. 환자 수는 일본과 미국에 각각 100만 명 규모, 유럽 선진국에 수십만 명 정도이고 장수촌이 있을 것 같은 변경의 땅은 대부분 발병이 보고되어 있지 않은 상태다. 그래서 그 가설은 무리가 있다고 가오루는 부정할 생각이었다.

"당신이 말하는 북미 사막 지대는 어때? 마이너스 중력이상이 강하니까 장수촌이 있어도 이상하지 않을 텐데."

"추측 단계일 수밖에요."

"근거가 없다는 말이야?"

"말하자면 단순히 게임에 지나지 않아요."

'게임'이라는 말을 듣자 어지간히 충격인지 레이코는 눈에 띄게 낙담했다.

"왜요?"

낙담 정도가 아니라 레이코는 기분이 상한 듯이 표정을 일그러 뜨리며 가오루의 말을 거부하려는 것처럼 보였다.

"왜 그래요?"

그녀의 태도가 갑작스레 변해 가오루는 당황했다.

"지금은 기적을 바랄 수밖에 없잖아."

고개를 돌린 채 레이코가 말했다.

기적! 가오루는 흠칫했다. 어머니가 빠진 올가미에 레이코도 빠져들려 하고 있었다.

"기적? 그만둬요."

"아니. 그만두지 않을 거야."

"레이코 씨에게는 다른 할 일이 있잖아요."

가오루는 레이코가 제정신을 유지하길 바랐다. 하지만 그녀는 가오루의 말을 듣지 않았다.

"그래. 지금 떠올랐는데, 장수촌 주민은 다들 어느 기간마다 한 번 바이러스성 암에 걸리는 거야. 그래도 암세포가 내장 기능에 영향을 미치기 전에 어떤 인자로 인해 세포가 불사화되어 암이 양성으로 변해. 나쁜 점은 사라지고 암은 인간과 공존하려 하게 되었어. 그래서 세포 분열 횟수가 늘어나고 결과적으로 수명도 늘어나. 어때? 이 가설은."

이렇게 단숨에 말하는 레이코는 처음 봤다. 이성이 모든 것의 진위를 정하지 않고 미래에 바라는 희망의 양에 따라 진위를 주관적으로 정하고 있다. 어떤 추론이라도 이렇게 되면 좋겠다는 희망에 따라 증거를 찾으면 반드시 두셋은 찾을 수 있다. 이대로 두면 아들을 살릴 수 없으니 신에게 기도라도 하고 싶은 기분이라는 건 잘 안다. 하지만 이런 그녀도 현실을 알고 있을 터였다. 그저 생각나는 대로 하는 말에 어떻게 대처해야 할까? 소설이라면 재미있겠지만 의학의 세계를 지향하는 가오루는 새빨간 거짓 이야기에 진지하게 어울려 줄 정도로 한가하지 않았다.

레이코는 자기 나름대로 진지하게 공상 속의 세계를 믿고 있다. 따지고 보면 가오루가 심은 씨앗이었다. 중력이상이나 장수촌 따위 이야기하지 말걸 그랬다는 후회가 들었다.

"부탁합니다. 내가 말한 것들은 잊어요."

"뭐? 잊지 않아. 암의 나쁜 점을 없애고 악성을 양성으로 바꾸는 인자가 당신이 가려는 사막 지대에 존재하고 있잖아."

가오루는 가볍게 두 손을 들어 레이코를 말리려 했으나 소용없었다. 레이코는 지금까지 본 적 없는 열의를 띠고 다가왔다.

"당신 꼭 가 봐. 거기에. 죽음을 삶으로 바꾸는 인자를 찾아서."

"잠깐, 기다려 봐요."

여자의 얼굴이 점차 다가왔다. 어느샌가 가오루의 손이 강하게 붙잡혔다.

"부탁해."

레이코의 손이 부드러운 감촉을 주었다.

"끔찍해. 이런 생활. 이제 곧 료지가 4회차 화학 요법을 받을 거야."

"괴롭겠군요."

"할 수만 있다면 나도 가고 싶어."

온 가족이 계획했던 여행이 갑자기 변모하려는 순간이었다. 레이코와 둘이 가는 북미 사막 지대를 상상하는 것만으로도 온몸이 뜨거워졌다. 뉴멕시코, 애리조나, 유타, 콜로라도 네 개 주의 변경에 존재하는 강렬한 마이너스 중력이상. 끝없는 늪이 똬리를 틀며 삼켜 버리려고 다가오는 것 같았다. 마이너스 중력이상에 끌려들어 가듯이…… 아니, 지금 가오루는 눈앞에 다가오는 눈동자에 빨려 들어가고 있었다.

엷게 립스틱만 바른, 화장기 없는 맨얼굴에서 자연스레 피부의 향기가 뿜어 나왔다. 형광등이 깜빡이는 복도의 두터운 기둥에 기대어 가오루와 레이코는 그 그림자에 폭 파묻혀 있었다. 앞에 있는 유리창은 지금 완전히 거울이 되어 복도를 거니는 사람들을 비추었다.

부지불식간에 가오루는 레이코의 손을 마주 잡았다. 그렇게 서로의 손을 희롱하며 손가락과 손가락을 감고 상대의 눈을 바라보며 의사를 확인했다.

복도에서 발소리가 완전히 사라지자 문득 적막이 찾아옴을 느끼고 두 사람은 서로를 끌어안았다. 17층 복도에 인적이 사라진 순간이 온 것이다.

두 팔을 상대의 등에 두르고 격하게 요동치는 고동이 혈관을 따라 달리는 것을 서로의 육체가 남김없이 전달했다. 혈액의 리듬이 겹쳐지고 얇은 천 한 장 사이로 세포가 자극되었다. 가오루의 고간이 부풀며 레이코의 배를 압박했다.

입술을 탐하기 위해 가오루는 일단 고개를 젖혀 상대의 얼굴을 바라보았으나, 레이코는 그 움직임에 맞추려 하지 않고 점점 강하게 팔로 그의 등을 더듬었다. 뺨을 가오루의 턱에 딱 붙이고 일부러 옆으로 닿아 있는 품새가 키스를 완고하게 거부하는 것처럼 느껴졌다. 그렇게 몇 번이나 키스를 시도하다가 결국 가오루는 깨달았다.

'이 사람도 감염되었구나.'

전이성 인간 암 바이러스는 타액 접촉으로 감염되는 경우가 있다. 그래서 레이코는 가오루를 걱정해 거부하는 것이다. 말이 없어도 의미를 파악했다. 그러고 보니 아까 료지가 '태어나고 싶지도 않았다'고 말했을 때, 레이코는 조용히 그 자리를 벗어났다. 료지는 엄마 배 속에 있었을 때 이미 감염되었는지도 모른다. 그래서 무심코 튀어나온 엄마를 향한 비난에 레이코가 가만히 듣고 있을 수 없었던 것이다.

그러나 감염되어 있을지도 모른다는 공포조차 가오루의 열을 식힐 수 없었다. 가오루는 부드럽게 몸을 떼고 두 손으로 레이코의 뺨을 감싸면서 눈으로 모든 것을 알았다는 것을 전달했다. 그대로 아무 말 없이 입술을 겹쳤다.

이번에는 레이코도 거부하지 않았다.

가오루는 한쪽 손으로 목을 끌어안고 다른 한 손으로는 엉덩이를 감싸며 레이코를 자신에게 밀착시켰다. 그 흐름에 따라 이와

이가 가볍게 부딪히며 부드러운 입술과 딱딱한 치아가 느껴졌고 타액이 교환되는 음탕한 소리가 났다.

숨을 멈추고 입을 빨아들이던 두 사람이 더는 버티지 못하여 입술을 떼고 뺨과 뺨을 맞추는 순간, 서로에게서 괴로운 숨결이 새어 나왔다. 레이코는 발돋움하여 입을 가오루의 귓가에 가져가려 애썼다. 그러고는 흐트러진 숨을 억누르며 필사적으로 말했다.

"제발……."

숨결도 애원도 아닌, 귓가에서 몇 번이나 반복되는 공기의 떨림. 레이코가 원하는 것은 아들의 생명뿐만이 아니었다. 자신의 생명이기도 했다.

"제발…… 살려 줘."

"나는, 신이, 아닙니다."

그렇게 답하는 것도 벅찼다. 기관이 충혈되어 정상적으로 생각하는 것조차 불가능한 지금, 자신 또한 죽음의 영역에 한 발 내딛었다는 것만 간신히 이해했다. 어떠한 망설임 없이, 육체의 이끌림에 따라 레이코를 끌어안고 입술을 탐했던 일은 후회하지 않는다. 몇 번이나 같은 상황을 마주하여도 역시 같은 선택을 하리라. 거부할 수 없는 힘이 레이코의 온몸에서 뿜어져 나오고 있었다.

"제발. 당신은 갈 수 있잖아. 거기에."

레이코마저 강력한 마이너스 중력이상의 땅으로 가오루를 내몰고 있었다. 가오루가 뿌린 씨앗, 레이코가 자라게 한 픽션이 이렇게 가오루 안에 단단히 뿌리내렸다.

8

가오루가 입원 중인 아버지 병실에 들어갈 때 침대 옆 의자에서 마침 사이키 교수가 일어서려 하던 참이었다.

"왔구나."

사이키는 가오루를 보자 가볍게 손을 들더니 그대로 병실을 나가려 했다.

"더 있다 가시지 않고요."

아버지 병문안을 온 아들을 방해하지 않으려고 신경을 써 주는 것이라면 가오루는 사이키를 만류할 의무가 있었다.

"괜찮아. 나도 바쁜걸."

사교적인 대답이 아니라 정말 바쁜 듯 몸을 살짝 움찔거렸다.

"그러세요?"

"그럼. 부탁받은 것도 조금 있어서 들렀던 거니까."

사이키는 그렇게 말하며 히데유키를 흘긋 보고는 "또 보자." 하고 한 손을 들어 올리며 병실을 뒤로했다. 가오루는 배웅한 뒤 아버지 곁으로 다가왔다.

"아빠, 좀 어때?"

가오루는 아버지의 안색과 표정을 살피며 사이키가 앉아 있던 의자에 앉았다.

"지겹다."

천장을 보는 그대로 히데유키가 억양 없이 말했다.

"무슨 일 있어?"

"사이키 놈, 기껏 오더니 나쁜 소식밖에 없어."

의학부 동급생이던 사이키는 임상의학이 아닌 기초의학에 적을 두었기 때문에 히데유키의 증상을 직접 진찰할 수 없다. 그래서 나쁜 소식이 대체 무엇일지 걱정되었다.

"나쁜 소식?"

"나카무라 마사토를 알지?"

히데유키의 목소리가 쉬어 있었다.

"응. 아빠 친구잖아."

가오루는 나카무라라는 이름을 기억하고 있다. 히데유키가 예전에 루프 연구를 하던 때의 동료였다. 지금은 지방 대학 공학부 교수로 지내고 있다고 했다.

"죽었어."

씹어뱉는 듯한 말투였다.

"그래?"

"나랑 같은 병이야."

같은 나이의 동료가 죽게 되면 다음은 자기 차례처럼 느껴져서 상당히 쇼크를 받게 된다.

"아빠는 괜찮을 거야."

진부하게 대답하는 수밖에 없었다. 히데유키는 침대 위에서 천천히 고개를 저었다. 무의미한 위로 따위 아무런 도움도 안 된다는 듯이.

"고마쓰자키는 알아?"

"아니."

고마쓰자키는 모르는 사람이었다. 처음 들었다.

"역시 '루프 프로젝트'에 참여했던 내 후배야."

"그래?"

"그놈도 죽었어."

가오루는 꿀꺽 침을 삼켰다. 죽음의 그림자가 한 발짝, 한 발짝 아버지 곁으로 스며들고 있었다.

히데유키는 뒤이어 세 사람의 이름을 들며 똑같이 죽었다고 알렸다.

"애야, 이상하지 않니? 지금 말한 이름은 다 인공 생명 연구를 같이 하던 동료들이거나 거기 협력했던 사람이야."

"그 사람들이 전부 전이성 인간 암 바이러스 때문에 죽은 거라고?"

"지금 일본 내 감염자 수가 총 몇 명이지?"

레이코나 어머니와 같이 감염되었지만 아직 발병되지 않은 사람까지 포함해 약 100만 명이라는 데이터가 있다.

"100만 명 정도일걸."

"많다고는 해도 전 인구의 1퍼센트밖에 안 되는군. 그런데 내 주변에는 감염되지 않은 놈이 없어."

그러더니 히데유키는 흘긋 가오루를 바라보았다. 처음에는 상대의 마음을 들여다보는 강한 시선이었으나 차차 부드러워져 기도하는 표정이 되었다.

"너는 괜찮으냐?"

히데유키가 시트 아래로 손을 뻗으며 청바지에 감싸인 가오루의 무릎에 손을 얹었다. 손을 잡고 싶었겠지만 피부가 직접 닿지 않도록 하기 위해서였다. 아내가 감염되어 있는 데다 아들까지 바이러스가 옮는다면 히데유키에게는 더 이상 암과 싸울 힘이 남지 않으리라.

가오루는 점점 약해져 가는 아버지의 시선을 피했다.

"검사 결과는 문제없고?"

"걱정하지 말라니까."

마음속을 들킨 것 같은 느낌. 쭈뼛거리며 그렇게 말하는 게 고작이었다. 분명히 2개월 전 검사 결과는 음성이었다. 그러나 다음 달 검사에서 어떤 결과가 나올지는 알 수 없었다.

복도에서 들려오는 발소리에 반응하는 척하며 고개를 돌려 피했다. 가오루의 머릿속에는 어제 오후에 료지의 개인 병실에서 일어났던 광경이 피와 살의 압박을 동반하며 떠올랐다. 몸을 움직인 충동이나 감각의 기복이 간헐적으로 되살아났다.

그제 저녁은 레이코와 접촉을 키스만으로 참을 수밖에 없었다. 병동 맨 꼭대기 층 복도였기 때문이기도 하고 두 사람에게 주어진 시간이 겨우 몇 분에 지나지 않아서 그랬다. 병원이라는 장소라는 점을 생각하면 그 이상은 바랄 수 없었다.

그런데 어제 오후 료지의 병실에 두고 간 병리학 교과서를 찾으러 들른 건 마침 료지가 검사 때문에 방사선과로 호출된 직후였다. 가오루는 그 시간에 검사가 있다는 것도 모르고 병실에 들른 꼴이 되었다.

살짝 문을 두드리자 바로 병실 문이 열렸다. 좁은 문 틈새로 레이코의 촉촉한 얼굴이 보였다. 손에 든 수건을 보고 갓 세수한 모습이라는 것을 바로 알았다. 문 바로 왼쪽에 개수대가 있고 그 위에는 10와트짜리 형광등이 달려 있었다. 욕실이 아닌 손 씻는 용도로 사용하는 개수대에서 화장을 지운 것 같았다.

수건으로 얼굴을 닦으며 레이코가 낮은 목소리로 말했다.

"놓고 간 것을 찾으러 왔지?"

"갑자기 찾아와서 미안합니다."

가오루도 덩달아 목소리를 낮췄다. 병실에 료지가 있는 기색은 없었다.

"들어와."

레이코는 가오루의 손을 잡아 병실로 들이고 문을 잠갔다. 개수대 옆에 서서 두 사람이 거울 앞을 향했다. 레이코는 가지고 있던 수건으로 얼굴을 닦고 가오루에게 맨얼굴을 보였다. 눈꼬리에 나이에 걸맞은 주름이 있어 오히려 매력적이었다.

가오루는 안쪽 침대를 턱으로 가리키며 료지가 없는 이유를 물었다.

"방금 간호사가 데려갔어."

"검사?"

"응."

"무슨 검사요?"

"신티그램 검사……."

익숙치 않은 발음이라 레이코는 더듬더듬 발음하며 대답했다.

화학 요법을 하기 전에 진행되는 신티그램 검사는 조영제를 혈관에 주사하기 때문에 최소한 두 시간은 걸린다. 검사를 마칠 때까지는 병실에 아무도 들어오지 않으리라. 레이코와 가오루는 잠시 둘만의 자리를 갖게 된 것이다.

검사 때문에 레이코는 아들이 받을 화학 요법이 코앞에 닥친 것을 실감하고 풀죽어 있었다. 다시 괴로운 싸움이 시작된다. 항암제는 암세포뿐만 아니라 정상 세포에도 손상을 입힌다. 온몸이 나른하고 식욕이 없고, 구역질이 올라 괴로워하는 아들의 모습을 보는 것은 너무나 끔찍하다. 게다가 이 괴로움을 참는다 해도 암세포는 사라지지 않는다. 세포 증식 속도를 조금 늦추고 죽을 시기를 약간 미룰 뿐이다. 이 암의 경우 전이를 피할 수는 없다.

가오루는 아들을 잃게 될 어머니를 어떤 말로도 위로할 수 없었다. 투명한 기체가 레이코를 참담하게 감싸고 있었다.

레이코는 가오루의 눈을 정면으로 응시했다.

"기적 말이야. 기다리고 있으면 오는 거야?"

그녀가 두 손으로 가오루의 손을 움켜쥐었다. 습관이 그러한지 레이코는 손을 자주 잡는 편이었다.

"모르겠어요."

"이런 생활은 이제 지긋지긋해."

"나도 마찬가지예요."

"어떻게 좀 해 봐. 저 애와 나를 살려 줘. 당신이라면 할 수 있어."

'그런 게 가능할 리가!'

물에 젖은 레이코의 앞머리 몇 가닥이 이마에 달라붙어 있었다. 그 아래 있는 눈이 애원하는 눈빛을 보내고 있었다. 입이 금방이라도 울음을 터뜨릴 것 같아 보고만 있어도 사랑스러웠다. 어떻게든 도와주고 싶었다. 이 가련한 육체가 스러져 가는 것을 속수무책으로 바라볼 수는 없지 않은가.

바로 옆 개수대의 수도꼭지가 꼭 조여지지 않았던지 가늘게 물이 흐르고 있었다. 졸졸 흐르는 소리가 작은 방에 가득 차올라

욕망을 자극했다. 물소리가 행위를 재촉하고 있는 것 같았다.

레이코가 수도꼭지로 눈을 돌려 다시 잠그려고 가오루의 손을 놓으려 했다. 하지만 가오루는 그 손을 움켜쥐며 강한 힘으로 온몸을 끌어당겼다.

처음에는 반발하려는 자세를 취하며 레이코는 표정을 복잡하게 흐렸다. 상반된 감정이 육체의 내면에서 싸우는 것을, 그녀의 몸에 닿아 있는 가오루는 이해할 수 있었다. 어머니로서의 감정, 그리고 여자로서의 욕정.

가오루는 레이코를 끌어안은 채 몸의 위치를 바꾸며 그대로 침대로 쓰러지려 했다. 그런데 미약한 저항과 마주해 침대 가장자리에 등을 기댄 자세에서 레이코가 주저앉아 버렸다.

레이코는 주인 잃은 병실 침대에 기대 마치 죽음을 등에 짊어진 듯한 자세로, 바로 앞에서 들이닥치는 성 충동에 맞서려 했다. 이곳저곳에서 물밀 듯 밀려오는 죽음의 그림자. 그 한구석에서 솟아난 성욕은 그야말로 생의 증거였다. 이러는 지금 료지가 가혹한 검사에 몸이 묶여 있다고 생각하자 레이코의 성욕이 사그라들었다. 엄마로서의 본능이 성욕을 억눌렀다.

그러나 가오루는 그렇지 않았다. 수습되지 않을 만큼 기세가 오른 마음과 육체가 일체가 되어 단 한 가지만을 달성하고자 했다.

레이코가 전이성 인간 암 바이러스에 감염되어 있다는 사실 따위는 아무래도 좋았다. 성기의 점막을 서로 마찰시키는 행위는 입과 입을 맞추는 것 이상의 확률로 바이러스를 옮긴다는 데이터도, 가오루의 뇌리에서 깨끗하게 흔적도 없이 씻겨 나갔다.

병상에 덩그러니 서로 겹쳐 앉아 입술과 입술을 겹치며, 가오루는 능숙하게 레이코의 블라우스 단추를 풀어 갔다. 연애 경험도 제대로 없으면서 어엿한 난봉꾼 노릇을 하는 본인을 신기하다고 생각하면서…….

가오루가 어제 일을 회상하고 있을 때, 히데유키는 자신의 아들만은 이 절망적인 바이러스에 감염되어 있지 않길 바라는 마음으로 집요하게 설교하던 중이었다.

'혈액 검사는 음성이었지?'

'너는 젊으니까 여자관계를 조심해라.'

'뭣보다 충분히 주의를 게을리하지 말거라.'

'순간의 유혹에 지지 말거라.'

그 말들이 공허하게 머릿속을 스칠 뿐이어서 가오루는 아버지의 얼굴을 똑바로 볼 수 없었다. 여자를 사랑한다는 순수한 행위는 한편으로 아버지의 기대를 저버리는 일이었다.

"야, 꼬맹이, 듣고 있는 거냐!"

공중을 멍하니 바라보던 가오루를 히데유키가 정신차리게 했다. '꼬맹이'라고 불린 것도 정말 오랜만이었다. 의식이 현실로 돌아왔다.

"걱정하지 말라니까."

그렇게 말해도 히데유키는 의심스러운 시선을 거두지 않았다.

그들은 서로를 조용히 바라보며 말로 나누는 것보다 더 많은 정보를 교환했다. 히데유키가 아까처럼 가오루의 무릎에 손을 얹었다.

"그거 알아? 넌 내 보물이란다."

가오루도 아버지의 손을 잡았다.

"응, 알아요."

"그럼 이딴 것에 지지 마. 싸우는 거야. 전심전력을 다 해서 너의 젊은 몸에 해를 끼치는 적과 맞서 싸워라."

레이코는 '구해 줘'라고 애원했고 아버지는 '싸워라'라고 독려했다. 둘 다 압박이었다. 허나 이미 바이러스에 감염되어 전이성 암 발병 위험이 닥쳤다면 이제 남 일이 아니다. 자신의 몸을 지키기 위한 싸움에 내몰린 셈이다.

"방금 사이키한테서 옛 동료들이 잇달아 이 병으로 쓰러졌다는 소식을 듣고 문득 떠오르더구나. 내 주위에만 꽤나 많지 않나, 하고."

히데유키는 같은 말을 반복했다.

"그럴 수도 있겠네."

가오루가 맞장구쳤다. 어째서인지 아버지와 자신의 주변인들만 전이성 인간 암 바이러스의 숙주인 경우가 많았다.

"무슨 이유가 있는지도 모르지."

"연구원들이 걸리기 쉬운 병이라든가."

"너라면 잘할 거야. 전 세계 중력이상 분포도를 보고 장수촌 위치를 추측할 정도였으니까. 일본과 미국의 감염자 분포도를 만들어 봐라. 아니면 직업별 감염자의 비율 같은…… 자료를 모을 수 있는 한 다 긁어모아서 통계를 내."

"알았어. 해 볼게."

"왠지 느껴져. 우리 주변에만 이 병에 걸린 환자가 많은 게 우연은 아닌 것 같다."

히데유키는 천장을 바라보는 채 옆 탁자 쪽으로 왼손을 뻗어 근방을 뒤졌다. 뭔가 찾는 듯했다. 옆 탁자에 있는 수십 장의 출력물이 눈에 띄었다. 가오루는 아버지보다 먼저 집어 올려 보여 줬다.

"이거?"

첫 번째 장에는 다음과 같이 알파벳이 나열되어 있었다.

$$\overset{10}{\text{AATGCTACTA}}\ \overset{20}{\text{CTATTAGTA}}\ \overset{30}{\text{GAATTGATGCCA}}$$
$$\overset{40}{\text{CCTTTTCAG}}\ \overset{50}{\text{CTCGCGCCCCA}}\cdots\cdots$$

슬쩍 보기만 해도 유전자 염기배열이라는 것을 알 수 있었다.

"그 프린트도 사이키가 놓고 간 거다."

"무슨 유전자를 해석한 건데?"

"그야 당연히 이놈이지."

히데유키는 그렇게 말하며 자신의 가슴을 두드렸다. 폐로 전이된 게 의심되어 매일같이 검사를 거듭하는 지금, 증오를 담아 가슴을 두드리는 행위만으로도 전이성 인간 암 바이러스를 가리키고 있다는 것을 알 수 있었다.

'전이성 인간 암 바이러스의 모든 염기배열이 여기 있다.'

가오루는 깊은 감회에 휩싸인 채 나열된 알파벳을 바라보았다. 수십 장의 출력물에는 아홉 개의 유전자 염기배열이 기재되어 있었다. 종이를 가득 채운 수천에서 수만에 이르는 염기배열이 바로 악마의 바이러스의 설계도였다.

9

가오루가 우선 방문하려 한 곳은 '루프'의 방대한 자료를 관리하고 있는 연구소였다. 루프라는 가상공간의 역사는 620테라라는 용량을 자랑하는 홀로그래픽 메모리에 분산 보존 방식으로 20년이 지난 지금도 소중히 보관되고 있다.

연구소에 가는 데는 지하철보다 신교통 시스템인 경전철을 타는 편이 빠를 듯했다. 대학 병원을 뒤로하고 역으로 걷기 시작했다.

잠깐 걸었는데도 셔츠가 땀으로 얼룩졌다. 이른 오후여서 승객이 적었고 그 덕에 냉방이 지나치게 잘 느껴졌다. 젖은 셔츠가 이내 식어서 쌀쌀했다.

자리에 앉아 가방에서 아까 아버지에게 받은 전이성 암 바이러스의 염기배열이 기록된 출력물을 꺼냈다. 뉴클레오티드(염기)의 종류를 나타내는 ATGC 네 가지 알파벳 배열을 잠시 바라본다 해도 무슨 도움이 될지 알 수 없다. 그러나 다른 방법이 없었다. 책이라도 있으면 읽겠는데 안타깝게도 시간을 보낼 다른 무언가를 가져오지 않았다.

유전자란 정보의 한 단위다. 전이성 인간 암 바이러스의 경우 겨우 아홉 개밖에 없다. 인간은 약 30만 개의 유전자를 갖고 있으니 얼마나 적은 숫자인지 비교할 수 있다.

하나하나의 유전자는 수천에서 수십만에 이르는 염기배열로 이루어져 있어 세 개의 염기가 하나의 아미노산을 지정한다. 예를 들어 'ATGC……'라고 알파벳이 3000개 이어져 있으면 아미노산 1000개가 손을 잡고 단백질을 만들고 있는 것이다.

자세히 출력물을 뜯어보다 눈이 피곤해 고개를 들고 바깥 경치를 보았다. 글씨가 작아서 흔들리는 전차 안에서 보니 멀미가 났다. 알파벳 위에는 10단위로 숫자가 붙어 있었다. 특정 염기가 처음부터 몇 번째에 위치해 있는지 바로 알기 위해서이다.

그 숫자를 보면 아홉 개의 유전자를 구성하는 염기수를 즉시 알 수 있다.

첫 번째 유전자 - 염기수 3072

두 번째 유전자 - 염기수 393216

세 번째 유전자 - 염기수 12288

네 번째 유전자 - 염기수 786432

다섯 번째 유전자 - 염기수 24576

여섯 번째 유전자 - 염기수 49152

일곱 번째 유전자 - 염기수 196608

여덟 번째 유전자 - 염기수 6144

아홉 번째 유전자 - 염기수 98304

각각 유전자가 수천에서 수십만의 염기수로 구성되어 있다.

가오루는 자리에서 일어나 문 쪽으로 이동했다. 냉방 바람이 아까부터 몸 왼쪽에만 닿고 있다. 부자연스럽게 몸이 식어 가는 것을 무엇보다 싫어했다. 추위를 느낄 정도라면 차라리 서 있는 편이 나았다.

전철 문에 몸을 기대고 멍하니 레이코의 얼굴을 떠올렸다. 또 곧바로 병상에 있는 아버지의 수척한 얼굴도 떠올랐다.

지금 가고 있는 연구소는 아버지가 전에 일했던 직장의 일부를 원래 형태 그대로 보존하고 있는 곳이다. 25년 전 대학 박사 과정을 졸업하자마자 아버지는 루프 프로젝트의 연구원으로 초빙되어 약 5년의 세월을 인공 생명 연구에 투자했다.

　가오루는 자신이 태어나기 이전에 아버지가 연구했던 주제를 자세히는 몰랐다.

　물어보려고 해도 왠지 입이 잘 떨어지지 않았다. 그 분위기로 미루어 보아 결과가 별로 좋지 않았던 것 같다는 추측을 해 왔다. 히데유키는 연구 성과가 좋으면 크게 자랑하고, 성과가 좋지 않으면 무겁게 입을 다무는 성격이었다. 그래서 가오루는 그런 짐작을 하고 꼬치꼬치 캐묻거나 하지 않았다.

　하지만 나이를 먹고 병색이 완연해져서 약해진 것이다. 아버지는 아까 가오루가 전이성 인간 암 바이러스 염기배열 출력물을 가지고 병실을 나올 때도 "어이, 꼬맹이." 하고 불러세우더니 먼저 20년 이상이나 더 된 연구 이야기를 꺼냈다.

　"내 주제는 생명 탄생을 컴퓨터로 시뮬레이션하는 것이었어."

　아버지가 간단하게 설명했다. 지구상에 생명이 어떻게 발생했는지를 해명하는 것이 오랜 꿈이었다고.

　"루프는 말하자면 암화된 것이다."

　'암화'란 모든 패턴이 특정 패턴에만 흡수되어 다양성이 결여되어 정체된 것을 말한다.

　가오루는 불평에 가까운 아버지의 말을 들어도 무슨 뜻인지 전혀 알 수 없었다. 그때 진행되었던 연구의 방법론이나 내용을 모르니 이해하기 어려운 것도 당연했다.

아버지가 옛날에 맡았던 연구를 알고 싶다는 욕구가 있었다. 다른 한편으로는 아버지의 연구소 동료가 전이성 인간 암 바이러스 때문에 대부분 돌아가셨다는 사실이 우연인지 아닌지 확인하고 싶다는 욕구도 있었다.

그래서 연구소를 방문하려 한다고 먼저 말을 꺼냈다. 아버지는 아직 살아 있는 연구원을 알려 주며 방문길이 순조롭도록 최대한 손을 써 주었다.

연락은 아버지가 이미 해 두었다. 도착하면 분명 정중히 안내받을 수 있으리라.

가오루는 그때 무심코 손에 들고 있던 출력물을 보았다.

전이성 인간 암 바이러스의 아홉 가지 유전자를 코딩하는 염기수가 이상하게 마음에 걸렸다. 네 자리에서 여섯 자리의 숫자가 아홉 가지 인쇄되어 있다. 숫자는 전부 유전자의 염기수를 나타낸다.

3072

393216

12288

786432

24576

49152

196608

6144

98304

가오루는 숫자가 얽히면 특이한 능력을 발휘할 수 있다. 그 능력이 경고를 보내는 듯한 느낌이 들었지만 아직 실마리 하나 잡을 수 없었다.

'숫자 아홉 개에 공통점이 있을 것 같은데.'

그것만은 확신한다. 직감이 강하게 들었다.

기분 전환할 겸 창밖 경치를 바라보았다. 양쪽에 초고층 빌딩이 밀집해 있고 그 틈새를 유선형의 기차가 소리 없이 달리고 있다.

역 승강장에 접어들면서 전차가 속도를 늦추었다. 공사 중인 빌딩 너머 원색으로 칠해진 화려한 빌딩이 보였다.

지상에서 300미터 높이로 솟아 있는 4동짜리 고층 빌딩은 유기적으로 연합되어 하나의 도시를 형성하고 있다. 빌딩 이름은 정말 유명하다.

'스퀘어 빌딩.'

스퀘어. 정방형이라는 의미다. 그 외에도…….

가오루가 퍼뜩 프린트를 다시 들여다보며 아홉 개의 숫자에 집중했다.

"설마, 그럴 리가."

작게 탄성을 질렀다. 스퀘어는 제곱의 의미도 있다.

3072	$2^{10} \times 3$
393216	$2^{17} \times 3$
12288	$2^{12} \times 3$
786432	$2^{18} \times 3$
24576	$2^{13} \times 3$

49152	$2^{14} \times 3$
196608	$2^{16} \times 3$
6144	$2^{11} \times 3$
98304	$2^{15} \times 3$

놀랍게도 아홉 개의 숫자가 모두 2의 N제곱의 세 배로 이루어져 있다.

가오루는 빠르게 암산했다. 네 자리에서 여섯 자리 숫자가 무작위로 아홉 개 나열되어 있는데 그것이 모두 2의 N승의 세 배가될 확률이 얼마나 될까? 여섯 자리에 이르는 경우의 수 중에 2의 N제곱의 세 배가 되는 숫자는 겨우 열여덟 개밖에 없다.

정확히 확률을 계산해 보지 않아도 알 수 있다. 한없이 제로에 가까운 확률이다.

'왜 이 바이러스의 유전자는 2의 N제곱×3개의 염기배열로 되어 있는 거지?'

한없이 제로에 가까운 확률의 벽을 넘어 아홉 가지 숫자가 붙어 있으니 일단 우연은 아닐 터. 무슨 의미가 있으리라 의심해야만 했다.

분명 10년 전 아버지와 논의했을 때도 같은 결론에 이르렀던 기억이 났다. 그때 주제는 역시 생명 탄생의 비밀이었다. 그리고 징크스……, 우연의 이면에는 뒤에서 실을 조종하는 존재가 있으리라 생각하는 편이 나았다.

전차가 역에 도착했다는 방송이 들렸다. 어디선가 멀리서 들려오는 느낌이었다.

가오루는 열차에서 튀어 나와 승강장에 섰다. 아버지의 말대로라면 역에서 연구소까지 걸어서 약 10분 거리였다.

망령 같은 표정을 하고 뜨거운 승강장에 섰다. 추위가 느껴지던 차 안에서 녹을 듯이 더운 밖으로. 급격한 변화 때문에 피곤했다.

가오루는 손에 쥐고 있는 출력물을 가방에 넣으며 아버지가 가르쳐 준 길을 걸어 연구소로 향했다.

10

역에서 거리는 별로 멀진 않았지만 언덕이 많았다. 연구소에 도착하니 땀으로 흠뻑 젖었다. 대사관 뒤에 위치한 낡은 건물 앞에서 가오루는 적어 둔 주소를 보며 확인했다. 틀림없었다. 이 빌딩 4층과 5층이 루프의 자료를 관리하는 연구소였다.

가오루는 엘리베이터를 타고 4층에 올라 접수처에 아마노라는 사람을 찾아보기로 했다. 아버지가 가르쳐 준 이름이었다.

'연구소에 도착하면 우선 아마노라는 남자를 불러. 내가 이야기해 두지.'

히데유키는 그렇게 말하며 몇 번이나 다짐했다.

접수처에 있는 여성은 인터폰을 들고 방문자가 있다고 전했다.

"후타미 가오루라는 분이 방문하셨습니다."

접수 직원은 그렇게 말하더니 부드러운 표정을 지으며 가오루에게 "잠시 기다려 주세요." 하고 로비의 소파를 가리켰다.

가오루는 소파에 앉아 아마노라는 남자가 오길 기다렸다. 그

동안 황망하게 주변을 둘러보았다. 아버지가 20년 이상이나 전에 근무했던 직장이 여기구나, 하고 새삼 감개무량했다. 지금 보고 있는 이 접수처를 내가 태어나기 전부터 매일 아침 통과해서 연구실에 들어갔구나.

"오래 기다리셨습니다."

전혀 예상하지 못한 방향에서 목소리가 들려왔다. 접수처 맞은 편 방향인 로비 안쪽에서 아마노가 나타날 거라고만 생각했는데 반대로 엘리베이터 쪽에서 등장했다. 가오루가 일어서서 꾸벅 인사했다.

"처음 뵙겠습니다. 후타미 가오루입니다. 저희 아버지가 늘 도움을 받으셨다고 들었습니다."

"아뇨, 오히려 제가 신세를 많이 졌습니다."

아마노는 그렇게 말하고 명함집에서 명함을 꺼내 가오루에게 내밀었다. 의대생인 가오루는 건네줄 명함이 없어 그저 받기만 했다.

연구소 이름 밑에는 의학박사라는 직함이 기재되어 있었다. 이름은 아마노 도루였다.

컴퓨터 관련 업무를 하는 연구소에 어울리지 않는 직함이었다. 하지만 생각해 보면 아버지 히데유키도 의학부 출신이다. 그렇게 이례적인 일은 아니다.

"전문 분야가 어떻게 되십니까?"

가오루가 묻자 아마노가 싱긋 웃었다. 뺨에 보조개가 패었다.

"미생물학입니다."

아마노는 몸집이 작고 나긋나긋한 사람이었다. 아버지의 2년 후 배이니 40대 후반일 텐데 전혀 그런 나이로 보이지 않았다. 30대중반이라고 해도 충분할 정도였다.

"바쁘신데 죄송합니다."

"아뇨, 괜찮습니다. 그럼 안내해 드리겠습니다."

아마노는 가오루와 엘리베이터로 향하며 위로 올라가는 버튼을 눌렀다.

위층에도 같은 접수대가 있었다. 아마노는 가오루를 이끌고 접수대를 빠르게 통과했다.

도착한 곳은 약 열 평은 됨직한 사무실이었다. 양쪽 벽 한쪽이 서류나 책으로 가득했고 책상 위에는 컴퓨터가 여러 대 있었다.

아마노가 자기 의자에 앉으며 손님용 의자를 권했다.

"후타미 히데유키 선생님의 연구 내용을 자세히 알고 싶어서 왔다고 들었습니다."

"네. 맞습니다."

"그런데, 히데유키 선생님은 상태가 어떠십니까?"

아마노는 의례적이 아니라 정말로 궁금해하며 물었다. 암이 폐로 전이된 것이 확인되면 절망적인 상황이었다. 가오루가 적당히 둘러댔다.

"뭐, 그냥 그렇습니다."

"선생님께서 여러 가지로 잘 가르쳐 주셨습니다."

아마노가 과거가 그립다는 표정으로 말을 이었다.

"그래도 요 몇 년간 많이 변해서. 여기도 좀 한산해졌습니다."

연구소 말인가? 그러고 보니 가오루는 연구소에서 접수처에 있던 여성과 아마노 이외에 누구 한 사람 발견하지 못했다. 그 이유가 전이성 인간 암 바이러스 때문인지 물었다.

"아버지께 들었습니다. 루프 연구에 관련된 분들이 모두 암으로 돌아가셨다고……."

"실제로 그런 분이 많습니다."

"무슨 이유가 있을까요?"

"글쎄요. 그 점에 대해서는 아직 아무런 언급도 없습니다."

가오루는 단순하게 우연이라고 생각할 수 없었다. 만약 어떤 인과관계가 발견되면 바이러스성 암을 치료할 획기적인 방법을 찾아낼지도 모른다.

"최초로 환자가 발견된 곳을 아십니까?"

미생물학 박사인 아마노라면 그런 질문에 자세하게 대답할 수 있을 것이다.

"기존 암과 구별하기 어렵기 때문에 통계를 낼 순 없지만, 전이성 인간 암 바이러스 감염자가 처음으로 발견된 곳은 미국입니다."

가오루도 전이성 인간 암 바이러스의 발원지가 미국일 것 같다는 소문은 들었다.

"미국의 어디입니까?"

"뉴멕시코 주의 앨버커키에 사는 컴퓨터 기사입니다."

그렇게 말하며 아마노가 표정을 흐렸다. 기묘한 우연의 일치였다. 전 세계에서 처음으로 전이성 인간 암 바이러스에 걸린 사람이 컴퓨터 기술자였다는 사실. 그리고 컴퓨터와 관련된 이 연구소 소속 연구원들이 이 병에 걸린 확률이 일반적인 확률보다 명백하게 높은 사실. 그렇다 해도 우연으로 설명할 수 없는 범위는 아니었지만…….

아마노가 표정을 흐린 것은 일순간에 지나지 않았다. '어라' 하고 잠깐 의아해했을 뿐, 특별한 이유를 달 문제는 아니라고 판단하고 금세 생각을 밀어냈다.

그런 속내를 드러내기라도 하듯이 아마노가 벌떡 일어섰다.

"아, 그래, 옛날에 찍은 비디오라도 좀 보겠습니까?"

"비디오……."

가오루는 이유도 없이 몸을 긴장시켰다.

"후타미 선생님의 스태프가 제작한 비디오입니다. 연구 주제나 방법을 알기 쉽게 설명하려고 만들었죠. 여기저기 쓸모가 많아요. 예산을 배정받는 데도 쓰고. 프로모션용인데, 루프의 목적이 무엇인지 이해하려면 이게 딱입니다."

아마노가 일어서서 문 밖으로 나가더니 "이쪽으로 오시죠." 하고 가오루를 재촉했다.

아마노는 각 연구실을 둘러싼 긴 복도를 돌아 소파와 탁자가 있는 응접실같이 생긴 방으로 안내했다.

연구소의 정중앙이라 그런지 방에 창문이 하나도 없었다. 연구소의 응접실이라기보다는 미술관을 떠올리게 하는 실내 장식품이 몇 개 있다. 현대적인 사진이 액자로 걸려 있다.

가오루의 눈길이 그림에 못 박혔다. 직방체 형태의 현대 미술품을 전후좌우 방향에서 사진으로 찍어 재해석한 것이었다. 사진들을 죽 둘러보자 사각 조형물 안에 자기 자신이 갇혀 있는 느낌을 받았다. 신기했다. 모던아트의 오브제는 곡선을 일절 배제한 차갑고 딱딱한 이미지가 있다. 그리고 실제 물체가 아니라 그 회화를 사방의 벽에 한 치의 오차 없이 배치하는 취미. 그 꼼꼼함이 그림으로 강제되어 있는 것 같았다.

가오루가 그림에 고개를 가까이 대고 제작자의 이름을 읽으려 했다. 사인이 외국인의 이름이라 읽기 어려웠다. C…… Eriot…….

"자, 이쪽에 앉으세요."

뒤에서 아마노의 목소리가 들렸다.

아마노가 손으로 가리킨 소파에 앉았다. 정면에 있는 32인치 텔레비전이 켜졌다. 캐비닛에 들어 있던 텔레비전을 아마노가 꺼낸 듯했다.

아마노는 그 옆 캐비닛을 열어 비디오테이프를 하나 꺼냈다. 비디오테이프의 뒤에는 라벨이 붙어 있었다. 제목이 크게 눈에 띄었다. 가오루는 빠르게 제목을 읽었다.

'루프.'

크게 적힌 그 제목을 보지 않으려야 않을 수 없었다.

11

비디오테이프를 틀자 인공 생명의 개념에 대한 설명이 시작되었다. 대중성 있게 제작된 비디오였기 때문에 일단 기초적인 설명이 필요하리라는 배려였다.

아마노가 가오루를 보고 웃으며 "건너뛸까요?" 하고 물었다.

후타미 히데유키의 아들이니 인공 생명이 무엇인지 정확히 알고 있으리라 예상한 것이다. 가오루가 고개를 끄덕이며 부탁했다.

비디오 화면에는 다양한 기하학 모형이 생성되었고 패턴이 바뀌며 깜빡이더니 흐르는 듯한 영상이 나타났다.

인공 생명이라 해도 실험실에서 바이오 기술을 구사해 DNA를 잘라 붙여 인공적인 괴물을 탄생시키는 것은 아니다. 컴퓨터를 사용해 시뮬레이션하여 실제 생명처럼 인공적인 생명을 모니터에 나타내는 것으로, 클론 등을 탄생시키는 기술과는 다른 개념이었다.

인공 생명을 발상하게 된 계기는 전 세기말에 일반화된 라이프게임이었다고 해도 과언이 아니었다. 라이프게임이라는 것은 그 이름대로 컴퓨터 게임이다.

초기의 것은 마치 바둑판 위에서 노는 형태였다.

컴퓨터 모니터에 2차원 평면의 바둑판 눈금을 그어 놓고 한 칸을 '셀'이라고 부른다. 셀은 **생**과 **사** 두 가지 상태를 취할 수 있으며 그것을 검은색과 무색으로 표현한다. 바둑판에는 살아 있는 셀만 검은 점으로 표현된다. 각각의 셀은 상, 하, 좌, 우, 오른쪽 위, 오른쪽 아래, 왼쪽 위, 왼쪽 아래의 여덟 가지 칸으로 둘러싸여 있다. 여기서 각 셀 사이에 규칙을 정해 준다. 예를 들어 **살아 있는** 셀 주변에 두 개의 **살아 있는** 셀이 있을 때, 그 셀은 다음 세대에서 **살아남을** 수 있으며 그 외에 주위에 **살아 있는** 셀이 아예 없거나 하나 혹은 네 개 이상일 경우 그 셀은 다음 세대에서 **죽을** 수 있도록…….

그리고 처음 **살아 있는** 셀과 **죽어 있는** 셀을 적당하게 정해 두고 다음 세대, 그다음 세대, 그리고 또 그다음 세대로 이어지도록 디지털로 시간 경과를 주면, 세대를 거칠수록 셀은 **살아 있거나**, **죽어 있거나**를 반복하게 된다. 주위에 둘 또는 세 개의 셀이 있다면 **살아 있는** 셀의 도움을 받아 **살아남을** 수 있으며, 아예 없거나 하나면 너무 외롭고 넷 이상이면 인구밀도 때문에 죽음을 맞이할 수밖에 없다.

살아 있는 셀은 무수히 많은 바둑판 눈금에 검은 점으로 표현되어 있기 때문에 세대가 지날수록 모니터 화면에는 모노크롬 패턴이 변용되어 간다.

원리는 실로 간단했지만 실제로 작동시켜 보면 다양한 패턴이 생기며 많은 의미 있는 결과를 낳는다. 일정 세대가 지나면 바둑판 눈금을 사선으로 이동하는 패턴. 진동만 반복하는 패턴. 변화 없이 안정되어 있는 패턴. 패턴끼리는 서로 간섭을 계속하며 마치 생명처럼 바둑 눈 위에서 모습을 바꾼다. 그 변화는 모든 셀이 **죽음으로 바뀌든지** 패턴이 고정되어 움직이지 않게 될 때까지 계속된다.

이런 라이프게임의 개념을 계속 진행하는 동안 연구자들이 컴퓨터 안에서 생물의 기척을 느낄 수 있게 되었다. 생명의 정의에서 가장 우선하는 것은 자기복제 개념이다. 라이프게임에서 자기증식되는 패턴이 실제로 발견되기도 하고 여기 지구상의 생명 진화나 발생의 수수께끼를 풀 열쇠까지는 아니더라도 다양한 분야의 연구자에게 힌트를 주기에 이르렀다.

의학부 출신 후타미 히데유키가 인공 생명 연구자 입장에서 컴퓨터를 사용하게 된 건 배경에 이런 흐름이 있었기 때문이다. 아마 미생물학자인 아마노가 이 연구소에 근무하게 된 이유도 비슷하지 않을까? 각 분야의 저평을 확대하여 보다 다이나믹한 교류를 하지 않았다면, 당시 과학은 더 발전하지 못하고 한계에 부딪히지 않았을까?

아마노는 빠르게 감던 비디오를 적당한 시점에서 멈추고 재생 버튼을 눌렀다.

"자, 여기부터가 루프 연구 주제입니다."

화면에는 히데유키가 나오고 있었다. 결혼한 지 얼마 안 된 젊은 아버지의 얼굴이 보이자 가오루는 반가운 나머지 가슴이 아려 왔다. 머리카락도 풍성하고 온몸에 정열과 자신감이 가득 찬 모습이었다. 입고 있는 옷 아래의 근육도 탄탄해 보였다.

생각해 보면 가오루가 태어나기 이전의 아버지 모습을 보는 것은 이번이 처음이었다. 가오루는 예기치 않고 본 영상에 동요했다.

갑자기 화면이 바뀌며 광대한 미국 사막 지대가 나타났다. 이미 오래전에 계획은 중지되었고, 사용할 수 없게 된 직경 50킬로미터에 이르는 초전도 초대형 가속기의 항공 카메라로 찍은 사진을 통해 외부와 내부 모습을 볼 수 있게 되었다. 쓸모없는 거대 장물이 되어 버린 링 모양의 거대 연구소 설비 내부에는 방대한 수의 초병렬 슈퍼컴퓨터가 설치되어 있다. 사막 지하에 잠든 컴퓨터 수는 64만 대, 그 모습은 그야말로 압권이었다.

화면이 갑자기 초고층 빌딩이 밀집한 도쿄로 바뀌었다. 카메라가 지하를 향했다. 현재는 사용하지 않게 된 지하철 터널이 거미줄처럼 펼쳐진 지하 미로……. 거기에도 초병렬 슈퍼컴퓨터 64만 대가 설치되어 있다. 1년 내내 온도 차이가 적으며 열이 적은 지하 환경은 컴퓨터를 설치하기 최적의 환경이다.

일본과 미국을 통틀어 128만 대. 상상을 불허하는 초병렬 슈퍼컴퓨터의 군대가 루프를 유지하고 있는 것이다.

다시 화면에 히데유키가 나타났다. 루프 작업을 하는 하드웨어를 보여 주고 난 뒤 소프트웨어의 설명이 시작되었다.

히데유키는 컴퓨터 모니터를 가리키며 세포 분화 현상이 기호로 표현되는 모습을 한 단계 한 단계 자세히 설명했다. 평소 아버지는 빠른 말투로 말하는 편인데, 화면에 등장한 아버지는 자신 있으면서도 부끄러운 듯 카메라를 흘끔거렸다. 풋풋한 아버지의 모습에 웃음이 나왔다.

지금 히데유키가 설명하는 내용을 가오루는 이미 알고 있었다. 20년이나 전에 진행되었던 연구를 현재 시점에서 이해하기란 꽤 쉬운 일이었다.

쭉 추구하던 연구 주제를 연구자들은 어떤 방법론으로 다루려 했을까? 구체적인 영상을 보는 것은 이번이 처음이라 흥미가 생겼다.

아버지가 손으로 가리킨 모니터에는 어떤 생물 세포가 발생하는 흐름을 따라간 그림과 그 옆에는 기호를 사용해 완전히 똑같도록 인공적으로 재현한 도식이 있었다. 자연 세포와 인공 세포의 병렬 배치. 시간의 흐름에 따라 둘은 거의 같은 형태로 형성되어 갔다. 실제 생물이 형성되는 과정이 기호로 바뀌어 컴퓨터로 시뮬레이션되고 있다. 이에 다양한 알고리즘을 접합하자 화면에 생물의 형태가 출현했다.

이윽고 미일 공동 거대 프로젝트 '루프'가 착수한 작업은 컴퓨터 가상공간에 생명을 탄생시켜 DNA 정보를 차세대로 전하며 돌연변이나 기생, 면역 등의 구조를 집대성하여 지구 생명의 진화를 모색하는 독자적인 생물계를 만들어 가는 것이었다. 간단히 설명하면 현실과 똑같은 다른 세계를 만든다는 말이다.

아마노는 거기서 비디오테이프를 잠시 멈추고 가오루를 쳐다보왔다.

"여기까지 보셨는데, 질문 있습니까?"

"글쎄요."

가오루가 고개를 저으며 대답했다.

"이 연구는 실제로 어떤 분야에서 사용될 예정이었나요?"

아까부터 궁금했던 점은 연구비가 어디서 나왔고 어떤 분야에 적용될 가능성이 있을까 하는 점이었다. 예산은 국가적인 규모로 보였다. 지구 생명 탄생의 수수께끼나 진화 메커니즘이 해명된다면 순수하게 학문적인 호기심은 만족되겠지만 돈을 벌기에는 적당하지 않다고 생각되었다.

"꽤 앞서의 일까지 예견할 수 있죠. 바로 눈앞의 일만 좇아서는 앞으로의 일을 알 수 없을 테니까. 기초적인 연구로 한계를 넓혀서 앞으로 무슨 일이 일어날지 알 수도 있고. 응용할 수 있는 분야는 정말 무수히 있습니다. 의학, 생리학을 필두로 생물학, 물리, 기상학…… 과학 분야뿐만 아니라 주가 변동에서 인구 증가에 이르는 사회과학 문제까지 언급할 수 있습니다."

아마노가 그렇게 말하고 웃었다.

실제로 루프 연구의 성과는 각 방면에 막대한 이익을 가져왔다. 지구 환경이나 생태계의 균형이 무너지는 한계점을 알 수 있어서 그 제어 이론을 세우고, 개체 발생이나 뇌 발생의 과정에서 어디로부터 의식이 생겨나는지에 대한 연구가 획기적으로 진보하기도 했다. 몇 가지 난치병의 치료법도 밝혀졌고 의학 분야에서의 공적이 컸다고 한다.

후반에는 방법론의 설명이 주로 이뤄졌다. 카오스, 비선형성, L-

시스템(형식문법의 일종으로 식물의 성장 패턴을 분석한 알고리즘으로 다양한 자연물의 구조를 기술하거나 표현할 때 사용 — 옮긴이), 유전적 알고리즘 등의 이론을 응용해 프로그램 자체가 학습하고 진화해 가는 복잡한 메커니즘을 도식을 사용해 알기 쉽게 설명했다.

예를 들어 세포 분열 영상이 단편적으로 들어 있었다. 하나의 세포가 분열하고 분열하기를 반복하는 동안 한 마리의 생물로 성장하고 맥동하며 화면을 가로지르는 모습이 빠른 영상으로 진행되었다. 네트워크가 역동적으로 형성되는 과정은 마치 모세혈관이 암세포에 침식되는 것 같았다. 기계적인 시뮬레이션이라는 것을 알고 있다고 해도 정말 생명 그 자체로 보였다.

방법론을 자세히 설명하면서 도입부를 시작했을 때 비디오테이프가 끝났다. 이 이후의 일은 현실의 연구 과정을 지켜봐 달라는 뜻으로 보였다.

충분히 설득력 있는 프로모션 비디오라는 느낌을 받았다.

생명의 탄생과 진화를 컴퓨터로 시뮬레이션하는 일 자체는 전혀 생소한 일이 아니다. 전 세계에서 늘 진행되는 일이다. 하지만 이렇게 복잡하고 세밀하게 무수한 변수를 담아 낸 프로그램은 처음 시도되는 것이 아닌가 하고 가오루는 놀랐다.

생명 탄생 이래로 40억 년에 이르는 진화의 역사를 파악하기 위해 디지털 시간을 응축하려는 실험이었다. 수십억 년이라는 시간은 컴퓨터 속에서 10여 년으로 단축되었지만, 세상의 양상이 가상공간에서 완벽하게 재현되었다.

가오루는 이 이후에 연구가 어떻게 흘러갔는지 흥미가 생겼다.

"그럼 루프는 어디까지 진행되었습니까?"

가오루는 테이프를 되감고 있는 아마노에게 물었다.

"후타미 선생님께서 말씀하지 않으셨나요?"

"제가 들은 건 패턴이 암화되었다는 결과밖에 없습니다."

아마노가 곤란한 표정을 지었다.

"음, 그렇습니다."

"경과를 더 자세히 알고 싶습니다."

"아시고 계시리라 생각하는데, 시간이 무한하면 모르겠지만 다 보려면 한평생 걸릴걸요."

가오루가 짐짓 한숨을 쉬어 보였다.

"알겠습니다. 잠깐 다른 방으로 가서 커피라도 마시면서 이야기할까요? 이쪽도 후타미 선생님의 근황도 듣고 싶군요."

아마노가 가오루를 다른 방으로 안내했다. 처음에 갔던 개인실이 아니다. 스틸 책상과 파이프 의자가 있는 연구나 회의에 사용될 법한 살풍경한 방이었다. 벽에는 모던아트 대신 세계 지도가 붙어 있고 학교 교실을 작게 만든 느낌의 아무런 특색 없는 평범한 방이었다.

탁자에 마주 앉아 있었더니 어디선가 접수처의 여성 직원이 나와 커피 두 잔을 놓고 갔다.

컵에서 김이 모락모락 오르는 것을 보니 어지간히 뜨거운 커피다. 아마노는 두 손으로 감싸며 뜨거운 커피를 마셨다. 창문 없는 방은 냉방이 지나치게 잘 되었다. 이야기를 듣는데 몰두한 나머지 가오루는 연구소가 춥다는 사실을 잊었다. 추워하며 커피를 마시는 아마노를 보고 그제야 팔에 소름이 돋아 있다는 것을 깨달았다.

아마노가 커피를 마시면서 가상 세계의 역사를 설명하기 시작했다.

옛날이야기를 들려주는 할아버지 같은 말투였다. 시뮬레이션 과정을 이야기처럼 말하는 것은 가장 원시적이면서도 간단한 방법이다. 하지만 가오루는 위화감을 느꼈다. 시뮬레이션이라곤 해도 생명의 역사이니 이야기의 요소가 들어 있는 것이 당연하다.

그 때문인지 가오루는 마음이 편안해져서 아마노의 이야기에 점점 빠져들었다. 지구의 역사를 체험하는 것이 상당히 재미있었다. 하지만 마지막에 이르기 직전까지만 그랬다.

12

"……자기증식이 가능한 RNA를 이식해 봤더니 잠시 단조롭고 혼돈스러운 세계가 계속 유지되었습니다. 혹시 이대로 변화가 없는 건가, 하고 직원들에게 안 좋은 분위기가 퍼졌습니다.

그런데 낙관적인 견해를 가진 사람도 몇 있었습니다. 실제 생명에서도 똑같이 진행되기 때문입니다. 원시 생명이 탄생하고 약 30억 년은 진화의 양상을 보이지 않고, 단세포 생물만 보이며 변화가 거의 없었으니까요.

예상대로 현실의 생명이 캄브리아기에 대폭발을 일으킨 것과 꼭 마찬가지로, 어느 날 갑자기 복잡한 생명이 출현하기 시작했습니다. 왜 이 시기가 되어서 갑자기 다양한 생명이 나타났는지 이론적으로는 도저히 설명할 수 없었습니다. 단세포 생물과 같은 극히 단순한 생명이 다세포 생물을 낳기 시작한 메커니즘은 현실 지구에서 일어난 경과와 완전히 일치했다고 하는군요.

여기서 발생한 생명이 그 후에 전개되는 생명 세계 전체의 원형이 되었습니다. 어떤 생명은 같은 형태를 유지한 그대로 자연 소멸되고 어떤 생명은 더욱 복잡한 형태로 진화하기 시작했습니다. 계통수(동물, 식물의 진화 과정을 나무줄기 모양으로 표현한 그림 — 옮긴이)가 나뉘면서 기생이나 공생과 같은 현상도 나타나 흥미로운 움직임을 보이는 생명이 발생했습니다. 땅속을 파헤치는 지렁이 비슷한 것. 바닷속을 빠르게 이동하며 움직이는 것. 조류처럼 공중을 날아다니는 것. 또는 완전한 정체 상태에 머물러 단세포인 채로 진화를 멈춘 생명. 이것은 아마 세균이나 바이러스 같은 것이겠죠. 덩치는 커도 이동하지 않는 생명은 지구와 똑같이 수목의 형태를 취하게 되었습니다.

하나하나의 생명이 당연히도 유전자에 해당하는 정보를 가지고 있는데, 증식할 때마다 일정 확률로 오류가 발생해 돌연변이를 일으켜서 보다 좋은 방향으로 진화하거나, 정체되거나, 소멸되어 갑니다. 자연 도태, 혹은 생존 경쟁 논리가 충분히 담겨 있습니다.

그런 과정에서 놀라운 부분은 성(性)의 탄생이라고밖에 생각되지 않는 현상이 발생한 것입니다. 자연계에서도 어째서 암과 수로 성이 나뉘는지 수수께끼로 여겨지고 있습니다. 이 세상에서도 명백하게 암과 수로 나눌 수밖에 없는 하나의 분기가 발생한 것입니다.

어떤 단순한 생명은 동종과 교미하지 않고도 증식할 수 있지만 복잡한 형태의 생명은 동종 간의 교배 없이는 새로운 자기복제가 불가능하게 되어 있습니다. 성별이 생겨나자 유전정보는 더욱 급진적으로 조합되어 차세대로 전해지고 예상대로 다양성을 획득하더니 진화 속도도 빨라졌습니다.

오해하지 마세요. 저는 실제로 본 것이 아닙니다. 선배들이 해준 이야기를 들은 것뿐입니다.

하지만 왠지 설레더군요. 컴퓨터 속에서 진화한 인공 생명이 섹스를 하다니, 우습지 않습니까?

캄브리아기의 대폭발을 계기로 생명은 대단한 기세로 복잡한 패턴으로 변화했습니다. 공룡 비슷한 거대한 생명체가 나타나나 싶더니 순식간에 멸망해 버렸습니다.

그 후에 나타난 것이 다음 세대의 정보를 부모 세대의 내부에 저장하여 어느 정도 성숙시킨 후 분열하는 생명이었습니다. 아시겠죠? 포유류의 등장입니다.

얼마 지나지 않아 드디어 인류의 선조로 보이는 생명이 출현했습니다.

저는 가장 특별한 장면으로 기억합니다.

상상할 수 있나요? 전체적으로 오랑우탄과 움직임이 비슷합니다. 시행착오를 반복하면서 보행이 차츰 자연스러워졌고 처음 보였던 어색함이 사라졌습니다.

내부 유전정보가 방대해지더니 인류가 아닐까 싶은 생명체가 그 직후 등장했습니다.

명백하게 자신을 의식하는 지능이 있었습니다. 생명체끼리 무슨 신호를 주고받는 것이 여실히 느껴졌습니다.

0과 1의 디지털 신호를 교환하여 생명체가 다루는 정보량이 확연히 늘어났습니다. 그 결과 생존율도 높아졌습니다. 이미 언어를 다룰 줄 안다고밖에 볼 수 없었죠.

생명체끼리 주고받는 0과 1의 나열을 분석한 결과 그들이 하는 정보 교환을 언어로 번역할 수 있게 되었습니다. 루프 내부의 생명체 입장에서는 이진법으로 대화할 생각은 전혀 없었을 겁니다. 우리와 똑같은 복잡한 언어를 사용하고 있다고 의식했겠죠.

그들의 언어가 분석되고 자동번역기를 사용해서 이해할 수 있게 되자 더욱 관찰이 재미있어졌다고 합니다. 어떤 장면을 모니터에서 3차원 영상으로 비추면 보는 사람도 마치 영화의 등장인물이 된 것 같은 기분을 느낄 수 있었거든요.

인공 생명은 그들만의 역사를 만들기 시작했지요. 닮은꼴이 모여들고 집단을 형성하고 국가 간 투쟁도 생기고 정치적 줄다리기를 벌이기도 하더군요. 문명을 진보시키고 멋대로 세상을 디자인하기 시작했습니다. 그 모습은 인간의 역사 자체를 보는 것 같았다고 합니다.

그 대신 역사가 진행되면서 정보량이 증가하자 시간의 흐름이 느려졌습니다. 컴퓨터의 연산 능력에 한계가 있었기 때문입니다.

지구가 탄생한 이후 처음 30억 년은 컴퓨터를 반년 정도만 작동시켜도 되었습니다. 그런데 생명이 탄생하자 서서히 속도가 느려졌습니다. 인간과 똑같은 지적 생명체로 진화하자 최종적으로는 루프의 시간을 수백 년 앞당기기 위해 컴퓨터를 2년이고 3년이고 작동해야 했습니다.

연구소 직원은 이 가상 세계 루프를 인지할 수 있습니다. 하지만 루프에 살고 있는 지적 생명체는 창조주인 우리를 절대 인지하지 못합니다. 우리는 그들에게 그야말로 신인 거죠. 루프 내부에서는 세계의 시스템을 이해할 수 없습니다. 이해하는 단 한 가지 방법은 바로 외부로 나오는 것. 그것 말고 다른 방법은 있을 수 없습니다.

문명은 훌륭하게 자라났습니다. 그들이 만들어 낸 거리에는 번화가의 네온사인이 번쩍이고 소리와 색채가 범람했습니다. 다양한 매체가 출현하고 정보가 빨리 퍼져 나가면서 사람들은 음악이나 문자를 사용하는 예술을 만끽하며 지냈습니다. 이제 우리의 생활과 거의 흡사한 상황이 되었습니다. 모차르트와 레오나르도 다빈치 같은 예술가가 현실의 역사에서처럼 활약하여 문화적인 흥취를 북돋았습니다. 아름다운 동시에 퇴폐적인 모습을 보며 어느 직원은 멸망의 예감 같은 것도 느꼈다고 합니다. 갑자기 무슨 일이 생길 듯한 징후가 곳곳에 보였나 봅니다.

그리고 예감한 대로 되었습니다. 루프라는 세계 전체에서 암화가 시작되었습니다……."

거기까지 말하고서 아마노는 커피 잔을 들었다. 잔이 비어 있는 것을 알지만 손이 허전해서 하는 행동이었다. 흡연자라면 지금쯤 담배에 불을 붙였을 것이다.

"암화요?"

아마노는 살짝 어깨를 으쓱해 보이며 손을 펼쳤다. 속수무책이라는 뜻이리라.

"루프의 생태계는 동일한 유전자에 점령당했습니다. 다양성을 잃고 쇠락하기 시작했죠."

가오루는 평소 버릇대로 고개를 꺾어 천장을 바라보았다. 아마노가 말한 내용을 머릿속에서 정리해 보고 싶었다.

초고속 슈퍼컴퓨터 내부에 현실에는 존재하지 않는 3차원 가상공간을 만들고 그 공간을 루프라고 이름 지었다. 루프 속의 생명체 입장에서는 무한이라고 해도 될 정도의, 우주 규모로 광대한 공간이다. 원시 지구와 더 비슷해지도록 토양을 정돈하고 지형을 일치시킨 뒤 물리 조건을 동등하게 설정했다. 수학적으로 보면 현실 지구와 완전히 같은 공식과 논리가 적용되는 세계. 중력 가속도와 물의 끓는점뿐만 아니라 풍경까지도 현실과 완벽히 같다.

탄소(C), 수소(H), 헬륨(He), 질소(N), 나트륨(Na), 산소(O), 마그네슘(Mg), 칼슘(Ca), 철(Fe) 등 111가지 원소는 본래의 성질을 답습한 패턴으로 이루어졌다. 두 개의 수소 원자(H_2)와 산소 원자(O)가 만나면 물(H_2O)이라는 분자가 되고, 질소 분자(N_2)와 반응하면 암모니아(NH_3)가 되듯이 지구를 둘러싼 우주와 전혀 차이가 없도록 규칙을 정해 두었다.

원래 두 수소 원자와 산소 원자가 만나면 왜 물이 되는지는 이 세상에도 이유가 존재하지 않는다. 그렇게 되어 있다고 말할 수밖에 없는 문제다. 누가 그렇게 정했는지 굳이 이름 붙여 본다면 '신'이라고 할 수 있으리라.

루프에서 진화의 양상이 실제 생태계의 진화와 같은 이유는 최초 탄생한 RNA 원시 생명에 그 원인이 있다. 그리고 루프 자체가 현실 세계를 모방하여 물리 조건이 완전히 같기 때문에 일찍이 진화의 줄기가 동일하게 진행되었으리라.

루프의 연구 목적 중 하나는 실제 진화 과정을 더듬어 보는 것이다. 루프에서 이루어진 진화 과정이 현실의 진화 과정을 그대로 따랐다면 루프의 결과를 통해 미래를 예측할 수 있다.

가오루는 거기서 소름이 돋았다. 그렇다. 루프에는 지구 생명체의 미래를 예측한다는 의미가 있다. 그 결과가 모든 생명체의 암화라니.

'이 무슨, 지금 상황과 똑같잖아!'

암세포는 기하급수적으로 증식하는 중이고 암수도 없으며 심지어 불사의 존재다. 아직 전 세계에서 수백만 규모의 환자밖에 나오지 않았다. 하지만 암 환자 수는 급증하고 있을 터. 루프와 똑같은 상황이다. 이것이 우연일까? 아니면 역시 루프는 미래를 정확하게 예측한 것일까?

지금 가오루 앞에 있는 아마노는 현실과 루프의 결말이 비슷한 부분을 과학적으로 관련지어 생각하지 않고 있다. 당연하다. 이런 말도 안 되는 것을 믿을 사람이 그렇게 많지 않을 터였다.

경악을 감춘 채 냉정하게 물었다.

"루프의 생명이 암화한 이유는 무엇인가요?"

아마노는 단호하게 말했다.

"그거야 물론 '링 바이러스'의 출현이 원인입니다. 링 바이러스는 무슨 마법처럼 전혀 이해할 수 없는 곳에서 나타났습니다."

"단 하나의 바이러스 때문에 루프의 모든 패턴이 영향을 받았다는 말입니까?"

"네. 나비 한 마리의 날갯짓이 전 세계 날씨를 바꿔 버린다고 했던가요? 뭐, 있을 수 없는 일은 아닙니다."

나비 날갯짓같이 아주 작은 움직임이 전 세계 날씨에 영향을 미친다는 예는 나비 효과라고 불리는 법칙이다. 링 바이러스의 출현으로 루프의 운명이 크게 변해 버릴 수도 있으리라.

하지만 기묘하다. 왜 링 바이러스가 출현했을까?

"링 바이러스의 수수께끼에 관해 뭔가 가설은 있습니까?"

"가설요?"

"예를 들어 어느 연구원이 프로그램에 개입했다거나……."

"아닙니다. 보안은 완벽했습니다."

"그럼 컴퓨터 바이러스라든가……."

"가능성이 없지는 않죠. 실제로 그런 의견이 가장 많았습니다."

아마노는 무언가를 신경 쓰는 듯 생각에 잠겨 있다.

"실례지만 당시 연구원 중에 지금도 연락이 되는 분이 계신지……."

아마노는 힘없이 웃었다.

"저밖에 없어요. 생존자는."

말하고 나서 아마노는 아차 하는 표정으로 입을 막았다. 후타미 히데유키는 아직 죽지 않았다. 가오루는 쓰게 웃었다.

아마노가 황급히 말을 보탰다.

"제가 이 프로젝트에 참가한 건 종료 직전이었습니다. 이 프로젝트의 아버지와도 같은 크리스토퍼 엘리엇 씨를 찾아보면 가장 빠르겠지만 그분은 현재 칩거 중이어서……."

의미 있는 시선으로 아마노가 가오루에게 눈짓한 뒤 이어서 말했다.

"그렇지, 연구자 중에 미국인을 한 명 아는데, 이 친구가 꽤 중심에 있던 사람입니다. 성질이 좀 있는 사람이라 팀워크에 문제가 있었다는군요."

"이름이 어떻게 되죠?"

"잠시만요."

아마노는 그렇게 말하고 나서 방을 나갔다. 몇 분이 지나 돌아왔을 때는 서류를 옆구리에 끼고 나타났다. 그러고는 그 서류를 넘기며 "아, 있습니다."라더니 눈만 들어 가오루를 보았다.

"케네스 로스먼입니다."

"케네스 로스먼……."

가오루는 이름을 따라 말했다. 아버지의 오랜 친구였다. 5년 전 집으로 놀러왔을 때는 아파트 발코니에 나란히 서서 도쿄 만을 배경으로 사진도 함께 찍었다.

그는 연구 발표차 일본에 왔을 때 원래부터 친구였던 아버지에게 들러 며칠 머물렀다.

로스먼과 함께 보낸 며칠은 상당히 기억에 남는 시간이었다. 깡마른 턱에 염소수염을 하고선 목이며 손목이며 금으로 된 체인을 찰랑거리는 겉모습은 물론이고 과학에 대한 연설 중에 시니컬하게 웃음 짓는 습관, 섬찟할 정도로 비관적인 미래 분석과 논리적인 말투가 인상적이었다.

"그 사람에 대해 후타미 선생께서 말씀하신 적이 있습니까?"

"네. 아버지 친구분입니다. 저도 5년 전에 한번 뵌 적이 있고요. 턱수염이 아주 인상적이었죠. 그분은 지금 어디 계신가요?"

아마노는 다시 서류를 넘겼다.

"서류에는 10년 전 케임브리지에서 뉴멕시코 주의 로스앨러모스 연구소로 소속을 옮겼다고 되어 있군요."

뉴멕시코 주……, 가오루의 머릿속에 전류가 흘렀다. 방을 훅 둘러본 뒤 일어서서 벽에 붙은 세계 지도에 가까이 다가갔다.

'뉴멕시코시티 로스앨러모스.'

그 장소를 손으로 짚었다. 10년 전부터 온 가족이 함께 가자고 계획했던 그곳. 뉴멕시코, 애리조나, 유타, 콜로라도의 주 경계에서 꽤 가까운 거리였다.

케네스 로스먼은 10년 전 로스앨러모스로 전근했다. 게다가 전이성 인간 암 바이러스의 최초 희생자도 역시 뉴멕시코 주에서 나왔다니…….

가오루는 눈을 질끈 감았다. 역시 그가 있는 곳에 중요한 힌트가 있다는 느낌이 들었다.

"그분과 연락할 수 있습니까?"

기도하듯 간절하게 물었다. 그러나 아마노가 성마르게 대답했다.

"어렵죠."

"네? 왜죠?"

"마지막으로 연락한 지가 반년 전입니다. 꽤 걱정되는 말을 남기고 연락이 끊겨 버렸습니다."

"걱정되는 말요?"

"'전이성 인간 암 바이러스의 정체를 알아낸 것 같다. 열쇠를 쥔 사람은 다카야마다.' 무슨 뜻일까요?"

"다카야마…… 사람 이름이군요. 대체 누굽니까?"

"간단하게 설명하겠습니다. 루프에서 일어난 암화는 원인 불명의 바이러스 출현과 그것을 축으로 전개된 사건을 계기로 발생했습니다. 그 사건의 중심에 있던 인공 생명이 바로 다카야마라는 사람입니다. 그를 포함해 아사카와, 야마무라까지 세 사람이 루프의 암화에 관여해 중요한 역할을 한 것으로 판명되었습니다."

"인공 생명체에게도 이름이 있군요."

"당연하죠."

"그래서, 다카야마라는 이름만 남기고서 케네스 로스먼이 사라져 버린 겁니까?"

"네, 일단 전이성 인간 암 바이러스가 맹위를 떨치던 무렵에 갑작스레 연락이 끊어졌으니 '아, 그도 당했구나.' 하고 추측할 따름입니다."

아마노가 가볍게 두 손을 들어올렸다.

"특히 그는 웨인스록이라는 독립된 작은 마을에서 개인적인 연구를 계속하던 중이니 언제 소식이 끊어져도 이상하진 않은 상태였습니다."

"웨인스록?"

"뉴멕시코 주 웨인스록. 사막 한가운데에 있는 폐허나 다름없는 마을입니다."

가오루는 한숨을 쉬며 세계 지도를 바라보았다. 손끝으로 한 점을 짚어 냈다.

'뉴멕시코 주 웨인스록.'

그 마을의 작은 연구실에 케네스 로스먼이 기다리고 있는 것 같은 기분이 들었다.

지도를 짚은 그대로 가오루가 아마노를 돌아보았다.

"아마노 씨, 다카야마나 아사카와가 엮인 사건의 전말을 들려주실 수 있습니까?"

"아니요."

아마노가 고개를 저었다.

"직원 중에도 실제로 본 사람은 일부밖에 없습니다. 자료는 이 곳에 없고 미국에 보존되어 있습니다."

가오루는 크게 흥미가 생겼다.

"저도 열람이 가능합니까?"

"시간은 걸리겠지만 불가능하지 않습니다. 하지만 쓸데없이 시간만 버릴까 걱정되는군요."

아마노의 대답을 들으며 가오루는 지도의 한곳을 꾹 누르고 있었다.

13

집 발코니에서 텅 빈 밤하늘을 바라보는 것도 꽤나 오랜만이었다. 지상으로부터 100여 미터 높이에서도 새카만 바다에는 잔물결 하나 없는 것을 알 수 있다. 서 있기만 해도 뜨뜻한 온기가 들러붙는, 바람 없이 더운 밤이었다.

오늘 낮 아버지의 부하였던 아마노에게서 루프에 대한 내용을 듣고 나자 이렇게 바라보는 밤하늘도 평소와 다르게 느껴졌다. 어릴 적에는 세상의 구조를 너무나 알고 싶어서 바라보기만 해도 알게 될까 봐 열심히 하늘의 반짝이는 별을 노려보고 있었다.

'우주의 끝은 대체 어떻게 생겼을까?'

이런 소박한 의문이 머릿속에 떠올랐다. 지금 바라보는 우주의 바깥은 어떻게 되어 있을까? 상상하려 해도 상상력이 미치지 않는 영역이었다.

가오루는 루프의 생명체가 되는 상상을 했다. 만약 자신이 시간과 공간을 인식하는 생명체라면 그 우주를 어떻게 파악할까? 아마 우주는 팽창하는 것처럼 보이지 않을까? 루프는 시간이 지남에 따라 천천히 확장되니까 말이다. 프로그램을 시작하기 전에는 아무것도 없는 상태였다. 실리콘으로 된 칩이 산더미처럼 쌓여 있기야 했지만 시간도, 공간도 존재하지 않았다. 연구자들이 프로그램을 시작한 순간부터 공간이 폭발적으로 커졌다. 빅뱅 그 자체 아닌가.

지하에 자리 잡은 초병렬 슈퍼컴퓨터 속에 루프라는 공간이 존재하는 것이 아니다. 영화관 스크린에 광대한 대자연이 보인다고 해도 스크린 자체가 그 공간을 의미하는 게 아닌 것과 같다. 컴퓨터의 안에도 밖에도 공간은 존재하지 않는다. 그것을 인식할 수 있는 생명체만 공간이라고 느낄 뿐이다. 진화하여 생명의 인식 능력이 향상되면 인식하려는 눈에서 도망가듯 공간은 더 팽창한다.

가오루는 현실의 하늘을 바라보았다. 지금 바라보는 우주도 팽창하고 있다. 우리 지구상에 있는 DNA의 인식 능력으로부터 피하기 위해서 멀어져 가는 것은 아닐까? 그런 의문이 문득 들었다. 루프와 같은 가상공간이 현실의 우주일 가능성도 아예 없지는 않다. 그렇게 받아들여도 전혀 문제없다.

그뿐인가? 오히려 현실도 하나의 가상공간이라 받아들이는 편이 진리에 더 가까워질 것 같은 느낌이었다. 예부터 '색즉시공'이라는 말이 있다. 그렇게 이데아론적으로 받아들이는 편이 진실을 쉽게 이해할 수 있지 않을까?

만약 이 우주가 가상공간이라면 공중에 창문을 뻥 뚫어 놓고 누군가 관찰하고 있는지도 모른다. 인간이 루프계를 들여다보고 있는 것과 마찬가지로. 시간과 공간을 설정한다면 화면에 특정 지점의 특정 시간에 대한 영상이 3차원으로 펼쳐진다.

한쪽 손을 다른 팔에 얹고 가슴에서 배, 그리고 그 아래로 옮겼다.

'육체가 있다는 느낌만 있을 뿐 현실엔 아무것도 없다면.'

신체의 중심에서 약간 아래 위치한 조그만 기관. 그곳에서 뿜어 나오는 욕망이 실체가 없다는 생각은 도저히 할 수 없었다. 쓰다듬으며 밤하늘에 레이코의 얼굴을 떠올려 보았다.

등 뒤의 유리창 너머에는 아무도 없다. 텔레비전 화면에는 아까와 다른 영상이 나오고 있다. 어머니는 지금 자기 방에 틀어박혀 미국 원주민의 신화에 골몰하고 있다.

가오루는 슬쩍 뒤를 돌아보며 앞쪽에 있을지도 모르는 우주의 창을 향해 기관을 발기시켜 자신의 존재를 거세게 주장했다.

'이 살이 가상의 존재일 리가 없어. 내가 끌어안은 레이코의 몸이 가상의 것일 리 없다고.'

밤하늘을 향해 그렇게 소리 지르고 싶었다.

14

기분 나쁜 침묵 속에서 가오루는 지금 막 알게 된 두 가지 사실을 반추하고 있다. 둘 다 거지같이 나쁜 뉴스라서 납득하기까지 시간이 걸렸다. 언젠가 이렇게 되리라 각오하고 있었지만 막상 닥쳐 보니 긴장된 온몸에 부자연스럽게 힘을 주고 아버지를 내려다보고 있을 수밖에 없었다.

바로 전까지 가오루는 료지의 병실에 있다 왔다. 료지가 검사를 받으러 나가고 나서, 병실 문을 걸어 잠그고 레이코와 사랑을 나누었다. 아버지의 병실에서 듣게 된 소식은 장소를 가리지 않고 음탕한 행위를 해서 내려진 벌처럼 느껴졌다. 레이코의 살결에서 피어나는 냄새가 콧속에 아직도 맴돌았다. 부드러운 감촉도, 몸 여기저기 흔적이 남아 있었다. 세포 구석구석까지 흥분이 채 식지 않아서 이렇게 여운을 갖고 아버지의 병실에 들러선 안 될 일이라는 후회가 들었다.

요 며칠 동안 아버지의 몸은 더 작아져 버렸다. 침대에 누워 자는 모습을 보니 가슴 두께가 너무 얄팍하게 여위었다. 어릴 적에 아버지는 거인처럼 느껴졌다. 두텁게 부풀어 오른 가슴 근육은 두 주먹으로 때려도 미동조차 하지 않았다. 과학자에게 어울리지 않을 정도로 강했던 몸이 시트와 시트 틈에 얼마 되지 않는 두께로 자리를 차지하고 있었다.

그래서 폐로 전이된 암이 치명적인 상황이란 걸 알아도 놀랍지 않았다. 미뤄 왔던 듣기 싫은 소식을 결국 들은 셈이었다. 불쾌감이 먼저 들었고, 사실이 스며들며 분노 비슷한 감정이 생겼다.

"서 있지 말고 앉아라."

분노한 표정으로 멀뚱히 서 있는 가오루에게 히데유키가 온화하게 말했다. 그 말을 듣고서야 두 나쁜 소식을 선 채로 들었다는 것을 깨달았다.

가오루는 아버지의 말대로 의자에 앉았다. 그저 힘이 빠졌고 동시에 분노가 치밀었다.

"수술할 거야?"

본인 목소리인데도 공허하게 들렸다.

"그만두자꾸나."

히데유키가 즉답했다. 가오루도 같은 생각이었다. 폐로 전이된 암을 절제한다고 해서 수명이 늘진 않는다. 결과는 너무 잘 알고 있다. 오히려 명을 재촉할 가능성이 높았다.

"그렇구나."

아버지의 결심을 듣고 가오루는 동의했다.

"나야 어찌되든 상관없어. 그보다 큰일이 났구나."

히데유키는 아까 사이키 조교수에게 들은 소식을 전했다.

두 번째 뉴스란 일본과 미국에 거의 동시에 진행된 동물 실험 결과에 대한 정보였다. 전이성 인간 암 바이러스는 지금까지 사람에게만 전파되어 인간의 세포만 암화한다고 여겨졌다. 그런데 쥐나 모르모트로 동물 실험을 반복하는 동안 이것이 인간 이외의 동물도 감염된다는 것이 판명되었다.

돌연변이를 일으켰는지, 아니면 동물이 감염되는 특성을 지금까지 몰랐던 것인지는 확인되지 않았다. 그저 중요한 점은 인간과 함께 사는 개나 고양이, 아니면 더 작은 동물까지 감염되어 바이러스의 운반체가 될 수 있다는 것이다. 그렇게 되면 지금까지보다 더욱 폭발적으로 감염이 일어날 것으로 예측되었다. 아이러니하게도 루프의 결과와 현실이 점점 비슷해지고 있다. 루프에서 암화는 모든 생명체에게 파급되었다. 이 유사점을 생각하면 지구상 모든 생명체가 암화를 일으킬 때까지 전이성 인간 암 바이러스가 공격을 늦추지 않을 것 같다.

레이코에게서 바이러스를 받지 않아도 언젠가는 다른 경로로 침략받게 되었으리라.

가오루는 그렇게 레이코와의 관계를 자기합리화했다. 그 후에 도사린 멸망으로 향한 상상력을 가둬 둔 채……

아버지의 목소리가 멀리서 들려오는 것처럼 느껴졌다.

"네?"

가오루가 되물었다.

"야, 정신이 딴 데 가 있냐?"

"미안."

"아마노와 만나 이야기해 봤을 테지. 어땠어?"

어땠냐니. 히데유키가 애매하게 물었다.

"뭐, 마음에 걸리는 내용은 있어."

히데유키가 고개를 끄덕이며 말했다.

"그렇겠지."

"아버지, 진짜 최근에 있던 일이야? 루프의 결말이 지금 상황하고 비슷하다는 걸 알아차린 게."

"루프라는 프로젝트는 37년 전에 시작되어서 17년간 진행되었지. 내가 참가하고 5년 지나서 프로그램이 폐쇄되었어. 이제 12년 전이군. 그 세계는 먼 기억의 저편에 있었거든. 정말 요 며칠 전에 기억나더라. 그 결말이."

가오루는 아버지의 말을 100퍼센트 믿기가 어려웠다.

10년 전 그 밤, 히데유키가 루프에 대해 이야기를 흘렸지만 결말을 숨긴 이유는 끝이 좋지 않아서일 것이다. 가상공간의 모든 생명체가 다양성을 잃고 암화를 일으켜 소멸되었다는 건 열 살 남짓한 가오루에게 이야기할 내용이 아니었다. 이와 현실 세계를 혼동해 불건전한 종말관을 심어 줄까 봐 걱정이 되었으리라.

어린아이가 그리는 인류의 미래는 밝길 바란다는 염원이 가오루를 루프로부터 격리하는 결과를 가져왔다. 즉, 히데유키는 루프의 종말을 줄곧 마음 한구석에 두고 있었다는 뜻이다.

"루프가 암화한 원인은……."

가오루가 말을 꺼내자 곧바로 히데유키가 답했다.

"링 바이러스 때문이다."

"그럼 아버지, 누군가 프로그램에 개입했을 가능성은 생각해 봤어?"

생각을 해 보는지 히데유키는 잠시 말없이 있었다.

"왜 그런 생각을 하게 됐지?"

"링 바이러스는 전혀 경로를 알 수 없이 생겨났잖아. 자연 발생이 아닌 것 같아. 그럼 '내부'가 아니라 '외부'에서 주입되었다고 보는 게 자연스럽지 않아?"

"흠."

"어때?"

"일단 진화하기 시작한 프로그램에 개입한다는 건 실험 의미가 없어지는 거지. 보안은 완벽했어."

거기서 가오루가 어떤 사람의 이름을 꺼냈다.

"케네스 로스먼, 알지?"

똑바로 누운 자세 그대로 히데유키가 눈만 가오루에게 돌렸다.

"그 사람은 왜?"

히데유키가 내뱉듯이 말했다. 또 사망 통지를 받을까 봐 마음의 준비를 하는 모양이었다.

"지금 어디 있는지 알아?"

"뉴멕시코에서 인공 생명 연구를 계속하고 있다던데……."

"음, 뉴멕시코 주 로스앨러모스 연구소로 옮겼다던데. 지금은 소식 불명이래. 그전에 그가 중요한 말을 남겼다고 해. '전이성 인간 암 바이러스의 정체를 알았다. 열쇠를 쥔 건 다카야마다.'"

"다카야마……."

"아버진 루프 속에 다카야마가 나오는 영상을 본 적이 있어?"

가오루의 질문에 히데유키가 곰곰이 생각에 잠겼다. 눈동자가 격하게 움직였다. 미약한 생명 활동 상황에서도 필사적으로 어떤 것을 떠올리려 하고 있었다.

히데유키는 겉보기에도 확실하게 동요하고 있었다. 몇 차례에 걸친 수술과 그 후 계속된 투병 생활. 기억력이 흐려지는 게 당연했다. 어두운 기억에 맞서도 아무런 반응을 얻지 못하자 히데유키는 매우 짜증이 났다.

"아니, 본 적 없어. 없는 것 같다."

가오루는 아버지의 짜증을 누그러뜨리고 싶어서 화제를 바꿨다.

"아, 그리고 아버지. 전이성 인간 암 바이러스의 전 염기배열이 판명되었잖아? 유전자가 겨우 아홉 개밖에 없었어."

"이틀 전에 사이키가 출력해서 들고 왔었지."

"잠깐 숫자 좀 봐 봐."

가오루는 염기배열이 기록된 종이를 아버지에게 보여 주었다. 유전자 자체의 염기수 부분이 형광펜으로 표시되어 있었다.

"이게 왜?"

"염기수 말이야."

　3072, 393216, 12288, 786432, 24576, 49152, 196608, 6144, 98304

히데유키가 숫자 아홉 개를 순서대로 읽었다. 하지만 아무것도 알아채지 못한 듯 미심쩍은 눈으로 가오루를 바라보았다.

가오루는 명확한 발음으로 말했다.

"봐, 아버지. 아홉 개 숫자 전부 2의 N제곱 곱하기 3으로 되어 있어."

그 말을 듣고 히데유키는 다시 숫자를 바라보았다. 몇 번인가 되뇌더니 탄성을 질렀다.

"호오, 잘 찾았구나."

순간 히데유키에게 과학 문답에 흠뻑 빠져 있던 때의 환한 표정이 떠오르는 것을 가오루는 놓치지 않았다. 기쁨과 함께 가슴이 저며 들었다. 아버지로부터 칭찬을 받기는 오랜만이었다.

"이것도 우연일까?"

"아니, 우연일 리가 없어. 여섯 자리까지 가는 숫자 아홉 모두 2의 N제곱 곱하기 3일 확률이 얼마나 되겠냐? 우연의 벽을 뛰어넘는 데는 다 의미가 있어. 너 아니냐, 10년 전 밤에 그렇게 말했던 사람이."

히데유키가 그렇게 말하며 힘없이 웃었다. 가오루의 뇌리에는 10년 전 가족과 나눈 대화가 선명하게 떠올랐다. 지금처럼 더운 여름, 북미 사막으로 여행 갈 기대에 부푼 어린 시절의 꿈. 즐거운 가족 여행의 목적지는 기분 나쁘게 오염되어 다시금 강한 흡인력으로 가오루를 끌어당겼다.

가오루와 히데유키가 함께 보낸 시간을 떠올리던 때였다. 갑자기 병원 복도가 소란스러워졌다.

응급실도 아닌데 두세 명이 복도를 뛰어가는 발소리가 이상한 긴장감을 느끼게 했다. 가오루는 불안해져서 소리가 나는 쪽으로 귀를 기울였다.

짧게 명령하는 말투의 남자 목소리가 섞이고 여성의 비명도 들렸다. 아는 목소리다. 틀림없다. 레이코의 목소리였다.

"잠깐 갔다 올게!"

아버지를 남기고 의자를 박차고 나섰다.

문을 열고 복도를 둘러봤다. 경비원 제복을 입은 남자를 따라 종종걸음으로 서둘러 복도를 지나가는 여자의 뒷모습이 보였다. 낙낙한 노란색 원피스를 입은 뒷모습…… 등의 지퍼는 약간 내려가 있었다. 아까 가오루가 내렸던 지퍼. 그 위로 보이는 새하얀 목덜미. 틀림없이 레이코였다.

맨발에 샌들을 신은 모습이었다. 잘 보니 한쪽 발에만 신고 있었다. 절뚝거리며 한쪽 어깨가 휘청였다. 어지간히 서둘러 병실을 나온 모양이다.

보통 일이 아닌 것 같아 가오루는 레이코를 부르며 뒤를 쫓았다.

이름을 불러도 돌아보지 않은 상태로 레이코와 두 경비원이 함께 복도 모퉁이를 돌아 엘리베이터 옆의 계단 문으로 뛰어 들어 갔다.

레이코가 의미 불명의 외침을 내뱉고 있었다. 이름을 부르고 있는 것 같긴 한데 주변 소음에 묻혀서 확실하게 들리지 않았다.

"레이코 씨."

가오루도 빠르게 따라잡아 눈앞에 닫혀 버린 문을 다시 열어서 계단실로 뛰어들었다. 계단실 안쪽에는 화물용 엘리베이터가, 그 안쪽에는 비상계단과 방화문이 있었다. 방화문은 긴급시에도 사용되기 때문에 안쪽에서도 열 수 있다. 그러나 여기 들어오면 경비실 모니터에 나타나게 되어 용무 없이 침입자가 있는 경우 경비원이 긴급 출동하는 시스템이었다.

레이코와 경비원이 방화문을 열었을 때, 가오루는 경비원 머리 너머로 작은 사람의 모습을 발견했다. 비상탈출 표시가 붙은 창문 이었다. 화재 발생시 소방대원이 출입할 수 있게 안팎으로 열 수 있는 창문틀에 몸을 굽혀 앉아 있는 사람은 바로…… 료지였다.

료지는 비웃는 듯한 눈초리로 당황한 어른들의 모습을 올려보 며 평소 버릇대로 다리를 달랑거리며 흔들고 있었다.

료지의 모습을 본 경비원들은 움직임을 멈추고 말로 설득하기 시작했다.

"진정해."

"그만둬."

"얘, 이쪽으로 오렴."

레이코가 작은 창에 앉아 있는 료지가 아닌 좁은 천장을 바라 보며 소리를 질렀다.

"료지야!"

료지는 어머니의 뒤로 고개를 내민 가오루를 알아차린 것 같았다. 가오루는 료지와 눈이 마주쳤다. 료지는 눈알을 빙글 돌려 흰자위를 보이며 몸을 기울였다. 마지막으로 본 료지의 흰자위는 이미 산 사람의 것이 아니었다.

그 순간 료지는 땅거미가 내려앉는 등 뒤 창문 너머로 몸을 던져 사라져 버렸다.

15

따뜻하게 온도를 조절하며 가오루는 욕조 옆에 앉아 흐르는 온수에 손을 댔다. 처음엔 좀 뜨거웠는데 익숙해지니 체온과 비슷한 온도임을 깨달았다. 욕조에 어깨까지 담근 상태로 가만히 기다렸다. 수도꼭지에서 떨어지는 물방울이 멎었고 욕조는 조용해졌다. 이렇게 평일 오후부터 욕조에 들어가 씻는 일은 좀처럼 없던 일이었다.

잠시 귀를 기울이다가 욕조 테두리에 머리를 기대고 눈을 감았다. 그대로 무릎을 끌어안고 둥글게 태아 자세를 취했다. 물속에서 전달되는 심장 소리가 욕조 전체를 울리는 기분이 들었다.

마음을 비우려 해도 소용없었다. 계속 같은 장면만 떠올랐다.

료지가 병원 비상계단에서 뛰어내려 자살한 뒤로 딱 일주일이 지났다.

'나와, 료지를, 구해 줘.'

레이코의 마음을 내던져 버리기라도 하듯이 료지는 가오루의 눈앞에서 어린 일생을 마쳤다.

뛰어내리기 직전의 광경이 가오루의 머릿속에 강렬한 충격을 주었다. 비상계단 창밖으로 몸을 비스듬히 기울인 료지의 공허한 눈. 레이코의 비명. 영상과 음향의 세밀한 편린이 불행하게도 가오루의 뇌리에 각인되어 버렸다. 일주일 동안 꿈에 나오지 않은 날이 없었다.

료지가 뛰어내린 직후, 가오루와 레이코는 창으로 뛰어가 밖을 바라보았다. 콘크리트에 부딪힌 료지의 몸이 부자연스럽게 꺾여 있었다. 석양 속에 검붉게 빛나던 것은 한쪽으로 흘러가던 핏줄기였다. 기절해 그 자리에 쓰러진 레이코를 들어 올리고 료지의 몸을 구급병동에 수용하도록 조치했지만 이미 늦었다는 것은 명백했다. 12층에서 콘크리트 바닥으로 떨어져 내렸으니 살아 있을 가능성은 전무했다.

꿈에서 콘크리트 바닥에 얼룩진 료지의 핏자국이 나온 적도 있다. 실제로 지금도 병원 뜰에 약간이지만 흔적이 남아 있었다. 사라진 목숨이 그림자가 되어 땅에 드리운 것 같아서 가오루는 그 장소에 가까이 갈 수 없었다.

료지의 자살은 발작적이기도 했고 계획적이기도 했다. 비상계단 창만 안쪽에서 열 수 있다는 것을 알고 곧장 그리로 달렸으니 전부터 그곳을 점찍어 두었다는 뜻이었다.

자살한 이유는 명백했다. 신티그램 검사가 끝나고 4회차 화학요법을 눈앞에 둔 지금 다시 그 괴로운 싸움이 시작되려 하자 진심으로 넌덜머리를 내고 있었던 것이다. 게다가 싸워서 이길 수 있는 상대도 아니었다. 언젠가는 괴로움 속에서 생애를 마감하게 되리라. 좀 더 오래 살아서 괴로움을 축적시키는 것과 인생을 짧게 끊어 괴로움의 총량을 줄이는 것. 어느 쪽이 좋은지 계산한 행동이었을 터였다. 아니면 옆에서 지켜보는 어머니의 괴로움도 생각한 것인지도 모른다.

가오루는 전이성 인간 암 바이러스에 감염되어 죽음을 선택한 료지의 생각을 아플 정도로 잘 알 수 있었다. 남의 일이 아니었다. 오래지 않아 틀림없이 자신에게도 닥쳐올 재앙이기도 했다. 가오루 자신도 싸워야만 하는 상대였다. 료지의 기분을 안다 해서 그와 같은 말로를 걸어야 한다는 뜻은 아니었다.

"모든 지력을 다 짜내서 네 젊은 몸을 무너뜨리는 적과 싸워라."

아버지가 한 말이다. 죽음을 피하려면 적과 맞서 싸워 이겨야만 한다. 무기는 단 하나. 아버지가 말한 대로 지력밖에 없다.

가오루는 더욱 깊숙이 욕조에 몸을 담갔다. 물의 표면이 귓불 바로 아래 왔다.

'나에게 그런 힘이 있을까?'

생각해 보면 불가사의했다. 전이성 인간 암 바이러스를 둘러싼 사건은 자신 주위에서 생겨나는 것처럼 느껴졌다. 두 어깨에 세계를 구할 사명이 걸렸다고 일방적으로 통보받은 느낌이었다.

'과대평가지.'

뜨거움을 참지 못하고 욕조에서 일어났다.

세계를 구한다는 허울 좋은 말. 구세주임을 자처하는 영웅심리적 행동. 하지만 가오루는 지금 당장 정리해야만 하는 개인적인 문제가 있다. 세계 규모의 문제가 아니라 훨씬 흔하고 가까운 문제라고 할 수 있다. 오늘 저녁, 일주일 만에 레이코와 만난다.

깨끗하게 물기를 닦고 새 셔츠와 청바지를 입었다.

레이코의 얼굴을 보기는 료지의 장례 이후로 처음이었다. 그녀는 만나는 것조차 완강히 거부해 왔다. 이제야 오늘 밤 한 시간만 이야기할 시간을 내준 것이다. 단 한 번의 기회. 가오루는 레이코가 마음을 닫은 이유를 꼭 듣고 싶었다.

16

녹음이 우거진 고지대 한쪽에 레이코가 사는 고급 빌라가 있다. 외벽이 빨간 벽돌로 지어진 호화로운 3층 건물이었다.

가오루는 건물 로비를 돌아 빌라 호수를 누르고 응답을 기다렸다. 스피커에서 작은 목소리가 들렸다.

"네."

레이코였다. 한 호흡 후에 문이 열렸다.

병원 개인 병실에 료지를 입원시켰기 때문에 살림에 여유가 있으리라 상상했었다. 로비에서 엘리베이터 홀까지 융단이 깔린 복도를 걸으며 상상이 틀리지 않았음을 실감했다.

당연히 돈의 출처에 대해 레이코에게 물어본 적도 없었고 본인이 스스로 이야기해 준 적도 없다. 그저 이야기를 하다 보니 남편이 사회적으로 성공한 사람이었던 것 같다는 느낌이 있었다. 연상의 남편은 몇 년 전에 암으로 죽었다고 한다.

3층 모퉁이에 있는 게 레이코의 집이었다. 벨을 누를 필요도 없었다. 문 앞에 서자 바로 열렸다. 시간을 헤아려 문의 렌즈로 확인했으리라.

일주일 만에 보는 레이코의 얼굴이었다. 열린 문 틈으로 반만 보였다. 가오루의 바로 눈앞에 레이코의 머리가 있었다. 뒤로 넘겨 고무줄로 가지런히 하나로 묶은 머리카락 사이로 흰머리가 몇 가닥 보였다.

"들어와."

사그라들 것 같은 목소리로 레이코가 말했다.

"오랜만이에요."

응접실로 들어가 소파에 앉은 것도 잠시, 두 사람은 입을 열지 않았다. 가오루는 마음이 불편했다. 레이코가 어째서 차가운 태도를 취하는지 그 이유도 모르는 채, 무슨 말을 해야 할지 대화의 물꼬를 틀 수가 없었다.

레이코가 말없이 보리차가 든 물 잔을 놓으며 가오루의 앞자리에 마주 앉았다.

"만나고 싶었어요."

가오루는 레이코의 몸에 손을 뻗으려 했다. 하지만 레이코는 그 손을 피하며 소파에 파묻히듯 가오루와 거리를 두며 앉았다.

비슷한 일은 장례식 때도 있었다. 외아들을 잃은 슬픔을 치유할 수 있다고 자만하고 상복을 입은 레이코의 어깨에 슬쩍 손을 얹으려 했으나 그녀는 몸을 틀어 거부했었다. 아무리 여성 경험이 적은 가오루라도 똑같은 일을 몇 번이나 겪으니 눈치가 보였다. 집요하게 거부당하는 이유를 이해할 수 없었다. 진하게 살을 섞었던 여성이 어느 날 이후 갑자기 손이 닿는 것조차 싫어했다.

레이코는 스스로를 끌어안듯이 두 팔로 몸을 감싸며 춥다는 듯이 손바닥으로 팔을 쓸어내렸다. 집 안 냉방은 적당했고 춥지는 않았다. 가오루는 아직 더울 정도였다.

레이코의 겉모습만 봐도 마음의 아픔까지 알 수 있으면 좋겠다고 생각했다. 아들을 잃은 슬픔을 감추려 하고 있다면 그것을 치유할 방법을 찾을 수 있으리라 생각했다.

상대에게 용기를 주거나 위로하는 말. 떠오르는 거라곤 모두 쓸모없고 작위적이며 부끄러웠다. 입이 찢어져도 힘내라는 말을 꺼낼 수가 없었다. 그래서 대화를 시작할 수가 없었다.

"언제까지 말도 안 하고 있을 거야?"

레이코가 시선을 내리고 차갑게 말했다. 말을 꺼낼 수도 없이 굴면서 그렇게 말하다니. 가오루는 울컥했다.

"적당히 하시죠!"

가오루가 소리쳤다.

"뭐야, 정말."

두 손으로 머리를 감싸며 레이코는 몸을 격하게 떨었다. 울고 있는지 가끔 오열이 새어 나왔다.

"당신의 슬픔을 내가 어떻게든 없애 주고 싶어요. 그런데 어떻게 해야 할지 모르겠어요."

레이코는 "아아." 하고 소리를 내며 고개를 들더니 아랫입술을 이로 깨물었다. 울어서 빨갛게 된 눈가가 눈물로 젖어 있다.

"만나지 않았으면 좋았을 텐데. 당신이랑."

가오루는 깜짝 놀랐다.

"내가 싫어져서 그래요?"

'그럴 리 없어.'

가오루는 속으로 소리쳤다. 정말 싫어하게 되었다면 만나는 것 조차 싫어했을 것이다. 만나자는 전화를 계속 무시했다면 이런 불쾌한 만남은 없었다. 딱 한 시간이라는 조건으로 오늘 만나기로 했다. 레이코가 뭔가 할 말이 있고 만날 만한 이유가 있으리라고 생각하는 게 당연했다.

"우리 애가 알고 있었어."

"대체 뭘요?"

"당신이랑, 내 사이를."

"당신과 내가 서로 사랑하고 있다는 걸?"

레이코는 자조적인 웃음을 띠었다.

'사랑하고 있다는 걸.'

"알고 있었다니, 뭘 본 건가요?"

퍼뜩 무언가 떠오른 가오루의 몸이 굳었다.

"당신과 내가 그 방에서 하던 것을 말이야."

금방 대답할 말이 나오지 않았다. 가오루가 침을 꿀꺽 삼키며 말했다.

"그럴 리가 없어."

"눈치가 빠른 애야. 벌써 한참 전부터 알고 있었던 거야. 내가 멍청했지. 그런 짓을 하다니, 그 애한테 그런 짓을 하다니."

레이코는 무너져 내렸다.

"하지만……"

"유서에 쓰여 있었어."

"뭐라고요?"

162

"왜 유서가 있었다고 생각해?"

"……."

가오루는 각오하며 침을 삼켰다.

"'내가 없어져 줄 테니 나중엔 여봐란 듯이 해.'"

레이코가 료지의 말투를 따라서 말했다.

'이 무슨 일인가.'

수영모자를 뒤집어 쓴 료지의 활짝 웃는 얼굴이 떠올랐다. 수영장 옆에 서서 헐렁한 반바지를 입고서 똑같은 말을 반복했다.

'내가 없어져 줄 테니 나중엔 여봐란 듯이 해. 내가 없어져 줄 테니 나중엔 여봐란 듯이 해. 내가 없어져 줄 테니 나중엔 여봐란 듯이 해.'

정말 조심했다. 료지가 두 시간 걸리는 검사를 받기 위해 나갔을 때만 관계를 가졌다. 행위 그 자체는 10분도 되지 않았고, 하고 난 뒤에는 허탈함과 후회의 표정을 지으며 금방이라도 울음을 터뜨릴 것처럼 시선을 교환했다. "사랑해."라고 속삭이며 가오루는 레이코의 눈물을 핥기도 했다.

레이코는 발작적으로 상체를 격하게 흔들었다. 료지의 유서를 읽다 냉정을 잃어버린 듯했다.

한동안 울게 두는 수밖에 없었다. 울다 지치면 진정될 것이다.

가오루는 료지의 입장을 생각해 보았다. 괴로운 검사에 억지로 몸이 깎여 나가는 순간 어머니는 쾌락에 빠져 있었다. 료지에게는 배신이나 다름없는 행위로 비쳤으리라. 자신이 괴로운 투쟁에 내몰려 자리를 비운 동안 함께 싸워 주어야 할 어머니는 병실에서 약삭빠르게 즐기고 있었다니, 환멸에 빠지는 것도 무리는 아니었다. 싸우려는 의지를 잃을 것이다. 가오루는 료지가 자살한 이유를 병마와의 싸움을 포기해서라고 생각했다. 하지만 진상은 달랐다.

가오루가 료지의 자살로 인해 그다지 깊은 슬픔에 빠지지 않은 것도 조만간 아이가 확실하게 죽을 운명이라 여겼기 때문이다. 곧 스러져 갈 생명을 자신의 힘으로 약간 줄인 것이라 생각하면, 차라리 그게 나을지도 모르겠다고 왠지 위안이 되기도 했다.

하지만 어머니의 행위가 자살의 결정적 계기라면, 죽기로 마음먹은 료지는 분명 복잡한 심경을 거쳤을 것이다.

레이코도 마찬가지였다. 값비싼 개인실을 빌리고, 언젠가는 아이가 학교에 돌아간다는 믿음을 갖고 과외 선생을 고용한 것은 삶에 대한 의욕 때문이었다. 죽는다는 것을 이미 알지만 함께 싸우겠다는 자세를 분명히 보이는 것이 애정의 증표였다. 마지막 순간까지 자식을 구하기 위해 노력한다는 자세를 보이고 싶었는데, 반대로 죽음으로 떠밀어 버린 셈이었다.

료지가 절망하는 것도 당연했다. 그래서 지금 레이코는 아들이 절망의 끝에 죽음을 선택하게 한 본인을 심하게 질책하는 중이었다. 그리고 공범인 가오루에게 분노의 화살을 돌렸다. 가오루는 장례식 때 레이코의 어깨를 감싸 안으려 했을 때 그녀가 몸을 비틀어 피한 이유를 겨우 이해할 수 있었다. 료지의 위패 앞에서 한순간의 접촉도 용납하고 싶지 않았으리라.

좀 생각할 시간이 필요했다. 젊은 가오루는 어떻게 대처해야 할지 알 수 없었다. 두 사람의 관계를 끝내고 싶다면 아무런 문제가 없다. 하지만 그럴 생각은 없다. 절망적인 지금 상황을 극복할 방법을 필사적으로 찾았다.

"시간을 좀 줘요."

가오루는 정직하게 말했다. 시간을 두고 두 사람의 앞날을 냉정하게 생각하고 싶었다.

"안 돼."

레이코가 고개를 크게 저었다.

"어떻게 해야 할지 모르겠어요."

"나도 그래. 그래서 이렇게……."

그나마 다행이다. 레이코는 두 사람의 관계에 종지부를 찍고 싶어 보자고 한 것은 아니었다. 그녀 자신이 어떻게 할지 모르겠다며 괴로워하고 있다. 혼자 견딜 수 있는 일이 아니다.

한 시간만 만나자는 약속이었지만 창밖에는 벌써 가을해가 저물고 있었다. 레이코와 알게 된 것은 장마철 무렵이었다. 사귄 지 고작 세 달이 지났다. 더 길게 느껴졌지만.

대화하는 시간보다 말을 하지 않는 시간이 훨씬 길었다. 침묵이 10분 넘게 이어졌다. 그래도 레이코는 가라고 하지 않았다. 태도가 어딘지 부자연스러웠다. 아까부터 자꾸 말을 삼키고만 있었다.

"레이코 씨, 나한테 뭔가 숨기는 게 있어요?"

가오루가 묻자 레이코는 고개를 들었다. 결연한 표정이었다.

"생긴 것 같아."

의미를 이해하기까지 몇 초가 걸렸다.

"생겼다고요?"

"그래."

레이코가 눈빛으로 사실임을 확인했다.

충격이 전신을 관통했다. 이 일을 어떻게 감당해야 할까. 좁은 병실에 생과 사가 맞물려 있었다니. 세상의 얄궂은 현실에 화가 나기까지 했다. 무슨 보이지 않는 악의라도 있는 것처럼 느껴졌다.

"그렇구나."

가오루는 깊은 한숨을 쉬었다.

"어떻게 하면 좋겠어?"

"낳아 주었으면 해요."

가오루가 진지하게 이야기했다. 레이코와는 놀이 삼아 사귄 것이 아니었다. 아이가 생겼으니 낳아 기르며 함께 살아가고 싶었다.

"그게 무슨 말이야!"

레이코는 소파 옆의 책꽂이에서 신문을 집어 가오루에게 던졌다. 오늘 아침 신문이었다.

읽지 않아도 레이코가 무엇 때문에 그러는지 잘 알았다. 가오루도 오늘 아침 신문 사회면 기사를 봤다.

기사에는 미국 애리조나 주에 있는 사막성 초원의 사진이 나와 있었다. 플래그스태프(애리조나 주의 도시 — 옮긴이)와 그랜드 캐니언을 연결하는 180번 US 고속도로 부근에서 우연히 발견되었는데, 갈색의 대지에 무성하게 자란 수풀과 식물 대부분에서 줄기와 가지, 잎사귀 끝까지 이상한 모양으로 부풀어올라 있다는 내용이었다. 바이러스가 수목에 감염되어 혹을 만들거나 잎이 마르는 일은 종종 있어도, 이 부근의 광경은 유례가 없는 규모의 바이러스 감염 사태를 연상하게 했다. 줄기나 가지, 잎의 형태에 일어난 변화는 특정 바이러스에 의한 것으로 보였다. 심지어 세계적으로 맹위를 떨치고 있는 전이성 인간 암 바이러스의 변이종이라는 추측이 급부상했다. 전이성 인간 암 바이러스의 마수가 동물뿐만 아니라 식물에까지 영향을 미친 것이다. 사막에 출현한 그로테스크한 수목들은 세상의 종말을 강하게 시각적으로 웅변하고 있었다. 신문 기사 내용도 종말에 대한 우려를 조장하는 느낌으로 끝났다.

레이코는 발병하지 않았을 뿐, 이미 전이성 인간 암 바이러스의 보균자였다. 바이러스의 위협이 동물뿐 아니라 식물에도 미쳐 있다면 희망을 가질 수 없다. 레이코의 배에서 나올 아이 역시 높은 확률로 암 바이러스에 감염되어 있으리라.

낳아 달라는 말을 잘도 내뱉는 것 아니냐고 레이코는 화를 내고 있었다.

"대체 희망이 있기는 한 거야?"

가오루는 모든 생명체가 링 바이러스에 감염되어 멸종에 이르렀다는 루프의 내용을 실감했다.

'드디어 현실이 루프의 종말을 따라잡았군.'

"시간을 좀 주겠어요?"

그렇게 간청할 수밖에 없었다. 지금 바로 결론을 낼 수는 없었다.

"미루면 결론이 나와? 이제 지긋지긋해. 나 낙태하고 싶지 않아. 그거 알아? 그 애의 죽음과 맞바꿔서 생긴 아이야. 정말 소중하다고. 그런데 어쩔 수 없잖아. 또 그 애와 똑같은 운명으로 살다 갈 거라고 생각해 봐. 겨우 세상에 태어났더니 짧고 고생뿐인 인생이라니……. 제발…… 어떻게 해야 할지 이제 아무 생각도 할 수 없어."

레이코 옆으로 자리를 옮겨 옆에서 그 이야기를 들어주고 싶었다. 끌어안고서 토닥여 주고 위로하고 싶었다. 하지만 시기가 좋지 않았다. 가오루는 자신을 억눌렀다.

"낙태는 생각하지 말아요."

가오루가 다짐하듯 말하자 레이코가 천천히 고개를 끄덕였다.

"그럴 힘도 없어."

아이를 지울 생각은 없는 것 같다. 하지만 낳으려는 결의도 없어 보였다.

가오루는 레이코의 눈빛을 보며 속을 들여다보았다. 어떤 아련한 결심 같은 것이 느껴졌다. 낙태는 하지 않겠지만 그렇다고 낳고 싶지도 않다는 것은 결국 자살이라는 선택지를 고려하고 있는 것이 아닐까.

가오루가 바라는 것은 딱 하나였다. 레이코가 살아 있길 바랐다. 그러기 위해서는 레이코와 새 생명이 살 수 있을 세상이 필요했다. 그뿐이 아니었다. 가오루 본인 역시 살아갈 가치를 발견하고 싶었다. 세계가 다양성을 잃고 암화되어 망해 가는 과정을 보면서 살아갈 가치를 말하고 다닐 수는 없었다.

'제대로 납득시켜야 한다.'

방법은 하나, 혼돈으로 향하는 세상의 흐름을 직접 바꾸는 것이다.

'그러기 위해 시간이 얼마 정도 필요하지?'

두 달, 혹은 세 달이다. 확신이 없는 상태로 배가 불러 오면 레이코는 죽음을 택하리라. 앞으로 석 달밖에 없다. 그 이상은 버티지 못한다.

"세 달만 기다려 줘요. 부탁해. 나를 믿어 줘요."

"세 달은 무리야. 내가, 버티지 못해."

레이코가 애처롭게 비명을 질렀다.

"그럼 두 달만."

레이코가 자못 원망스럽다는 듯이 가오루를 바라보았다.

"약속은 못 해."

"안 돼. 약속해 줘요. 앞으로 두 달 동안은 무슨 일이 있어도 자살은 하지 말아 줘요."

가오루가 테이블을 두 손으로 짚고 레이코에게 다가가 말했다. 레이코는 그 박력에 압도되어 움츠러들더니 잠시 후 묘하게 후련한 표정을 지었다. 갈피를 못 잡던 마음이 한쪽으로 정리된 것 같았다. 일단 방향이 정해졌으니 조금이나마 괴로움은 줄어든 셈이었다.

육체적으로 거부되는 불명예스러운 상황을 회복하기 위해서도 레이코와는 잠시 거리를 두는 편이 훨씬 낫다. 두 달이라는 기간은 적당한 시간이라는 생각이 들었다.

"두 달……."

레이코가 작게 읊조렸다.

"그래. 두 달 뒤에 만나요. 그때까진 무슨 일이 있더라도, 꼭 살아 줘요."

"살아 있으면 되는 거지?"

"당신 심장이 뛰고 있고, 숨 쉬고, 그리고 가끔이라도 나를 떠올려 주면 좋겠어요."

레이코가 살짝 웃었다.

"맨 뒤엣것은 어떨지 모르겠네."

오늘 처음으로 보는 레이코의 밝은 표정에 마음이 풀렸다.

가오루는 레이코가 아무것도 묻지 않고 그저 자신을 믿어 주기만을 바랐다. 자신 있냐고 물은들 잘 모르겠다고 할 수밖에 없다. 힌트 몇 개는 손에 넣었다고 생각한다. 전이성 인간 암 바이러스의 염기수가 $2^n \times 3$이라는 특징을 갖는 것은 어째서일까? 이 바이러스는 어쩌면 가까운 곳에서 발생된 것 같기도 했다. 바이러스의 발생을 밝혀내면 그것을 없애는 방법도 밝혀질지 모른다. 기간은 두 달. 레이코와 운명을 같이한다는 생각으로 이 상황에 임해야만 했다.

17

아파트 29층으로 올라가는 엘리베이터에 오르자 귀울림이 느껴졌다. 기압의 변화를 느끼지 않게 설계된 엘리베이터였지만 오늘따라 귀가 아프고 조금씩 흔들렸다.

료지의 몸이 콘크리트에 부딪혀 뼈가 부서지는 소리가 귓속에 남아 있다. 낙하하는 아이의 모습을 실제로 본 것은 아니다. 창문으로 뛰어가는 도중에 떨어지는 둔탁한 소리를 들은 것 같은 느낌뿐이다. 하지만 소리의 기억은 좀처럼 사라지지 않았다. 올라가는 엘리베이터 속에서 순간적으로 소리의 기억이 촉발되어 보지도 않은 영상이 떠올랐다.

가오루는 슬쩍 고개를 숙이며 문을 열었다.

"저 왔어요."

안쪽을 보며 말했다. 대답은 없었다. 신경 쓰지 않고 신을 벗어 신발장에 두고 고개를 들었다. 어느새 거기에 어머니가 서 있었다.

"잠깐 이리 와 봐."

무슨 일인지도 모르고 손을 잡혀 어머니 방까지 이끌려 들어갔다. 어머니는 뭔가를 발견했을 때의 흥분된 표정을 짓고 있었다.

"뭔데, 엄마."

어리둥절하면서도 어머니의 기세에 눌려 가오루는 잠자코 따라갔다.

오랜만에 들어간 어머니의 방에는 책이나 잡지, 복사된 출력물 등이 정신없이 쌓여 있었다. 전에는 훨씬 정돈되어 있었는데. 얼굴에서 풍기는 인상마저 마치 다른 사람 같았다. 함께 살면서 얼굴을 보는 것이 오랜만인 느낌이었다.

"대체 무슨 일인데?"

료지가 자살한 뒤로 상당히 예민해져 있어서 어머니의 상태가 의심스러웠다.

어머니는 가오루가 걱정을 하건 말건 개의치 않고 말했다.

"이것 좀 봐."

마치코는 《THE FANTASTIC WORLD》라는 이름의 잡지를 가오루에게 건넸다.

"판타스틱 월드……, 이게 왜?"

지긋지긋했다. 이름만 봐도 신비 현상에 관한 잡다한 내용이 수록된 잡지로 보였다.

마치코는 가오루가 들고 있는 잡지를 낚아채 47쪽을 펼쳐 다시 가오루가 보도록 돌려줬다. 어머니답지 않은 난폭한 행동이었다.

"이 기사를 읽어 봐."

가오루는 순순히 시키는 대로 했다. 기사 제목은 「말기암에서 생환」이었다.

'역시.'

단박에 이해되었다. 요즘 어머니가 몰두한 일은 이런 획기적인 암 치료법을 찾는 일이었다. 현대 의학의 범주가 아니다. 마치코는 민화나 신화 같은 현실이 아닌 세계에서 그 실마리를 찾고 있었다. 미신이라고 해 버리면 끝이겠지만 지금은 참고 어머니에게 맞춰 줄 수밖에 없다는 생각에 기사를 훑어봤다.

오리건 주 포틀랜드에 사는 은퇴한 측량 기사 프란츠 보어는 몇 년 전에 전이성 인간 암 바이러스에 감염되었고 온몸에 전이된 암세포 때문에 길어야 3개월이라는 시한부 선고를 받았다.

하지만 그는 의사의 치료를 거부하고 여행을 떠나 어딘가에서 두 주간 머물렀다. 한 달가량 지나 프란츠 보어는 원래 살던 포틀랜드에 돌아왔다. 그의 몸을 진찰한 의사는 믿을 수 없다는 듯이 고개를 절레절레 흔들었다. 제거가 불가능한 상태로 확산되었던 암세포가 깨끗이 사라진 것이다. 게다가 59세인 프란츠 보어의 세포를 채취해 조사했더니 평균 연령보다 훨씬 분열 횟수가 많은 것으로 밝혀졌다.

즉, 프란츠 보어는 그 지역에서 두 가지를 얻었다. 잃었을 생명과 긴 수명이다. 그런데 혼자 살던 프란츠 보어는 어디서 그 기적을 손에 넣었는지 아무에게도 말하지 않고 어이없이 사고로 세상을 떠났다. 그가 어디서 무엇을 했는지 알기 위해 모든 사람이 혈안이 되어 찾고 있다.

단서는 거의 없다. 다만 어떤 잡지 기자가 집요하게 조사한 결과 시한부 선고를 받은 직후, 프란츠 보어가 로스앤젤레스에서 렌터카를 빌린 사실이 드러났다. 그 외에는 그가 어디로 갔는지 알 실마리가 전혀 없다…….

기사에 적힌 내용은 대충 그랬다.

마치코는 가오루의 반응을 지켜보고 있다. 말기암을 기적적으로 극복한 이야기는 별로 드물지 않았다. 어디에나 흔히 있는 일이다. 마치코가 기대에 부푼 표정으로 보고 있기에 이제 어떻게 할까 싶어 천천히 고개를 들었다.

"어때?"

마치코가 물었다.

포틀랜드에서 LA까지는 아마 비행기로 이동했으리라. 애리조나와 뉴멕시코 부근의 사막 부근에 가려면 당연히 LA에서 렌터카를 빌려야 한다. 일단 말은 된다.

"엄마가 무슨 말을 하려는지 알겠어. 프란츠 보어가 향한 곳이 바로 내가 옛날에 말했던 사막의 장수촌이라고 하고 싶은 거지?"

어머니는 긍정도 하지 않고 이글이글 불타는 시선으로 가오루에게 다가왔다. 그 눈빛 속에는 확신이 있었다.

"사실 증거가 하나 더 있어."

"뭔데?"

"이것도 봐."

마치코가 등 뒤에 숨겼던 원서를 가오루에게 내밀었다.

『FOLKLORES OF NORTH AMERICAN INDIANS(북미 인디언

의 민간 전승)』

제목 밑에는 태양과 태양의 빛을 정면으로 받으며 언덕에 서 있는 사람이 그려져 있었다. 머리에 깃털 장식을 단 남자 인디언의 실루엣이 검었다. 인디언은 기도하는 자세였다. 낡은 책답게 표지 색이 바랬고 군데군데 손때가 탔다.

책을 받아 바로 목차부터 폈다. 목차가 세 페이지나 되었다. 무려 74개의 항목이 가지런히 적혀 있었다. 읽어도 뜻을 알 수 없는 단어가 목차마다 최소한 한 개씩은 포함되어 있었다. HIAQUA라는 단어는 지금까지 본 적도 없는 단어였다. 얼핏 봐도 사전에 없을 것 같았다. 책장을 넘겼더니 사진이 여러 장 나왔다. 그중 하나는 무릎을 꿇은 자세로 화살을 겨누고 있는 인디언이었다.

가오루는 고개를 들어 말없이 어머니를 바라보며 설명을 기다렸다.

"북미 인디언 설화야."

"그런 건 보면 알아. 내가 알고 싶은 것은 북미 인디언 설화와 아까 읽은 《판타스틱 월드》의 기사가 무슨 상관이 있는지야."

마치코는 자세를 바로 하고 이야기를 시작했다. 아들에게 무언가를 가르친다는 기쁨이 깃든 몸짓이었다.

"인디언은 여러 신화나 전승이 있어. 하지만 북미 인디언에겐 문자가 없어서…… 그래서 대부분의 민화는 구전으로 전해지고 있거든."

마치코는 가오루의 손에서 책을 빼앗아 페이지를 넘겼다.

"그러니 여기에 있는 일흔네 가지 짧은 이야기는 대부분 인디언 이외의 사람이 수집한 거야. 봐."

마치코는 책의 한 페이지를 가리켰다.

"여기, 각각의 이야기 첫머리에 제목과 언제 어디서 누가 그 이야기를 채록했는지 명기되어 있어. 이야기가 구전된 부족 이름도."

가오루는 마치코가 가리킨 제목을 읽어 보았다.

「산들의 꼭대기는 어떻게 태양에 닿았을까」

쇼판카 족

그 아래에는 글을 쓴 백인 남성이 쇼판카 부족과 어떻게 알게 되어 이야기를 들었는지 한참 이어지고 나서 태양에 닿아 버린 산들의 이야기가 나왔다.

이야기 자체는 짧았다. 겨우 두 페이지도 되지 않았다. 이런 내용이 한 권 통틀어 일흔네 개나 수록되어 있다. 제목은 문장 형식으로 된 것이 많았고, 고유명사 한 단어로 된 것은 거의 없었다.

"가오루, 이 이야기를 읽어 보렴."

마치코가 펼친 페이지에는 서른네 번째 이야기라는 의미로 제목 위에 34라는 숫자가 붙어 있었다.

제목만 봐도 무언가 느껴졌다.

'이것도 우연일까?'

「수많은 눈으로 감시당하고 있다」

수동형이다. '누가', '어떤 존재'에게 보여지는지는 짐작할 수 없다.

의자를 더듬어 찾아 앉은 뒤 가오루는 본격적으로 내용을 읽기 시작했다. 어느샌가 마치코가 내민 세계에 빠져들고 말았다.

「수많은 눈으로 감시당하고 있다」

타리키트 족

남북 전쟁 중이던 1862년. 서남부의 사막 지대를 동에서 서로 가로지르다 마차에서 굴러떨어진 백인 목사 벤저민 위클리프는 타리키트 족의 호의로 며칠간 그들과 지내게 됐다.

어느 조용한 밤, 인디언들이 모닥불에 둘러앉아 장로의 이야기를 듣고 있었다. 우연히 가까이 있던 위클리프가 그 이야기에 귀를 기울였다. 그리고 밤하늘 높이 피어오르는 모닥불과 억양 없이 이야기하는 장로의 목소리가 인상 깊게 남아 이 내용을 남겼다.

아득히 먼 옛날, 자연계의 생물은 모두 같은 것에서 태어났다. 그리고 그 낳은 부모이자, 인간과 동물을 사랑하는 바다나 강, 땅, 태양이나 달, 별은 훨씬 거대한 생물의 배에 감싸여 있다. 땅에 정령이 가득 깃들어 있음이 느껴지는 이유는 큰 생물의 마음과 인간의 마음이 서로 통하고 있기 때문이다. 그래서 인간이 나쁜 짓을 하면 큰 생물의 마음이 병들고 재앙이 인간에게 돌아온다.

한때 별들은 큰 생물의 피의 흐름을 타고 하늘을 흘렀다. 별 하나가 땅에 닿아 타리키트라는 남자가 됐다. 그는 레이니어라는 이름의 호수와 결혼해 아들 둘을 얻었다. 부부는 큰 생물의 배에 떠 있는 땅에서 정령의 뜻에 어긋나지 않게 아이들과 함께 행복하게 살고 있었다.

어느덧 아이들이 장성하여 일할 수 있게 되었다. 용감하고 사냥을 굉장히 잘해 형제들은 언제나 큰 사냥감을 가져왔다.

어느 날 타리키트는 발에 통증이 느껴져 아내와 아이들에게 말했다. 아내와 아이들은 타리키트의 몸을 걱정했다. 그는 이유를 알고 있었다.

그는 이 땅에 정착하기 이전부터 무수한 눈들에 감시되고 있다는 것을 알았다. 인간은 동물을 사냥하고 먹어도 된다. 큰 동물은 작은 동물을 잡아먹어도 된다. 그러나 지나치게 많이 먹으면 안 된다. 또, 사냥감을 너무 많이 비축해 두면 안 된다. 사냥으로 얻은 포획물에 경의를 가져야 한다. 자연계의 아버지인 큰 생물은 이를 감시하기 위해 산꼭대기에 거대한 눈을 두었다. 산꼭대기에 있는 눈은 매우 컸지만, 모든 사람을 동시에 지켜보지 못했다. 이윽고 사람들은 이 눈을 피해 큰 생물의 뜻에 어긋나는 행위를 하기 시작했다.

그래서 큰 생물은 결코 눈을 피하지 못하도록 인간의 몸속에 눈을 넣어 두기로 했다.

"그 눈이 지금 내 몸을 아프게 하는 거다."

타리키트는 아내와 아이들에게 그렇게 설명했다.

"하지만 아버지가 큰 생물의 뜻을 거역하고 있다고는 절대 생각할 수 없어요."

"분명 내가 모르는 새 거역하고 있었던 게지."

타리키트은 그런 말을 남기고 죽었다.

남겨진 어머니와 형제는 큰 슬픔에 빠져 큰 생물을 원망했다.

얼마 지나지 않아 형의 허리 언저리가 아프기 시작했다. 이어

동생의 등에도 통증이 느껴졌다. 서로의 몸을 보이자 형의 허리와 동생의 등에 주먹만 한 크기의 **눈**이 떠올라 있었다. 둘은 깜짝 놀라서 어머니 레이니어에게 도움을 청했다.

레이니어는 강을 따라 내려가면 있는 숲의 정령을 만나 아들들을 도울 방법을 물었다.

"서쪽으로 똑바로 가서 전사가 나타나길 기다려라. 그리고 그 전사의 진의를 파악한 뒤 그가 시키는 대로 따르도록 해라."

숲의 정령이 그렇게 말했다. 형과 아우는 즉시 서쪽을 향해 가서 전사가 나타나기를 기다렸다. 형의 허리에 있는 **눈**은 더욱 커졌다. 동생의 등에 있는 **눈**은 이따금 굵은 눈물마저 흘렸다.

이윽고 어디선가 짐승의 등에 탄 힘센 남자가 나타나 형과 동생을 산맥이 끊어진 곳으로 데려갔다.

강을 몇 개나 건너자 초원은 사막으로 변했고 북쪽에서 내려온 거대한 산맥도 끊겼다. 남쪽으로 우회했더니 작은 언덕이 나왔다. 언덕에서 서쪽을 바라보니 산의 정상에서 흘러넘친 물이 계곡을 따라 강으로 흘러 서쪽의 큰 바다로 쏟아지는 것이 보였다. 다시 동쪽을 바라보자 역시 강물이 동쪽 바다로 쏟아지고 있었다. 그곳이 바로 산맥과 산맥의 계곡 사이에 있는 활 모양의 산마루이자 큰 바다 두 개가 맞닿는 강의 원천이었다.

전사는 산마루의 가장 높은 곳에 이르자 짐승의 등에서 내려 폭포를 걸어 올라갔다. 폭포 위에는 검은 동굴이 입을 벌리고 있었고 그 안에는 **오래된 자**가 있었다. **오래된 자**는 형제에게 천지가 창조될 때의 이야기를 들려줬다. 마치 경험한 것처럼 잘 알고 있기에 형이 **오래된 자**에게 나이를 묻자 그가 대답했다.

"본 대로 생각하면 된다. 그리고 생각한 것을 고하라."

형도 아우도 뭐도 마음에 떠오르지 않고 대답할 수 없었다.

오래된 자는 나이를 알려 주는 대신 이렇게 말했다.

"나는 삼라만상이 생겼을 때부터 여기에 있었다."

형제는 허리에 생긴 **눈**과 등에 생긴 **눈**을 떼어 달라고 호소했다. 그는 대답했다.

"그럴 수 있지. 하지만 오늘부터 나 대신 너희들이 지켜보거라."

오래된 자는 그 말을 마지막으로 사라졌다. 그러자 **눈**이 몸에서 뚝 떨어져 바위 위를 굴러가 검은 돌로 변했다. 형제들은 영원한 생명을 얻었고 계속 땅에서 지켜보게 되었다. 그 장소는 서쪽과 동쪽의 바다로 쏟아지는 강이 있어 지켜보기 편했다.

다 읽었다는 뜻으로 올려보자, 마치코는 가오루의 감상을 물었다.

"그렇지? 알겠지?"

가오루는 이런 이야기를 싫어했다. 원래 소설 종류를 잘 읽었지만, 민화라든가 신화 같은 것은 두서도 없고 현실감이 떨어졌다. 읽어도 이야기가 잘 머리에 들어오지 않았다.

이 이야기도 너무 빨리 끝나서 무슨 말을 하고 싶은지 잘 모르겠다. 받아들이는 사람에 따라 다르게 해석된다. 대체 무슨 교훈을 담고 있을까? "알겠지?"라는 소릴 들어 봤자 가오루는 대답할 말이 궁했다.

"다른 이야기 내용도 거의 이래?"

가오루는 말을 돌렸다.

"비슷해."

"**오래된 자**는 글자 그대로 노인으로 받아들여야 할까?"

오래된 자도 **지켜보고 있는 무수한 눈들**도 비유라고 상상하자. **오래된 자**는 장수촌일까? 그럼 **지켜보고 있는 무수한 눈들**은 무엇일까? 어떻게 생각해도 떠오르는 것이 없다.

"문제는 이거야."

마치코는 책 맨 뒤에 붙은 북미 지도를 꺼내 가오루 앞에 펴 놨다. 지도에는 북미에 분포된 주요 인디언 부족의 이름이 기록되어 있었다.

"이런 민화나 신화가 완전히 상상만으로 이루어진 이야기일까? 어느 학자가 말하길 신화는 민족의 시작점에 대한 역사적 사실을 바탕으로 어떠한 종류의 바람을 담은 거래. 대홍수의 흔적이 세계 곳곳에 남아 있고, 방주의 전설이 어느 정도 사실에 근거하고 있다는 것도 이미 상식이잖아.

그래서 가오루 네가 지금 읽은 이야기가 어느 정도 사실에 바탕을 두고 있다고 가정해 봐……. 알았지? 타리키트 족은 오키와 족의 한 부족이야. 주 거주 지역은 오클라호마 서쪽이지."

마치코는 지도상의 한 점을 새끼손가락으로 가리켰다. 그곳은 타리키트 족이 실제로 살았던 거주지였다.

"이야기에 형제들이 여기서 똑바로 서쪽으로 향했다고 했지?"

마치코가 새끼손가락 끝을 왼쪽으로 움직여 가다 잠깐 멈췄다.

"자, 형제가 어디로 갔을까? 이야기에서는 두 사람이 멈춰 선 언덕이 거대한 산맥의 남쪽 끝이라고 했고, 서쪽 바다와 동쪽 바다로 쏟아지는 강의 원천이라고 했어. 산맥이라면 여기선 로키 산맥 말곤 없지?"

마치코가 손가락을 남북 방향으로 움직였다. 캐나다에서 똑바로 내려와 손가락을 멈춘 지점에서 산맥이 끝났다. 타리키트 족의 거주지에서 정서쪽에 해당된다. 바로 남쪽에 4000미터 급의 산이 솟아 있다. 즉 지금 마치코가 손가락으로 짚은 지점은 활 모양으로 뻗은 대지를 품은 큰 골짜기인데, 지금은 사막 지대였다.

마치코는 그렇게 새끼손가락 끝으로, 활 모양으로 뻗은 언덕에 X로 표시했다. 그 약간 왼쪽으로 태평양인 캘리포니아 만으로 이어진 콜로라도 강변의 지류, 리틀 콜로라도 강이 가늘어지다가 사라지고 바로 오른쪽에는 대서양인 멕시코 만으로 흐르는 리오그란데 강의 지류가 점선이 되어 사라졌다. 태평양과 대서양, 두 대양으로 이어지는 강의 수원이 이 지점에서 산마루를 끼고 바로 이웃하고 있다. 그 산마루는 물을 동과 서로 나누는 대륙 분수령이었다.

이곳이 바로 뉴멕시코, 애리조나, 유타, 콜로라도 주 경계의 부근. 마이너스 중력이상 현상이 특히 커서 장수촌이 있으리라고 예측했던 지역이었다. 로스앨러모스 연구소에서 가깝고, 이상한 형상으로 부풀어 오른 수목들이 발견된 지역. 가오루가 10년 전에 출력한 중력이상 분포도에 적었던 X표와 정확히 일치하는 곳이다.

가오루는 현기증을 느꼈다. 언덕 꼭대기에 서서 서쪽을 향하면 산에서 흘러나온 물이 태평양으로 흐르는 것이 보이고, 동쪽을 봐도 비슷한 풍경이 보인다. 반짝이는 물의 흐름이 끊어진 지점은 황량한 모래사막이다.

갑작스레 눈앞에 무언가 떠올랐다. 산마루 양쪽을 좌우 양발로 밟아 다지고, 불안정한 자세로 서 있는 자신의 모습이. 간 적도 본 적도 없는 장소지만 지도에 그려진 등고선만 봐도 손으로 잡힐 것처럼 선명하게 보였다. 물론 그가 당황하는 것은 그때문만이 아니었다. 자신이 추론했던……, 장수촌의 존재가 갑자기 현실적으로 그를 기다리고 있다는 사실에 경외심마저 생겼다. 이 신화가 단순히 지어낸 이야기인지 아닌지는 이제 아무래도 좋았다. 자신이 만들어 가는 신화에 얼마나 많은 염원이 담겨 있는지, 그게 중요했다. 아버지와 레이코도 강하게 염원했다. 그리고 지금은 어머니까지 간절히 바라고 있었다.

마치코는 가오루의 무릎에 손을 얹고 이야기했다. 작은 목소리에 확신이 가득했다.

"가 줄 거지? 응?"

가오루는 하나 더 궁금한 점이 있었다.

"엄마는 프란츠 보어가 방문한 곳이 여기라고 확신하는 거지?"

마치코가 살풋 미소 지었다.

"프란츠 보어가 무슨 일을 하는 사람인지 기사에 쓰여 있었을 텐데 기억해?"

"은퇴한 측량 기사였다고 했지."

'오리건 주 포틀랜드에 사는 은퇴한 측량 기사 프란츠 보어는……' 기사 첫머리는 그렇게 시작되었다.

"본업은 측량 기사인데, 미국민속학회 회원이기도 했어. 몰랐지?"

"당연히 모르지."

"그런데 이 책은……"

마치코가 『북미 인디언의 민간 전승』을 들어 올렸다.

"사실 이거, 여러 명의 편저자가 편찬한 책이야. 책 맨 뒤에 각 이야기의 편저자가 쓰여 있어."

책 뒤에 편집자 여섯 명의 이름이 쓰여 있고, 담당한 항목 번호가 그 이름 아래 적혀 있었다. 그렇게 34번째 항목인 「수많은 눈으로 감시당하고 있다」는 프란츠 보어가 편찬한 글이었다.

"그랬구나."

말기암 때문에 남은 수명이 3개월이라고 시한부 선고를 받은 프란츠 보어는 마지막 희망을 갖고 서남부 사막 지대의 어느 장소로 갔다. 설령 거기서 기적을 경험하지 못해도 상관 없었으리라. 프란츠 보어가 민속학 연구가로서 살아 있는 동안 한번 가 보고 싶던 곳이 마침 그 장소였는지도 모른다. 가만있어도 곧 죽는다. 그럼 가 보기만이라도 하자. 그런데 그 장소에서 정말 기적을 체험한 것이다.

"「수많은 눈으로 감시당하고 있다」는 이야기는 여러 가지 변형이 있어. 여기에 나온 것이 가장 기본적인 것이고. 다른 이야기에서는 **오래된 자**를 만나 영원한 생명을 얻은 게 남매로 되어 있어. 또 다른 이야기는 레이니어가 아이를 낳은 후 회복이 좋지 않아 타리키트가 **오래된 자**를 찾아 샘물을 얻어 와서 아내의 몸을 낫게 했다는 내용이야. 제목이 다른 것도 있어. 하지만 장소에 대한 내용은 모두 똑같아. 여기야. 반드시 이 땅에 병을 치유하는 힘이 있을 거야."

마치코가 지도의 한 지점을 몇 번이나 손가락으로 꼭꼭 짚었다.

"그래서 프란츠 보어가 이곳으로 간 거야."

"이곳……."

"가오루, 언제였지? 엄마한테 보여 줬잖아. 중력이상 분포도. 애리조나였나? 어디 사막에 표시했었잖아. 그 지도 다시 한 번 보자."

가오루도 확인하고 싶어졌다. 분포도를 보지 않아도 장소는 확실했지만 확인하고 싶었다.

"잠깐 기다려."

가오루는 방으로 갔다.

몇 년 이상 중력이상 분포도를 보지 않았다. 찾아내는 데 시간이 걸릴 것 같았다. 책꽂이와 책상 서랍을 찾아도 보이지 않았다. 출력된 종이를 찾기는 꽤 어렵다. 하지만 문제없었다. 10년 전처럼 데이터베이스에 접속해서 정보를 끌어내면 되니까.

가오루는 컴퓨터를 켰다. 이제 상당히 낡은 기종이었다. 딱 10년 전에, 이 모니터에 전 세계의 중력이상 분포도를 띄웠다.

가오루는 그날 밤과 똑같은 경로로 가기 위해 기억을 끌어왔다. 일단 통신 회선에 연결해 데이터베이스에 접속한다. 그리고 어떻게 검색했더라. 카테고리를 선택하자. 과학 기술 정보. 그리고 중력장, 다음에 중력이상. 그리고 장소는 세계.

화면에 서기 표시가 떴다. 서기 몇 년의 중력이상 분포도가 필요한지 컴퓨터가 물었다. 가오루는 10년 전에 출력한 것과 같은 분포도를 받기 위해 아래에서 위로 연도 스크롤을 올렸다.

화면에 중력이상 분포도가 떴다. 가오루는 전에 눈여겨 두었던 북미의 한 지점을 확대했다.

깜짝 놀랐다. 중력이상 등고선은 아무런 특징도 보이지 않았다. 10년 전, 북미 사막 한 지점의 마이너스 값은 훨씬 높았다. 바로 장소를 암시하는 듯이 명확한 중력이상이 나타났었다.

그런데 지금 눈앞에 있는 분포도에서는 그런 특징이 완전히 사라져 있었다. 아버지의 어머니도 똑똑히 봤다. 거실의 불빛에 비추어 중력이상의 마이너스 수치가 높은 곳에 장수촌이 존재한다는 사실을 셋이서 확실히 확인했다.

가오루는 10년 전과 같은 순서대로 몇 번이나 처음부터 다시 시작했다. 하지만 아무리 반복해도 화면에 뜨는 분포도에는 아무런 특징도 없는 등고선이 펼쳐질 뿐이고 무의미한 숫자만 보였다.

10년 전에 분포도를 잘못 봤을 리가 없었다. 아버지와 어머니도 확실히 기억했다. 아버지가 그때 분포도를 보고 북미 사막으로 여행을 가자며 약속하지 않았는가. 아버지가 쓴 서약서는 지금도 가오루의 책상에 잘 붙어 있었다.

그럼 10년 전의 그 정보는 어디에서 온 것일까?

관자놀이 안쪽이 아팠다. 10년 전에 인터넷 회선이 어디로 연결되었는지 생각했다. 얼굴에서 핏기가 가셨다.

가오루는 컴퓨터 전원을 끄고 눈을 감았다. 그때까지 막연했던 사막의 장수촌의 이미지가 서서히 구체화되었다.

'실재하는 거다. 분명히.'

딱 한 번의 공격으로 무너질 정도로 세상의 윤곽은 취약하다. 그 허점을 눈앞에 둔 가오루는 반대로 확신했다. 만약 10년 전과 똑같은 정보를 출력할 수 있었다면 이런 기분은 들지 않았을 것이고 결심도 서지 않았으리라.

완만하게 부푼 대지 너머로 강이 파고들고, 활 모양의 언덕이 보였다. 하늘을 나는 매의 시선으로 바라보이는 풍경이, 가오루는 손으로 만질 수 있을 만큼 선명하게 보였다. 찢어진 듯 깊이 파인 골짜기와 그 품에 안긴 나무들의 푸름이 생생했다. 태평양과 대서양으로 이어지는 물을 양쪽에 끼고 **오래된 자**는 지금도 세계를 지켜보는지도 모른다. 물이 체내를 순환하는 혈액과 림프액처럼 온 세상을 순환한다. 불치병과 불로장수. 중력의 강약이 빚어내는 밀물과 썰물, 생과 사. 모든 모순이 뒤섞여 하나가 되어 사막으로 차오르는 것 같다. 온 세상이 다 속삭이고 있다. 이 장소로 가라고.

어느새 마치코가 등 뒤에 섰다. 가오루는 뒤돌아보며 말했다.

"갔다 올게. 엄마."

"어떻게?"

"아버지 오토바이를 LA까지 가져가서 그걸 타고 사막으로 갈 거야."

가오루의 말을 듣고 마치코는 몇 번이나 고개를 끄덕였다.

제3장
땅 끝 여행

1

백미러로 살펴보니 칠흑같이 어두웠다. 동쪽 지평선이 서서히 밝아지고 있지만 전체적으로 하늘은 아직 밤의 지배를 받고 있다. 어렴풋한 서광(曙光)을 향해 어둠 속을 헤쳐 가는 모습은 딱 지금 가오루의 상황이었다. 아주 작은 단서만 보고 전이성 인간 암 바이러스의 공략법을 찾아보겠다는 사명을 짊어지고 가고 있었다. 사건의 전모는 어둠 속에 있지만 희미한 빛을 향해 나아갈 수밖에 없었다.

한밤에 인터스테이트 고속도로로 모하비 사막을 횡단하는 동안 다른 차의 헤드라이트 빛이 보이지 않아서 잠시 백미러를 보지 않고 있었다. 하지만 전방에서 동이 터 아침이 다가오자 백미러를 보는 빈도가 늘었다. 밤의 지배를 벗어나 하늘이 서서히 아침을 맞이하고 있었다. 경치가 바뀌는 광경이 가오루의 눈에는 아름답게 느껴졌다. 갈색의 대지는 전방에서 아침 햇살의 침식을 받아 빠르게 후방의 어둠을 붉게 물들였다. 고속도로 양쪽에는 산들의 능선이 음영처럼 떠올랐다.

가오루는 10년 전 아버지가 구입했던 600cc 오프로드 바이크 XLR 핸들에 두 손을 얹고 주위를 둘러보았다. 백미러를 통해서가 아닌 직접 눈으로 바뀌어 가는 경치를 즐기고 싶었다.

열 살 때부터 꿈꿔 왔던 경치였다. 미국으로 건너와 여섯 시간 동안 오토바이를 달려 겨우 다다른 것이 지금 보는 황량한 사막이었다.

어제 늦은 오후에야 공수해 온 XLR을 받았다. 사막을 달리기 위해 짐을 꾸리고 LA를 출발한 게 밤 10시쯤이었다. 호텔에서 천천히 쉬고 다음 날 아침 출발할까 생각했으나 동쪽으로 펼쳐진 사막을 두고 그냥 있을 수 없어 결국 밤에 출발하였다.

모하비 사막을 달리는 중이란 걸 알아도 해가 없으니 아무것도 보이지 않아서 고원을 달리는 것이나 다름없었다. 어둠을 향해 똑바로 뻗어 있는 고속도로에 핸들을 고정하고 있을 뿐이었다. 해가 밝아 오자 대지의 모양을 직접 눈으로 볼 수 있었다.

어젯밤에 출발해서 계속 달리길 잘했다는 생각이 들었다. 변화하는 경치도 볼 수 있었고 어쨌건 헛되이 하루를 흘려보내지 않은 셈이었다. 남은 시간이 별로 없었다. 마침 오늘은 9월 1일이었다. 단 두 달 만에 어떻게든 결론을 내지 않으면 레이코뿐만 아니라 이제 막 시작된 아기의 삶도 위태로워질 터였다.

4사이클 OHC 2기통의 우렁찬 엔진 소리와 진동을 내리 여섯 시간째 느끼고 있었다. 무릎을 꽉 조인 완벽한 자세로 포장도로를 달렸다. 아버지가 호되게 가르쳐 준 오프로드 오토바이 테크닉이었다. 가랑이를 활짝 벌린 꼴사나운 모습으로 오토바이를 타면 아버지는 무릎을 딱 때리며 소리 질렀다.

'꼬맹아! 무릎으로 탱크 양쪽을 꽉 조이라고!'

늘 그랬다. 어깨 힘을 빼고 적당히 체중을 실어 발을 딛어야 했다. 아버지가 암에 걸린 뒤에 데려가 준 연습에는 특별히 아버지의 말 한 마디 한 마디가 먹먹하게 와 닿았기 때문에 정확한 자세를 유지하려고 노력했다.

그 덕분인지 같은 자세로 오랫동안 바이크를 타도 피곤한 줄 몰랐다. 아버지가 여러 해 아낀 바이크에 몸을 싣고 있으니 어찌 된 일인지 자신감이 솟았다.

주행거리가 480킬로미터를 넘어서고 있다. 30리터나 되는 거대한 휘발유 탱크가 달린 XLR은 고속도로에서 560킬로미터 주행이 가능했다. 이제 기름을 넣어야 했다. 더 이상 가다간 연료가 부족하다. 이 앞으로 300킬로미터가량 주유소가 하나도 없을 가능성도 있었다. 예비로 플라스틱 통을 들고 왔지만 속은 비어 있었다. 적당한 곳에 숙소를 찾아 누울 생각에 어느새 너무 달려 버렸다.

'다음에 마을이 보이면 곧바로 세워서 아침을 먹자.'

가오루는 스스로 타일렀다. 확실히 다짐하지 않으면 연료가 다 달을 때까지 아버지의 바이크를 타고 가게 될 것 같았다. 멈춰 서는 게 아까웠다. 밤에서 아침으로 바뀌는 모습은 지구가 자전하고 있다는 사실을 여실히 보여 주었다. 멈춰 서면 자전의 움직임에 뒤처질 것 같은 기분이 들었다.

백미러에서 밤의 기색이 사라지고 대지가 완전히 빛으로 충만

해지자 앞에 흐릿하게 마을이 보이기 시작했다. 작은 카페를 겸한 주유소도 있을 것이다.

점심때를 좀 지나서 모텔에 체크인을 한 뒤 바로 씻고 침대에 누웠다. 누워 있는데도 온몸에 축적된 엔진 진동 때문에 세포가 부들부들 떨리는 감격이 느껴지는 바람에 근지러웠다. 아직 오토바이를 타고 있는 기분이었다. 특히 가솔린 탱크에 계속 닿아 있던 허벅지 안쪽은 이미 자신의 피부 같지가 않았다.

'대체 몇 시간이나 탄 거지?'

가오루는 손가락을 꼽아 보았다. LA에서부터 여섯 시간, 그러다 가게가 열리는 시간까지 기다려서 천천히 아침을 먹고 연료를 보급하고 또 세 시간 동안 탔다. 다 합해서 아홉 시간 달린 것이다. 앞으로 똑같은 시간 인터스테이트 하이웨이 40번 도로를 따라 동쪽으로 쭉 가면 앨버커키 근처까지는 갈 수 있다.

앨버커키 직전에서 왼쪽으로 꺾어 25번 도로를 타고 북상하면 산타페를 지나 로스앨러모스에 이르러 케네스 로스먼이 마지막에 살았다는 집을 찾아갈 생각이었다. 최종 목적지는 애리조나, 뉴멕시코, 유타, 콜로라도의 네 개 주에 걸쳐 있는 지역이었다. 하지만 그전에 로스먼의 소식을 듣고 그가 마지막으로 남긴 말의 진의를 파악하는 것이 우선이었다.

가오루는 침대 옆에 둔 가방을 들어 속을 열었다. 지갑에 사진이 두 장 들어 있었다. 꺼내서 사진에 있는 사람의 얼굴을 들여다보았다. 침대에 누운 채 사진을 들고서는 그 사랑스러운 얼굴에 대고 말을 걸었다.

물론 사진 속의 사람은 아무 대답도 없다.

일본을 떠나기 전에 가오루는 미국으로 간다는 말을 하기 위해서 아버지의 병실을 찾았다. 왜 가야 하는지 이유를 말하자 히데유키가 이해한다는 듯이 고개를 끄덕였다.

"그래."

가오루는 레이코와의 일도 숨김없이 고백했다. 어쩌면 자신이 일본에 없는 동안에 아버지가 돌아가실지도 모른다. 얘기할 마지막 기회였다.

레이코라는 여성이 자신의 자손을 품고 있다는 것을 알자 히데유키는 재미있다는 듯이 소리 내어 웃었다.

"이 녀석, 제법이네."

건강했을 무렵의 말투가 약간 돌아왔다. 히데유키는 경박한 호기심을 보이며 레이코라는 여성의 외모를 물었다.

"어때, 예쁘냐?"

"나에게는 이 세상 최고의 여자야."

가오루가 그렇게 대답하자 히데유키는 몇 번이나 "너도 여간내기가 아니구나."라며 기쁘게 몸을 움직였다. 그러더니 조용히 말했다.

"손주 얼굴을 볼 때까지는 살고 싶구나."

그 말을 들으니 가오루는 레이코 이야기를 하길 잘했다는 생각이 들었다.

가오루는 레이코의 사진에서 눈을 돌렸다. 몸을 움직여 사진을 가방에 다시 넣었다. 가슴이 무척 두근거렸다. 바라보기만 했더니 외로움이 심해졌다.

심란해서 침대에 누운 채 지금 있는 방을 둘러보았다. 벽에는 화려한 무늬의 둥근 태피스트리가 걸려 있고 천장에서 도는 선풍기에서 잔잔하게 바람이 불고 있다. 프로펠러 회전 소리보다 부엌에 놓인 냉장고의 모터 소리가 더 거슬렸다.

방에 있는 가구와 전기 제품은 이 모텔과 마찬가지로 다 낡았다. 매트리스 아래에서 슬슬 뭔가가 기어가는 소리가 들렸다. 바퀴벌레 소리일까? 좀 전에 부엌 바닥에서 한 마리를 발견했다. 그놈이 침대 밑을 지나가고 있는지도 모른다.

가오루는 바퀴벌레가 싫었다. 도쿄 만에 있는 아파트 29층에서는 바퀴벌레를 본 적이 없어서 익숙하지 않은 탓도 있었다.

모텔에 체크인했을 때는 침대에 눕기만 하면 바로 잘 거라 생각했다. 그만큼 피곤했다. 밤샘 운전 탓이라기보다 해를 똑바로 바라보고 달리는 바람에 체력이 많이 소모되었다. 하지만 예상과 다르게 좀처럼 잠이 오지 않았다. 일본을 떠나 처음 머물게 된 모텔 침대라서 들뜨기도 했다.

사실은 이런 여행을 하고 있을 때가 아니었다. 10년 전 꿈에 그리던 여행과 지금 이 현실은 괴리가 너무 컸다. 생각해 보니 눈에 눈물이 핑 돌았다. 가지고 있는 문제가 너무 컸다. 경각에 달린 아버지의 목숨을 구하기 위해, 망설이는 레이코에게 확신을 주기 위해, 세포 분열을 시작한 아기에게 세상이 살 만한 곳임을 알려 주기 위해…….

목적을 쭉 열거하며 용기를 냈다. 흥분, 감상, 피로, 떨림, 사명, 공포, 흥분이 하나가 되어 무수한 개미가 온몸에 기어 다니고 있는 듯했다. 마음의 흥분을 억눌러야 잠이 올 것 같았다.

ㄷ자 모양으로 되어 있는 모텔 안뜰에 작은 수영장이 있던 것이 문득 떠올랐다. 수영을 하면 이 근질거림도 씻어 버릴 수 있을 것 같았다. 가오루는 침대에서 일어나 수영복으로 갈아입었다.

수영장에는 아무도 없었다. 물속에 누워 하늘을 올려다보았다. 공기와 물, 서로 다른 매질을 급속하게 이동하는 것을 평소 좋아했다. 특히 물속에서 하늘을 올려다보면 물과 공기 두 가지 층을 동시에 즐길 수 있다. 반짝거리는 태양이 물속에서는 일그러져 보였다.

수면 밖으로 고개를 내밀고 수영장 중앙에 섰다. ㄷ자 형태로 지어진 건물의 한쪽 끝에서 끝없이 이어진 사막이 보였다. 물속에 들어가 있어서 울퉁불퉁하고 건조한 땅의 모양이 더 생생하게 느껴졌다.

몸속에 있던 뜨거운 덩어리가 녹아 나갔다. 마지막 덩어리까지 다 녹아 나간 걸 실감하고 가오루는 물에서 나와 방으로 돌아왔다. 이제야 겨우 잠을 잘 수 있었다.

2

햇살이 점점 강해졌다. 긴소매 트레이닝복에 가죽 장갑을 꼈고, 청바지 자락은 깔끔하게 부츠 속으로 여몄다. 햇빛에 드러난 부분은 헬멧 아래 있는 목덜미 약간이었다. 그 와중에도 태양이 온몸을 불태우고 있는 느낌이었다.

지금 찾아가는 곳은 정확한 주소가 없었다.

"뉴멕시코 주, 로스앨러모스 교외, 웨인스록."

그게 끝이다. 일본을 출발할 때쯤에 아마노에게 부탁해서 케네스 로스먼의 마지막 주소를 알아냈다. 로스먼은 아파트가 아니라 낡은 민가를 사서 주거와 직장을 겸하고 있다고 했다. 가오루는 로스먼이 어떤 사정 때문에 연락만 끊었을 뿐 지금도 거기에 살고 있는지도 모른다고 기대하고 있었다. 만일 로스먼이 없어도 그가 살던 집은 남아 있을 것이다. 거기에서 단서를 발견할 가능성은 충분히 있었다.

교통량이 적은 사막 고속도로를 타고 달렸으니 시간은 확실했다. 앨버커키에 예상 시간 안에 도착했다. 인터스테이트 25번 도로를 북상하여 잠시 가다가 주도(州道)를 타고 로스앨러모스로 향했다. 로스앨러모스 바로 앞에는 로스먼이 살았던 웨인스록이라는 작은 마을이 있다.

목적지에 가까운 주유소에서 오토바이를 세웠다. 연료는 아직 충분히 남아 있다. 연료 보급보다는 길을 묻고 싶었다. 주도에 있는 주유소는 대부분의 잡화점을 겸하고 있어 꼭 사람이 있다. 여기를 지나면 언제 다시 사람이 있는 곳으로 나갈지 몰랐다.

만약을 위해 기름을 가득 채우고 값을 치르러 가게 안으로 들어갔다. 수염을 기른 중년 남자가 가오루를 보고 눈으로 인사했다.

4리터도 채 되지 않는 적은 용량의 값을 치르며 웨인스록에 가는 길을 물었다.

남자는 북쪽을 가리키며 "5킬로미터."라고 말했다.

"알겠습니다. 고마워요."

돌아서 나가려는데 점원이 불렀다.

"거기에는 무슨 일로 가는데요?"

남자는 눈을 가늘게 뜨고 입꼬리는 내리고 있다. 말투가 거칠었지만 악의는 없어 보였다.

"아마 오랜 친구가 거기 있을 겁니다."

어떻게 대답해야 좋을지 몰라 간단하게 이야기했다.

남자가 입가를 씰룩이다 딱 한마디 했다.

"아무것도 없어요."

그리고 두 팔을 들어 가볍게 으쓱했다.

"아무것도……."

가오루가 앵무새처럼 똑같이 따라 말하다 이해했다는 듯이 끄덕였다.

남자가 잠자코 가오루를 바라보았다. '아무것도'라는 말을 들었다 해도 마음이 바뀌지는 않았다. 어쨌든 가서 봐야 했다.

억지로 웃는 얼굴로 고맙다고 했다. 그리고 가게를 나왔다.

주변에는 아무도 없었다. 온종일 가오루 이외의 손님이 있었을까 싶을 만큼 한산한 주유소를 떠나 더 북쪽으로 향했다.

바이크를 몰며 시간을 확인하기 위해 시계를 낀 왼손을 핸들에서 뗐다. 가죽 장갑이 좀처럼 움직이지 않아 문자판을 볼 수가 없다. 턱으로 장갑을 당겨 잠깐 내렸다 다시 앞으로 되돌린 순간, 사막에서 자라는 식물이 무성하게 우거진 수풀 너머로 북쪽 사막으로 쭉 이어 심어진 마른 나무 기둥들을 발견했다. 보통 운전자라면 못 봤을 모습이었다. 하지만 가오루는 충분히 주의를 기울이고 있었다. 아까 주유소에서 딱 5킬로미터 정도 온 지점이다.

나무 기둥이 이어진 곳에 비포장 도로 같은 길이 보였다. 길 입구에서 일단 오토바이를 세웠다. 수십 미터 간격으로 늘어선 나무 기둥의 행렬이 끊어졌다. 검은 전선을 군데군데 늘어뜨리고 있는 걸 보아 아무래도 전신주 같았다. 사용하지 않은 지 꽤 오래된 듯했다.

주의해서 잘 보지 않으면 도로인 줄도 몰랐으리라. 전신주와 평행하게 땅이 고르다. 선인장이 이 평평한 곳에는 없었다. 여기가 예전에 길이었다는 흔적이었다.

전신주를 따라가면 웨인스록에 갈 수 있을까? 가오루는 북쪽 평지를 바라보았다. 길이 언덕 너머로 사라지고 있었다. 도로에서는 웨인스록이 전혀 보이지 않았다. 하지만 멀리서 폐허가 부르고 있는 것 같았다.

'전신주를 따라 왕복하면 되니 고속도로로 못 돌아올 걱정은 없지.'

가오루는 스스로를 타이르며 핸들을 왼쪽으로 꺾어 사막 한복판으로 달리기 시작했다. 포장 도로 이외의 길을 달리는 것은 미국으로 와서 처음이었다.

3

도로 앞에 띠 모양의 둔덕이 보였다. 별로 크지 않았다. 둔덕을 넘을 때 오토바이가 예상외로 높이 튀어 올랐다. 가오루는 엉덩이를 들어 올려 점프를 흡수하다가 착지할 때 다시 튕겨 오르는 핸들을 억지로 잡아 눌러 아슬아슬하게 차체를 안정시켰다. 잘못 조작했다간 전복될 수도 있던 상황이었다. 방심하지 않도록 주의했다. 그 후로는 도로에 있는 둔덕을 가급적 피했다.

기복이 심한 도로를 지나자 평탄하고 곧은 길이 한동안 계속됐다. 도로 한쪽으로 마른 나무 기둥이 평행하게 쭉 이어졌다. 도로와 나무 기둥의 흔적은 문명과 불모지를 연결하는 모호한 선처럼 여겨졌다.

"아."

가오루가 작게 소리 질렀다. 앞에 작은 산이 나타났는데 그 깊이 파인 골짜기 사이로 스러져 가는 건물이 여러 채 보였기 때문이다. 도로와 나무 기둥은 그 마을에 흡수되어 사라져 갔다. 지금도 이어져 있는지는 모르겠지만 분명 이 마을로 전기 공급이 되고 있었고, 전화선이 연결되어 있었음은 분명했다. 마을 끝까지는 전신주가 안 이어져 있는 것으로 보아 거기가 막다른 골목 같았다.

마을에서 100미터 거리에 있는 언덕에 멈춰 오토바이에 앉은 채 가오루는 다갈색 벽돌로 된 집을 스무 채가량 헤아렸다. 계곡 너머에 지금 보이지 않는 곳에 집들이 있어 봤자 고작 수십 채 정도 될 것 같은 크기의 마을이었다. 처음에 대체 무슨 생각으로 이곳에 살기 시작한 건지 알 수가 없다. 뭐가 있다고 이 사막 한복판에 살았을까? 집을 지은 모양새를 보니 확연했다. 처음 이곳에 사람이 살기 시작했을 때가 상당히 오래전의 일이었다. 하지만 지금은 마을 전체가 풍화되어 가고 있었다. 100미터 이상 떨어진 곳에서 봐도 폐허로 보였다.

'아무것도.'

주도에서 들렀던 주유소에 있던 남자가 한 말이 떠올랐다. 바로 그 말대로 여긴 아무도 없는 것 같았다. 과거에 사람이 살았던 흔적만 남아 완전히 썩기만 기다리는 유령도시가 되었다.

해가 서쪽으로 기울고 있다. 시계를 보니 오후 5시가 넘었다. 어둡기 전에 나와 주도를 달려 사람이 사는 곳에서 모텔을 잡기에는 어중간한 시간이었다.

사막 한복판에 있는 폐허. 웨인스록은 근원적인 공포가 느껴졌다. 공포의 원인이 무엇일까? 역시 상반되는 것들이 뒤섞여 있는 부자연스러움 때문이 아닐까? 정보공학의 최첨단 기술자인 케네스 로스먼이라는 사람이 왜 이런 벽촌에 거처를 정했는지 영문을 알 수 없는 것 투성이였다.

여기까지 와서 돌아갈 수는 없었다. 가오루는 스로틀을 두 번 당겨 엔진을 공회전시켰다. 제어된 그 호쾌한 소리에 고무되어 마을로 가는 도로를 단숨에 달려 내려갔다.

가면서 발견한 것은 미국 거리에서 흔히 보이는 입간판이었다.

'웨인스록에 어서 오세요.'

무슨 신랄한 농담 같았다.

가까워짐에 따라 그물처럼 갈라진 가옥 벽의 금이 보였다. 바람 때문인지 군데군데 무너지기 시작한 벽돌 틈새에 모래자갈이 끼어 있었다. 번화가로 추정되는 거리에 방치된 차 몇 대는 역시나 모래에 뒤덮여 있었다.

잡화점이 딸린 주유소도 있었다. 금이 간 콘크리트 바닥에는 휘발유 펌프가 한 대밖에 없었고 호스 걸이에서 벗어난 펌프 호스가 길바닥에 떨어져 있었다. 호스는 검은 뱀처럼 구불구불했고 급유 노즐 끝은 대가리를 처든 코브라 같았다. 잡화점 창문은 꼼꼼하게 판자로 막혔고 유리 파편이 주변에 어지럽게 흩어져 있었다.

천천히 번화가를 달리며 양쪽에 늘어선 흉가를 하나하나 주변과 다른 팻말이 있는지 확인했다.

주변 사막에 비해 마을에는 나무가 많았다. 사람이 산다는 건 아마 물이 나오는 장소라는 뜻이리라. 그 물을 빨아들였는지 폐허에는 나무가 많았다. 가로수처럼 심어진 나무는 한눈에도 분명 살아 있는 것처럼 보였다. 하지만 가지가 바람에 크게 들썩였을 때 가오루는 거칠한 나무껍질이 이상한 모양으로 울퉁불퉁하다는 것을 놓치지 않았다. 더 가까이서 관찰해 보니 껍질이 부풀어 오른 부분만 원래의 색깔과 달리 마치 검게 그을린 피부처럼 흉하게 얼룩져 있었다.

나무 몸통에서 시작되어 가지까지 변화가 일어나 있어 파릇파릇하다고 생각했던 잎의 뒷면도 누런 반점으로 뒤덮여 있었다. 겉만 보면 아무것도 모르게 위장되어 있지만 한꺼풀 벗겨 보면 여기저기 벌레 먹은 것처럼 병이 뿌리내렸다.

애리조나 주에서 발견되었다는 암화된 나무들은 신문 사진으로만 봤다. 사진만으로는 돌기의 형태나 색같이 구체적 부분은 잘 안 보였다. 이 나무도 변이된 것 같았다. 바이러스에 의한 암화가 많이 진행되었다. 지금 막 감염이 시작된 게 아니었다. 여러 해에 걸쳐 일어난 변화였다.

가오루는 황급히 주위를 두리번거렸다. 식물의 암화가 진행되었다면 인간이나 다른 동물에겐 피해가 없을지 궁금했다.

바람 소리 말고는 아무 소리도 없었다. 하지만 방울뱀, 전갈, 독을 가진 사막의 생물이 숨어 있을 것 같은 기색이 있었다. 선인장이나 바위 아래 그림자, 돌 아래 어디에 있어도 이상할 것이 없었다. 악의를 가진 생명체의 그림자가 드리워져 겁이 났다.

한쪽 발을 오토바이 발걸이에 올리고 다른 한쪽 발은 땅을 딛었다. 두 발 모두 가죽 부츠로 감싸고 있으니 독사 따위가 들어갈 틈도 없다. 알고는 있는데 발이 굳어 버렸다.

몹시 목이 말랐다. 짐받이에 실은 가방 속에 물이 있다. 오토바이에서 내려 두 다리를 땅에 닿게 하기 싫었다. 갈증을 참고 더 안쪽으로 오토바이를 몰아갔다.

돌을 쌓아 만든 벽도 있고 흙을 개어 만든 듯한 벽도 있었다. 대부분의 지붕은 무너져서 안으로 들어가도 하늘이 훤히 보일 것이다.

가오루는 어느 흉가의 처마 밑에 오토바이를 주차했다. 진짜 무너진 지붕 사이로 하늘이 보였다. 손바닥만 한 틈 비스듬히 석양이 비쳤고 공기 중의 먼지에 반사되어 띠처럼 빛이 보였다. 미세한 흙먼지가 비슷한 색으로 물들어 반짝였다.

사람들은 다 어디로 갔을까? 모두 전이성 인간 암 바이러스에 당해 죽었을까? 아니면 여기서 떠나 병원이 있는 마을로 옮겼을까?

"여봐요."

가오루가 안쪽을 보며 외쳤다. 물론 대답은 없다. 소리의 진동 때문에 빛의 띠가 살짝 흔들렸다.

찢어진 벽 너머로 광장처럼 넓은 공간이 보였다. 광장 중심을 건물 몇 개가 둘러싸고 있다.

가오루는 오토바이에서 내리면서 언제라도 도망칠 수 있도록 오토바이 앞머리를 마을 출구로 향하게 세웠다. 엔진은 켜 뒀다. 가방에서 물을 꺼내 한껏 들이마셨다.

여기 온 목적을 상기했다. 목적지인 케네스 로스먼의 집을 찾아서 지금 그가 어디에 있을지 그 흔적을 찾는 것이다.

천천히 오토바이를 몰면서 문패를 찾아보았다. 그럴듯한 것은 없었다. 이제는 걸어서 집집마다 들러보는 방법밖에 없었다.

가오루는 천장에서 석양빛이 들어오는 폐가를 가로질러 광장으로 나왔다. 웨인스록의 광장 중심에 스페인 느낌이 나는 기념물이 세워져 있었다. 여성의 모습을 본뜬 조각상이 반원형을 이룬 마을 중심점에 있고 두 줄로 늘어선 건물 반대편에는 언덕 경사면이 봉긋했다.

그 가운데 서서 가오루는 이 마을을 하늘에서 본 모습을 상상했다. 금방 알 수 있는 점은 널찍한 부채꼴을 이중으로 내두를 만한 모습으로 가옥이 나란히 늘어섰다는 것이다.

조각상을 감싼 난간 뒤쪽에 절구 같은 구멍이 빠끔히 입을 벌리고 있었다. 우물이었다. 역시 물이 있었다. 그러니까 이곳에 마을이 생긴 것이다. 바닥을 들여다봤다. 시큼한 물 냄새가 코를 찔렀다. 온 마을이 말라비틀어져 가는데 우물 안은 물 냄새로 가득했다.

서서히 파내려 간 우물은 달팽이 같았다. 바깥에서 우물 가장자리까지 계단처럼 둥글게 붙은 모습은 달팽이 껍질의 안쪽처럼 생겼다.

우물에는 뚜껑이 없었다. 바람이 불어 피리 같은 소리가 났다.

우물가 바로 옆에 검고 작은 덩어리가 뒹굴고 있었다. 주먹 크기의 돌멩이인가 했는데 잠시 바라보다가 깨달았다. 배를 위로 향한 쥐의 시체였다. 잘 보니 한두 마리가 아니라 광장 전체에 수십 마리나 죽어 있었다.

극히 자연스럽게 쥐의 시체를 눈으로 따라갔다. 그러자 광장 끝에 있는, 멀리 봐도 암화된 것이 분명한 어떤 나무 아래에 검은 점이 많이 보였다. 나무 밑에는 벤치가 있다. 그리고 벤치에는 쥐의 시체와 같은 색깔의 사람이 앉아 있었다.

석양빛을 등으로 받고 있는 인간은 검은 그림자 그 자체였다.

가오루는 벤치로 다가가다 10미터 정도 거리를 두고 멈춰 섰다. 남자의 시체는 양 무릎을 크게 벌리고 두 팔을 힘없이 늘어뜨린 채, 뒤통수는 벤치 등받이까지 꺾여서 턱을 내민 자세로 반 미라화되어 있다. 턱에는 긴 수염이 가닥가닥 늘어뜨려져 있었다. 과거 가오루가 염소 같다고 생각했던 수염……. 손이나 목에 두른 금사슬은 썩지 않고 무기질의 반사광을 빛내고 있다.

가오루는 조심조심 다가가서 얼굴의 특징을 관찰했다. 케네스 로스먼은 선이 가느다란 인상이었다. 특징이라고 할 만한 것은 긴 턱수염이었다. 게다가 손과 목에는 생전의 그가 평소 차고 다니던 금사슬이 있었다. 이 시체를 로스먼이라고 생각해도 거의 틀림없으리라.

암 치료를 받지 않고 자택에서 수명을 다했던 것이다.

이 남자가 로스먼이라면 낯선 사람이 아니다. 5년 전 일본에 머물 때 며칠이나 가오루의 집에 있었으니까.

주변을 휘 둘러보니 가오루의 눈에 뭐가 확 띄었다. 사막 식물로 뒤덮인 언덕 비탈에, 바람에 흔들려 이파리가 산들거리는 손바닥만 한 꽃이 있었다.

나무 한 그루에 핀 꽃이었다. 줄기가 가늘고 잎이 부드러워 보였다. 그리고 무엇보다 그 나무에는 특별한 생명력이 있었다.

산비탈을 뒤덮은 나무는 모두 암화되어 잎맥이 흉하게 두드러져 있는데 그 한 그루만은 나무 본래의 색깔을 가진 것 같았다. 그리고 늘어뜨린 가지 끝에는 연한 분홍색 꽃이 달려 있었다.

식물은 무성 생식으로 번식하는 종류와 유성 생식으로 번식하는 종류가 있다. 이 근처 산을 뒤덮은 식물은 무성으로 증식하는 종류였다. 하지만 꽃은 유성 생식의 증거다.

무성 생식으로 퍼져 온 식물이 어떤 계기로 유성 생식으로 전환하여 생애 처음으로 꽃을 피운 후 급속히 시드는 경우가 있다. 식물은 영원히 꽃을 피우지 않는다. 꽃을 피우는 쾌락은 죽음과 맞바꾸어 얻을 수 있다.

가오루는 그 꽃을 꺾어서 케네스 로스먼으로 생각되는 시체에 바치고 싶다는 생각이 들었다.

무성 생식으로 번식하는 식물은 환경만 제대로 갖춰져 있으면 거의 영원히도 살 수 있다. 모하비 사막에서 무성 생식으로 번식하는 식물의 나이가 1만 년을 훨씬 넘었다는 것이 확인되기도 했다. 암세포도 비슷하다. 환경만 되면 암세포는 영원히 샬레 속에서 살아 있다.

하지만 지금 목격하고 있는 광경에서 알 수 있는 건 유성 생식을 하는 나무만 예외적으로 암화를 면했다는 사실이었다. 그리고 그렇게 꽃을 피운 후 자연의 흐름에 따라서 죽는다.

프로그램된 죽음은 꽃을 피워 쾌락을 얻고, 암화된 삶은 꽃을 피우지 않고서 불로장생한다. 늘 양자택일이다. 자신이라면 어느 쪽을 택할 것인가? 빛이 있는 인생일까 아니면 영원히 계속되는 지루한 인생일까? 사실 물을 것도 없다. 꽃을 피우는 것이야말로 인생이다.

가오루는 꽃을 따러 언덕 비탈을 올라갔다.

4

꽃을 꺾어 언덕 비탈에서 내려오는 중에, 여러 채 이어진 폐가 지붕에 가느다란 빛의 띠가 보였다. 돌로 만든 지붕은 땅과 같은 색이어서 주변 색에 녹아 있었다. 지붕이 빛을 반사시키는 재질도 아닌데 하고, 가오루는 눈을 가늘게 뜨고 빛의 실체를 찾았다.

잘 관찰하니 이중으로 이루어진 마을의 중간에 있는 무너져 가는 빨간 벽돌 지붕에 직사각형으로 잘린 검은 판자가 얹혀 있었다. 직사각형 테두리에 달린 금속이 저무는 햇빛을 반사하는 것 같았다.

검은 판자는 지붕 위에서 아주 이질적인 빛을 내고 있었다. 폐가에 있는 물건인데도 기묘하게 새로웠다. 간선도로의 외곽에 있기 때문에 이 시스템이 필요한 것일지도 모르지만, 아무리 그래도 위화감은 부정할 수 없었다.

검은 판자는 태양광 패널로 보였다. 집 한 채를 움직일 정도의 전력은 충분히 생산할 것이다. 집집마다 저게 있다면 마을에 이르는 길 한쪽으로 쭉 이어진 전신주는 의미가 없을 것 같다. 그러나 아무리 찾아도 다른 지붕에는 보이지 않았다. 마을에서 딱 한 집만 특별한 시스템을 갖추고 있었다.

케네스 로스먼은 개인 연구소에서 거주도 한다고 했다. 그렇다면 태양광 발전기가 있는 것도 이상하지 않았다.

가오루는 시체의 무릎에 꽃을 살짝 놓고 복잡한 집들의 미로를 빠져 나가 태양광 패널이 설치된 집을 찾았다. 언덕 위에서 미리 경로를 예상했는데도, 마치 미궁에라도 빠져든 것처럼 방향 감각을 잃고 헤맸다.

가오루는 벽에 가로막혀 오도 가도 못하고 있었다. 어느새 집으로 들어갔다가 복도 비슷한 장소로 나와 버렸다.

벽 틈으로 부는 바람이 피리 소리를 내다가 갈 곳을 잃고 발밑에서 작게 소용돌이 치고 있었다. 바람 소리가 마치 원주민이 노래하는 것처럼 느껴졌다. 아니면 새 소리, 아니면 나뭇가지들이 스치는 소리 같기도 했다.

잠자코 가오루는 귀를 기울였다. 소리의 원근감이 무너진 느낌이었다. 어디 멀리서 사람 소리가 들리다가 갑자기 귓가 바로 옆에서도 들리는 착각이 들었다. 거친 남자 목소리였다. 벽 오른쪽에서 두런두런 말소리가 들려왔다. 잠깐 멈췄다가 다시 소리에 귀 기울이자 또 바람을 타고 어렴풋이 왼쪽 벽에 맴돌았다.

사람 소리와 피리 소리가 여기저기 떠다녔다. 무너진 벽 틈새로 바람이 빠질 때, 비브라토 연주음처럼 떨렸다.

공기가 깨끗해서 그런지 공포심은 생기지 않았다. 건조한 공기는 오히려 산뜻하게 느껴질 뿐 오한을 불러일으키는 무수한 촉수 같은 느낌은 없었다. 바람이 몸에 닿아 피부의 수분기가 사라져 아무 느낌도 들지 않게 될 것 같다.

가오루는 그저 열심히 귀를 기울이며 오감을 집중시켰다. 둔하게 들려오는 소리의 출처가 점차 밝혀지고 있다. 벽에 난 구멍을 두 번 통과했더니 완전히 딴 세상이 펼쳐졌다.

어렴풋이 냄새가 느껴졌다. 지금까지 맡아 본 적 없는, 자연계에서는 맡을 수 없는 인공적인 냄새가 다 쓰러져 가는 건물 속 대략 20여 제곱미터에 불과한 공간에 감돌고 있다.

방구석에는 파이프 침대가 있었다. 이불은 없었고 스프링이 몇 개 매트리스에서 튀어나와 있다. 침대 옆에는 보기에도 튼튼한 나무 선반이 있고 그 옆에는 차라리 해변에 있는 게 어울릴 법한 데크체어 두 개가 서로 마주 보았다. 스탠드 조명은 바닥에 뒹굴고 있고 대체 언젯적 물건인지도 모를 가죽 여행 가방이 위태롭게 나무 선반에 기대서 있었다. 만들다 만 선반은 판자가 깨져서 거기에 얹힌 물건들이 모두 비스듬히 기울어져 있고, 밑에는 지지대 역할로 두꺼운 책이 여러 권 겹쳐진 채 놓였다.

방 안의 물건은 모두 미묘하게 균형이 잡혀 있었다. 선반의 판자 한 장만 빼면, 혹은 여행 가방이 걸쳐 있는 선반을 몇 센티미터만 옆으로 옮기면 도미노처럼 온 가구가 쓰러질 것 같았다.

난데없이 걸걸한 남자 목소리가 숨소리까지 생생하게 들려왔다. 가오루는 펄쩍 뛰어 물러났다가 사방을 둘러보았다.

아무도 없다. 소리는 곧 끊겼다. 지직, 지직. 규칙적으로 잡음이 들렸다. 선반과 벽 틈을 보니 전기 코드가 연결되어 있었다. 선반에 라디오가 있다는 걸 방금 깨달았다. 아무래도 접촉 불량으로 나는 소리 같았다.

가오루는 직접 코드를 다시 꽂으며 좌우로 움직였다. 소음은 점차 그쳤다. 남자의 목소리가 다시 일정하게 나오기 시작했다. 멘트 배경으로 울적한 기타 반주가 들렸다. 틀림없이 라디오 방송이었다. 남자는 블루스 계열의 노래를 부르는 것 같다. 기타 반주에 맞춰 옛날에 끝난 사랑을 노래하고 있는 가사 내용까지 이해되었다.

가오루는 몸을 굽혀 주파수를 바꾸며 잡음을 줄여 갔다. 방금 전까지 간간이 바람에 실려온 소리의 근원이 이거였다. 어째선지 전원이 그대로 켜져 있어서 전파가 수신되어 라디오에서 소리가 나오고 있던 것이다.

이 폐허로 전기가 공급될 리가 없었다. 전기는 이미 끊어진 지 오래였다.

지붕에 설치된 태양광 패널의 전기가 여기 연결되어 있는 것이다. 태양광 발전 아니면 라디오가 계속 켜져 있는 것은 불가능했다.

가오루는 한번 코드를 잡고 전원을 확인하고 볼륨을 조절했다. 틀림없이 전기가 들어와 있을 터였다.

'앞으로 가 보자.'

가오루는 스스로를 격려했다. 사막의 폐허와 어울리지 않게 지붕에 근대 과학의 산물이 설치되어 있어서 용기가 생겼다.

이 방의 벽에 옆 방으로 가는 문이 있다. 손잡이를 밀자마자 문이 열렸다.

문 앞에 작은 방이 있는데 지하 입구로 이어지는 곳 같았다.

지하로 내려가는 계단 끝이 어둠에 물들어 있었다. 아니, 완전한 어둠이 아니었다. 열린 문 틈으로 아주 희미한 빛이 새어 나오고 있었다. 지하실 안에 불이 켜져 있는 것이다.

계단 끝에 서서 내려다보고 있으니 빨려들어 갈 것 같았다.

'불이 켜져 있다.'

가오루는 그 사실을 몇 번이나 음미했다. 라디오처럼 그냥 켜 두고 깜빡한 것일까?

가오루는 한 걸음 한 걸음 계단을 내려갔다.

문 앞에 서서 귀 기울여 방의 상황을 짐작해 봤다. 소리나 그 어떤 사람이 있는 기색은 없었다. 문틈으로 새어 나오는 불빛은 생각보다 훨씬 미세했다.

노크할까 하다가 스스로 바보같이 느껴져서 단숨에 문손잡이를 돌리고 들어갔다.

천장에 매달린 형광등 하나가 약하게 지하실 전체를 비추고 있었다. 그리고 그 외에도 문명을 상징하는 어느 특수한 빛이 방 가운데를 비추었다.

꽤 넓은 지하실이었다. 사용 목적은 분명했다. 컴퓨터 세트가 방 한가운데에 설치되어 전용 캐비닛에 감싸여 있다. 게다가 모니터에는 빛이 깜빡였다.

가오루는 멀찍이 돌아서 화면 앞에 섰다. 바로 옆에 놓여 있는 머리 전체를 감싸는 형태의 헬멧이 눈에 띄었다. 헬멧 안쪽과 곁에는 다양한 전자기기가 붙어 있었다. 헤드마운트형 디스플레이인가? 어릴 때 이걸 쓰고 가상현실 게임을 했다. 요즘은 거의 쓰지 않아서 약간 그리운 느낌이 들었다.

헬멧 옆에는 와이어로 이어진 데이터글러브도 있었지만, 가오루는 개의치 않고 곧장 화면 앞에 섰다.

디스플레이는 가오루가 앞에 선 것을 신호로 글자가 떠올랐다.

'W. e. l. c. o. m. e.'

한 글자 한 글자 구분하여 띄우는 것이 어린애가 쓰는 글씨처럼 유치했다. 화면 앞에 사람이 감지되면 작동하도록 되어 있는 기기 같았다.

가오루는 공포를 억누르며 화면 앞 의자에 기대 앉았다. 그리고 천천히 의자 팔걸이를 짚고 깊숙이 앉아 한숨 돌린 후 다시 컴퓨터에게 말을 걸었다.

"당신은 누구지?"

컴퓨터는 아무런 대답이 없었다. 대신 화면이 바뀌어 어떤 풍경이 나왔다.

황량한 사막에 바람이 휘몰아치고 있다. 울퉁불퉁한 땅이다. 화면이 움직이고 있어서 보는 사람에게도 마치 사막의 대지를 달리는 느낌을 주었다. 땅 위를 미끄러져 가는 듯한 움직임이었다. 길을 오르내리다 보니 마을 전체의 모습이 보였다. 어디선가 본 풍경이었다.

현재와 모습은 다르지만, 웨인스록의 모습임을 깨달았다. 마을의 규모는 지금보다 훨씬 작아서 겨우 집 몇 채에 불과했다. 집은 석재가 아니라 나무로 만들어졌다. 배경으로 보이는 산의 모습을 보지 않으면 웨인스록인 줄 몰랐으리라.

대체 언젯적 영상일까? 100년? 아니, 훨씬 전일지도 모른다. 사람이 나오지 않으니 시기를 짐작할 방도가 없었다. 화면에는 거대한 미 서부의 모습이 농도 짙게 감돌았다.

'영화일까?'

타당한 의문이었다.

절대 컴퓨터 그래픽은 아니었다. CG라기보다는 영화 같은 느낌이 들었다. 기록 영화라고 하고 싶지만 100여 년 전의 영상이 이토록 선명하게 남아 있을 리가 없다. 특수 기술을 사용하여 현재의 웨인스록을 배경으로 과거의 주거지를 재현시킨 것이다. 손에 잡힐 것같이 선명한 영상이었다.

뒤에서 말발굽 소리가 들려왔다. 그 생생한 소리에 놀라서 돌아보니 벽에 스피커가 세팅되어 있는 것이 보였다.

화면은 2차원이지만 음향이 3차원적으로 확장되어 있었다.

가오루의 시선이 아까부터 화면 옆에 나뒹굴고 있는 헤드마운트형 디스플레이와 데이터글러브로 쏠렸다. 그 두 가지가 의미하는 것을 겨우 깨달았다.

'3차원 영상을 보고 싶으면 헬멧과 글러브를 껴야 한다.'

헬멧을 머리에 쓰고 데이터글러브를 손에 꼈다. 그리고 고개를 돌렸더니 360도로 영상이 확대되어 전개되었다.

뒤에서 다가오는 말발굽 소리는 이제 3차원이라는 생각조차 없어지게 했다. 대단한 현장감이 뇌 전체를 강타했다.

대지가 흔들리는 진동도 체감했다. 부츠를 신고 있었는데, 지금은 선인장 가시가 발에 박히는 날카로운 통증이 느껴졌다. 사람들의 동요가 온몸으로 느껴졌다. 미지근한 바람이 목덜미를 스쳐지나가 목이 말랐다. 땀이 온몸에서 뚝뚝 떨어졌다.

뒤에서 쇄도하는 그림자에 쫓겨 가오루는 계속 앞으로 도망쳤다. 결국 참지 못해 뒤돌아봤더니 수십 기나 되는 말을 탄 인디언이 태양을 등지고 머리의 새털 장식을 잔뜩 나부끼며 오고 있었다.

'이대로 가면 짓밟힌다.'

가오루는 인디언들이 오는 궤도에서 벗어나기 위해 옆으로 뛰어가려 했지만 순간 강력한 팔이 겨드랑이로 파고들더니 말 위로 끌려 올라갔다. 옆구리를 끼고 있는 팔의 감촉이 확실하게 느껴졌다. 땀과 흙냄새가 짙게 코를 찌르더니 굳건한 팔에 붙들려 어느새 말 등에 걸쳐져 있었다.

꿈이라고 스스로 타일렀다. 이것이 현실이 아님을 가오루는 알고 있다. 하지만 강인한 인디언의 등에 얼굴을 붙이고 말에서 떨어지지 않도록 매달렸더니 마치 장식처럼 어깨에 걸린 두피 다발이 눈에 들어왔다. 그중 하나는 아직 새것이었다. 두피 뒤쪽에 붙은 살점이 덜 말라서 피 냄새가 생생하게 눈에 아렸다.

눈이 어지럽고 머리가 흔들렸다. 낙마하면 죽는다는 생각에 본능대로 움직였다.

현실과 비현실의 경계선이 무너진 때가 그 순간이었다.

5

말에 탄 채 흔들리다 보니 시간 감각이 사라졌다. 몇 분, 아니수십 분이 지났다고 해도 믿을 수 있을 터였다.

골짜기를 내려가 강변에 서니 생각했던 것보다 물이 풍부해 놀랐다. 강은 깊은 골짜기를 타고 구불구불 흘러내려 왔다. 계곡 위에서 내려다볼 때 가늘게 보이던 흐름이 이처럼 풍부한 물을 머금고 있으리라고는 생각도 못 했다.

붉은 흙이 녹아 있어 맑다고는 하기 어려웠다. 하지만 건조한 공기 속에서 말에 탄 사람들의 마음은 강에 그득한 수증기에 한없이 편안해졌다. 그러한 집단의식을 가오루 또한 공유하고 있었다.

물보라를 튀어 올리며 강가를 달리다가 널찍한 골짜기에 이르러 일행은 말을 멈췄다. 계곡을 내려다보며 몇몇 남자들이 짐승의 울음소리를 흉내 냈다. 그 이외의 남자들은 두 패로 나뉘어 강 상류와 하류를 날카롭게 노려보고 있었다. 추적하는 사람이 있는지, 매복이 있는지 경계하는 눈초리였다.

뜨겁게 내리쬐는 태양이 대지를 태우고 그 열기가 다리로 전달되었다. 시간이 많이 지난 것이 느껴졌다.

계곡의 비탈을 뒤덮은 수풀이 흔들렸다. 나무나 바위 그늘에서 삼삼오오 모습을 드러낸 것은 여자나 아이, 노인 들이었다. 말을 탄 남자 수보다 여자와 어린아이의 수가 훨씬 많았다.

처음엔 여자들이 조심스레 다가오려 했다. 기대와 긴장, 기쁨과 두려움이 뒤섞여 애원하는 표정으로 말 위에 있는 남자들을 바라보았다. 원하는 얼굴을 찾아낸 여자가 비명과 같은 소리를 지르며 뛰어갔다. 그 남자도 소리를 듣고 말에서 내려 여자를 끌어안았다. 서로 상대를 찾아 재회하고 서로 무사하다는 걸 확인하는 모습이 경계에 시간을 충분히 들였을 때와 달리 다급했다.

여자들이 지르는 소리가 곡소리로 변했다. 잘 들어 보면 두 종류의 울음이었다. 기쁨으로 우는 사람, 슬픔으로 우는 사람. 말을 탄 남자들 중에 찾던 이가 없는 줄 깨닫자 한 여자가 무릎을 꿇고 땅에 엎드려서 두 팔로 땅을 두드리며 저주의 소리를 냈다. 아직 어린 아이들을 끌어안고 하늘을 올려다보는 여자도 있는가 하면 노인과 손을 맞잡고 힘없이 주저앉는 여자도 있었다.

가오루는 순간 깨달았다. 이 부근에 사는 어떤 인디언 부족이 전사를 모아 전쟁을 떠났다 돌아온 것이다. 이곳을 떠났을 때 전사들이 몇 명이었을까? 서로 끌어안고 기뻐하는 여자 수와 고개 숙여 슬퍼하는 여자의 수가 반반이었다. 처음엔 약 두 배의 인원이었으리라. 그런데 돌아와 보니 전사들이 절반으로 줄었다. 되돌아온 무리 속에 찾는 사람이 보이지 않으면 죽었다고 체념할 수밖에 없었다. 아내와 일가친척들의 희비가 엇갈렸다.

가오루만 객관적인 시각으로 이 모습을 바라보고 있다. 그러므로 무리의 한가운데 서서 어색하고 불편함을 느끼고 있었다.

그래서 누가 손을 강한 힘으로 잡아끌어 몸을 잡아당기자 자신이 어떤 세계의 주민인지 알 수 없게 되었다. 여자가 눈에 눈물을 가득 머금고 달려들었다. 그 눈에 철철 흐르는 진심을 보자 가오루는 본인을 외부인이라 생각하길 그만뒀다. 그와 동시에 열 살 정도 되는 남자아이가 허리에 매달렸다. 혼란스러웠다. 막무가내로 감정이 폭포처럼 쏟아져 내렸다.

여자는 가슴에 갓 태어난 아기를 안고 있었다. 긴 머리를 등까지 땋아 내렸고 이마가 예쁘고 넓었다. 가슴에 아기를 안고서 여자가 온몸으로 안겨 들어왔다. 숨이 막힐 지경이었다. 그래도 상대방에게 몸을 맡기고 격정 속에서 여자의 어깨와 등을 끌어안았다.

눈앞에 있는 여자가 레이코의 모습과 겹쳐 보였다. 그러고 보니 비슷했다. 머리 길이도 머리 모양도 다르지만, 얼굴 윤곽이 뚜렷했고 큰 처진 눈이 똑같다. 어쩌면 그렇게 생각하고 싶어서 무의식이 반영된 건지도 모른다. 사막에 오고 나서 레이코가 그 어느 때보다 보고 싶었기 때문이다.

두 사람은 사이에 있는 아기를 찌부러뜨릴 듯한 기세로 서로 껴안았다. 손과 팔, 살결을 만지는 동안 여자의 감정을 가슴으로 느꼈다. 그 순간이었다. 자신과 이 여자는 분명 결혼했다. 허리를 끌어안은 아이가 장남이고, 가슴에 눌려 울고 있는 아기는 태어난 지 얼마 되지 않은 장녀였다. 자신과 이 여자가 살아온 그간의 세월을 이해했다. 자라면서 보고 만져 온 주변 환경이 눈에 선했다. 슬픔보다 증오의 감정이 강렬했다. 죽은 아버지의 원한, 증오가 영혼의 바닥에 뿌리 깊게 박혀 있었다.

지금은 같은 부족에 속해 있지만, 여자는 다른 부족에서 왔다. 새로운 정보가 계속 들어왔다. 여자는 두 번째 결혼이었다. 자신 이전에 결혼했던 상대는 강을 거슬러 올라가면 있는 먼 상류에서 피살되었다. 단숨에 죽은 것이 아니었다. 깡패나 다름없는 백인 병사들에게 고문을 받다 숨이 끊어졌고 시체는 바위에 버려졌다.

여자의 영혼에도 전 남편 때문에 생긴 원한이 아직 깊게 남아 있었다. 원한 때문에 전쟁에 나간다는 사실을 아무런 거부감 없이 납득했다.

아까까지 가오루가 자기 아들이라 생각한 아이는 사실 여자가 전 남편과의 사이에서 낳은 아이였다. 지금 살아 있는 그의 혈육은 늙은 어머니와 갓 태어난 딸밖에 없다.

가상공간에 현실이 반영되어 있는 것 아닌가 하는 의문이 다시 가오루 속에 생겨났다. 여자와의 관계는 레이코와 가오루의 관계와 매우 비슷했다. 다만 료지는 죽었다. 병원 비상계단에서 뛰어내려서 콘크리트에 핏자국을 남기고 저세상으로 떠났다. 지금 허리를 안고 있는 아들도 묘하게 미덥지 않아서 료지가 떠올랐다.

가오루는 몸과 마음이 이쪽 세상에 옮겨져 있는 것을 알아차렸다. 이쪽 세상이라고 별 생각 없이 표현했지만 정확히 어디인지는 알 수 없다.

잠깐의 평화였다. 완만한 경사에 마련된 천막에서 아내와 아이들, 늙은 어머니와 함께 살았다. 얼마나 함께 지냈을까? 몇 년이라는 길이는 순간처럼 느껴졌고, 하루가 온전히 하루의 길이로 실감되기도 했다.

시간이 어느 때는 천천히, 어떤 때는 빨리 흘러갔다. 가오루를 둘러싼 시간이 얼룩덜룩 덧입혀졌다.

아까까지만 해도 아직 어렸던 딸이 아장아장 걷고 있었다. 의붓아들은 장차 전사로서 클 재능이 전혀 보이지 않았다. 활시위를 당길 때의 서투름이 모두의 웃음을 자아내기도 했다.

가오루는 이 육체에 익숙해지기 시작했다. 강가에 들러서 웅크리면 원래와 조금도 닮지 않은 모습이 물에 비쳤다. 갈색 피부, 건장한 목과 굵은 어깨 언저리에는 문신이 있었다. 손으로 몸 여기저기를 더듬으면 육체가 나름의 반응을 보였다. 그저 얼굴 윤곽만은 물이 흔들려서 정확히 파악할 수 없다.

아내를 몇 번이나 안았다. 그때마다 친밀감이 커졌다. 딸이 자신을 바라보는 시선도 달라져 가는 것 같았다.

부족은 한곳에 정착하지 않고 항상 이동해야만 했다. 동쪽과 남쪽으로부터 피부색이 다른 부족의 압박을 받고 있었다. 그렇게 서쪽으로 가는 경로를 수색했다. 물과 식량을 확보해 최대한 적과 조우하지 않도록, 늘 신중한 지도자들의 판단이 필요했다. 잘못 판단했다간 부족이 순식간에 멸망한다.

가려는 장소는 하나밖에 없었다. 부족은 몇 번이나 분단되어 단결력이 결여되어 버렸지만 옛날부터 전해 내려온 전설이 모두를 한 방향으로 이끌었다.

"거대한 산맥 남쪽 끝 서쪽 바다와 동쪽 바다로 쏟아지는 강의 근원이 있는 장소로 향하라. 아직 누구도 가 보지 못한 곳……, 그 복판에 호수를 가진 큰 동굴이 있다. 부족의 영원한 고향 땅이 될 것이다. 위대한 정령이 지켜 주는 그곳에서는 누구에게도 위협받지 않고 영원히 살 수 있다."

이제 전설에 매달릴 수밖에 없다. 살 곳을 찾아 서쪽으로 떠나야 한다면 전설의 땅을 목표로 하는 것이 당연했다.

부족은 아무리 작아졌다 해도 족히 200명이 넘는 대가족이었다. 이동이 쉽지 않았다. 우선 민첩한 척후병이 교대로 전방을 살피며 적이 없는 것을 확인하고 본대를 이끌었다. 물론 식량 조달을 위한 사냥도 빼놓을 수 없었다.

밤이 되면 적당한 장소에 천막을 치고 모닥불에 둘러앉아 낮에 사냥한 짐승의 고기를 가족이 다 같이 먹었다. 배불리 먹을 수는 없었다. 훈제해 저장할 수 있을 정도로 고기가 남은 적이 없었다. 늘 음식이 부족했다.

물가로 나오면 몸을 씻고 더 깨끗한 마실 물을 찾아 상류로 계속 올라갔다. 살아남기 위해 가장 필요한 것이야말로 물이었다. 물을 발견하면 모두에게 감사를 들을 수 있다.

이제 봉우리 두 개만 넘으면 전설의 땅에 도착한다. 목적지를 목전에 두고 숲에 야영하며 힘을 비축하고 있다가, 우연히 물의 은혜를 받았다.

수원지를 발견한 것은 아이들이었다. 몇몇 아이들이 놀며 나무 사이를 뛰어다니다가 우거진 나무 틈에서 바위 위에 깨끗한 물이 올라오는 것을 봤다고 했다. 근처에 있는 어른 몇을 각각의 아이들이 불러와 모두 그릇을 들고 물을 향해 갔다.

가끔 멈춰 서서 주위를 둘러보았다. 가오루는 산비탈을 올라가는 사람 수를 셌다. 앞에 셋, 뒤에 넷. 자신을 포함해서 모두 여덟이다. 뒤에 있는 넷은 모두 여자이고 아내와 딸도 그중에 있었다. 앞에 선 셋은 모두 아이들이다. 공을 세우기 위해 어느 때보다 들떠 있는 아들의 모습도 있다. 어머니는 아래 남아 있었다.

물을 봤다는 아이들의 말은 사실이었다. 산 표면에서 드러난 큰 바위에 가느다란 물줄기가 흐르고 있었다. 다만 너무 좁아서 그릇에 받기 힘들어 보였다.

더 큰 물줄기를 찾아 위로 올라갈까 생각하던 중에 등 뒤의 잡초가 부스럭거렸다.

갑자기 자신과 생김새가 다른 남자들이 나타났다. 푸른 제복을 대충 입고 있는 사람이 많았다. 윗옷은 찢어져서 허리에 두르고, 흰색 셔츠만 입은 사람과 검은 셔츠에 가죽 바지를 입은 사람까지 대충 10여 명의 남자들이었다. 통일된 군대가 아니었다. 역시 물을 찾아 산으로 들어왔는지 몇몇은 손에 물통을 들고 있었다. 그 외의 사람은 손에 총을 든 채였다. 몇몇이 입은 흰 셔츠에는 피가 묻어 있었다.

두 그룹은 한동안 서로 바라보았다. 양쪽 다 서로의 출현에 놀란 표정이었다.

상대편끼리 소근대는 소리가 들렸다. 긴장을 머금은 공기가 주위에 가득했다. 망설이고 있을 때가 아니었다. 여자와 아이뿐이니 싸울 수는 없다. 상대가 싸우려 든다면 도망가야 했다. 아니면 빠르게 움직여서 섣불리 자극하지 않는 게 상책이었다.

상대편은 긴장한 표정으로 말을 두세 마디 주고받았다. 하지만 무슨 내용인지 모르겠다. 여기서도 다시 시간 감각이 왜곡되었다. 만난 지 겨우 2~3초밖에 흐르지 않았는데, 몇 분에 상당하는 시간이 흐른 느낌이었다.

갑자기 세 남자가 고함을 지르며 산을 달려 내려갔다. 아이의 등을 향한 소총을 어떤 동료가 제지하더니, 그것을 신호로 몇 명의 남자가 아이들 앞으로 가 길을 막았다.

남자들은 소총을 쓰지 않으려 했다. 총소리를 냈다가 아래에 있는 본대에 들킬까 봐 경계하는 것이다. 그렇다면 살아남을 가능성이 거의 없다. 이 사람들은 한 명도 남김 없이 모두 죽여 입을 막을 생각이었다.

그렇게 결론을 내리고 아내 쪽으로 몸을 돌렸을 때, 남자들이 땅바닥에 찍어 누르고 있던 아들의 머리를 돌로 쪼개는 모습을 보고 말았다.

굵은 팔에 입이 막힌 아이들이 소리를 지를 틈도 없이 뇌수가 땅에 튀었다. 회색의 바위가 피로 물드는 모습은 마치 컴퓨터 그래픽으로 만든 붉은 장미가 순식간에 피어나는 것 같았다. 바위 위를 뛰는 남자들의 발소리가 등 뒤로 들려왔다.

아킬레스건 아래에 극심한 통증이 느껴졌다. 힘줄이 끊어진 것은 아니었지만, 뼈 자체가 박살났는지 중심을 잃고 바위 위에 쓰러졌다. 쓰러지면서 옆구리가 바위에 부딪쳤지만 이제 통증조차 느끼지 못했다.

손을 뻗어 아내의 몸을 잡으려 했다. 그보다 빨리 세 여자는 제각기 남자들에게 붙들려 무성한 잡초 속으로 사라졌다.

있는 힘을 다해 상반신을 일으키려 했지만 남자들이 억누르고 있었다. 머리카락이 꽉 잡혀 바위 위에 뒤통수가 찍히자 움직일 수 없었다.

얼굴 바로 옆에서 둔탁한 소리가 났다. 봐서는 안 될 것이었다. 하지만 고기가 찢겨 나가는 그 소리에 이미 눈이 그쪽을 향했다.

몇 번이나 끌어안았던 사랑스러운 작은 몸이 어른 머리 높이에서 바위 바닥에 내동댕이쳐지고 있었다. 지금 막 숨이 끊어지려 하는 딸에게 온 마음을 다해 다가가려 했지만 몸이 말을 듣지 않았다. 온몸이 불타는 듯했다. 몸의 어디에 상처가 났는지 알 수 없었다. 통증 따위는 문제가 아니었다. 죽음은 각오했다. 공포를 느낄 만큼 여유롭지도 않았다. 하지만 사랑하는 사람이 폭력에 당하는 모습은 견딜 수 없었다. 이런 상실을 예상하진 못했다.

다시 딸의 몸이 떠오르더니 같은 높이에서 내동댕이쳐졌다. 더 이상 살아 있지 않으리라. 생명이 떠나간 부드러운 몸이 바위틈에 버려졌다.

딸을 두 번, 세 번 던졌던 남자는 다른 흥밋거리를 발견한 듯

풀을 밟고 수목 사이로 들어갔다.

천천히 그 남자의 움직임을 눈으로 쫓았다. 남자가 걸어가면서 바지에서 빠져나온 셔츠에 손등을 문지르고 있었다. 무엇을 하는 거지? 하얗던 셔츠에 피가 묻었다. 피뿐만 아니라 아주 작은 살점도. 딸아이로부터 흘러나온 피, 혹은 신체의 일부였다. 남자는 그렇게 몇 번이고 셔츠에 손을 닦다가 더러운 것이 잘 떨어지지 않았던 듯 고집 있게 이번에는 가죽 바지에 두 손을 비볐다.

아내의 목소리가 띄엄띄엄 들렸다. 가까운 곳에 쓰러져 있다는 것은 알고 있었다. 다만, 아무리 눈을 굴려도 모습은 보이지 않았다. 덤불숲 속에 있기 때문이었다. 우뚝 서거나 한쪽 무릎을 꿇은 자세로 아내를 둘러싼 남자들의 모습만 눈에 띄었다.

머리카락을 쥔 손이 바뀌었다. 더 강한 힘으로 머리가 잡아당겨지자 높이 뜬 태양에 목을 크게 드러낸 모양이 됐다. 태양 말고 또 하나, 날카로운 빛이 떠올라 있다. 빛이 오른쪽에서 왼쪽으로 움직였다.

목 안쪽이 쿨럭거리며 쉬익 소리가 나는 것 같았다. 가슴 위로 뜨거운 액체가 흐르는 느낌이 들었다. 머리는 더 뒤로 크게 꺾였다.

햇살이 색을 바꾸어 점차 진하게 두드러지다가 배경이 흑백으로 가라앉으며 어두워졌다. 붉은 태양도 이윽고 검게 변했고 망막 전체가 어둠으로 덮였다. 하지만 청각만은 아직 기능하는 것 같다.

아내의 목소리가 들렸다. 고통에 찬 소리가 아니라 약한 웃음 소리 같았다. 의식이 사라지는 순간까지 아내의 목소리가 귀에 가득했다. 적어도 이 세계에서는 함께 시간을 공유한 여자였다.

자신의 죽음과 사랑하는 사람의 죽음이 동시에 찾아왔다.

6

의자 등받이에 힘없이 기댄 채 가오루는 한동안 암흑 속에 있었다. 겉으로 보면 그저 허탈한 상태에 빠진 걸로만 보였겠지만 실제 가오루가 경험한 것은 '죽음' 그 자체였다. 그의 몸은 지금 영혼이 빠져 나간 껍데기나 마찬가지였다.

죽어 가는 순간 가오루가 체험한 감각은 인간이 의식을 잃어 가는 감각이 아니었다. 기절해도 뇌는 작동하고 있었다. 심장이 기능을 정지하고 그 뒤 천천히 뇌사에 이르며 시간과 공간이 소멸하는 감각을 아주 순식간에 맛본 것이다.

암흑 저편에서 소리가 들렸다.

"자, 일어나."

억제된 힘센 남자의 말투였다.

"이쪽으로 와라."

목소리는 움직이길 재촉한 뒤 잔향을 이끌고 사라졌다.

가오루는 움찔 몸을 움직이고 의자에서 벌떡 일어났다. 크게 숨을 들이쉬면서 무의식중에 몸을 뻗으려 했다. 물에 빠진 사람이 공기를 찾아 수면에서 머리를 내미는 움직임과 비슷했다.

가오루는 헤드마운트형 디스플레이를 머리에서 벗어 던지듯이 책상에 올려 뒀다. 데이터글러브도 벗어서 마찬가지로 내던졌다.

심장이 꽉꽉 조여드는 느낌이었다. 일단 의자 등받이에 기대고 있던 몸을 일으켜 가오루는 천천히 심호흡했다. 육체가 현실의 공간에 적응하면서 오히려 마음이 거세게 동요했다. 기억이 선명했다. 추억도 또렷했다.

눈물이 흐르고 있었다. 슬픔인지 고통인지 말로 표현할 수 없는 감정이 밀려들어 왔다.

가오루는 책상에 엎드려서 한참을 울었다. 현실이 아니라고 되뇌었지만, 솟아오르는 격정을 억누를 수 없었다. 울면서 손목시계를 보았다. 헤드마운트형 디스플레이를 썼을 때부터 시간이 수십 분밖에 지나지 않았음을 알았지만 위안이 되지 않았다. 1분이 1년에 버금가는 무게로 지나갔다.

방금 경험한 가상현실이 누가 어떻게 만들었는지는 모르지만, 다른 세계에서 또 하나의 인생을 살았다는 확실한 느낌이 들었다. 저편의 세계에서 여자와 사랑을 했고, 아이를 가졌고, 부족을 위해 싸우다가 죽었다. 뻗으면 손이 닿을 곳에 있었지만 사랑하는 사람을 구할 수 없었고 자신의 죽음과 동시에 그녀를 잃었다.

"라이치……."

가오루는 그 이름을 불렀다. 몇 번이나 불렀던 아내의 이름이었다. 강에서 서로 몸을 어루만지며, 살과 살이 닿았을 때의 감촉이 생생했다.

"코치스……."

딸의 이름이었다. 태어나서 걷기 시작할 때까지 가슴에 안거나 등에 업고 넘는 봉우리의 수는 헤아릴 수 없었다.

아내와 딸의 이름은 기억했다. 하지만 자신의 이름은 전혀 기억이 나지 않았다. 아내와 딸의 얼굴도 잘 기억났지만 자신의 얼굴은 애매했다. 죽던 순간에 겪었던 고통 따위는 거의 기억에 없다. 다만 사랑하는 사람들에 대한 기억과 추억에 압도되었다.

가오루는 비척비척 일어나 어깨를 벽에 부딪쳤다. 통증이 느껴졌다. 마음의 아픔을 잊기 위해서 일부러 몸을 자극하고 싶었다.

'이 의미를 분석해야 한다.'

스스로 타이르며 조금이라도 이성을 되찾아 슬픔을 잊으려 했다.

가오루가 겪은 체험은 영화와는 완전히 달랐다. 가상공간에 온 몸이 녹아들어 간 것이라고 표현할 수밖에 없었다. 하지만 현실을 그렇게 실감나게 재현한 가상공간을 어떻게 만들 수 있었는지 의문이 계속 들었다.

'루프.'

먼저 떠오른 생각이었다. 이 가상공간은 루프의 일부가 아닐까?

아까 머리에 썼던 헤드마운트 디스플레이를 사용하여 시간과 공간을 설정하면 루프에서 있었던 어떤 역사적 순간에 녹아들게 된다. 루프계의 생명에 대해 신과 같은 입장을 가질 수도 있고, 어느 특정 개인에게 씌어 가상의 인생을 사는 것도 가능했다.

루프에 생명이 탄생하면서 다양한 역사가 생겨났고 그 모습은 방대한 양의 홀로그래픽 메모리에 보존되고 있다. 원하는 역사의 어떠한 시점이든 관찰할 수 있다.

그래서 가오루는 방금 경험했던 것이 루프의 일부가 아닌가 하는 추리를 해 보았다. 초기에 RNA로 루프에 탄생하여 진화한 생명인 만큼 컴퓨터 그래픽과는 차원이 다른 실감나는 육체로 표현되는 것이 아닐까?

어루만지며 사랑을 나누는 것도 가짜라고는 생각할 수 없는 경험이었다. 떠올리기만 해도 가오루의 가슴속에 뜨거운 것이 치밀어 올랐다.

가상공간에서 자신의 죽음을 겪었고 사랑하는 사람과 이별을 경험한 만큼 더욱 단호하게 결의하게 되었다. 잃을 순 없다. 현실 세계에서의 죽음과 이별을 막아야만 한다. 이런 경험은 다시 겪고 싶지 않았다. 그러기 위해서는 전 세계에 만연한 전이성 인간 암 바이러스의 수수께끼를 풀고 치료법을 발견해야 했다.

'루프의 암화가 현실 세계에 영향을 주고 있다.'

그 생각이 점점 강해졌다. 실제로 가상 세계의 일부를 엿봄으로써 가오루의 마음은 크게 동요했다. 강하게 영향을 받았다. 가상 세계가 현실 세계에 영향을 미치는 것은 불가능한 일이 아니다.

그런데 이곳이 의미하는 바가 무엇일까? 가오루가 여기에 올 것을 예상하고 복잡한 시스템을 남긴 사람이 있다. 케네스 로스먼일까? 그 의도는 무엇일까?

반드시 이유가 있을 것이다. 누군가에게 이끌려 가고 있다는 느낌을 벗어날 수 없었다. 하지만 누군가 이끌고 있다 해도 지금은 끌려갈 수밖에 없었다.

'어디로 가야 할지 알려 준 건지도 모른다.'

어머니가 이야기했던 원주민 관련 민화에서는 전사를 만나 그가 이끄는 곳, 서쪽으로 가라고 했다. 가상공간에서 함께한 부족도 로키 산맥 남쪽의 끊어진 곳에 위대한 정령의 가호로 영원한 인생을 살 수 있는 곳에 대한 전설대로 계속 서쪽으로 갔다. 그들이 간 경로가 가오루의 뇌리에 확실히 새겨져 있다.

이제 목적지에서 봉우리 두 개만 남긴 곳에서 아내와 자식과 함께 뜻밖에 죽음을 맞이했지만 그동안 가던 길은 선명하게 기억났다. 몇 달이나 되는 시간을 들여 달려간 여정은 일상생활을 해

온 장소이기도 했다.

'부족이 가던 대로 서쪽으로 가야 한다.'

가오루는 앞으로 할 행동을 파악했다.

그 전에 할 일이 있었다. 위성 통신 회선을 이용해서 일본에 연락을 해야 했다. 상대는 컴퓨터 연구소에 있을 아마노였다.

가오루는 통신 회선에 연결해서 아마노의 컴퓨터로 접속하려 했다.

'다카야마와 아사카와가 등장하는 영상이 수배되는 대로 이쪽으로 전송 바람.'

일본을 떠나기 전에 강력히 요청했던 사항이었다.

루프는 현실 세계와 거의 비슷한 규모로 작동되어 왔다. 수십억이나 되는 지적 생명체가 각각의 인생을 살고 민족의 역사를 형성한 만큼 기억량이 방대했다. 그중에서 세계가 암화되기 시작했을 때의 전후 기록을 골라내는 것이니, 꽤 힘든 작업이었다.

그 부분의 영상을 받으면 방금 전과 같이 헤드마운트형 디스플레이와 데이터글러브를 장착해서 실시간으로 관찰 조사를 할 수 있다. 우선, 루프 세계의 한 사람에게 초점을 맞춰 왜 암화가 시작되었는지 단서를 찾아 해명해야 한다. 그 정보를 얻으면 중대한 힌트를 발견할 것이다.

아마노로부터 응답이 오기를 기다리는 동안, 가오루는 레이코의 목소리를 듣고 싶다는 유혹을 억누를 수 없었다. 지금 일본은 몇 시일까? 시차가 일곱 시간이니 아침 9시 정도. 레이코는 일어났을까? 가상공간 속에서 사랑하는 사람의 죽음을 경험한 뒤라 더욱 그녀의 존재를 가까이 느끼고 싶었다. 적어도 잘 지내고 있는지라도 알고 싶었다.

가오루는 위성 전화를 써서 그녀의 번호를 눌렀다.

신호가 일곱 번 울리고 나서 "네."라고 나른한 목소리가 들려왔다. 현실 세계는 아직 괜찮은 모양이었다. "네."라는 레이코의 목소리를 듣기만 했는데도 형언할 수 없는 안도감에 감싸였다. 벗어날 수 없는 늪에서 겨우 탈출한 뒤 단단한 땅에 발을 붙인 것 같은 안도감이었다.

"나예요."

한 호흡 후, 레이코는 재빨리 자세를 바로 하는 기색이었다. 나른함은 사라졌고 대신 팽팽한 긴장이 느껴졌다.

"응, 당신이야? 아아, 지금 어디야? 잘 있는 거야?"

레이코가 질문을 퍼부었다. 걱정하는 마음이 느껴져서 기뻤다.

가오루는 질문에 하나하나 답하고 "괜찮아요, 안심하고 기다려 줘요."라고 인사하며 전화를 끊었다. 길게 이야기해 봤자 아무 의미도 없었다.

7

가오루는 내려앉은 파이프 침대에 누워 잠을 자며 아마노의 답신을 기다렸다.

암 바이러스와 루프의 암화가 관계가 있다고 생각하는 사람은 가오루밖에 없었다. 다른 경로를 통해 같은 실마리를 붙잡은 사람도 있을 수 있지만 아직 아무런 이야기도 들려오지 않았다. 루

226

프를 관리하는 곳의 사람인 아마노마저 이야기하지 않으니 역시 유일하게 자신뿐이라는 생각을 하게 되었다.

그 추측을 토대로 루프가 암화한 원인을 찾아내면 지금까지 몰랐던 다른 시선으로 사태를 해결할지도 모른다. 루프의 암화에 관해서는 그동안 수없이 조사되어 왔다. 하지만 이제 20년이나 더 된 일이다. 전이성 인간 암 바이러스가 아직 움직임을 보이지 않을 때였다.

루프가 암화된 직후부터 전이성 인간 암 바이러스의 존재가 확인되었고 특히 최근에는 인간 이외의 동물이나 식물에 이르기까지 감염이 폭발적으로 일어났다. 마치 루프에서 흘러나온 것 같은 움직임이었다.

전이성 인간 암 바이러스를 구성하는 아홉 유전자의 염기수가 모두 $2^n \times 3$개인 것도 묘한 우연이다. 이진법으로 계산하는 컴퓨터가 발생원이라고 암시하는 것 같다.

컴퓨터에 무언가 접속된 것 같은 기색이 들었다. 가오루는 침대에서 벌떡 일어났다.

책상 앞에 앉아서 화면을 보니 역시 아마노가 보낸 연락이 와 있다. 화면에는 몇 가지 지시가 함께 있었다.

가오루는 지시대로 키보드를 두드렸다. 나머지는 루프의 메모리 일부와 이쪽 컴퓨터가 접속되기를 기다릴 뿐이다.

접속이 완료되었다.

이번에는 가오루 자신의 의지로 헤드마운트형 디스플레이와 데이터글러브를 꼈다.

전송되어 온 연대는 루프년 1990년의 늦여름, 어느 인물의 눈과 귀를 통해서 얻은 풍경과 사건들이다.

예를 들어 루프년 1990.10.04, 14시 39분 35도 41N, 139도 46E로 시간과 공간을 지정하면 그 지점의 영상으로 쉽게 접속할 수 있다. 장소를 고정한 상태로 시간을 움직이면 디스플레이에는 장소의 연대기가 펼쳐진다. 줌 기능을 사용하면 더욱 정밀한 장소를 지정할 수 있다.

만일 장소를 긴자 4번지라고 입력하면 그 지역의 모습을 시대별로 볼 수 있다. 관찰자는 상하좌우 360도에 이르는 광범위한 모습의 데이터를 받아 거리에 있는 사람들을 바라보며 마치 유령처럼 둘러볼 수 있다. 저쪽은 이쪽을 모르지만, 이쪽은 저쪽의 세계를 투명 인간처럼 볼 수 있는 것이다.

또 어떤 개체의 감각에 관찰자의 감각을 고정시키는 것도 가능하다. 그럴 경우 가상공간에 있는 특정 인물에게 자신의 시청각을 겹칠 수 있다.

이번에 가오루가 손에 넣은 것은 어느 인물의 뇌리에 새겨진 기억이었다.

미국 원주민의 몇 년 동안에 걸친 인생을 겨우 수십여 분 동안 체험한 것처럼, 루프의 암화와 관련된 핵심 인물의 시점으로 사건을 바라볼 생각이었다. 여기에 기억되어 있는 것은 다카야마 류지를 비롯한 몇 사람의 체험이었다.

그런데 다카야마의 인생은 대체 어떤 것이었을까? 호기심도 있었지만, 두려움이 더 컸다. 또 크나큰 마음의 고통을 겪게 될지도 모른다.

주저하고 있다간 용기가 사라질 것 같다. 머뭇거리지 않고 가오루는 프로그램을 작동시키기로 했다.

가오루는 자신의 의지로 루프에 접속했다.

지금 있는 곳은 번화가의 찻집인 모양이었다. 창밖에서 깜박이는 네온사인이 가게 안에 화려한 빛의 띠를 만들고 있었다. 가오루가 고정한 사내……, 다카야마는 찻집 테이블을 사이에 두고 한 사내와 마주 앉아 있었다. 다카야마의 친구 아사카와였다. 보는 것만으로도 안쓰러울 정도로 아사카와는 초췌하기 짝이 없었다. 그도 그럴 것이, 아사카와는 어젯밤 끔찍한 비디오테이프를 보고 말았다. 그는 자신이 빠진 수렁에서 구해 줄 사람으로 다카야마를 골라 커피숍으로 불러내 그동안의 경위를 설명하며 상담하고 있었던 것이다.

다카야마는 테이블 위에 놓인 잔에서 얼음을 하나 꺼내어 입에 넣고 깨물었다. 그러자 가오루의 입속에도 그 냉기가 느껴졌다.

겁에 질렸고 흥분한 탓인지 아사카와의 이야기는 가끔 전후 관계가 어긋나기도 했다. 다카야마는 나름대로 아사카와의 이야기를 머릿속에서 정리했다.

아사카와의 불행은 말 많은 기사가 모는 택시를 탄 데서 시작되었다. 택시 기사는 아사카와에게 어느 교차로에서 일어난 오토바이 사고에 대해 이야기를 했다.

택시 기사가 빨간 불에 차를 세우고 있는데 그 옆에 쓰러진 오토바이의 운전자가 심부전 증세를 보이고 숨졌다는 이야기였다. 기사는 오토바이 운전자가 헬멧을 벗으려 발버둥치고 괴로워하던 표정이 인상에 남아 견딜 수 없이 불길했다는 이야기를 신이

나서 말했다. 몰라도 되는 정보를 얻은 아사카와의 인생은 완전히 바뀌어 버렸다.

그 후 아사카와가 더듬어 간 말로는 끔찍했다.

아사카와는 우연히 듣게 된 택시 기사의 정보를 믿고 갑작스러운 죽음에 대해 알아보았다. 그리고 그 시각에 다른 장소에서 네 젊은이가 똑같은 증상으로 돌연사했다는 사실을 알게 되었다. 그중 한 명이 아사카와의 조카였다는 사실과 함께, 네 명이 동일한 시각에 죽었다는 점에 호기심이 몹시 자극되었다. 네 사람의 죽음은 모두 갑작스러운 심장마비로 처리되었다. 아사카와는 주간지 기자의 습성 덕분에 사건 뒤에 뭔가 이상한 낌새가 있는 것을 느꼈다. 동일한 시각에 네 남녀가 똑같은 증상으로 죽을 확률이 낮다고 생각하고 뭔가 납득할 수 있는 원인을 찾아야 한다는 판단을 내렸다.

아사카와는 죽은 네 명의 공통분모를 찾기로 했다. 그리고 네 사람이 각각 친구 사이이며 죽기 일주일 전에 산속의 임대 별장에서 밤을 보낸 것을 알아냈다. 아사카와는 바로 그 장소, 산간의 리조트 클럽에 있는 임대 별장으로 떠났다. 거기에 죽음의 원인이 되는 무언가가 있으리라 추측했다.

처음에 아사카와는 바이러스 같은 것을 예상했다. 네 사람은 그 장소에서 바이러스에 감염되었고 딱 일주일 후 예정된 대로 죽음에 이른 것이 아닐까?

하지만 그가 산속 임대 별장에서 발견한 것은 뜻밖에도 비디오테이프 하나였다.

다카야마는 거기까지 듣더니 아사카와에게 말했다.

"우선 그 비디오나 보여 줘."

발끈하며 고개를 든 아사카와는 초조함을 간신히 억누르고 있는 것 같았다.

"이걸 보면 목숨이 위험하다고 했잖아."

다카야마가 컵에서 얼음을 하나 더 꺼내 입에 넣고 우물우물 움직였다. 그 행동에 아사카와는 무시당하는 듯 느낀 모양이었다.

결국 죽을 위험에 처하든 그렇지 않든 비디오테이프를 보지 않고는 아무것도 할 수 없다. 다카야마는 아사카와의 집에 찾아가서 산속 별장에서 가져간 테이프를 보기로 했다.

아사카와의 집 거실에서 다카야마는 그 영상을 뚫어져라 보았다. 그의 시각을 통해서 영상이 가오루의 뇌리로 유입되었다.

맥락 없이 단편적인 영상들이 이어져 있다. 화산 장면부터 시작되어 갓난아이의 얼굴이 확대되더니 갑작스럽게 화면이 바뀌었다. 단편이라도 장면 하나하나가 묘하게 인상 깊었다. 아기의 울음소리가 나오며 화면이 무심하게 흘러갔다.

컴퓨터 그래픽도 아니고 카메라로 촬영된 것도 아니었다. 그 이외의 방법으로 만들어진 영상이었다. 루프에 사는 지적 생명이 만들어 낸, 한층 아래의 가상공간을 담은 영상처럼 보였다.

이윽고 낯선 남자의 얼굴을 아래에서 바라보는 시선으로 클로즈업되었고 이윽고 어깨 근처가 줌인되면서 피가 뚝뚝 떨어지는 것이 보였다. 통증 때문인지 사내의 얼굴이 일그러졌다. 그 얼굴이 일단 화면에서 사라졌다가 다시 나타나더니 이번에는 다른 표정을 하고 있었다. 화가 났다기보다는 공포와 체념이 엇갈린 표정이었다.

시야 전체가 좁아지고 작고 동그랗게 잘려진 하늘에서 주먹만한 검은 덩어리가 떨어졌다. 둔탁한 소리를 내며 덩어리가 무언가에 부딪쳤다. 가오루의 몸에 뜻밖의 통증이 느껴졌다.

'뭐야, 이건.'

가오루는 무심코 중얼거렸다.

하지만 의문이 해소되지 않은 채 시야가 서서히 좁아졌고 이윽고 완전한 암흑에 휩싸였다.

영상의 끝에 자막이 흘러나왔다. 붓과 먹을 이용해 썼고 크기가 제각각 다른, 몹시 서툰 글씨였다. 거기에는 이렇게 있었다.

"이 영상을 본 자는 일주일 뒤 이 시각에 죽을 운명이다. 죽고 싶지 않으면 지금부터 말하는 내용을 실행하라. 즉……."

거기에서 화면은 완전히 다른 것으로 바뀌었다. 음향을 동반한 밝은 영상이었다. 강가에서 불꽃놀이가 터지고 축제 차림을 한 사람들이 여름밤을 즐기고 있었다. 어둡고 불쾌한 영상은 갑자기 넘쳐날 듯 밝은 영상으로 가로막혔다.

몇 초 뒤 영상은 완전히 멈췄다.

가오루, 즉 여기서 다카야마는 동시에 화면에서 고개를 들었다.

정리해서 소거법으로 추측을 좁혀 가면 하나의 사실이 떠오른다.

동일한 시각에 수수께끼의 사고로 목숨을 잃은 네 남녀는 틀림없이 이 비디오 영상을 보았다. 그리고 여기에서 예고된 말대로 정확히 일주일 후에 죽었다. 즉, 비디오에서 예언된 '죽음'은 사실이다. 본 사람을 정확히 일주일 후 죽이는 비디오테이프가 존재하고, 게다가 죽음에서 벗어날 방법이 적힌 부분은 삭제되었다. 이렇게 되면 죽을 수밖에 없다.

산속의 임대 별장에서 이 비디오를 본 아사카와는 절망했고 몹시 동요했지만, 다카야마는 그렇지 않았다. 목숨이 걸린 게임에 참여하게 되어 여간 기쁜 게 아닌지 무의식중에 휘파람을 불 정도였다. 자신이 고정한 상대가 상당히 대담한 인물이라고 가오루는 생각했다.

가오루는 다카야마의 의식에서 벗어나 좀 더 냉정하게 이를 분석하려 했다.

본 개체를 일주일 후에 죽이는 비디오테이프를, 루프에서 살아가는 생명체가 직접 만든다는 것은 상식적으로 불가능하다. 물론 현실 세계에서 루프에 개입하면 이런 비디오테이프 따위는 쉽게 제작할 수 있다. 그리고 컴퓨터 바이러스 탓이라 해도 설명은 가능하다.

가오루는 의문을 품고 대담무쌍한 다카야마의 인생으로 돌아왔다.

다카야마는 아사카와에게서 비디오테이프를 복사해 서로 머리를 모아 분석하기로 했다.

그때 다카야마는 아사카와의 아내와 딸이 부주의하게 방치해 둔 비디오테이프를 보아 버렸다는 사실을 들었다. 아사카와는 자신의 목숨뿐 아니라 아내와 딸의 생명을 구하기 위해 바삐 움직여야 했다.

다카야마는 우선 비디오테이프의 영상이 어떻게 촬영된 것인지 그 방법부터 찾기 시작한다. 자료를 모으고 추리를 계속한 결과, 도출된 결론은 예상을 뒤엎는 것이었다.

그 결론이란 영상이 카메라 등의 기계로 촬영된 것이 아니라, 개체가 개체 자신만의 정신 작용을 이용해서 비디오테이프에 염사한 것이라는 사실이었다. 산속의 임대 별장에는 우연히 비디오테이프가 기기에 든 채로 남아 있었고, 거기에 염력을 통해 만들어진 영상이 흘러든 것이다.

루프는 닫힌 세계이다. 그 내부에 있는 상태로, 내부에 적용된 물리 과학 법칙에 따라서는 절대 이런 일이 실현될 수 없다.

가오루는 잘 만들어져 있지만 몇 가지 유치한 설정이 숨겨진 영화를 보는 기분이 들었다.

두 남자는 염사라는 특수한 능력을 쓴 것이 누구인지 조사하기 시작했다. 모든 네트워크를 활용하여 데이터를 모은 결과 겨우 그 개체의 이름을 밝힐 수 있었다.

'야마무라 사다코.'

그 시점에서 파악한 것인데 개체의 성별은 여자였던 것 같다. 두 사람은 그녀의 출신지인 섬을 찾아 가며 데이터를 수집했다.

그 결과, 야마무라의 능력이 현실을 훨씬 뛰어넘었다는 것을 알게 되었다. 태어나서 고등학교를 졸업하고 도시로 떠난 지점까지의 발자취는 밝혀졌다. 그런데 루프 시간으로 20여 년 전에 야마무라 사다코의 소식은 끊겼다.

발상의 전환이 필요했다. 왜 산속 임대 별장의 비디오로 영상이 흘러들게 되었는지 시선을 옮기기로 했다.

다카야마와 아사카와는 다시 산속의 임대 별장을 찾기로 했다. 그 전에, 어떤 인물과 만났다. 산속 별장터에 이전에 어떤 시설이 있었는지 조사했더니 한 바이러스성 질병 요양소라는 것이 밝혀졌다. 그곳에서 의사였던 남자가 별장 근처에서 의원을 개업했다는 사실도.

그 요양소를 찾아가 의사의 얼굴을 본 가오루는 깜짝 놀랐다. 비디오테이프 후반부에 어깻죽지에서 피를 흘리고 공포와 체념이 엇갈리는 표정을 지었던 그 남자였기 때문이다.

다카야마의 추궁을 견디지 못하고 의사는 20여 년 전에 야마무라 사다코라는 여성을 죽이고 우물에 던져 버린 것을 자백했다. 우물 위로는 현재 임대 별장이 자리 잡았다. 20여 년 전에 우물 밑바닥에서 죽어 간 야마무라 사다코의 원한이 곧장 위로 올라와 임대 별장에 있는 비디오테이프에 영상을 보냈다고 추측하게 되었다. 게다가 여성이라고 생각했던 야마무라 사다코는 남성과 여성의 성을 동시에 소유한 존재인 것도 밝혀졌다.

다카야마는 임대 별장의 마루 밑에 있는 우물 뚜껑을 열어 안으로 들어가 야마무라 사다코의 유골을 수습해 공양하기로 했다. 공양을 잘 해서 비디오테이프에 담긴 저주가 풀리길 바랐다.

루프 시간으로 정확히 일주일이 지났다. 비디오의 예고 시각을 지나도 아사카와는 살아 있었다. 이것으로 수수께끼가 풀렸다. 살았다고 실감한 그는 그대로 정신을 잃고 말았다.

하지만 그대로 끝난 것이 아니었다. 다음 날 다카야마가 사망 예고 시간에 딱 맞춰 원인 불명의 심부전으로 사망했다. 아무래도 야마무라 사다코의 유골을 수습하는 것이 비디오테이프의 해결책은 아니었던 것 같다.

다카야마가 죽음에 임박했을 때, 가오루는 주저하지 않고 고정 타깃을 아사카와로 바꾸었다. 가상공간이라도 죽음을 체험하는 것은 상당히 괴로워서 가능하다면 피하고 싶었다.

다카야마의 죽음을 안 아사카와는 번민했다. 비디오테이프의 수수께끼를 푼 것이 아니었다.

왜 아사카와는 살아 있을까? 이유는 하나였다. 일주일 동안 무의식중에 비디오의 원한이 시키는 일을 했던 것이다. 다카야마는 하지 않고 자신만이 한 일. 대체 그게 무슨 일일지 아사카와는 고민했다. 자신은 목숨을 건졌지만 정답을 찾아내지 못하면 아내와 딸의 목숨이 사라질 것이다. 도대체 비디오테이프는 무엇을 바라는 것인가?

그때 아사카와의 뇌리에 어떤 영감이 흘러들었다.

'바이러스의 특징, 증식.'

불현듯 깨달았다. 비디오테이프는 바이러스의 역할을 하고 있지 않은가? 그렇다면 그 바람은 바로 증식이다. 즉, 비디오를 복사해서 아직 보지 않은 사람에게 주면 개체 수가 증가하는 데 도움을 주게 된다. 그렇다면 앞뒤가 맞는다. 아사카와는 비디오테이프를 복사해서 다카야마에게 주었다. 하지만 다카야마는 복사하지 않았다.

아사카와는 거기에 생각이 미치자, 비디오플레이어를 안고 처가로 차를 몰았다. 복사해서 장인과 장모에게 영상을 보여 주어 아내와 딸의 생명을 구하기 위해서였다.

하지만 무사히 복사를 마치고 처가에서 돌아오는 길에 아사카와에게 끔찍한 시련이 닥쳤다.

차는 슬슬 고속도로 출구에서 나오고 있었다. 백미러에 비치는 아내와 딸은 뒷좌석에 겹치듯 앉아 자고 있었다. 아사카와가 "집에 다 왔어."라며 운전석에서 손을 뻗어 몸을 건드렸더니 둘 다 차가웠다. 아내와 딸은 예고된 시간에 급성심부전을 일으켜 죽고 말았다. 복사해도 비디오테이프의 저주는 사라지지 않았다.

아사카와는 절망과 슬픔에 빠져 정신을 잃었다. 머리로 받아들일 수 없는 혼란에 빠진 채, 멈춰서 있는 바로 앞차의 뒤를 들이받아 추돌 사고를 냈다.

쿵 하는 충격이 몸을 울리고 의식이 사라지는 순간 그는 물었다.

'왜 아내와 딸이? 그런데 왜 나만 살아 있지?'

육체와 정신이 받은 이중의 쇼크 때문에 아사카와의 뇌는 회복이 불가능할 정도로 손상을 입었다.

8

아사카와는 눈을 뜬 채였다. 시선은 고정되지 않고 천장의 한 점을 중심으로 천천히 원을 그리며 움직이고 있었다. 망막을 통해서 시각 정보는 뇌에 도달하지만, 무언가 본다는 능동적 행위를 하고 있지는 않았다. 어디까지나 수동적으로 멍하니 안구를 움직이고 있을 뿐이었다.

의지 없이 안구만 움직이고 있어도, 가오루는 아사카와가 현재 있는 곳을 알 수 있었다. 옆 침대와 구분된 하얀 커튼, 은색으로 빛나는 정맥 주사 스탠드. 가오루는 그리움과 애처로움을 동시에 느꼈다. 레이코와 정사를 나눈 장소가 떠올랐다. 아사카와는 병실 침대에 누워 있었다.

고속도로에서 추돌 사고를 내고 곧바로 병원에 옮겨진 것이다. 이후 거의 의식을 잃고 있었는지 화면이 캄캄한 상태인 경우가 많았다.

대부분의 시간 동안 아사카와의 망막은 검게 뒤덮여 있었다. 가끔 눈을 열어 이렇게 멍하니 주변을 둘러보는 경우도 있었다.

가오루는 아사카와의 망막을 통해서 두 남자의 얼굴을 보았다. 한 명은 수도 없이 자주 본 얼굴인데, 하얀 가운을 입고 있는 것으로 보아 아사카와의 담당 의사라는 것을 짐작할 수 있었다. 또 한 사람은 처음 보는 얼굴이었다.

그 처음 보는 사람이 아사카와의 눈을 들여다보았다.

"아사카와 씨."

아사카와의 어깨 부근에 그 남자의 손이 놓였다. 피부의 감각을 자극해서 반응을 얻으려는 것이겠지만 소용없었다. 아사카와는 가오루의 의식이 미치지 못하는 깊은 구렁 속에 있어 웬만한 자극으로는 혼미 상태에서 벗어날 수 없었다.

"계속 이런 상태인가요?"

남자가 아사카와에게서 떨어져 의사에게 물었다.

"네, 그렇습니다."

그 뒤 남자와 의사는 두세 마디 말을 나누었다. 이야기의 내용을 보니 그 남자도 의학적 지식이 풍부한 것을 알게 되었다. 그 역시 의사일지도 모른다.

"아사카와 씨."

또 허리를 굽혀 자세를 낮추고 아사카와의 얼굴을 바라보며 감정이 실린 목소리로 이름을 불렀다. 눈에는 같은 경험을 한 사람에게 공통된 깊은 자비의 표정이 어렸다.

"소용없습니다, 말을 걸어도."

등 뒤로 의사가 억양 없이 말했다.

"증상에 변화가 생기면 꼭 알려 주세요."

남자가 그렇게 말하더니 침대에서 멀어졌다. 가오루는 특히 남자의 표정에 흥미를 가졌다. 남자는 입원한 아사카와에게 특별히 관심을 갖고 있다.

더 이상 아사카와의 시점에 고정되어 있어 봤자 별 의미가 없다. 침대에 누워 혼미 상태가 계속될 뿐이니 정보를 얻을 기회는 거의 없다.

'이제 고정 타깃을 바꾸는 편이 좋겠군.'

가오루는 그렇게 판단했다.

고정 타깃으로는 자비로운 표정을 짓던 남자가 최적인 듯했다. 처음 보는 얼굴인데, 어딘지 모르게 친근감이 느껴졌다. 의사와 나눈 대화를 듣고 판단해도 사건과 관련이 깊은 게 확실했다.

가오루는 주저하지 않고 키보드를 두드렸다. 아사카와에 동화되어 있던 시청각을 해제하고 병실에서 나가려는 남자에게로 다시 설정했다.

그 순간부터 가오루는 아사카와에게서 벗어나, 다른 한 남자, 안도 미쓰오의 시각과 청각에 고정되었다. 하지만 안도 미쓰오의 마음 어디에도 평화가 없었다. 또 답답한 인생을 체험할 수밖에 없다. 사랑하는 사람의 죽음을 체험해야 했던 가오루는 이번에도 마찬가지라고 무심코 깊이 한숨을 쉬었다.

잠시 후 가오루는 자신이 가장 적절한 인물의 감각에 고정되었다는 사실을 알았다.

안도는 아사카와와 함께 비디오테이프의 수수께끼를 쫓던 다카야마를 해부한 의사였다. 생각한 대로 사건과 깊게 관련되어 있었다. 대학 병원 법의학 교실에 소속되어 동료 병리학자와 힘을 모아 사건의 전모를 규명하기 시작했다.

현재 판명된 비디오테이프를 보고 죽은 개체의 시체는 일곱 구였다. 동일한 시각에 죽은 네 젊은 남녀, 다카야마 류지, 아사카와의 아내와 딸이었다.

게다가 그들 모두에게 신종 바이러스가 발견되었다. 안도는 동료 의사에게서 바이러스가 존재한다는 말을 듣고 매우 놀랐다. 가오루도 마찬가지였다. 이 바이러스가 현재 세계에 만연한 전이성 인간 암 바이러스와 관련되어 있다는 생각이 들었기 때문이다.

가오루는 메모지를 들고, 간단히 메모했다.

'루프에 발생한 바이러스의 DNA를 해석해야 한다.'

설마 같은 배열일 리는 없지만 어딘가 유사점이 발견되지 않을까? 루프계에 발생한 바이러스의 유전정보를 해석하는 작업은 간단하다.

안도의 눈과 귀를 통해 바라보는 세계는 슬픔으로 가득 차 있었다. 가오루는 그 슬픔의 원인이 어디인지 몰랐다. 그의 천성인지 아니면 다른 이유가 있는지. 망막 안쪽이 눈물로 흐려질 때가 자주 있으니 상당히 깊은 사연이 있을 것이라는 짐작은 했다. 과거의 어떤 사건으로 인한 것임은 분명했다. 현재 안도가 고독하게 생활하는 것도 그 사연의 편린이리라.

여유가 있으면 안도의 과거를 찾아볼까 싶었다. 슬픔의 원인에 흥미가 있었다. 하지만 지금은 그럴 때가 아니었다. 마음에 두고 있던 젊은 여성의 실종 사실을 알고 안도가 그 수색을 막 시작한 때였다.

실종된 것은 다카야마의 제자이기도 한 다카노 마이라는 젊은 여자였다. 원룸에 혼자 살고 있고 일주일이나 연락이 되지 않았다.

안도는 다카야마와 아사카와의 가까이에 있던 다카노 마이의 신변에 뭔가 안 좋은 일이 일어났다고 판단하고 그녀의 방을 찾기로 했다. 정체불명의 바이러스에 감염되었을 가능성을 버릴 수 없었기 때문이다.

가서 보니 그녀의 방은 텅 비어 있었다. 다만 방에 그 비디오테이프가 있었다. 본 사람은 일주일 지나면 죽는 그 비디오테이프를 다카노 마이가 틀림없이 본 듯했다. 그러나 비디오테이프는 약간만 남기고 깨끗이 지워져 있었다.

안도는 이를 어떻게 해석해야 할지 고민했다. 비디오테이프를 보았다면 다카노 마이는 살아 있지 않으리라. 시신이 발견되지 않았을 뿐 지금쯤 어딘가 다른 곳에서 죽었다는 뜻이다.

비디오테이프를 보고도 살아 있는 사람은 지금까지 아사카와 단 한 사람뿐이었다. 그는 테이프를 복사해서 살았다. 하지만 복사를 했는데도 아내와 딸은 죽었다. 도대체 비디오테이프가 원하는 것이 무엇일까? 누구는 죽이고, 누구는 살렸다. 그냥 제멋대로 움직이는 것처럼 보였다. 논리적인 이치가 있다면 빨리 그것을 발견해야 했다.

다카노 마이의 방을 떠나며 안도는 지금까지 경험한 적이 없는 생물체의 기척을 느꼈다. 작고 미끌미끌하고 어린 여자아이 같은 웃음을 가진 생물.

그 기척은 다시 화면을 보던 가오루에게도 전해졌다. 복사뼈 언저리에 무엇인가가 닿았다. 그 미끈한 감촉이 다리의 아킬레스건 아래쪽에 느껴졌다.

안도는 공포에 휩싸여 문을 열었다.

'이 집에는 무언가가 있다.'

방에서 뛰쳐 나가며 그렇게 확신했다.

대학에서는 바이러스의 해석 작업이 상당히 진행되어 있었다.

안도는 신문 기자라고 밝힌 남자에게서 연락을 받았다. 그가 기자일 뿐 아니라 아사카와의 동료라고 밝혔기에 만나기로 했다.

안도는 기자로부터 사건의 줄거리를 극명하게 적어 둔 디스켓이 있다는 것을 알게 되었다. 아사카와가 기사를 쓴 것이다.

플로피디스켓이 어디 있는지 짐작하고 결국 손에 넣었다. 사고를 일으킨 차에 있던 워드프로세서 기계를 아사카와의 형이 가지고 있었다. 플로피디스켓은 기계에 그대로 들어 있었다.

안도는 디스켓에서 문서를 출력해 읽기 시작했다. 문서는 '링'이라는 이름으로 정리되어 있었다. 거기에 적힌 사실을 가오루는 이미 알고 있었다. 다카야마와 아사카와의 눈과 귀을 통해서 체험한 것과 거의 일치했다.

아사카와의 감각 기관을 통해 알게 된 정보를 이번에는 문자 매체를 통해 재확인했다. 비디오테이프의 내용이 '링'이라는 문서로 변화된 것이다.

그때 안도는 DNA 염기배열 암호로 이루어진 메시지를 받았다.

'뮤테이션(돌연변이).'

그것을 힌트 삼아 안도의 추리는 계속되었다. 다카노 마이의 방에 남아 있던 비디오테이프는 소멸되어 있었다. 나머지 두 개도 똑같이 처분되어 비디오테이프 자체는 더 이상 존재하지 않았다. 처음 발견된 테이프는 네 남녀가 장난으로 지워서 마지막 부분이 삭제되었다. DNA로 비유하면 유전자의 일부가 상처를 입은 것이나 다름없었다.

여기에서 제삼자의 손을 빌려 복사되는 비디오테이프와 바이러스의 비슷한 점이 떠올랐다. 유전자에 상처를 입은 비디오테이프가 돌연변이를 일으켜 새로운 종으로 거듭났다면? 그러면 낡은 비디오테이프는 용도 폐기된다. 모두 없애버려도 상관없다.

여기서 문제는 두 가지로 압축됐다.

'비디오테이프는 무엇으로 진화되었을까?'

'아사카와는 왜 살아 있을까?'

거기서 또 하나의 힌트가 주어졌다. 다카노 마이의 시신이 드디어 발견된 것이다.

그녀는 초라한 빌딩 옥상 배기구에서 아사한 건지, 동사한 건지 모를 상태로 발견되었다. 해부한 결과 급성심부전이 아니었다. 다른 일곱 명의 사망자와 달리 단순 쇠약사였다. 그럼 빌딩 배수구에 떨어지지 않았으면 죽지 않았으리라.

더 이상한 점은 배기구 바닥에 떨어진 직후 다카노 마이가 그 자리에서 출산한 흔적이 있다는 것이다. 태반이 벗겨진 상처와 탯줄이라고 생각되는 살점이 그 증거였다.

여기서 또 한 가지 의문이 생겼다.

'다카노 마이가 무엇을 낳았을까?'

하지만 생전의 다카노 마이를 알았던 안도는 이상해서 견딜 수가 없었다. 그녀는 결코 임신부의 체형이 아니었다.

대학 병원에서 여러 가지 각도로 분석이 진행되었다. 비디오테이프에 관련되어 목숨을 잃은 시신은 모두 열한 구에 달했다. 의식이 돌아오지 못한 채 병실 침대에서 죽은 아사카와도 이 안에 포함되어 있다.

그들의 혈액에는 비디오테이프를 보고 발생된 바이러스가 있었다. 바이러스에는 두드러진 특징이 있다. 링 모양으로 고리를 만든 바이러스와 고리가 끊어진 끈 모양의 바이러스, 두 가지 형태가 존재한 것이다.

급성심부전 이외의 원인으로 죽은 아사카와와 다카노 마이의 두 시신에서는 끈 모양의 바이러스가 많이 발견되었고, 나머지 아홉 구의 시신에서는 링 모양 바이러스만 발견되었다. 바이러스로 인해 죽게 될지의 여부는 여기에 있었다. 고리가 끊어지면 목숨은 건지고, 링 모양을 하고 있다면 일주일 뒤 확실히 죽는다.

안도는 논리적으로 해석하기 위해 골몰했다. 그러다 문득 한 가지 유사점을 알아차렸다.

'끈 모양의 바이러스는 정자와 비슷하다.'

다카노 마이의 시신에는 출산한 흔적이 남아 있었다. 만약 다카노 마이가 배란일에 비디오테이프의 영상을 봤다면? 발생한 바이러스가 심장의 관상 동맥이 아니라 배란된 난자로 갔다면…….

그리고 그녀는 임신을 했고 무언가를 낳았다.

'무엇을?'

아마도 다카노 마이의 방에 있던 것이다.

안도가 같은 논리를 아사카와에게도 대입했다.

'아사카와는 남자니까 아이를 낳을 수가 없다. 그는 무엇을 낳았을까?'

의문을 가짐과 동시에 답도 얻었다.

마침 안도에게 다카노 마이의 언니가 방문했다. 다카노 마이가 추락사한 빌딩에서 만났다가 우연히 재회하여 친해졌다.

그녀가 샤워를 하는 동안 마침 신간 안내 책자를 읽게 되었다. 그중에 '링'이라는 제목이 보였다. 놀랍게도 아사카와가 쓴 기사가 책으로 만들어져 대량으로 유포되려 하고 있었다.

아사카와가 낳은 것, 그것은 「링」일 수밖에 없다. 비디오테이프는 「링」이라는 제목의 책으로 진화하여 폭발적인 증식을 하려 했다. 아사카와는 「링」을 작성함으로써 증식을 돕게 되었다.

그때 안도에게 야마무라 사다코의 사진이 팩스로 왔다. 그 얼굴을 보고 안도는 더 큰 충격을 받았다. 방금 샤워를 하고 나온 다카노 마이의 언니가 야마무라 사다코의 사진과 같은 얼굴이었던 것이다. 다카노 마이가 낳은 것……. 그것은 야마무라 사다코였다.

20여 년 전, 산속의 우물에서 완전히 썩어 버린 야마무라 사다코가 다카노 마이의 자궁을 빌려서 되살아났다. 그 사실을 머리로 이해하기 전에 안도는 의식을 잃었다.

이윽고 의식을 되찾은 안도에게, 야마무라 사다코는 협조를 요청했다. 비디오테이프는 「링」으로 진화되어 폭발적인 증식을 하려 하는데, 그 사실을 아는 안도가 방해하지 말았으면 한다고.

「링」은 그것을 읽은 독자의 힘을 빌려서 다양한 매체로 변화할 수 있다. 배란일에 그 매체와 접촉한 여성은 임신해서 야마무라 사다코를 낳을 테고, 그 이외에 살아남는 사람은 오직 증식에 도움을 준 사람뿐이다.

이렇게 「링」은 출판과 영화, 게임, 인터넷 등 다양한 매체를 통해서 세계에 침투하게 되었다.

이 소용돌이가 어떤 결말을 일으키게 될지 안도는 잘 상상할 수 없었다. 쉽게 해석하면 야마무라 사다코라는 자웅동체인, 단일 유전정보가 계속 재생산되고 링 바이러스는 돌연변이를 반복하면서 영원히 태어나게 된다.

개체는 다양성 덕에 생명으로서의 재미가 생긴다. 그것이 단 하나의 유전정보로 수렴된다면 생명의 역동성은 사라진다. 야마무라 사다코는 영생을 얻게 되는 것이다. 그러나 그 이외의 생명은 모두 세상의 구석으로 내몰려 멸망을 피할 수 없다.

안도는 결단을 내려야 했다. 야마무라 사다코의 협력자가 되어 살아남을지, 아니면 멸망을 선택할지.

하지만 협력할 때의 보상이 너무 컸다.

'2년 전에 익사 사고로 잃은 아들을 되살릴 수 있다.'

안도의 가슴을 저미던 깊은 슬픔의 원인은 2년 전에 잃은 어린 아들이었다.

안도를 비롯한 대학 병원의 기술과 야마무라 사다코의 특수한 자궁이 있으면 죽은 아들을 되살릴 수 있다. 바다에 빠진 순간 손가락에 걸린 아들의 머리카락 몇 가닥은 지금도 고이 간직하고 있다. 아들의 유전정보는 잘 보관되어 있었다.

선택의 여지가 없다. 협력을 하지 않으면 어쨌건 언젠가 멸망한다. 그렇다면 그토록 신에게 빌던 아들을 돌려받고 싶었다.

가오루는 안도의 결단을 비난할 수 없었다. 아들을 되살리고 싶다는 절실한 마음이 가오루에게도 전달되었다. 같은 입장이라면 자신 역시 그렇게 할지도 모른다.

안도의 팀은 야마무라 사다코로부터 수정란을 꺼내어, 죽은 아들의 세포핵과 교환한 다음 다시 넣어 두었다. 일주일 후 안도의 아들은 아기의 모습으로 야마무라 사다코의 배에서 태어났다.

안도는 세계를 팔아넘기고 대신 2년 전에 목숨을 잃은 아들을 되찾았다.

「링」이 발간되고 얼마 후 책을 읽은 독자 중 약 2만 명의 여성이 임신하여 야마무라 사다코를 출산했다. 협력자의 손으로 「링」은 형태를 점차 바꿔 감염자를 더 늘리고 폭발적으로 증식했다. 기하급수적인 증가가 아니었다. 전부 하나의 유전자로 수렴되는 모습은 마치 모든 것을 불사르는 요원의 불길이었다.

링 바이러스는 지적 생명체 이외의 여러 생명체에 영향을 미치고 다양성을 없애며 생물계를 왜곡했다. 가지가 쭉쭉 뻗어 나가 사방으로 뻗어 있던 생명의 나무는 가늘고 길게 일자로 줄기가 자란 형태가 되었다. 단일 유전자에 점령당한 종은 수 자체도 격감했다. 그 모습은 생명의 분화를 거꾸로 거슬러 올라, 태고의 생명으로 되돌아가는 것 같았다.

다양성을 잃는 대신 얻은 것은 영원한 생명이었고, 카오스의 가장자리에서 굴러떨어져 얻은 것은 절대적인 안정이었다. 생명이 진화한다는 것은 지극히 미묘한 균형을 유지하며 험준한 봉우리 끝을 걸어가는 것과 같다. 봉우리를 포기하고서 발견한 골짜기 아래 낙원에 안주하기만 해서는 생명의 진화가 이루어질 수 없다.

루프계의 생명들은 지루하고 변화 없는, 같은 것을 반복하는 인생을 살며 이후의 진화를 포기하고 암화된 것이다.

가오루는 키보드를 조작해 시점을 안도에게서 떼어 냈다. 서서히 하늘로 올라가듯이 시선을 높였다. 루프에 살고 있는 생명들을 높은 곳에서 내려다보기 위해서였다. 개체는 작고 우글거리는 한 덩어리를 만들었다. 생명들이 만드는 무늬는 단조롭기만 할 뿐 별로 아름답지 않았다.

어디선가 본 적이 있는 광경이었다. 대학 병원의 병리학 연구실에서 아버지의 암세포를 배양하고 있는 샬레를 현미경으로 들여다본 적이 있다. 투명한 샬레 속에서 암세포는 무질서한 증식을 반복해서 반점 모양의 추한 덩어리를 만들고 있었다. 그때의 모습과 지금 아득히 높은 곳에서 루프계를 바라보는 모습이 꼭 닮았다.

가오루는 헤드마운트형 디스플레이를 벗고 중얼거렸다.

'루프는 암화되었어.'

루프가 암화되기까지의 경위는 충분히 이해했다.

9

시간 감각이 마비되었다. 헤드마운트형 디스플레이와 데이터글러브를 끼고 컴퓨터 앞에 몇 시간이나 앉아 있었는지 전혀 알 수가 없었다.

루프 내의 시간과 실제 시간은 흐르는 속도가 다르다. 게다가 지하실이라는 빛이 들지 않은 환경 때문에 시간을 파악하기 어렵다.

가오루는 의자에서 일어나 비틀거렸다. 먹지도 마시지도 않고 며칠을 지낸 느낌이었다. 극도로 피로했다. 갈증과 격심한 공복감이 한도를 넘어섰다.

손목시계를 보고 이미 날이 새는 시각임을 확인하며 지하실 계단을 통해 지상으로 나왔다. 오토바이의 짐받이에는 생수가 있으니 우선은 수분 공급이 먼저였다.

사막의 새벽이다. 공기가 싸늘했다. 가오루는 생수를 꺼내 목을 울리며 단숨에 반 통이나 마셨다. 그렇게 마시니 살아 있다는 실감이 들었다. 루프라는 세계를 엿보는 동안 가오루는 세계의 윤곽이 줄어든 듯한 착각에 사로잡혔다. 자신이 살아 있는 대지로부터 확실한 감촉을 얻을 수 없었던 것이다. 현실과 가상이 유리되었다가 또 흔들거리며 겹쳐지기도 했다.

가오루는 오토바이 시트에 기대어 남은 생수를 다 비웠다. 물을 마시니 갈증이 가라앉았다. 육체의 정직한 반응이었다. 그리고 거리낌 없이 바지의 지퍼를 내리고 방뇨했다. 수분 보급과 배설 덕분에 몸이 아주 조금 살아난 느낌이 들었다. 하지만 그렇다고 해서 육체로서 존재한다는 증거가 되지 않았다.

가오루는 빈 페트병을 손에 들고 다시 지하실 계단을 내려가 계단 중간에 앉았다. 루프가 암화한 경위를 직접 확인했다. 어딘지 말이 되지 않아 명확하게 내용이 납득되지 않았다. 현실과 조금도 차이가 없는 영상…… 그럼에도 불구하고 지나치게 황당무계하다는 생각이 들었다.

본 사람을 일주일 후에 죽게 하는 비디오테이프는 가상공간이라면 간단히 만들어 버릴 수 있다. 복사하면 죽음에서 벗어나는 방법도 간단히 장치할 수 있다. 일주일 후로 지정된 죽음의 프로그램을 기일 내에 복사했을 때만 해제하도록 설정하면 된다.

문제는 루프라는 공간의 내부에 살아 있는 개체가 그 내부의 설정으로 유지되는 범위를 넘어섰다는 것이다. 요컨대 현실 세계의 개입이 없는 한 일주일 후에 죽음을 초래하는 비디오테이프를 만들거나, 그 죽음을 해제할 수는 없다.

루프에서 일어난 죽음은 대부분 비디오테이프를 본 결과로 일어났다.

가오루는 다시 한 번 이 점을 확인하고파 컴퓨터 앞에 앉았다. 비디오테이프 영상을 본다는 행위가 루프계에서 일어난 몇몇 죽음의 방아쇠라면, 보는 순간을 구체적으로 재검토할 필요가 있다.

가오루는 다시 조사를 시작했다. 루프의 개체가 비디오테이프의 영상을 보는 장면을 차례로 화면에 띄웠다. 특정 개인에 고정되지 않고 객관적 시각으로 바라보기로 했다.

처음은 산장처럼 보이는 건물의 거실에 놓인 텔레비전을 공포 반, 비웃음 반 섞은 표정으로 노려보는 남녀 네 사람이었다.

네 명 중 한 사람이 공포를 억지로 이겨내려 하고 있었다. 주변의 시선을 의식하며 위협적으로 웃으면서 다른 세 사람도 동참시키려 했다. 당연히 허세였다.

젊은 여성 중 한 사람은 영상이 끝나자 얼굴이 새하얘진 얼굴로 "야~"라며 외치더니 입을 다물고 말았다. 허세를 부리는 남자는 여자의 외침에 주변 분위기가 다시 굳어지는 것을 피하려고 "이딴 거 당연히 장난이지?"라며 텔레비전 화면을 발로 걷어찼다.

"잘 만든 가짜 아냐."

또 다른 여자의 얼굴에는 공포심이 전혀 없었다. 태연히 담배를 피우면서, 일관적인 무표정으로 비디오테이프를 되감아 다른 세 사람이 지켜보는 가운데 당연하다는 듯이 일주일 후의 죽음을 피하는 방법이 적힌 부분을 소거하고 말았다.

"이거 애들한테 보여 주고 협박하자."

처음에 여자는 비디오테이프를 가지고 돌아가서 친구들에게 보여 주고 겁을 주자며 고집을 피웠다. 하지만 다른 세 사람은 망설였다. 기분 나쁜 비디오와 오늘 밤 이후로 인연을 끊고 싶었다. 아무리 하나도 겁먹지 않은 척 말해 봤자 절대 관여하고 싶지 않았다. 일부러 가지고 가서 쓸데없이 재앙을 일으키는 일 따위……, 세 사람은 그렇게 말하려 했다.

그때 방에 있는 전화가 울렸다. 세 사람이 깜짝 놀라 숨을 들이켜는 동안 여자가 표정 하나 바꾸지 않고 수화기를 들었다.

"네. 여보세요."

여자의 표정으로 보아 수화기에서는 침묵이 이어지는 듯했다.

"여보세요? 여보세요……."

초조한 목소리가 점차 떨려오기 시작했다. 침을 꿀꺽 삼키고 수화기를 탁 내려놓고 일어서서 성난 소리로 외쳤다.

"뭐야, 대체!"

명확하게 표현할 수는 없었지만 가오루는 전화 주위가 이상하게 왜곡되어 있는 것처럼 보였다.

그다음에 비디오테이프를 본 사람은 아사카와였고 그다음이 다카야마 류지다. 둘 다 이미 본 영상이라서 건너뛰고 다음 사람을 찾았다.

네 번째로 영상을 본 사람은 아사카와의 아내와 딸이다.

무방비하게 방치되었던 비디오테이프의 내용을 궁금하게 여기다가 비디오플레이어가 무심코 작동되는 바람에 보게 되는 내용의 영상이다.

딸을 곁에 있는 의자에 앉혀 놓고 갓 마른 빨래를 다리며 아사카와의 아내가 텔레비전을 바라보았다. 뚫어지게 화면을 바라보는 엄마를 따라 딸도 똑같이 텔레비전을 바라보았다.

영상이 끝나자마자 거실에 있던 전화가 울렸다. 아사카와의 아내가 비디오의 전원을 켜 둔 채 서둘러 수화기를 들고 말했다.

"네, 아사카와입니다."

대답이 없다.

"여보세요, 여보세요?"

아사카와의 아내가 한동안 수화기를 들고 있었다. 역시 이번에도 마찬가지였다. 전화 주위의 공간이 왜곡된 것처럼 보였다. 물체가 아주 약간이지만 이중으로 보였고 직선인 물건의 선이 꾸부정하게 굽어 있었다. 상당히 주의하지 않으면 모를 정도의 변형. 뭔가가 혼란스러웠다.

가오루가 예측하기로 그다음에 비디오 영상을 본 사람은 아사카와의 장인 장모일 터였다. 실제로는 그렇지 않았다. 화면에 비친 얼굴은 다카야마 류지였다. 날짜와 시간을 보니 다카야마 류지가 죽기 직전이었다. 죽기 직전에도 비디오 영상을 본 것이다. 가오루는 영상의 시간을 그 장면의 직전으로 돌리고 죽음에 대한 두려움 없이 이번엔 차분히 관찰하려 했다. 책상에서 열심히 글을 쓰던 다카야마 류지가 점점 고개를 떨구더니 졸고 있었다. 그러다 갑자기 어깨를 움찔 들썩이며 펄쩍 일어났다. 목덜미에 주름 꽉 접히고 머리털이 곤두서 있다. 뒤에서 보니 다카야마의 모습이 조금 우스꽝스러울 정도였다.

가오루는 동영상의 시점을 어디로 고정할지 망설였다. 이대로 다카야마의 등 뒤에서 보는 시점으로 할 것인가, 다카야마의 시각과 일치시킬 것인가.

얼떨결에 영상 시점이 다카야마의 시청각으로 고정되었다. 이 순간부터 가오루의 시각이 다카야마의 시각에 동화되었다.

다카야마의 호흡이 거셌다. 몸에 이변이 생기는 것을 직감적으로 느낀 것이다. 다카야마는 코앞에 다가온 죽음을 상당히 냉정하게 받아들였다. 동시에 머릿속으로 많은 것을 이해했다. 의문이 순서대로 머릿속에 떠올랐다.

'나는 비디오가 제시한 수수께끼를 푼 것이 아니다.'

'그런데 아사카와는 어떻게 살아 있지?'

다카야마의 시선이 제일 먼저 한쪽 구석에 놓인 비디오 기계로 향했다. 비디오플레이어에는 그 비디오테이프가 들어 있는 상태였다. 다카야마가 비디오로 기어갔다. 심장이 심하게 고동쳤다. 몸을 움직일 때마다 격한 고통이 느껴졌다.

가오루는 다카야마의 몸에 어떤 이변이 생기고 있는지 잘 알고 있었다. 심장의 관상 동맥에 육종이 생겼고 그것이 혈액의 흐름을 멈추려 하고 있다. 급성 심근경색 발작 증세였다.

다카야마가 비디오플레이어에서 테이프를 꺼내 그 라벨을 잘 관찰했다.

다카야마가 어떤 생각을 하는지 가오루는 알 수 없었다.

다카야마는 떨리는 손으로 테이프를 쥐고 뒤집어 키 라벨에 적힌 제목을 읽었다.

그리고 무엇을 생각했는지 시선을 천장에 향하고는 창밖과 벽, 책장으로 재빨리 이동시켰다. 아무래도 있는 물건을 찾고 있는 듯했다.

다시 다카야마의 시선은 수중의 비디오테이프에 고정되었다.

다카야마는 분명히 흥분했다. 가슴의 아픔이 아니라 넋을 잃고 어수선한 모습이 손 떨림으로 나타나고 있었다.

그리고 다카야마는 비디오테이프를 기계에 넣으면서 재생 버튼을 눌렀다.

'왜 다카야마는 죽기 직전에 비디오테이프를 볼 생각이 든 거지?'

가오루의 눈앞엔 이미 낯익어 버린 그 영상이 비치고 있다.

다카야마는 데스크 위에 놓인 시계로 눈을 돌렸다. 9시 48분

254

을 표시하고 있었다.

시간을 확인하자 바닥에 나뒹굴고 있는 수화기를 찾아 그는 기어서 나아갔다. 필사의 생각들이 가오루에게도 전달된다. 뭔가 활로를 찾았다는 말인가.

다카야마는 수화기를 잡고 어수선한 손놀림으로 번호를 눌렀다. 네 번 신호가 울리자 여자의 목소리가 전화로 들려왔다.

"여보세요……."

가오루는 그게 누구의 목소리인지 알고 있었다. 다카노 마이였다. 다카야마는 다카노 마이에게 전화를 건 뒤 단말마의 비명만 남기고 숨진 것으로 알려졌다. 다카야마는 귀에 수화기를 대고 눈으로는 텔레비전 화면의 영상을 뚫어지라 응시하고 있다. 텔레비전 화면에는 주사위 눈이 나타났다. 납으로 된 통 속에서 천천히 회전하고 1부터 6까지 숫자가 표시되는 주사위. 다카야마의 입에서 비명에 가까운 소리가 터져 나왔다. 그 소리는 전화선을 통해 다카노 마이의 귀에 닿았다.

"여보세요, 여보세요?"

다카노 마이는 다카야마의 안위가 걱정되어 대답을 재촉하고 있다. 하지만 다카야마는 자의로 수화기를 제자리에 내려놓았다. 그 순간 거울에 비친 얼굴이 보였다. 가오루는 자신의 얼굴이 화면에 나온 듯한 착각이 들었다. 희미한 다카야마의 망막을 통해 보고 있어서 텔레비전의 영상이 명료하지 않았다. 심장이 격하게 두근거리고 혈관의 압력이 피부 이곳저곳을 자극하는 모양이었다. 다카야마의 탁한 시선이 비디오플레이어 근처의 공간에 고정되어 있다. 그곳에서는 안개 같은 느낌의 연기가 어리다가 원통형이 되더니 천천히 회전했다. 걸레를 힘껏 쥐어짜듯이 공간이 뒤틀렸다. 다카야마가 전화기를 움직여 뒤틀려 있는 공간으로 밀었다. 그리고 다른 번호를 눌렀다. 가오루는 고개를 약간 숙여서 다카야마가 누르는 번호를 보려 했다. 하지만 전화기를 볼 필요는 없었다. 비디오 영상에 뜨는 주사위의 눈⋯⋯.

3325413624516342342541362451634343254136245163413325
4136245163423425

다카야마는 주사위의 눈을 연속으로 눌렀다.
'죽음을 앞둔 터라 정상적인 사고력이 사라진 건가?'
가오루는 그렇게 생각했다.

마침 그때, 컴퓨터 바로 옆에 설치된 위성 전화가 울렸다. 울리고 있다는 것을 깨달을 때까지 가오루는 몇 초 정도가 필요했다. 실제로 나는 소리인지, 다카야마의 집에서 나는 소리인지 구별이 되지 않았기 때문이다. 실제로 나는 소리라는 것을 알고 가오루는 헤드마운트형 디스플레이를 들어 올리며 수화기를 귀에 댔다.

처음 들려온 소리는 금방이라도 꺼져들 것 같은 숨소리였다. 끊어질 듯 격하게 이어지는 숨소리가 귓가에 강약의 리듬으로 흘러 들어왔다. 그 리듬은 화면 속의 소리와 정확히 겹쳤다.

가오루는 귀를 의심했다. 수화기에서 들려오는 소리는 그 남자의 소리였다. 자동 번역 장치를 통해 듣고 있기 때문에 음질은 약간 이상했다.

"지금, 거기, 있지. 거기, 듣고 있어? 이봐, 부탁이야. 나를 그리로 데려가 줘. 그쪽 세계로, 가고 싶다. 더 이상 마음대로는 못 할걸."

가오루는 혼란스러웠다. 화면에는 수화기를 움켜쥔 다카야마의 왼손이 확대되어 보였다. 가오루에게 전화를 건 사람은 분명 다카야마였다.

가오루가 혼란스러워하는 것도 당연했다. 본인이 전화를 걸어서 본인이 받는 모양새였다.

'루프계에서 건 전화가 현실로 이어질 수가 없는데.'

가오루는 말을 잃었고, 그 침묵 속에서 다카야마의 전화는 끊어졌다. 하지만 머릿속에는 아직 그 목소리가 맴돌았다.

'나를 그리로 데려가 줘.'

그 의미가 스며들기까지 다시 몇 분이 필요했다.

10

가오루는 본인이 밟아 온 절차를 몇 번이나 머릿속으로 반복했다. 그리고 그 가설이 빗나갔는지 아니면 진실에 가까운 것인지 검증할 유일한 방법이 떠올랐다.

우선 할 일은 컴퓨터 연구소에 있는 아마노에게 연락해서 사실 확인을 부탁하는 것이다.

'링 바이러스의 DNA 해석을 해서 지금 전 세계에 퍼진 전이성 인간 암 바이러스의 유전자 배열과 비교할 것.'

간단했다. 전이성 인간 암 바이러스의 DNA 해석은 이미 끝났다. 그 염기배열 도식은 가오루도 가지고 있다. 그러므로 링 바이러스의 해석만 진행되면 간단히 비교할 수 있다.

링 바이러스의 유전자 배열은 어떤 법칙에 따라 이루어져 있다. 0와 1의 이진법이 ATGC 네 개의 알파벳으로 치환되어 있다. 컴퓨터를 사용해 작업하면 순식간에 해석이 끝난다.

아마노가 회신할 때까지 잠깐 자면서 기다리기로 했다. 오토바이에 싣고 온 짐을 내려 침낭을 꺼냈다. 지하실을 찾아 책상 옆자리를 골랐다. 수분을 섭취하고 영양식으로 배를 대충 채우고 침낭에 들어가 새우처럼 웅크렸다.

순식간에 곯아떨어졌다. 오늘 내내 긴장했음에도 불구하고 젊은 가오루는 체력이 뒷받침해 준 덕에 불편함 없이 잠으로 빠져들었다.

두 시간 후, 컴퓨터가 작동하기 시작했다. 화면이 깜빡거리고 스피커에서 신호음이 나오고 있었다.

가오루는 침낭에서 나와 책상에 앉았다. 겨우 두 시간밖에 자지 못했지만 체력은 충분히 회복되었다. 가오루는 상쾌한 머리로 아마노의 연락을 받았다.

링 바이러스와 전이성 인간 암 바이러스의 유전자 배열을 비교한 결과가 화면에 나란히 나타났다. 염기배열의 공통된 부분이 표시되어 있었다. 몇 가지 유전자에 분명히 유사점이 보였다. 별거 아니라고 치부할 수 없을 정도로 비슷한 점이 많았다. 이 정도 유사점이면 이제 다른 바이러스라고 생각할 수 없었다. 원래 같은 바이러스였던 것이 어떤 작용에 의해 변이되었다고 봐야 한다. 전이성 인간 암 바이러스는 링 바이러스에서 유래했다고 봐도 문제가 없다.

그 사실을 확인하자마자 가오루는 일단 데이터가 떠 있는 컴퓨터에서 물러났다.

무슨 이렇게 말도 안 되는 일이 있나 하는 의심이 들었다. 상식과 논리가 싸우고 있다. 차례대로 더듬어 보면 다르게 해석할 수 없는 일인데 그대로 받아들이자니 상식이 방해를 한다.

'냉정하게 생각해라.'

가오루가 스스로를 질타했다. 고정관념에 사로잡히지 않고 유연한 사고를 유지해야 한다.

가오루는 다카야마 류지의 시각으로 본 정보를 토대로 그의 몸에 일어난 일을 자연스럽게 다시 이해해 보려 했다. 죽음에 직면한 순간 죽음에서 벗어나려 하지 않는 사람은 없다. 그가 직면한 것이 바로 그 근원적인 욕구였다.

가오루가 대담한 유추를 냈다.

'죽기 직전에 다카야마는 직관적으로 이해한 것이 아닐까?'

출발점이다. 이해라는 것은 모든 것에 대한 이해이다. 중요한 점이다.

'루프계에 사는 다카야마라는 개체가 모든 것을 깨달았다.'

먼저 그렇게 가정해야 했다.

아사카와는 살아 있고, 자신이 죽게 되는 이유가 무엇일까? 일주일 동안 아사카와는 모르고 했지만 자기는 하지 않은 행위가 무엇일까?

다카야마는 그 시점에서 비디오테이프를 복사하는 것이 죽음을 피하는 방법임을 깨달았다. 실제로 아사카와는 다카야마에게 비디오테이프를 복사해 주었다.

하지만 다카야마의 통찰은 거기서 끝나지 않았다. 비디오테이프를 보면 일주일 후 죽음이 세팅되고, 비디오테이프를 복사하면 프로그램되어 있던 죽음이 해제된다. 그 가정에서 한발 더 나아갔다. 왜 그런 일이 가능하냐는 의문에 집중했다.

'이 세상 전부가 가상공간이다.'

평소에 그런 생각을 자주 했는지도 모른다. 다카야마는 그가 존재하는 세계를 그렇게 이해했다.

가상공간이라면 이렇게 어처구니없는 죽음을 프로그램하는 것도, 해제하는 것도 자유자재이다. 그것을 컨트롤하는 것은 누구의 손일까? 가상공간을 만든 상위 개념의 존재이다.

'신.'

어쩌면 다카야마의 뇌리에 그 단어가 떠오른 건지도 모른다.

세계를 창조하고 움직이는 것은 신의 역할이다. 루프에 사는 주민에서 보면 창조주는 신과 다름없다.

다카야마는 죽음 직전에 신과 협상을 하려 했다. 그러기 위해서 그는 현실과 신의 세계와의 접점(인터페이스)을 찾아야 했다. 접점이 어디에 있는지 다카야마는 필사적으로 찾았다.

그의 시선이 천장이나 벽을 맴돌던 이유도 그 때문이었다. 세상과 신의 세계를 잇는 가느다란 실을 찾고 있던 것이다.

비디오테이프 이외에는 떠오르는 것이 없었다. 비디오테이프를 기계에서 재생하여 죽음이 프로그램된다면 아마 접점은 그 근처에 있으리라. 그 출입구에는 아주 조금이라도 공간의 왜곡이 발생할 것이다. 설령 신과의 접점이 밖에 있다면 이미 늦었다.

다카야마는 이판사판으로 비디오테이프에 자신의 운명을 걸어 보기로 했다.

비디오 영상을 재생했다. 혼란스러웠고 지금 닥쳐온 죽음을 피할 여유가 과연 있기는 한지, 다카노 마이에게 전화를 거는 와중에도 다카야마의 시선은 비디오 재생 화면에 못 박혀 있었다. 텔레비전 화면에는 납으로 된 상자 안에서 굴러가는 주사위가 나오고 있다. 1부터 6에 이르는 여섯 개의 주사위 숫자가 몇 번이고 화면에 표시되었다.

다카야마가 비명을 질렀다. 단말마가 아니었다. 주사위의 눈이 똑같은 숫자를 반복하는 것을 깨닫고 터져 나온 외침이었다.

33254136245163423425413624516343432541362451634133254136245163423425

133, 234, 343을 제외하면 주사위의 눈은 '2541362451634'이라는 열세 개의 숫자를 집요하게 반복하고 있다. 유전자의 염기배열에 해박한 다카야마는 이 세 가지 숫자가 정지 코드 암호임을 알아차렸다.

다카야마는 다카노 마이에게 전화를 걸다 끊고 바로 그 번호를 눌렀다.

회선이 연결되었다. 루프라는 가상공간에서 현실로 접속할 수 있었던 것이다.

상위 개념과 접속된 것을 알자마자 다카야마는 자신의 소원을 말했다.

"나를 그리로 데려가 줘."

노골적이고 단도직입적인 소원이었다. 과학자라면 누구나 절실히 원하는 바였다. 죽음을 피하려는 것이 아니라 그 이상의 것을 추구할 수 있기 때문이다.

내부 세계에서 그것을 만들어 낸 주체인 외부 세계로 이행한다는 건 세계의 구조를 알게 되는 것이나 다름없다.

세계의 구조를 밝혀내는 것은 가오루의 꿈이기도 했다.

루프에서 이쪽 세계로 이동할 수 있다면 다카야마의 꿈은 이루어진다. 루프를 움직이는 법칙을 전부 이해하게 되는 것이다. 그들의 우주 바깥에는 뭐가 있을까? 혹은 우주가 탄생하기 이전의 시간과 공간이 어떻게 되어 있었는가에 대한 모든 답을 알 수 있다.

"나를 그리로 데려가 줘."

어찌 보면 그 소원은 유치해 보일 수 있지만, 똑같은 소원을 가진 가오루는 충분히 납득할 수 있었다. 세계를 디자인한 신이 있다면 신의 세계로 가서 모든 것을 알아내고 싶다는 마음이 드는 것이다.

하지만 루프계에서 전화를 건 직후 다카야마는 죽었다. 가오루는 헤드마운트형 디스플레이로 다카야마의 죽음을 관찰했다. 루프를 관리하는 오퍼레이터 중 한 사람은 가오루와 마찬가지로 다카야마가 말하는 소원을 들었을 것이다.

그걸 들었던 사람은 어떻게 했을까? 다카야마의 소원을 들어주었을까? 비디오테이프의 수수께끼를 풀어냈을 뿐 아니라 현실을 가상공간이라고 판단한 직감력은 월등히 뛰어났다. 그의 우수한 능력에 관심을 가진 사람이 있을지도 모른다.

가오루는 가진 의학적 지식을 구사해서 다카야마를 현실 세계에 재생할 방법을 생각해 봤다.

다카야마의 육체를 구성하는 모든 분자 정보를 해석해 그대로 재생시키는 것은 일단 불가능하다. 그의 유전정보는 메모리에 보존되어 있으니 그것을 읽어서 현실 세계로 탄생시키는 것은 아마 가능할 터였다.

2000메가 염기쌍의 조각을 만들 수 있고, 게다가 그 염색질 구조를 재현할 수 있는 게놈 신시사이저가 금세기 초에 개발되었다. 그 후 얼마 지나지 않아 등장한 것이 게놈 조각 하나하나를 연결하는 게놈 프래그먼트 얼라이먼트 메소드(GFAM)라는 기술이다. 이 기술로 인간의 모든 염색체를 재합성할 수 있다.

우선 수정란을 하나 준비한다. 그 핵만 추출하여 앞서 이야기한 기술들을 응용해 만든 다카야마의 유전정보가 들어 있는 염색체를 집어넣는다. 수정란을 모체에 다시 넣는다. 그리고 열 달이 지나면 이쪽 세상에 다카야마 류지가 태어난다. 물론 아기다. 아기지만 유전자는 다카야마의 유전자와 똑같다.

그러나 문제가 하나 있다. 만일 다카야마를 재생시킨 사람이 있다면 그 문제를 간과했으리라.

다카야마는 링 바이러스에 감염된 보균자다. 그의 유전자를 게놈 신시사이저로 현실에 재생할 때 바이러스가 유출될 가능성이 있다. 그렇지 않다면 전이성 인간 암 바이러스와 링 바이러스가 이렇게 비슷한 이유를 설명할 수 없다.

그리고 그 유사점은 동시에 다카야마 류지를 현실 세계에 재생시켰다는 증거이기도 했다. 재생 과정에서 그가 지니고 있던 링 바이러스가 미묘하게 형태를 바꾸어 유출되었다고 보는 게 가장 그럴듯한 해석이다.

더 궁금한 점이 있다.

'도대체 누가 다카야마를 이 세계로 부른 것이지?'

답은 모른다. 또 그 누군가가 무엇 때문에 다카야마를 현실 세계로 재생했는지도 의도를 전혀 알 수 없다. 가상공간의 생명체를 현실로 되살리면 무슨 일이 일어날까?

어릴 때 가오루는 텔레비전 게임을 한 적이 있다. 별로 빠져들지 않아 금방 질려 버렸지만, 3차원 영상으로 등장하는 공주와 왕자는 컴퓨터 그래픽 특유의, 약간 울퉁불퉁한 곡면으로 이루어져 있었다. 인간과 똑같지는 않지만 충분히 아름답게 보이는 여성 캐릭터는 많이 존재한다. 그중 한 사람을 현실 세계로 불러오는 것과 같다. 그리고 그녀가 지닌 컴퓨터 바이러스가 현실에 함께 나와 세상을 바이러스 천지로 만들어 버린 것이다.

예를 들어도 너무 황당무계했다. 하지만 루프가 세계 최고 수준의 컴퓨터 시뮬레이션이라면 불가능한 일은 아니었다. 이론상으로는 실현 가능했다.

'다카야마 류지는 지금 어디에 있을까, 그리고 뭘 하고 있을까?'

진실에 가까워지고 있다.

케네스 로스먼이 마지막으로 남긴 말.

'전이성 인간 암 바이러스의 발생원을 알아냈다. 열쇠를 쥐고 있는 것은 다카야마다.'

이제 가오루도 그 말을 믿기 시작했다.

11

계단을 올라 지상으로 나왔을 때 가오루는 지하 컴퓨터실에서 몇 년을 지새운 듯한 착각이 들었다. 태양이 하늘 한가운데서 강한 햇볕으로 대지를 내리쬐고 있었다. 압도적으로 밝고 넓은 곳으로 나오니 지하실과 천양지차였다.

환골탈태한 느낌이었다. 몇 가지나 되는 인생을 살았기 때문이리라. 하지만 컴퓨터 앞에 앉았던 시간은 총 42시간에 불과했다. 응축된 시간을 맛본 것이다.

오토바이 탱크에는 모래 먼지가 붙어 있었다. 계곡을 지나온 바람이 폐가 사이로 휙휙 파고들었다. 사막 표면에서 먼지바람이 치솟았다. 지하실에서 보낸 시간을 증명하듯 탱크에 쌓인 모래 먼지가 얇았다.

가오루는 오토바이에 올라타 시동을 걸었다.

이제부터 향할 장소는 그동안 또렷하게 그려 왔던 곳이다. 계곡을 따라 서쪽으로 똑바로 가다가 수원지가 있는 언덕을 지나 더 큰 봉우리 두 개를 넘어가야 한다.

지금 가오루에게 중요한 건 그냥 이끌어 가는 큰 힘에 몸을 맡기는 것이다. 분명 누군가가 개입하고 있다.

도대체 언제부터일까? 10년 전에 가족 여행을 준비할 때부터 이렇게 되리라 알고 있었는지도 모른다. 오랫동안 걸쳐서 계획된 여행을 지금 실행에 옮기고 있을 뿐이다.

'어서 가자.'

가오루는 핸들을 꺾고 U턴하여 온 길을 되돌아갔다.

일단 간선 도로에 있던 모텔로 다시 돌아가 천천히 휴식을 취하고 식량과 예비 연료를 준비한 뒤에, 길이 없는 사막을 종주할 생각이었다.

웨인스록을 떠난 지 이틀이 지났다. 가오루는 드디어 고속도로에서 벗어나 사막으로 들어갔다. 평탄한 대지를 16킬로미터 정도 달렸더니 높직한 산이 나왔다. 그 경사면을 오토바이로 달렸다.

오를수록 점점 더 고요해졌다. 물줄기가 가늘어졌고 나무의 호흡 소리가 들려왔다. 이쪽은 아직 인간 암 바이러스로 인한 암화가 확인되지 않았다. 생생한 식물들의 윤기가 건재했다.

초목에서 새어 나오는 희미한 숨을 여기저기서 느낄 수 있다. 올라갈수록 숨 막힐 듯 고요해졌다.

사막 한복판에 이렇게 짙은 푸름이 있다니 가오루는 상상도 못 했다.

멀리 저쪽에 깊고 가파른 계곡이 시야에 들어왔을 때는 계곡 크기가 얼마나 큰지 정확히 파악할 수 없었다. 하지만 오토바이를 몰아 가까이서 보니 단순히 나무 몇 그루가 아니었다. 여기에 펼쳐진 녹음은 완전한 숲이었다. 그리고 숲은 거대한 계곡에 푹 감싸였다.

갈색의 계곡 속에만 나무가 자생하고 있다. 바깥 땅은 갈색 일색의 황량한 대지다. 이렇게 깊은 계곡에 파묻혀 있으니 하늘에서 보더라도 발견되지 않을 것이다.

바위가 수없이 튀어나와 있고 나무가 너무 빽빽해서 아무리 오프로드 바이크라도 무리다. 험한 바위가 붙어 있는 사이를 시냇물이 흐르고 있다. 상류로 올라갈수록 물줄기는 가늘어졌다. 더 이상 오토바이로 갈 수 없다.

가오루는 수목 사이에 있는 덤불에 오토바이를 슬쩍 기댔다. 짐받이에서 필요한 것만 내려 등에 졌다. 부츠는 벗고 운동화로 갈아 신었고 그 장소를 잊지 않도록 단단히 기억했다.

이제 믿을 건 다리밖에 없다.

가오루는 가끔 멈춰서 가느다란 물줄기가 파고든 땅에 우거진 울창한 소나무 사이를 올려다보았다. 강의 흐름을 길잡이 삼아 가고 있다.

얼마나 오랜 시간이 걸려 깊이가 수백 미터나 되는 계곡이 만들어졌을까? 그 시간과 에너지를 헤아리니 현기증이 났다.

유구한 세월과 꾸준한 반복. 가오루가 살던 초고층 아파트 따위는 계곡 속으로 푹 가라앉으리라. 아파트 하나가 완성되는 데는 겨우 3년밖에 걸리지 않는다. 하지만 골짜기는 수억이라는 세월로도 부족한 듯 아직도 물의 힘을 빌려서 지금도 미세하게 연마되고 있다.

태양이 서쪽으로 기울며 골짜기에 서서히 빛의 선을 올리고 있었다. 햇살이 흙의 표면을 핥는 모습은 계곡 전체가 살아 있는 것 같은 착각을 가져왔다.

바위에서 바위로 건너뛰었다. 시냇물을 손으로 떠 마셨다. 식도를 타고 위까지 시원한 감촉이 내려왔다. 그나저나 가까이에 강이 있어서 다행이었다. 적어도 물이 부족하지는 않았다. 가오루는 다시 물을 떠 마시고 바위에 앉아 잠시 휴식을 취했다.

고립된 이 땅에 고요한 분위기가 가득했다. 이런 이질적인 공기를 전에 한번 경험한 것 같은 기억이 났다. 연상된 모습은 이런 대자연의 광경이 아니었다. 반대로 굉장히 고도의 문명이 응집된 곳……. 병원 중환자실 분위기와 어딘가 비슷했다.

암세포를 잘라 낼 때마다 가오루의 아버지는 집중 치료실로 들어갔다. 폐쇄된 공간에서 움직이는 것은 인공호흡기의 리듬밖에 없고 환자의 육체는 생사의 구별이 되지 않을 정도로 고요했다. 아버지를 간병할 때마다 가오루는 기계만 살아 있고, 인간은 무기질로 이루어진 기계 이하의 존재로 전락해 버린 것 같다는 인상을 받았다.

아버지의 얼굴이나 머리에 이어져 있는 몇 개나 되는 관은 애처로웠고 수가 많아지면 많아질수록 사라지고 있는 생명을 상징하는 것 같아 으스스했던 기억이 있다. 집중치료실에 감도는 정적과 이 골짜기 전체를 뒤덮은 정적은 어쩐지 닮았다.

'아버지는 지금쯤 어떻게 지내고 계실까?'

아버지의 병세에 생각이 미치자 맘 편히 쉴 수 없어졌다. 적어도 돌아갈 때까지만이라도 버텨 주셨으면 했다. 무엇 때문에 사막의 오지까지 찾아왔겠는가.

어머니의 건강도 걱정이었다. 지금도 여전히 미국의 민간전승에 파묻혀서 아버지에게 기적이 일어나기를 바라고 계실까? 어머니가 좀 더 현실적으로 대처해 주셨으면 하는 마음이었다.

레이코는…….

그 이름을 떠올리자 가슴이 저며 들었다.

가오루는 가슴 주머니에서 레이코의 사진을 두 장 꺼냈다. 한 장은 병원의 카페테라스에서 찍은 것이었다.

목을 곧게 뻗고 있는 가오루에 비해 레이코는 작은 머리를 기울여 가오루의 어깨에 기대는 포즈를 취하고 있었다. 셔터를 누른 사람은 료지였다. 두 사람을 카메라로 찍을 때 그 아이는 어떤 기분이었을까?

엄마의 자세는 가오루를 향한 호의를 노골적으로 드러내고 있다. 어머니라기보다는 여자의 분위기를 강하게 발산했다. 아들 입장에서는 보기 싫은 자세가 아니었을까? 료지는 분명 복잡한 기분으로 파인더를 보았으리라.

레이코가 보고 싶어서 사진을 꺼냈건만, 료지와의 슬픈 추억이 강하게 떠올랐다.

가오루는 다른 사진으로 시선을 옮겼다. 레이코 혼자 거실 카펫 위에 앉아 있다. 아마 집에서 찍은 사진이리라. 푹신한 카펫 위에 무릎을 옆으로 꿇은 편한 모습으로 앉아 두 팔은 뒤로 돌려 짚고 있다. 헤어스타일이 지금과 달랐다. 2~3년 전의 모습이었다. 료지가 발병하기 전인지 후인지는 알 수 없었다.

레이코와 관계를 맺고 얼마 지나지 않아 가오루는 레이코의 젊은 시절 사진을 받고 싶다고 말했다.

젊은 시절 사진이란 말에 욱한 듯 레이코는 "뭐야." 하며 재미없다는 표정으로 옆구리를 찔렀지만, 다음 날 가오루에게 사진을 몇 장 주었다.

사진 속에서 레이코는 다양한 표정을 짓고 있었다.

집에서 홈파티를 열었을 때의 사진인지, 친구들에게 둘러싸여서 잔을 들고 있는 레이코는 알코올 기운으로 뺨이 발그레했다.

한 손을 위로 올리고 다른 손은 허리에 댄 채 포즈를 취하고 있다.

그런가 하면 오렌지색 기모노를 입고 일본 인형을 옆에 두고 엄숙한 표정을 짓는 사진도 있었다.

부엌 싱크대에 서서 설거지를 하다가 뒤에서 누가 불러 돌아보는 순간을 멋지게 파악한 사진도 있었다.

아마 아들 료지가 찍은 사진이리라.

뒤에서 살며시 다가가 "엄마!" 하고 외치며, 놀라는 모습을 놓치지 않고 셔터를 누른 것이다. 꾸며 낸 모습이 아니라 자연스러운 표정으로 놀라며 웃는 표정이 섞여 평소라면 결코 짓지 않는 얼굴을 찍은 귀중한 사진이었다.

가오루는 그 사진도 좋았다. 하지만 앞의 두 장만 미국 사막 여정에 가지고 가기로 했다.

가오루와 같이 찍은 사진과, 카펫에 앉아 있는 사진. 총 두 장의 사진을 주머니에 담아 온 것이다.

그때 레이코가 입고 있던 옷은 털실로 짠 원피스였다. 상반신만 보면 스웨터랑 똑같다. 원피스라기보다 길이가 긴 스웨터나 다름없다. U자형의 네크라인이 과감한 디자인은 아니다. 부풀어오른 앞가슴 곡선을 최소한으로 보여 주었다. 원래 가슴이 자그마한 편이다. 가오루의 손바닥에 폭 감싸이는 정도의 크기. 적당하게 부풀어 오른 탄력성이 매력이었다.

옷은 허리선이 돋보이지 않는 디자인이다. 그보다도 가오루의 시선은 그녀의 발에 쏠렸다.

앉아 있어서 원피스 자락이 무릎을 살짝 내보이고 있다. 몸을 뒤로 젖혀 무릎이 융단에서 살짝 들렸다.

무릎과 무릎 사이로 어둠이 깊게 안쪽으로 뻗어 있다. 가오루가 몇 번이나 얼굴을 묻었던 부드러운 골짜기이다.

료지가 검사하러 간 틈을 노려 한낮의 햇빛이 눈부시게 쏟아지는 병실의 간이침대에서 가오루는 레이코의 치마를 들어 올려 속옷을 내리고 기관을 자세히 관찰한 적이 있다. 그것은 육체를 구성하는 하나의 기관에 불과하다. 그런데도 왜 이렇게 관심을 끄는지 모른다. 사랑 때문에 거의 손과 비등할 정도로 큰 가치가 부여된 몸의 일부였다.

허벅지 사이에 묻고 있던 고개를 들자 커튼도 치지 않은 창문에서 눈부신 빛이 비치고 있었다. 강한 햇살 때문에 자신의 행동이 몹시 부도덕하게 느껴졌다. 그래도 유혹을 끊을 수가 없었다. 햇빛을 피해 다시 얼굴을 묻으며 넘쳐나는 체액을 혀로 받으며 시간이 영원히 계속되길 바랐다.

그 결과, 레이코의 자궁에 자신의 아이가 탄생했다.

가오루는 애처롭게 가느다란 레이코 허리로 시선을 내렸다.

'지금 어느 정도로 자랐을까?'

대체로 상상이 되었다. 2센티미터 정도로, 해마와 비슷한 모양일 것이다. 자신의 유전자를 이어받은 존재보다 오히려 배에 새 생명을 품은 레이코의 존재가 못 견디게 사랑스러웠다.

바위에 앉아 쉬고 있을 여유가 없었다. 머릿속에 떠오르는 얼굴들이 서두르라며 재촉해 왔다. 가오루는 벌떡 일어나 산꼭대기로 올랐다.

12

해가 산등성이 너머로 모습을 감추려 하고 있었다. 가오루는 어두워지기 전에 노숙할 수 있는 장소를 정해 두려고 서둘렀다.

3면이 큰 바위로 둘러싸인 평지에 서서 주위를 둘러보았다. 노숙하는 장소치고 나쁘지는 않았다.

전에 한번 와 본 곳이었다. 웨인스록에 있는 폐가에서 컴퓨터 앞에 앉자마자 인디언의 시점으로 이끌려 갔는데 그들 부족이 가던 여정에도 이와 같은 풍경이 있었다.

'전사가 이끄는 대로 따르라.'

어머니가 보여 주었던 미국 원주민의 민간전승에 그렇게 나왔다. 현실에 전사가 나타나지는 않았지만 전사들이 이끌어 간 행로가 가오루의 머릿속에 간직되어 있다. 그 기억의 실을 하나하나 이어 가 현실의 모습과 비교해 앞으로의 경로를 잡아 나가면 된다.

전혀 의심할 필요가 없다. 목적지가 반드시 나타나리라. 오늘 밤은 일단 휴식을 취해야 한다. 가오루는 지고 있던 배낭을 내리고 지친 다리를 쉬게 했다.

여기까지 오는 동안 내딛는 걸음마다 가오루의 감각이 살아나고 있다. 전혀 연관성도 없는 다양한 감각이 솟아난 적도 있었다. 예를 들어 공포라는 감각은 어떤 원인이 있어서 생긴다. 하지만 아무런 원인도 없이 공포나 질투, 기쁨이 전신에 퍼지며 자극되기도 했다. 감정의 근원을 계속 과거로 거슬러 올라갔더니 자신이 태어난 순간에 대한 기억까지 떠오를 것 같다.

평평한 바위 위에 매트를 깔고 침낭에 들어갔다. 아직 심하진 않지만 밤이 깊어지면 사막의 기온은 급격히 떨어질 것이다. 침낭 속에서 가오루는 빵과 위스키를 마셨다.

순간 가오루는 깜짝 놀라 몸을 일으켜 주변을 살폈다. 누군가 내쉬는 숨이 목덜미에 닿은 느낌이 들었다.

매트와 침낭을 통해 바위의 차가움이 스며들었다. 숨결에는 일정한 리듬이 있다. 인공호흡기 비슷한 일정한 리듬…… 사냥감을 노리듯이 육체와 정신을 다잡는 일정한 리듬이었다.

어떤 명확한 의지를 가진 시선도 같은 방향에서 느껴졌다. 시선이 뒤통수 아래를 찔러 들어와 심장을 격하게 뛰게 했다.

견디지 못하고 획 돌아보았다. 그러자 10미터 앞 나무 아래에 벌거벗은 남자가 한쪽 무릎을 꿇고 활을 겨누고 있었다. 피부색이 어두워 어둠에 동화되었지만 어렴풋이 그 그림자를 파악할 수 있었다.

남자는 긴 머리를 뒤로 묶었고, 깃털 장식은 하지 않았다. 보통의 키에 근육도 평범했지만 활 잡는 방법에는 숙련자 특유의 침착함이 있었다.

가오루는 움직이려 해 보았지만 움직일 수 없었다. 가위에 눌린 것처럼 남자가 잡은 활과 화살을 마주 보고 있을 뿐이었다.

남자가 오른손 엄지를 꺾어 활을 힘껏 당겨 가오루의 머리를 겨냥했다. 화살 끝에 흑요석으로 만든 화살촉이 반짝였다. 고무로 된 장난감이 아니었다.

남자의 얼굴에는 표정이 없었다. 미움도 없고 자비심이나 도취도 없다. 주어진 역할을 충실히 수행하는 사냥꾼의 시선이었다.

가오루는 멀뚱하게 팽팽해지는 활과 화살 끝을 봤다. 무섭지 않았다. 머릿속 어디선가 이것이 현실이 아님을 알았다.

하지만 활에 축적된 에너지가 정점에 이른 것을 지켜보던 가오루의 뇌리에 갑자기 짐승으로 변한 자신의 이미지가 튀어나오더니 반사적으로 상반신을 엎드리려 했다. 소리 없이 날아오는 화살의 회전하는 촉이 가오루의 시야에 커지며 다가왔다. 가오루는 날아오는 화살에 스스로 뛰어드는 형태로 엎어지더니 의식이 멀어졌다.

기절했던 시간은 아주 짧았다. 깨어났지만 잠시 자세를 바꾸지 않고 하늘을 향해 자라고 있는 나무줄기를 바라보았다. 앞으로 쓰러졌을 텐데 어느새 몸은 위를 보고 누워 있다. 화살에 관통당했던 오른쪽 눈에 손을 댔다. 무사하다는 것을 확인하고 몸을 일으켜 활을 쏜 남자를 찾았다. 보이지 않았다. 흔적조차 남기지 않고 사라졌다.

계곡에 담긴 독특한 분위기 때문인지, 아니면 각인된 기억이 떠오르는 탓인지, 아무래도 환각이었나 보다. 갈색 피부의 한 사내가 가오루에게 날카롭게 죽음을 각인한 뒤 소멸했다. 직접 죽음을 직시한 것 같다.

환상이라고는 해도 회전하는 화살이 눈을 파고들어 암흑으로 전환된 장면이 잊히지 않았다. 차례차례 유사 죽음을 경험했다. 아픔보다는 죽음으로 인한 허탈감 때문에 한없이 무서웠다.

죽음을 실감할 때마다 확연히 삶에 대한 충실함을 느꼈다. 아슬아슬하게 죽음과 삶이 맞닿아 엇갈렸다. 가오루는 지금 처음으로 재생의 예감이 생겼다.

점차 호흡이 진정되었다. 안정을 되찾고 땅에 편하게 누웠다.

팔베개를 하고 하늘을 올려다보았다. 계곡 한쪽 솔밭 사이에서 보름달이 고개를 내밀었다. 인간은 벌써 오래전에 달을 밟았다. 수십 년이나 전의 이야기였다. 그 사실을 보면 인간의 인식 능력으로 확인된 범위 내에 달이 존재하는 것은 확실하다. 태양도 아마 태양계의 중심이 맞을 것이다.

하지만 루프의 생명에게도 달과 태양은 존재한다. 하지만 가오루는 그것이 공간적으로 존재하지 않다는 것을 안다. 루프 내의 생명들이 시간과 공간을 인식하도록 프로그램되어 있을 뿐이다.

그러고 보니 가오루는 인간이 달에 갔을 때 당시의 우주 비행사가 한 말을 어릴 적 아버지에게서 들은 적이 있다.

"달 위에는 모든 것이 시뮬레이션 그대로였다."

우주 비행사가 인터뷰에서 그렇게 말했다고 한다.

인상적인 대답이었다. 달에 가기 전에 우주 비행사들은 달과 중력 등이 똑같은 물리 공간을 미국의 사막에 인공적으로 만들고 시뮬레이션을 면밀하게 여러 차례 했다고 한다. 가상 체험을 반복하다가 실제로 달에 내려섰을 때가 실제 체험이 되었다. 하지만 우주 비행사는 가상과 현실이 완전히 같았다고 했다. 치밀한 계산으로 가상공간을 만들어 낸 건 알지만 약간은 달라도 되지 않을까?

'신은 자신의 모습과 비슷하게 이 세계를 창조했다.'

성경 구절이 연상되었다. 루프라는 가상공간이 결과적으로 현실과 똑같아진 것이 무슨 의미가 있을까? 루프의 원시 환경에서는 생명의 탄생을 자연 발생적으로 보이지 않았다. 그래서 연구자들이 RNA 생명을 심어 넣었다. 그게 마치 생명의 종자인 것처럼 실제 세계 같은 생명의 나무로 성장했다. 물리 법칙이 똑같으니 형태가 비슷하다고 그렇게 이상해할 일은 아니었다. 하지만 우주 비행사가 한 말을 빌리면, 좀 더 달라졌어도 좋지 않았을까?

'계시일까?'

현실 역시 가상공간일지도 모른다는 생각을 지울 수 없었다. 그 가능성을 부정하는 것은 논리적으로 불가능했다.

상위 개념으로서의 신. 그의 창조물로 현실의 생명을 파악하는 행위에 위화감은 없다. 세상이 일종의 가상공간이라면, 성모가 처녀의 몸으로 신의 아이를 낳는 것도 가능한 이야기다. 아니면 한 번 죽었던 신의 아들이 일주일 뒤 환생하는 것도 그렇다.

인류가 위기에 직면한 지금, 신의 강림을 바라고 있다. 이대로는 세계는 암화되어 멸망하고 만다. 신은 모습을 보이지 않은 채 현실을 관찰하고 있는 게 틀림없다.

가오루는 무심히 밤하늘의 별을 바라보며 신의 강림에 대해 이런저런 생각을 하고 있었다.

13

준비한 식량의 절반이 사라졌다. 가오루는 깊은 골짜기를 올라 능선을 타고 북쪽의 산 정상을 향해 가고 있다.

인디언의 모습이 기억에 남아 가끔씩 환각으로 나타났다. 환각을 통해 암시를 받아 앞으로 갈 방향을 잡았다. 가오루는 마음을 비우고 그대로 이끌려 갔다.

길잡이가 된 인디언은 문득 보면 바위 위 같은 곳에 올라 있었다. 그리고 가오루를 가만히 바라보다 충분히 주의를 끈 뒤 몸을 돌려 앞을 향해 사라졌다. 예전처럼 활을 쏘지는 않았다. 다만 알기 쉬운 동작으로 따라오라고 재촉하는 느낌이었다.

U자형으로 깎인 작은 계곡의 깊고 완만한 갈색 벽의 군데군데 그림이 그려져 있어서 진한 예감이 들었다. 먼 옛날 이쪽에 정착했던 인디언이 그린 것 같다. 동물이나 인간의 얼굴이 추상적으로 표현되어 있다. 기하학 무늬는 보기에 따라서는 DNA의 이중 나선과도 흡사하다. 가오루는 목적지에 가까워지고 있음을 실감했다.

거대한 동굴에는 자연 속의 삶을 유지해 온 노인이 살고 있다……. 곧 도달할 장소가 신비의 베일로 가려진 비경이라는 이미지를 갖고 있다. 그곳에는 삼베옷을 입은 노인들이 식물 같은 삶을 살고 있다. 수천 년 동안 축적된 지혜를 전승하려 하는 사람에게만 가르치는 사명을 갖고…….

하지만 그로부터 꼬박 하루가 지났다. 가오루의 예상과 달리 고대 유적을 연상시키는 큰 동굴은 전혀 나타나지 않았다.

식량이 바닥나서 슬슬 체력의 한계가 오지 않을까 하는 불안이 머리를 스칠 무렵이었다. 되돌아간다면 지금뿐이었다. 아직 식량이 약간 남아 있다. 오토바이를 세워 둔 장소로 가면 어떻게든 될 것이다. 오토바이 탱크에 휘발유는 거의 가득 차 있다. 가장 가까운 마을까지는 약 30킬로미터이다. 오토바이를 타면 단번에 갈 수 있는 거리이다. 일단 마을로 돌아갔다가 다시 식량을 보급받고 나오면 된다.

상황에 따라 대응할 수 있다. 가오루는 그렇게 생각하고 편안히 지내려 애썼다. 막다른 골목에 몰렸다는 생각을 하면 정신적으로 갈팡질팡하게 된다.

이 부근에 숨어 있는 사람을, **옛 사람**이라 부르자. 문제는 어떻게 **옛 사람**과 만나고 그들로부터 세계의 구조를 배우느냐다. 아버지의 목숨과 어머니의 목숨, 그리고 레이코의 목숨도 거기 달렸다.

가오루는 어느새 **옛 사람**을 신에 가까운 존재로 생각하고 있다. 하지만 반대일 경우도 생각해서 두는 편이 좋을 것이다. **옛 사람**이 선의의 존재라는 보증은 아무 데도 없다.

사악함의 편린을 보여 주려는 듯 구름의 움직임이 빨라졌다. 지금까지는 사막의 날씨에 별로 주의를 기울이지 않았다. 늘 전날과 똑같이 맑은 날씨가 계속되어 왔기 때문에 완전히 방심했다.

산꼭대기의 전망은 주변 365도 전부, 저 멀리 땅 끝까지 내다보이는 것 같았지만 순식간에 솟아오른 구름으로 시야가 가려졌고 하늘은 잿빛으로 두텁게 뒤덮이고 말았다.

여러 겹으로 겹쳐 있는 구름이 움직이고 있었다. 무한히 높이만 보이던 하늘에 구름이 낮게 깔리고 머리 위를 짓눌렀다. 질식할 정도의 압박감이었다.

비가 곧 내릴 것 같아 지붕이 있는 장소를 찾았다. 나무 키가 작고 나뭇잎도 성기어서 가지 밑은 몸을 숨길 곳이 안 되었다. 가오루가 찾는 곳은 바위와 바위틈에 있는 동굴 같은 것이었다. 강 상류로 올라갈 때 몇 차례 작은 동굴을 발견했다. 하지만 거의 산중턱에 있어서 산꼭대기나 산등성이에선 바위굴을 쉽게 찾긴 틀렸다.

비 한 방울이 뺨에 뚝 떨어졌다. 가오루는 달아날 곳이 있으면 뛰어 들어가려고 마음먹었지만 주변에는 돌멩이뿐이라 몸을 숨길 곳이 전혀 없었다. 빗방울이 정수리를 툭툭 두드리더니 곧 굉음과 함께 천지가 흔들렸다. 바로 한 시간 전의 풍경이 거짓말 같았다. 이글거리는 햇볕에 불타던 대지는 처음 한동안 탁탁 소리를 내며 물이 스며들었으나 흡수할 여력이 없어지자 여기저기 가느다란 물줄기가 생겨났다.

가오루는 속수무책으로 몸을 웅크렸다. 아무래도 이 자연의 위협에서 벗어날 수 없을 것 같다. 비라는 것을 공포의 대상으로 여긴 적은 처음이었다.

배낭 속에는 비닐봉지가 들어 있었다. 하지만 비닐봉지를 몇 장을 어떻게 사용하건 아무 도움도 되지 않는다. 텐트는 없었고 몸이 젖지 않도록 응급 처치를 할 소품도 없었다. 만일 가지고 있었어도 사용할 수가 없었다. 눈 깜짝할 사이에 온몸이 흠뻑 젖었다.

운동화가 물에 젖어 무거워졌다. 이내 걸을 때마다 신발 속에서 물이 왈칵 나왔다. 마치 폭포처럼 두꺼운 청재킷 안쪽 등과 배에 물이 흘러내렸다. 시야가 확보되지 않아 무작정 걷다간 어느새 불어난 물에 발이 빠진다. 안전한 장소, 두툼하게 부풀어 올라 확실하게 발 디딜 수 있는 곳에 몸을 웅크리고 있을 수밖에 없다.

배낭 안에는 빵을 비닐봉지에 싸서 넣어 두었지만, 대충 감싸놔서 다 젖어 너덜너덜해졌을 것이다. 그렇다고 이 빗속에서 먹을 수는 없어 식량이 사라지는 것을 빤히 알면서 놔 둘 수밖에 없다. 다만 물만은 풍부했다. 가오루는 물만이라도 먹어 두기 위해 입을 크게 열었다.

퍼붓는 비 아래에 장시간 얼굴을 들고 있지 못했다. 굵은 비가 가차 없이 얼굴을 때려 너무 아팠다. 저도 모르게 몸을 구부리고 주저앉았다.

뒤통수 밑에 있는 목덜미가 드러나자 아파 왔다. 피부가 노출되어 있으면 안 된다. 가오루는 무릎을 안아 둥글게 몸을 만들고 배낭으로 뒷머리를 덮고 비가 지나기를 기다렸다. 사막에 내리는 비는 금방 끝나리라 생각했었다.

하지만 기대를 저버리고 비가 좀처럼 멎지 않았다. 큰 빗방울이 작아지고 이윽고 안개비 모양으로 부옇게 시야가 흐려져 이제 곧 그치나 했는데, 조금 지나더니 탁탁 소리를 내며 이전보다 더 많이 퍼붓는다. 그 강약의 정도가 사람을 우롱하는 비웃음 소리처럼 들렸다.

가오루는 점점 더 무서워졌다. 빗방울에 열을 빼앗겨 몸이 차가웠다. 저녁이 지나 어두워졌다. 추위와 어둠, 게다가 허기까지 겹쳤으니 이대로 밤새도록 비가 내린다 생각하니 공포로 몸이 굳어 갔다.

서서히 기온이 떨어지고 있다. 땅거미가 완연한 암흑으로 바뀌어 빗소리가 더 커졌다. 눈에 보이지 않는 사람이 등과 머리를 손으로 퍽퍽 때리고 있는 듯했다. 수많은 사람들이 가오루를 둘러싸고 발로 차고 때렸다. 지금의 가오루는 집단 린치를 당하는 상황이나 마찬가지였다.

거기다 불운은 계속되었다. 갑자기 발밑을 덮친 탁류에 놀라 떨 때 배낭을 잃어버렸다. 발을 허우적대다가 한 바퀴 굴렀더니 방향 감각을 잃었다. 배낭을 떨어뜨린 장소를 소리만 듣고 손으로 더듬어 찾아보았지만 없다. 주변을 원을 그리듯 정성스럽게 두 손으로 더듬었다. 처음 떨어뜨린 장소에서 조금 비껴 나갔는지, 아니면 탁류에 휩쓸려 떠내려갔는지 배낭은 사라져 버렸다.

가오루는 움직이기도 여의치 않아 암흑 속에서 가만히 몸을 웅크렸다. 의지할 것은 청각과 촉각뿐이었다. 웅크리고 있는 다리의 복사뼈 높이보다 위로 탁류가 올라오면 장소를 이동해야 했다. 어디로 움직여야 할까? 소리와 피부 감각으로 찾는 수밖에 없다. 발을 움직여 조금이라도 물의 적은 쪽으로 기어 나가야 했다.

진흙 속에서 뒹구는 지렁이가 되어 버린 느낌이었다. 비가 며칠 오고 나면 아스팔트 틈새로 수많은 지렁이가 기어 나와 햇볕에 말라붙어 가는 것을 본 적이 있다. 왜 지렁이는 비가 오면 땅속에서 기어 나올까? 탄산가스가 용해된 빗물 때문이라는 설도 있다. 진상은 모른다. 비를 피해 겨우 흙에서 나온 것까진 좋았지만 이번에는 자외선에 말라비틀어져 버리니 지렁이 입장에선 엎친 데 덮친 격이다. 눈이 없어도 빛에 반응해 땅속에서 기어 나오는 것일까?

가오루는 약간이라도 좋으니 반응할 만한 빛이 필요했다. 완전한 어둠에 방치된 상태에서 몇 시간이 지났다. 아니, 시간 감각도 완전히 잃었다. 손목시계 바늘조차 읽을 수 없었다.

지금 있는 장소의 지형을 알 수 없는 이상, 목적 없이 헤맬 수는 없었다. 등반을 하다가 몇 번 100미터를 충분히 넘는 절벽을 보았다. 발을 내딛자마자 즉시 심연 속으로 빠져들지 않으리란 법은 없다.

어딘지 아주 가까운 곳에서 바위가 구르는 소리를 들었다. 가오루는 공포로 몸이 굳었다. 자갈을 튕기며 바위 몇 개가 굴러 떨어지는 풍압을 바로 가까이 느꼈다. 비가 내려 지반이 약해져서 낙석이 발생하고 있다. 그런데 쿠르릉 하는 큰 소리가 눈과 코끝에서 갑자기 훅 사라졌다. 이유는 하나밖에 없었다. 지금 있는 장소에서 바로 아래에 골짜기가 있고 바위가 그 공간으로 소리 없이 떨어지고 있는 것이다. 확실했다. 가오루가 향한 바로 앞에 있는 어둠 속에 깊은 골짜기가 존재하는 것이다.

가오루는 땅에 등을 문지르며 서서히 몸을 위로 밀었다. 끝없는 골짜기로부터 가급적 멀리 떨어지고 싶었다. 본능적인 움직임이었다. 발이 수십 센티미터 밑으로 미끄러지기만 해도 엉덩이 주변 근육이 부르르 떨렸다.

정면으로 비를 맞고 있으니, 뺨을 두드리는 비에도 무감각해졌다. 눈물이 뺨을 타고 흐르고 있지만 마치 남이 우는 것 같기도 했다.

무서운 기세로 환각이 다가왔다. 어떤 때는 거친 파도 속에 우뚝 솟은 바위 끝에 붙어 바닷물이 엉덩이를 쓸고 있는 모습 듯한 모습이 보였고 또 무한한 늪에 빠져들어서 발버둥 칠 때마다 땅속 깊이 가라앉아 가는 모습도 보였다.

환각을 뿌리치고 현실로 돌아올 때마다 강하게 죽음을 의식했다. 몸은 싸늘했고, 감각도 사라지고 있었다.

'비에 맞아 죽는다니.'

한 번도 비 때문에 걱정한 적은 없었다. 더구나 비에 맞아 죽을 거라고는 상상도 못 했다.

웃겼다. 세계가 암화로 망해 가는데 태평스럽게 비 따위에 맞아 죽다니.

그리고 보니 비를 맞는 것조차 꽤 오랜만이었다. 한 달쯤 전에 비가 오려는 하늘을 보고 있었다. 한 시간도 안 되는 짧은 소나기가 내리는 모습을 병원 맨 꼭대기 층의 유리창으로 바라보았다.

두꺼운 유리창 너머로 구름의 색깔이 변하나 싶더니 갑자기 거리가 젖어들기 시작했다. 유리 한 장을 경계로, 건너편의 세계가 마치 이계처럼 펼쳐지고 있었다.

에어컨이 켜져 쾌적한 병원 복도에서 레이코와 어깨를 맞대고 가오루는 몇 달 만에 내리는 비를 기쁘게 바라보았다. 계속 맑은 날씨여서 비가 반가웠다. 료지는 아직 살아 있었고, 레이코의 자궁에 생명이 막 생겼을 초기였다.

같은 비인데 하나는 단비였고 하나는 지옥의 비다.

레이코를 떠올리며 최악의 사태만 생각하기를 관두려 했다. 아버지나 어머니를 떠올리며 용기를 내려 했다. 하지만 기력이 없었다. 잠깐이라도 긴장의 끈을 늦추었다간 죽음의 그림자로 빨려 들어가리라.

잠들면 끝이다. 추위 때문에 그대로 어둠 속으로 끌려가 버린다.

가오루는 의식을 잃지 않으려고 애썼다.

의식이 깜빡이고 있었다. 정신이 들면 지금 있는 곳을 순간적으로 깨닫지 못한 적이 있다. 이대로 의식을 잃는 시간이 길어지다 보면 결국 죽게 되리라.

추위 때문에 몸이 덜덜 떨렸다. 빨리 날이 밝길 바랐다. 날이 새면 기온이 약간 오를 테고, 어둠이란 공포로부터도 해방될 터였다.

완전한 어둠은 망상의 온상이었다. 가오루는 코앞에서 인간의 기척을 느끼기도 했다. 늘 보던 인디언이 아니라 더 생생한 살 냄새를 풍기며 앞을 스쳐 지나갔다. 여자인지 남자인지도 구별할 수 없었고 의미를 알 수 없는 내용으로 속삭이고 있었다. 그럼 두 사람이 넘는 사람일 텐데, 그림자와 그림자가 서로 속삭이고 있다.

"어이, 거기 누구 있어?"

빗소리에 지지 않고 악령을 떨쳐버리도록 큰 소리로 외쳤다.

하지만 그림자는 사라지지 않았고 둘에서 셋, 넷, 다섯으로 늘어 주위를 둘러싸고 웅성거렸다. 어떤 언어로 말하는 건지 전혀 알아들을 수가 없었다. 분위기로는 동정받고 있다. 아니, 비웃음을 억누르는 소리도 섞였다. 사실 손가락질하는지도 모른다.

동틀 녘까지 가오루는 사람들의 목소리가 계속 들렸다.

그러는 동안 점차 비가 가늘어졌다. 주변 모습도 서서히 보이기 시작했다. 주변은 엷은 회색빛이었다. 아득히 먼, 종교 건축물처럼 솟은 바위산은 원래 적갈색을 띠고 있었지만 지금은 검은 그림자밖에 보이지 않는다. 흑백의 세계이긴 해도 세계의 윤곽이 점점 짙어지고 있다.

시간과 함께 변하는 경치가 가오루에게 용기를 주었다. 밤이 지났고 비도 그치고 있다.

하지만 가오루의 머리는 열에 들떠 흐리멍덩했다. 몸이 얼어붙으면서 체력이 극도로 소모된 것은 분명했다. 아무리 가오루가 초보 의사라도 본인 몸에 생긴 변화를 잘 설명할 수 없었다.

그저 감기에 걸린 거라 생각하고 싶었다. 폐 속에서 괴로운 숨소리만 씩씩 나고 있다.

'폐렴에 걸렸나?'

감기에 걸려서 이런 증상을 본 적이 없어서 단정할 수 없었다. 이마에 손을 대거나 가슴이나 겨드랑이 밑에 손을 넣어 체온을 재 보니 열이 꽤 높았다. 비도 그치고 날이 밝았지만 몸을 움직일 힘이 없었다.

가오루는 반쯤 흙탕물 속에 처박힌 모습으로 몸을 둥글게 말았다. 새우처럼 꿈틀거리며 물이 고이지 않은 곳으로 움직였다.

지금 원하는 것은 햇빛이다. 쏟아지는 햇살을 흠뻑 받고 싶다. 햇빛이 비치면 젖은 옷과 몸을 말릴 수 있다. 물에 젖은 옷이 고열로 미적지근해져서 끔찍하게 불쾌했다.

가오루는 옷을 벗어 물기를 짰다. 그것만으로도 대단히 힘든 작업이었다. 전혀 힘이 없었다. 피부에 바람이 닿으니 온몸에 오한이 돌아 쓰러질 뻔했다. 그래도 가오루는 최대한 수분을 짜내 몸을 가볍게 만들었다.

옆 계곡을 타고 올라오는 바람을 피해 바위틈에 기어들어 가서 쉬었다. 체력을 낭비하면 안 된다. 기온이 오를 때까지 몸을 움직이지 않아야 했다.

바위틈에 몸을 눕히고 고열과 싸우는 동안에도 세계는 서서히 변화했다. 단조롭던 풍경에 색이 입혀지고 멀리 보이는 경치도 명암이 생겼다.

가오루는 변천하는 풍경을 바라보며 구름이 걷히기를 기다렸다.

몇 시간이 지나 기온이 오르자, 몇 번이나 자다 깨게 되었다. 꾸벅꾸벅 졸다 깨면 구름의 움직임을 바라보았다. 아직 햇빛이 비치지는 않았다.

어디서 하늘이 찢어지는 소리가 들려와 가오루는 눈을 떴다. 간밤부터 시달렸던 빗소리가 연상되어 무서워 몸을 일으켰다.

공중에 무언가 떠 있다. 마침 그 위로 이제 막 햇빛이 비치고 있었다. 구름이 갈라져 빛줄기가 내려와서 공중에 떠 있는 물체를 검게 비추고 있었다. 가오루는 눈이 부셔 눈을 가늘게 뜨고 검게 빛나는 기체 너머로 하늘을 보았다.

나타난 물체는 가오루의 여기서 볼 수 있으리라 상상했던 것이 아니었다. 이곳은 태곳적 모습을 간직한 폐허다. 신비의 비경에서 사는 사람들이 있을 것이다. 그런데 햇살을 받으며 떠 있는 물체는 현대 과학의 정수를 모아 제조된 신형 제트 헬리콥터였다. 게다가 인디언이 활을 겨누듯 앞에 튀어나온 안테나가 정확히 가오루를 조준하고 있었다.

프로펠러가 회전해 생긴 풍압을 온전히 몸으로 받게 되었다. 마치 가오루를 기다렸다는 듯한 출현이었다. 하늘의 한 점에 멈춰 귀가 멀 것 같은 폭음을 퍼붓더니 헬리콥터가 아랫배를 보이며 빙글 돌아 올라갔다.

헬리콥터의 프로펠러가 구름을 찢고 풍압으로 갈라진 틈을 확대했다. 가오루는 그 사이로 비쳐 들어오는 햇빛이 후광처럼 느껴졌다.

제4장

지하 공간

1

깨어나자 가장 먼저 보인 것은 하얀 천장이었다. 가오루는 사방에 있는 벽을 차례로 둘러보며 안에 있는 것을 대충 확인했다.

창문은 없었다. 완전히 밀폐된 방이었다. 천장 구석에 직사각형으로 된 격자가 붙어 있었다. 공조 설비의 통풍구가 틀림없었다. 방의 온도가 적절하게 유지되고 있는 것은 에어컨 덕분이리라.

벽에 직사각형으로 된 틈이 두 개 있었다. 아마 문일 것이다. 벽과 같은 색을 띄고 있어 틈이 눈에 보이지 않았으면 문이 아예 없다고 생각했을 것이다. 다른 쪽 문은 손잡이도 튼튼하고 방과 복도를 이어 주는 출입구로 보였는데, 이 문은 작은 손잡이만 달려 있고 안으로나 밖으로나 잠겨 있을 것 같았다. 이쪽은 아마 욕실이나 화장실 출입문일 터였다.

벽의 표면에는 벽지가 아니라 가죽이 발라져 있다. 처음엔 흰

색으로 보였는데 눈이 익숙해지니 연한 베이지색이라는 것을 깨달았다.

관찰하면서 가오루는 자신의 의식이 멀쩡하다는 것을 알았다. 어찌되었든 아직 살아 있긴 한 것 같다.

누운 자세 그대로 가오루는 일단 관찰을 멈추고 몸의 곳곳에 의식을 집중했다. 가슴에서 배, 두 손과 발, 그리고 발가락, 손가락에 명령했다. 확실하게 움직이고 있는 것을 실감했다.

그가 처한 상황은 간단히 설명할 수 있다. 벽을 가죽으로 바른 작은 방의 침대 위에 누워 있다. 그게 전부였다. 방 안에는 가오루밖에 없었다.

당연히 자연스럽게 병실이 연상되었다. 그 덕에 지금 있는 장소를 모른다.

혼자 미국으로 가서 사막의 어느 지점을 목표로 하고 오토바이를 타고 간 행동이 현실인지, 꿈에서 일어난 일인지 판단할 수 없었다. 아버지가 입원한 병원이고 꿈을 꾸고 있었을 뿐인 거라고 하는 편이 납득이 쉽다.

장수촌이 있는 동굴을 찾으며 산을 타다가 고대 인디언이 그린 벽화를 수도 없이 많이 보았다. 벽화에도 작은 동굴 모양이 곡선으로 그려져 있어서 이제 곧 신비의 베일에 가려진 지하 공간이 나타날 거라는 분위기였다. 그 후 호우가 쏟아지며 공포와 죽음의 구렁텅이에 가차 없이 내동댕이쳐졌다.

날이 밝아 오기 직전에 들었던 소리는 아직도 기억에 남아 있다. 굉음 속에서 전혀 지역과 어울리지 않는 물체가 공중에 둥둥 떠 있었다. 어두운 색 금속으로 마감된 최신 제트 헬리콥터. 헬리콥터가 배를 보이며 상승하는 동시에 의식이 사라졌던 것 같다.

순서대로 기억을 되짚는 것은 가능하다. 하지만 기억이 진실인지 여부를 확인할 길이 없다. 현실과 가상이 뒤섞여서 기억에 자신감이 없을 뿐이다.

확인하려면 누군가 다른 사람이 증언해 주길 기다리는 수밖에 없다. 하지만 깨어난 지 한 시간 내내, 가오루는 혼자 있었다.

일어나서 스스로 방에서 나가 볼까? 가오루는 천천히 윗몸을 일으켰다. 몸에 통증은 없지만 상체를 들어 올리기만 해 봐도 체력이 상당히 소모되어 있다는 것을 알 수 있었다. 침대에 앉아 호흡을 가다듬었다. 목에서 그렁그렁 소리가 났다.

일어난 것은 좋았는데 그대로 움직이지 못하고 있었다. 아래를 보니 침대 바로 옆에 샌들이 있다. 가오루의 소지품은 아니니, 누군가가 마련해 준 것이다. 발이 쑥 들어가는 거대한 샌들이었다.

샌들을 보고 힘을 냈다. 가오루는 기력을 짜내 침대 가장자리에서 발을 내밀어 샌들에 넣었다. 생각한 대로 크고, 게다가 무겁다.

가오루는 샌들을 신고 방을 천천히 가로지르려 했다. 걸음 끝에는 방과 외부를 잇는 유일한 접점…… 문이 있다.

가뜩이나 다리 힘이 풀렸는데, 너무 크고 무거운 샌들이다. 다리를 절며 걸었다. 흰 가운 자락이 벌어지더니 허벅지가 훤히 보였다. 가운 아래는 속옷이 없었다. 지금 처음 깨달은 사실인데, 가오루는 알몸에 흰 가운만 입고 있었다.

문이 바로 눈앞에 있다. 문을 열고 어디로 가야 하는지도 몰랐다. 다만 지금 자신의 위치를 알고 싶었다. 그게 다였다. 여기가 어디일까? 바깥을 보고 싶었다. 사람이 있으면 누가 되었든 좋으니 이야기를 듣고 싶었다.

가오루는 문손잡이를 잡았다. 그 순간까지 문이 잠겨 있으리라고는 생각하지 못했다. 하지만 문손잡이를 손으로 잡자마자 잠겨 있다는 것을 바로 알았다. 손잡이를 돌려 봐도, 밀거나 당겨도 꿈쩍하지 않았다.

이제 가오루는 자신이 놓인 상황을 하나 더 알게 되었다. 감금되어 있는 것이다.

서 있기도 힘들었다. 돌아다니는 것은 포기하고 침대로 돌아가야 했다. 문손잡이에서 손을 떼고 가오루는 천천히 몸을 돌렸다.

그때 문 너머로 인기척이 났다. 가오루는 깜짝 놀라서 몸을 움직이는 것을 멈추고 가만히 귀를 기울였다. 곧 찰칵 하고 잠긴 문이 열리는 소리가 났다.

한두 걸음 뒤로 물러서서 문이 열리기를 기다렸다. 이제부터 나타날 사람에 대한 정보는 아예 없다. 먼 옛날의 SF 소설에 등장했던 화성인이 나와도 가오루는 놀라지 않았을 것이다.

조용히 문이 열렸다. 틀림없이 누군가가 서 있을 거라 생각했는데, 그렇지 않았다. 앉아 있었다. 휠체어에 앉은 노인이 똑바로 앞을 바라보고 있다.

"일어났나?"

노인이 영어로 묻자 가오루가 반사적으로 고개를 끄덕였다.

"후타미 가오루 군이지? 잘 부탁하네. 내 이름은 크리스토프 엘리엇이라네."

엘리엇이라고 밝힌 노인이 그렇게 말하며 악수를 청했다. 손을 보니 이상하게 컸다.

거대한 손…… 그리고 휠체어의 양쪽 바퀴 앞으로 보이는 발 또한 거대했다. 의자에 앉아 있긴 해도 몸의 크기는 쉽게 알 수 있었다. 서양인치고는 작은 편이었다. 하지만 손과 발 크기가 어울리지 않았다.

엘리엇이라고 밝힌 노인의 균형이 맞지 않는 몸에 감탄하고 있을 때가 아니다. 사실은 더 놀랄 일이 있었다.

'이 노인이 어떻게 내 이름을 알지?'

신분을 증명하는 서류나 카드는 배낭과 함께 잃어버렸다.

가오루는 악수를 하며 노인의 외모를 자세히 관찰했다.

머리에는 머리카락이 하나도 없다. 계란처럼 머리가 매끈했다. 피부는 창백할 정도로 밝았고 윤기가 날 정도였다. 피부 상태만 보면 노인이 아니었다. 다만 목덜미에서 왼쪽 뺨까지 노인 특유의 검버섯이 있다. 흰 피부색 때문에 두드러져 보였다.

엘리엇의 손을 서로 잡자 가오루는 상대가 적의를 갖지 않다는 것을 깨달았다. 아까부터 품고 있던 의문을 꺼냈다.

"여기가 어딥니까?"

엘리엇은 회색 눈을 가늘게 뜨더니 입가에 웃음을 띠웠다.

"자네가 오려 했던 곳이네."

가오루가 가려 한 곳은 거대한 동굴에 있는, 장수촌이 있을 장소였다.

가오루는 다시 방 안을 둘러보았다. 엷은 베이지색 가죽으로 밀폐된 작은 방……. 이곳은 자신이 상상했던 곳과 너무나 달랐다.

엘리엇은 가오루의 표정을 보아 당혹감이 전해진 것 같았다. 그는 큰 손으로 위를 가리키며 질문했다.

"이 위에 무엇이 있을 것 같나?"

방의 천장, 그 위에 뭐가 있을지 가오루는 알 수 없다.

대답을 하지 못하자 엘리엇이 스스로 답했다.

"거대한 물의 층일세."

수조라고는 하지 않았다. 노인은 물의 층이라는 말을 썼다.

머리 위에 물이 많이 있다는 말을 들어도 의미를 알 수 없었다. 비를 상징적으로 표현하려는 것일까? 며칠 동안 겪었던 일을 떠올리면 말이 되는 것 같다.

엘리엇은 이번에는 같은 손가락을 아래로 향했다.

"자네가 서 있는 그 아래에 뭐가 있을 것 같나?"

작은 방 바닥 아래에 뭐가 있을까. 땅이리라. 하지만 가오루는 그런 뻔한 답을 하지는 않고 가만히 있었다.

이 물음에도 엘리엇은 스스로 대답했다.

"광대한 공간이지."

두꺼운 물의 층과 광대한 공간 사이에 낀 지점에 지금 제가 서 있는 것이라는 말을 들어도 확 의미가 와 닿지 않았다.

사리에 맞는 말이다. 엘리엇의 말이 사실이라면, 이 부근의 중력이상은 낮은 수치를 보일 것이다. 중력은 그 밑에 질량이 큰 물질이 있으면 플러스 값을 나타내고 반대로 질량이 낮은 물질이 있으면 마이너스 값을 나타낸다. 아무것도 없는 광대한 공간이 발밑에 잠들어 있다면 마이너스 수치가 나타나는 이유로 상당히 설득력 있었다.

그래도 가오루는 아직 믿을 수 없었다. 목표했던 곳에 도착한 것이 정말 맞는지. 만약 여기가 가공의 중력이상 분포도에서 제시된 목적지라면 엘리엇이 자신의 이름을 알고 있다는 사실보다 더 놀랄 일이었다.

'이 노인은 이곳의 중력이 다른 곳보다 낮다는 말을 했다. 즉, 내가 어딜 찾고 있었는지 알고 있었다.'

큰 혼란을 느끼고 가오루가 벽을 짚어 몸을 지탱했다.

"내가 여기 오려는 것을 당신은 알고 있었습니까?"

그렇게 겨우 말했다. 호흡이 격해졌고 짧아져 들이쉬는 양이 미미했다. 어째선지 숨 쉬기 괴로웠다.

엘리엇은 무너져 내리는 가오루의 몸을 거대한 손으로 받치며 자비심을 담뿍 담아 말했다.

"아, 맞아. 자네는 여기 오게 되어 있었어."

열이 다시 올라 온몸이 불같이 뜨겁다.

"유일하게 예상하지 못했던 것은 그 기록적인 호우였지……."

뜨거운지 차가운지조차 잘 알 수 없었다. 열은 계속 느껴지는데, 살갗에 오한이 스쳐 지나갔다. 더 이상 서 있을 수 없었다. 엘리엇의 말이 멀리서 아련하게 들렸다.

가오루는 엘리엇의 손을 뿌리치고, 스스로 침대까지 걸어가려 했지만 도중에 쓰러지고 말았다.

2

그 후 사흘간, 체력을 회복하는 일이 가오루의 주된 업무였다. 사막에 쏟아진 기록적인 폭우가 없었으면 필요하지 않은 과정이었다. 엘리엇이 한 말로 미루어 볼 수 있는 게 고작 그게 다였다. 체력이 회복되면 모든 의문에 대해 설명을 들을 수 있으리라.

결국 자신이 어떤 상황에 처한 건지 전혀 모른 채 작은 방에 꼼짝없이 몸져 누워 있었다.

가끔 엘리엇이 방을 기웃거렸지만 건강 검사와 모든 수발을 들어 준 사람은 간호사의 한 명이었다.

하나라는 귀여운 이름이었다. 가오루가 본명이냐고 묻자, 하나는 웃기만 하고 아무 대답도 하지 않았다.

"그렇게 부르면 돼."

익숙해지면 부르기 쉬운 이름이다.

'하나.'

들판에 핀 가련한 꽃이 연상되었다. 이름과 인물의 이미지가 잘 맞았다.

엘리엇이 떠나고 하나만 방에 남자, 가오루는 그녀에게 질문 공세를 퍼부었다.

'여기는 무슨 시설이지?'

'엘리엇은 누구지?'

'무슨 목적이지?'

생각나는 모든 질문을 했다. 그 기세가 격했는지는 모르지만 하나는 미소를 지으며 침묵을 지킬 뿐 고개를 저으며 아무 대답도 하지 않았다.

하나는 얼굴도 체형도 어린아이 같았다. 키는 150센티미터를 살짝 넘을 정도였고 얼굴이 통통하고 눈이 컸다. 뒤로 묶은 머리를 풀어 윤기 나는 검은 머리채를 펼쳐 보이면 조금은 어른스럽게 보일지도 모른다. 이마가 동그래서 어린 티가 더 두드러졌다. 둥글고 매끄러운 이마 탓에 그녀의 실제 나이를 짐작할 수 없었다. 가슴도 자라다 만 소녀처럼 자그마했다. 더 자랄 수는 없을 것이다. 하지만 동양계의 작은 얼굴에는 작은 가슴이 잘 어울렸다.

가오루는 처음에는 하나의 어린 외모를 보고 짐작했다. 질문에 아무런 대답을 하지 않는 이유는 사실을 누가 알려 주지 않아서 그렇다고 생각했다. 순진한 얼굴도 아무것도 모르기 때문이라고 생각했기에, 질문에 대한 아무런 답을 듣지 못해도 화가 나지 않았다.

하지만 앳된 외모와는 달리 간호사로서의 기량은 뛰어났다. 철이 들 무렵부터 병원에 살다시피 한 가오루는 간호사를 보는 안목이 있었다. 하나는 할 일은 다 척척 해내면서도 행동에 낭비가 없었다.

가오루는 하나가 하라는 대로 필요에 따라 링거를 맞고 항생제도 먹고 충분히 잠을 잤다.

하나는 일할 때 대체로 과묵했다. 동작이나 몸짓은 필요 이상으로 시원시원했다. 자신의 몸에 닿는 시간을 최대한 줄이고 싶어서 그런가 했다. 그녀의 손이 몸에 닿을 때 때때로 주저할 때가 있었다. 자신을 흘끔 보는 시선에도 뭔가 이물질을 관찰하는 듯한 부자연스러움도 있었다. 시간이 지나며 가오루는 그런 것을 느꼈다.

처음 하나와 만난 지 이틀 뒤였다. 하나가 방으로 들어오려는 기척이 느껴져 가오루는 잠든 척하며 눈을 살짝 떴다. 빠르게 링거 병을 교환하며 호기심에 찬 시선으로 가오루를 보고 있었다.

그것은 무서운 것을 보는 시선 같았다. 두려우면서도, 가오루에게 흥미가 있는 듯한 느낌이었다. 가오루도 흥미가 생겼다. 자신의 어디에 반응해 하나가 그런 표정을 짓는지 알고 싶었다.

링거 병을 교환한 하나는 허리를 굽힌 자세 그대로 상체를 숙이고 조심조심 내려다보고 있다. 가오루가 잠들어 있다고 믿고 있다. 하지만 자고 있는 상대도 여전히 경계하는 모습이라 이해할 수 없었다.

가오루는 눈을 번쩍 뜨고 하나의 팔을 잡았다. 놀라게 할 생각은 없었지만, 결과적으로 그녀는 소리 없는 비명을 질렀다. 목 안에서 소리가 막혀 숨만 내뿜었을 뿐이다.

"왜, 그런, 귀신을 보는 듯한 시선으로, 나를, 보는 거죠?"

가오루는 천천히 말을 끊으며 질문했다. 우선 상대를 진정시키고 싶었다. 하나는 가오루에게 잡히지 않은 팔을 얼굴에 대고 저항다운 저항은 하지 않았다. 손을 빼지도 않고 얼굴을 피하지도 않았다. 입에서 나오려는 외침을 참고는 그저 멍하니 가오루를 내려다보았다. 금방이라도 울 것 같은 표정이 앳된 얼굴과 잘 조화를 이루고 있다.

"알려 줘요. 왜, 나를, 그런 눈으로, 보는 건지."

가오루가 같은 질문을 다시 했다. 그러자 하나가 슬픈 표정으로 고개를 가로젓더니 "미안해요."라고 진심으로 사과했다. 가오루의 질문에 대한 답이 되지 않았다. 해석은 두 가지였다. 귀신을 보듯이 당신을 봐서 미안하다는 뜻. 또 하나는 아무 대답도 못 하니 미안하다는 뜻. 어쩌면 둘 다 의미하는지도 모른다.

가오루는 손을 놓았다.

하나에게 주어진 역할은 간호사였다. 그 이상의 일에 참견하는 것은 금지되었다. 가오루를 바라보는 시선에 대해 설명을 해 준다면 가오루의 처지를 설명하게 될지도 모른다. 가오루는 그 사정을 헤아려, 그 이상 추궁하는 것은 단념했다.

손을 놨는데도 하나는 가오루의 침대 옆에 계속 서 있다.

"이야기하는 건 힘들지 않아요?"

간호사로서의 직무로, 환자에게 몸 상태를 물었다.

"힘들긴커녕 말하고 싶어서 미치겠어요."

"그래. 그럼 당신에 대해 말해 줘요."

"나에 대해 뭘요?"

"흐음. 그렇지, 태어나서 지금까지의 일을 전부 다."

"그런 걸 뭐 하러 들어요?"

"그럼 적어도 유령을 보는 듯한 시선으로 당신을 보진 않게 되겠죠."

정보량이 부족하다는 말이다. 더 잘 알게 되면 사람을 보는 시선이 바뀌겠지.

"그 전에, 당신에 대해 한 가지 묻고 싶어요."

"……"

하나는 신중하게 듣는 자세를 취했다.

"실례가 아니면 나이를 알고 싶군요."

하나가 웃었다. 이런 질문은 수도 없이 받았나 보다.

"서른한 살. 결혼했고 아이가 둘 있어요. 둘 다 아들……"

가오루는 놀란 나머지 말문이 막혔다. 겉보기에는 아직 소녀인데 실제는 서른한 살이라니. 게다가 두 아이의 어머니……. 전혀 예측할 수 없었다.

"놀랐어요."

"다 그렇게 말하더군요."

"나보다 어리다고만 생각했는데."

가오루가 스무 살이었으니 나이가 열한 살이나 많았다.

"몇 살이에요?"

가오루는 스무 살이라고 나이를 말했다. 하나가 눈썹을 꿈틀하더니 작은 목소리로 "그렇구나." 하고 답했다.

"나이 들어 보이죠. 진짜 스무 살이에요."

가오루가 얼굴에 손을 대 보았다. 사막에 들어온 뒤에는 수염을 깎지 못해 훨씬 더 나이 들어 보일지도 모른다.

하지만 자신보다 어린 소녀라고 생각했던 여성이 연상이라는 것을 알고 나니 충격이었다. 앞으로 어떻게 접근할지도 약간 달라진다.

서로의 나이를 알게 된 것도 계기가 되었다. 이후 가오루는 하나의 보살핌을 받으며 틈틈이 자신의 인생을 말했다.

하나는 이야기를 잘 들어 주었다. 하루에 몇 번 방에 올 뿐이니 이야기할 시간은 한정되어 있었다. 한 번 올 때 10분 정도밖에 되지 않았다. 그런 시간 제한 속에서도 그녀는 중요한 점을 놓치지 않았고 지금까지의 가오루의 인생에 대해 파악해 갔다.

또한 가오루도 하나와 대화하는 것이 즐거웠다. 지금의 자신을 다시 확인하고 있는 것 같다. 그때마다 떠오르는 의문은 억지로 밀어내고 가오루는 띄엄띄엄 말했다.

어린 시절, 무엇을 생각하고 어떤 꿈을 가지고 있었는지. 아빠와 엄마와 지낸 생활의 단편들과 미국 사막 지대에 가족끼리 여행하려고 계획을 세운 일…….

말하기 괴로운 일도 있었다. 아버지가 암에 걸린 이야기를 하는 게 가장 힘들었다. 모처럼의 여행 계획도 물거품이 되고 이후 집과 병원을 오가는 생활이 계속됐다. 몇 년이 지나서 아버지가 걸린 암의 원인이 전이성 인간 암 바이러스라고 확인되자, 회복을 기대할 수 없게 되어 절망했다. 어머니는 그래도 포기하지 않고 미국 원주민의 민간전승에 기적의 치료법이 있다고 믿고 신화에 온 삶을 쏟아부었다. 아버지의 병과 신비의 세계를 맹신하는 어머니……, 양쪽에 대한 균형을 잡으며 우주물리학의 꿈을 접고 의학의 길을 간 소년 시절의 이야기 여러 가지…….

얘기하다 보니 가오루는 그리웠다. 나흘 동안 하나에게 이야기했다. 말한 시간은 다 합하면 고작 두세 시간이다. 겨우 그 정도로 자신의 인생 이야기가 끝나진 않는다. 생략한 부분도 많이 있다. 이것저것을 떠올리며 눈물을 참고 이야기하기도 했고 아버지의 상식을 벗어난 행동을 설명하면서 무심코 웃기도 했다.

겨우 두세 시간 동안 말할 수 있는 인생…… 정말일까? 말하면서도 기억에 안개가 낀 듯 자욱한 적도 있었다.

"사랑을 한 경험은 없나요?"

하나가 좋은 타이밍에 질문을 던졌다. 마침 가오루는 레이코 이야기를 할까 말까 망설이고 있었다. 하나의 이 한마디가 없었으면 레이코에 대한 이야기를 피하고 지나갔으리라.

레이코와의 연애 이야기를 하려면 당연히 료지에 대해서도 이야기해야 했다. 슬프다기보다는 고통스러운 경험이었다. 사려 없는 행동이 부끄러웠고 후회만 앞섰다. 그러고 보니 레이코와 사랑을 나누었던 병실과 지금 있는 이 방은 어딘지 모르게 비슷했다. 서쪽에 큰 유리창으로 강한 석양빛이 푸른 공원에 가득하게 내려왔다. 그것만 빼고 넓이나 벽 색깔이 비슷했다.

하지만 레이코가 준 사랑의 기쁨은 아무리 설명해도 하나에게 전할 수 없었다.

가오루는 솔직히 자신의 심정을 토로했다. 하나는 때로 믿을 수 없다는 표정을 짓고 고개를 가로저으며 "오, 이런." 하고 어두운 목소리로 맞장구를 쳤다. 특히 현재 레이코의 배 속에 가오루의 아이가 있다는 이야기를 했더니 하나의 표정이 굳어졌다.

"그 아이는 태어나겠죠?"

기묘한 질문이었지만 가오루는 개의치 않았다.

"당연히 낳았으면 좋겠어요. 그것 때문에 여기 왔죠."

하나는 두 눈을 감았다. 잘 못 알아들었지만 입술을 작게 움직여 기도를 하는 것처럼 느껴졌다.

베이지색 가죽이 붙은 작은 방에는 창문이 없다. 시간이 지나는 것을 알기 위해서는 시계에 의지할 수밖에 없다. 시계 바늘이 정확하다면, 딱 나흘째 밤의 일이었다. 가오루가 레이코와의 사이에서 생긴 아이 이야기를 마치자 하나는 "오늘은 그만해요."라며 이야기를 마치고 방을 나가려 했다. 시간을 자유롭게 쓸 수 없는지 늘 적당한 부분에서 이야기를 멈췄다.

"그다음 이야기를 더 들려줘요."

소녀라고 생각했던 여성이 어느새 거꾸로 자애로운 어머니가 된 듯한 상냥한 말투로 재촉했다.

하나는 한 손을 가오루의 팔에 얹고 잠시 묵상하더니 문으로 걸어갔다. 문 앞에서 멈춰서 재빨리 침대 쪽을 힐끗 보더니 복도로 나갔다.

문을 열기 직전 하나가 자신을 뒤돌아보았을 때의 표정은 가오루의 눈에 각인되어 떠나지 않았다. 전에 어디선가 본 적이 있는 표정이었다.

표정에는 몇 가지 종류가 있다. 예를 들어 좋은 소식을 듣고 기뻐하는 순간이나 높은 곳에서 뛰어내리기 직전의 표정. 상황이 같다면 같은 패턴의 표정이 나타난다.

하나가 마지막으로 방을 나왔을 때의 표정이 어느 패턴인지 생각했다.

문득 떠오른 건 마음 어딘가에 걸려 있던 잊지 못할 광경이었다.

상황이 무척 비슷했다. 병실에서 나가다 말고 방에 있는 환자를 돌아봤던 여성 역시 하나처럼 백의를 입고 있었다. 간호사였다.

아버지가 직장에 생긴 암을 절제하는 수술을 받고 경과도 양호했을 때 일시적인 조치로서 큰 병실로 옮겨진 적이 있었다. 그곳은 4인실이었다. 전부 암 환자만 있는 병실이었다.

방에 드나드는 간호사들 속에 환자들 사이에서 인기 있는 여성이 한 명 있었다. 별로 미인은 아니었다. 애교 있는 얼굴이었고 온몸에서 선의가 넘쳐나는 타입이다. 환자가 제멋대로 굴어도 참을성 있게 싫은 얼굴 한번 보이지 않았다. 아버지도 이 간호사를 마음에 들어 해서, 장난 삼아 그녀의 엉덩이를 만지고 어린애처럼 혼나는 것을 재미있어했다.

그녀가 간호사 일을 중단하고 병원을 일시적으로 떠나게 됐다.

결혼 후 2년째이며 임신 7개월이었는데, 출산 때문에 1년 동안 육아 휴가를 낸 것이다.

병원을 떠나는 그날, 그녀는 가오루가 병문안을 와 있던 아버지의 병실에 인사를 하러 들렀다. 1년 후, 일에 복귀했을 때는 건강한 모습을 보여 달라는 간호사의 말에 환자 한 사람이 농담으로 답했다.

"당신이 복귀했을 때 난 벌써 퇴원했을 거야."

아버지를 제외한 나머지 두 사람도 비슷한 내용으로 이야기했다. 농담 반, 진담 반이었던 그 말에 대충 대답하며 간호사는 개개인과 작별 인사를 나누고 방을 나갔다.

그리고 나가면서 아까 하나가 했던 것같이 환자들이 있는 침대를 돌아봤다. 그 눈에 떠오른 표정을 가오루는 놓치지 않았다. 1년 후, 일에 복귀하더라도 네 환자 중 몇몇은 절대 만날 수 없는 것이라는 확신이 눈에 가득했다. 환자가 퇴원하니까 만날 수 없는 게 아니다. 지금이 이승에서의 이별이라는 안타까운 마음이 나타난 것이다.

아버지 옆 침대에 자던 환자는 폐암이 뇌로 전이된 참이었다. 그 전 침대에 있는 환자는 전립선암으로 남자의 기능을 모두 절제했다. 아버지만은 아직 생명력이 남아 있었지만, 나머지는 모두 예정된 죽음을 향해서 치닫고 있었다.

예정된 죽음을 배려심 있게 바라보는 시선…… 가오루는 분명히 비슷하다는 것을 알아차렸다.

'하나는 왜 저런 눈으로 나를 돌아보았을까?'

불안했다. 가능하면 직접 물어보고 싶었다.

하지만 가오루는 그 후 다시 하나의 얼굴을 볼 수 없었다.

아침에 평소와 같은 시각에 누군가 문을 두드렸다. 가오루는 하나를 기대하고 문을 열었지만 거기에 있는 사람은 엘리엇이었다. 휠체어 앞에 거대한 다리를 내놓고 두 바퀴에 큰 손을 걸치고 있다.

엘리엇은 가오루의 순조로운 회복세를 보고 만족스럽게 고개를 끄덕였다.

"상태는 어떤가?"

다양한 질문에 대한 답을 전혀 듣지 못한 가오루는 이제 참을성이 한계에 이르렀다. 지금까지는 하나라는 가련한 존재로 인해 억눌러 왔지만, 엘리엇 앞에서 폭발하고 말았다.

'상태가 어떻냐고? 장난하나. 왜 항상 질문에 답하는 사람이 이쪽이야. 체력은 다행히 돌아왔지만 이대로 있으면 극도의 불안 때문에 정신이 잘못될 것 같다. 상태가 좋을 리가 있나.'

가오루는 언제 터질지 모르는 분노를 가만히 참고 떨리는 목소리로 엘리엇에게 으름장을 놓았다.

"적당히 하죠."

엘리엇은 가오루의 목소리에서 심상치 않은 긴장을 감지했다. 두 손을 들어 보이며 잠깐 기다리라는 듯이 제지하고 한 호흡 시간을 주었다.

"그래. 기분은 충분히 이해하네. 슬슬 계획대로 진행해 볼까?"

'계획? 무슨 계획인지 모르지만, 대체 나와 무슨 관계가 있지?'

가오루가 험악한 표정으로 다가갔다.

"일단 알아야겠군요. 여기는 대체 어디고 당신 목적은 뭐죠?"

엘리엇이 가오루 앞에서 벌려 놨던 손을 모아 합장하는 포즈를 취했다.

"그 전에 묻고 싶네."

가오루가 계속 이야기하라는 듯이 묵묵히 바라보았다.

"자네는 신을 믿나?"

엘리엇은 가오루에게 차분하게 물었다.

3

엘리엇이 데려간 다른 방에도 창문은 없었다. 왜 어딜 가나 막혀 있을까? 가오루는 창문 없는 방이 싫었다. 이전에 있던 방보다 컸고 가운데 가죽 소파가 있었다.

엘리엇은 가오루에게 일단 소파에 앉도록 권했다. 시키는 대로 앉았더니 엘리엇은 휠체어를 짚고 일어나 엉덩이를 뒤로 뺀 모습으로 지팡이도 짚지 않고 종종걸음으로 걸어 가오루 앞에 앉았다.

가오루는 눈을 크게 떴다. 휠체어에 앉아 있으니 못 걸을 거라고만 생각했다. 하지만 볼품없어도 정확한 발걸음이어서 놀랐다.

가오루가 놀라는 모습을 보고 엘리엇이 득의양양한 표정을 지었다.

"선입견으로 사물을 보지 말게. 일단 모든 것을 의심해야 하네."

모든 것을 의심하라. 가오루는 벌써 익숙해지기 시작했다. 미국 사막을 가로지르는 도중에 겪으면서 얻은 것은 현실과 가상의 애매한 경계선에서 얻은 균형 감각이기도 했다. 등산을 하다 호우가 퍼부을 때조차 가오루는 이 감각만은 잃지 않으려고 노력했다.

"내 질문에는 언제 대답할 겁니까?"

엘리엇의 말을 무시하고 가오루는 심통이 나서 말했다. 엘리엇은 언제든지 환영한다는 제스처로 두 손을 올렸다.

질문하고 싶은 게 무척 많았다. 기본적인 물음은 제쳐두고 가오루는 처음부터 엘리엇에게 물어보려 했던 것을 검증하기 시작했다.

"오래전부터 내가 여기에 올 운명이었다고, 그렇게 말했죠?"

그 이유를 알고 싶었다. 진실이 아니라 비유였겠지만 말투가 무척 마음에 걸렸다.

"그것에 답하기는 아직 일러. 차례로 설명하지 않으면 아마 자네는 비명을 지르고 말 거야."

"그럼 내가 비명을 지르지 않고 납득할 수 있도록 설명할 수 있다는 말이군요."

가오루는 다시 욱했다. 돌려 말하는 엘리엇의 말투가 마음에 거슬려서 견딜 수 없었다. 자신의 인생의 방향키를 쥐고 있는 말투였다. 그 때문에 친부모인 아버지나 어머니까지 조롱하는 것처럼 들렸다.

"역시 이렇게 될 수밖에 없었지. 지금의 자네를 보니 억지로 데려올 수는 없었겠군. 역시 자네의 의지로 오게 하는 수밖에 없었어. 나의 계획은 틀리지 않았어."

엘리엇이 그렇게 혼잣말을 하며 싱글싱글 웃었다. 자신의 인생에 함부로 개입하는 말투로 말하고 있다. 가오루는 눈앞에 있는 노인을 목 졸라 죽이고 싶을 정도로 초조했다.

예리하게 노려보는 가오루의 시선을 엘리엇은 태연한 표정으로 마주 보았다. 두 사람은 잠시 입을 다물었다.

"루프에 관해서 얼마나 알고 있나?"

대화를 재개한 것은 엘리엇이었다. 팔짱을 끼며 눈을 치켜뜨고 가오루를 바라보았다. 늙은 얼굴에도 소년의 모습이 남아 있었다.

"상당히 잘 만들어진 컴퓨터 시뮬레이션이라고 생각합니다."

엘리엇이 아니라는 듯이 눈썹을 찌푸렸다.

"상당히 잘 만들어졌다니. 고작 그렇게 말할 것은 아니지. 모든 의미에서 완벽한 세계를 나는 창조했지."

"당신이 만들었다고요?"

"정확히 말하면 '우리'라고 말해야 하지만, 음, 처음에 루프라는 구상을 머릿속에 떠올린 사람이 나거든."

루프 이야기를 시작하자 엘리엇의 태도에는 자신감이 넘쳤다. 둑이 터진 듯 말이 흘러나오면서 때때로 기쁨에 젖은 얼굴을 했다.

"그때 난 아직 MIT 학생이었네. 그래, 지금 자네와 똑같은 나이, 지금부터 70년이나 전의 일이야. 세상은 달에 착륙한 우주 비행사들에게 갈채를 보냈고 이대로 과학이 진보되면 우주 정거장 건설이나 우주 여행도 현실화된다며 들떠 있던 그 시절, 나는 우주가 아닌 내가 만들어 내려는 또 하나의 세계를 보고 있었지."

거기까지 단숨에 말하고 엘리엇은 문득 목을 움츠리며 입을 쑥 내밀었다.

"그런데 세계가 어떻게 움직이고 있는지 자넨 알고 있나?"

"현실의 세계 말입니까, 아니면 루프?"

루프가 어떻게 돌아가는지는 상식적으로 확실했다. 루프계를 떠받치는 것은 에너지, 즉 전력(電力)이다. 그러나 현실의 세계는……

엘리엇은 자못 우스운 듯 킬킬거렸다.

"현실도 루프도 그건 똑같아. 둘 다 같은 원리로 움직이지. 잘 듣게, 세계를 움직이는 것은 예산이네."

엘리엇은 '예산'이라는 말의 의미가 가오루의 머리에 스며들길 기다렸다가 이야기를 계속했다.

"루프라는 거대 프로젝트에 예산이 없었으면 그 세계는 존재하지 않았지. 그래서 현실도 루프도 예산이 없으면 움직이지 않는다네."

이어서 가오루는 일방적으로 듣기만 하는 입장이 되었다. 앞으로 이야기가 어떻게 진행될지, 지금 말하고 있는 내용이 자신과 무슨 관계가 있는지 흥미가 생겨 엘리엇의 이야기에 몰입했다.

'예산만 있으면 우리는 지금쯤 우주 정거장에 있을지도 모른다.'

틀린 말은 아니었다. 과학은 사회 정세를 무시하고 무작정 쭉 진보되는 것이 아니다. 그때그때 사정에 따라 방향이 바뀐다. 그리고 예산은 그때 사회 사정이나 국가 간의 의도, 요컨대 사람들이 가장 원하는 것이 무엇인가를 최우선 사항으로 결정되는 경우가 많다. 70년 전, 다가올 미래 청사진을 만들며 메인 무대로 삼았던 것은 광대한 우주 공간이었다. 화성과 달은 마치 인간의 식민지라도 될 듯이 언급되고, 행성과 행성 간에는 스페이스 셔틀이 정기편으로 운항되리라. 누구나 그런 미래를 떠올렸고 영화나 소설의 소재로도 다뤄졌다.

하지만 현재까지 화성은커녕 달에조차 이주한 적은 없다. 인류가 달에 도착했던 그 빛나는 순간뿐이었다. 그 이후 우주 계획은 느린 행보를 하다 마치 소처럼 잠들고 말았다. 그 이유는 단 하나. '예산이 없어서.'

이제 보니 왜 그런 생각을 미리 하지 못했는지 신기할 지경이다.

다만 엘리엇은 그것을 예측했다고 한다. 그렇기 때문에 남아도는 재능을 다른 분야에 썼다고 자랑스레 이야기하고 있다.

그가 선택한 학문 영역은 지금과 비교하면 믿을 수 없을 만큼 느린 계산 능력밖에 없었던 컴퓨터 세계였고, 이중나선 구조가 밝혀진 직후의 분자생물학 세계였다. 남다른 직감을 자랑하는 엘리엇은 갓 생겨난 두 세계를 융합했다. 우선 테마로 삼았던 것은 '컴퓨터 속에 인공 생명을 발생시킬 수 없을까?'라는 소박한 의문이었다. 그는 독자적인 방법으로 의문에 대한 답을 찾고자 했다.

연구 성과는 서서히 결실을 맺었다. 엘리엇의 예측대로 사회 전반의 흥미는 어떻게 우주 공간으로 나아갈지가 아니라 어떻게 정보 사회를 잘 형성할지로 향했다. 컴퓨터가 시대의 꽃이 되면서 엘리엇의 연구 테마도 발표의 장이 주어졌고 동조하는 사람도 모였다.

시국의 도움으로 엘리엇은 세계 최초로 자기증식 프로그램을 발견하여 프로그램 자체가 독자적으로 진화하는 소프트웨어를 만들었다. 그는 최초에 가졌던 의문을 잊지 않고 있었다.

'컴퓨터 속에 인공 생명을 발생시킬 수 있을까?'

처음에 결실을 본 것은 생각보다 빨랐다. 20세기도 거의 끝나가려는 세기말 무렵이었다. 금세기 중에는 불가능할 것이라 예상했던 엘리엇은 예상외로 빨리 꿈이 실현되자 맥이 빠지는 느낌이었다. 다만 초기 인공 생명이라곤 해도 극히 단순한 구조의 생명이었고 컴퓨터 디스플레이 안에서 돌아다니는 모습은 무슨 선충 같았다.

자웅이 나뉘어 있는 선충을 생식시켜 컴퓨터 내부에 독자적으로 새로운 생명을 탄생시킨 것은 금세기가 시작할 즈음이었다.

새로 태어난 세포는 분열을 반복했고 이윽고 부모와 같은 움직임으로 디스플레이 속을 기어 다녔다. 엘리엇의 눈에 그 모습은 신세기에 어울리는 광경으로 비쳤다.

그런 다음부터는 발전에 가속도가 붙었다. 어떤 생물이라도 기본은 별 차이가 없었고 축적된 기술을 응용해 어류, 양서류로 나아가는 일은 문제가 없었다.

컴퓨터 시뮬레이션, 혹은 인공 생명의 진보를 보고 엘리엇은 자신의 주제를 더욱 발전시켰다.

'지구 전체 규모의 생명권을 가상공간에 만들어 낼 수 있을까?'

루프라고 하는 프로젝트가 상당한 구체성을 띠고 태동했다.

엘리엇의 부름에 응한 전 세계 과학자가 하나의 목적으로 나아가기 시작했다. 정보 공학, 의학, 분자 생물학, 진화론자, 우주 물리, 지질학, 기상학…… 이과 계통의 학문은 말할 것도 없고 경제학, 역사학, 정치학 사회 과학계의 학자들도 이 프로젝트에 흥미를 나타냈다.

지구와 같은 공간을 가상적으로 만들기에는 과학뿐만 아니라 인문사회학적인 발상도 필요했다. 즉, 루프와 실험에 의한 과실은 모든 방면으로 피드백되어 공헌할 것으로 예측되었다.

지금까지 수수께끼로 남아 있던 진화론, 생물학의 문제는 물론이었다. 가상공간에서 지적 생명체가 탄생하면 왜 전쟁이 일어나느냐는 사회 문제, 인구 증가와 주가의 움직임까지 그동안 법칙이 발견되지 않은 모든 문제를 풀 가능성이 주어질 수 있다. 현대의 모든 분야를 발전시킬 것은 확실하다며, 루프 프로젝트의 중요성은 과학의 첨단에 서 있는 학자라면 누구나 인정하고 있었다.

이렇게 루프는 현실에서 정식으로 움직이기 시작했다. 요컨대 국가 규모의 예산이 투자된 것이다.

국가 간의 의도도 얽혀서 처음엔 공개랄 것도 없었다. 거기서 무엇이 터질지 예상할 수 없으니 새로운 세계적인 규모의 전략도 가능할 수 있어 신중하게 일을 추진했다. 대대적인 오픈 행사도 없이 조용히 미국과 일본을 중심으로 프로젝트가 시작되었다.

거기까지 이야기를 마치고 엘리엇이 친숙한 이름을 꺼냈다.

"후타미 히데유키……, 그도 꽤 우수 연구자였지. 대학원을 갓 나와 아직 젊었지만 일본인 연구자 중에서 가장 획기적인 역할을 해 주었지."

엘리엇이 가오루가 듣기에는 기분 좋은 견해를 밝혔다. 자신의 아버지를 우수하다고 칭찬하니 나쁜 마음은 들지 않았다.

"아버지를 만난 적이 있습니까?"

가오루는 힘 있게 물었다.

"아니, 만난 적은 없어. 부하 직원을 통해서 소문은 많이 들었지."

히데유키는 루프에 관해서는 속 시원하게 이야기하지 않았다. 도대체 히데유키가 루프 프로젝트에서 한 역할이 무엇이었을까? 가오루는 관심이 커졌다. 이번에 만난 김에 꼭 직접 물어보고 싶었다.

아버지를 떠올리는 가오루를 가로막으며 엘리엇은 이야기를 계속했다.

"그리고 루프가 어떻게 되었지? 이제 자네는 알겠지."

"암화했습니다."

가오루는 시원스럽게 말했다.

"최종적으로는 그랬지만 그동안의 경과가 훌륭했지. 그렇게 될 줄은 몰랐어."

엘리엇은 뭔가 사정이 있다는 듯이 가오루의 눈을 보며 말했다. 무슨 일이었는지 물어보라는 표정이었다.

"뭐가 예측과 달랐나요?"

"놀랍지 않은가? 자네는 루프의 일부를 그 눈으로 보고 있는 거라네."

"놀랄 일이 너무 많아서."

일방적으로 흥분한 상대를 골탕 먹일 셈으로 가오루는 맥 빠지게 대답했다. 엘리엇은 입을 반쯤 열더니 입 가장자리에서 침을 흘렸다. 투명한 액체가 입술을 벗어나 스윽 흐르자, 엘리엇은 흐른 침을 소매로 입가를 슥 닦았다.

"물리적 조건이 같다면 거의 같은 형상의 생명이 만들어지리라고는 생각하고 있었어. 하지만, 이 정도까지 현실을 똑같이 반영하게 되리라고는 생각하지 못했다네. 진화는 우연에 의해 일어난다는 것이 지금까지의 통설이었지. 그럼 완전히 똑같을 리가 없지 않은가?"

가오루도 그 점이 놀라웠다. 루프를 지배하는 물리 조건이 지구와 똑같다고 해서 생명의 진화가 하나부터 열까지 똑같았다는 것은 정말 이상했다.

"그래서 당신은 어떤 결론을 도출한 겁니까?"

"루프에서 생명의 자연 발생은 볼 수 없었네. 그래서 우리는 처음으로 개입을 결정했지. 초기 생명이라고 생각되는 RNA을 따로 뿌렸어. 그래, 마치 바다에 종자를 뿌리듯 말이지. 씨앗을 뿌린 것처럼 비유했는데 실제로는 비유가 아니야. RNA는 바로 종자 그 자체였네. 특정하게 결정된 생명의 나무로 성장하기 위한 종자 그 자체였지."

가오루는 과거에도 이와 비슷한 대화를 어딘가에서 나누던 기억이 났다. 그래, 료지다. 어머니인 레이코가 바로 옆에서 졸고 있는 그 좁은 병실에서 가오루와 료지는 진화 논쟁으로 이야기꽃을 피웠다. 료지가 말하고자 하는 취지는 지금 엘리엇이 말하는 내용과 거의 같았다.

"결국 무슨 말을 하고 싶은 겁니까?"

가오루가 냉정하게 결론을 말하라고 재촉했다. 부자연스럽게 이야기를 차단하면 또 침을 흘리지 않겠는가. 가오루는 엘리엇의 침 따위는 보고 싶지 않았다.

"루프와 현실은 훌륭히 일치하고 있지. 루프에서 생명은 자연 발생되지 않았어. 그래서 생명의 종자를 뿌린 거라네. 이게 무엇을 의미하는지 모르겠는가?"

다시 떠올랐다. 엘리엇과의 긴 대화가 시작되기 전에 그가 말한 말.

'자네는 신을 믿나?'

그럼 답은 하나밖에 없다.

"현실도 가상 세계라고 말하고 싶은 거군요."

"당연하지. 현실에서도 지구상에 생명은 자연 발생하지 않았어. 그럼 우리는 어떻게 여기 있을까? 똑같이 생명의 종자가 파종된 거야. 누가 뿌렸지? 그게 우리가 신으로 여길 존재지. 신은 자신의 생김새를 닮은 생명을 세상에 탄생시켰다는 성경의 말은 진실이었어."

그런 말을 들어도 가오루는 놀라지 않았다. 현실이 가상 세계일지도 모른다는 것을, 여행 도중에 몇 번이나 생각했다. 다만, 증명도 반론도 할 수 없을 뿐이었다. 단순한 유추에 지나지 않았다. 현실에 변혁을 가져올 효력은 없다. 검증을 못 하니 여전히 믿거나 말거나 하는 문제로 남아 있을 뿐이다.

"그렇다 해도 현실은 아무것도 변하지 않습니다."

가오루의 냉정함에 밀리는지, 엘리엇은 소파에 등을 기대며 말했다.

"신이 현실을 창조했다는 것도 물론 우리가 컴퓨터 안에 만들던 행위와는 전혀 다른 방법으로라는 뜻이지만……."

말을 맺기 전에 가오루가 끼어들었다.

"신의 세계를 움직이는 것도 예산이겠죠."

가오루는 그렇게 말하며 웃었다.

순간, 엘리엇의 눈이 가늘어지며 차가운 빛을 뿜었다.

"나를 우롱할 생각인가?"

하지만 험악함은 오래가지 못했다. 엘리엇은 이내 표정을 풀고 전처럼 온화함을 되찾았다.

가오루는 벽시계를 보았다. 엘리엇과의 대화가 벌써 세 시간이나 지속되었다. 이제 배도 고프고 세 시간이나 지껄여도 아직 끝날 기미가 보이지 않아 그런가 쓸데없이 피로했다.

엘리엇은 가오루의 기분을 살피더니 일단 대화를 마치자고 했다.

"지쳤구먼. 옛날 영화라도 보면서 여기서 잠시 쉬도록 하지. 점심도 준비함세."

그 얼굴에는 분노도 흥분도 없었다. 완전히 무표정이라고 해도 될 얼굴이었다. 엘리엇은 리모컨을 눌러 벽면에서 스크린을 내리고 재생 버튼을 눌렀다.

제 힘으로 일어서서 휠체어에 앉더니 두 바퀴를 밀고 방에서 나가려 했다. 그 모습을 눈으로 쫓았다. 가오루는 문이 닫힘과 동시에 잠기는 소리를 들었다. 그 소리가, 지금 자신이 처한 상황을 설명하고 있었다. 역시 진짜 갇혀 있는 것이다. 왜 그런 짓을 하는지 이유를 알아내야 했다.

스크린에는 전에 본 적이 있는 낡은 영상이 흘러나왔다. 열 살 때 부모와 함께 보러 간 SF 영화였다. 주제가도 기억났다. 마음에 드는 영화였기 때문에 엄마에게 부탁해서 사운드트랙 판을 사서 질리도록 들었던 곡이었다.

흰옷을 입은 흑인 거한이 어느샌가 다가와서 가오루 앞에 샌드위치와 밀크티를 놓고 갔다.

가오루는 샌드위치를 입으로 나르며 두 눈을 살짝 감고 영상은 보지 않으며 음악만 듣고 있었다. 그 편이 더 그리움이 커졌다. 노래를 듣고 있으니 감은 눈꺼풀 아래 영상이 떠올랐다. 아직 아버지의 암은 표면으로 나타나지 않았고, 가정은 평안했다. 당시의 추억을 음악이 일깨웠다.

가오루는 한동안 눈물이 흐르는 것을 몰랐다. 뺨을 타고 흐르는 눈물이 입술에 들어오자 가오루는 '이것 또한 우연일까?'라는 의문이 떠올랐다.

지금 나오는 영화는 가오루에게 특별한 작품이었다. 엘리엇은 우연히 이를 꺼낸 것일까? 아니면 가오루에게 추억의 영화라는 것을 알고 이것을 택했을까?

만약 후자라면 갇혀 있는 현재 상황 이상으로 심각한 일이다.

'나는 지금까지 엘리엇에게 감시당해 왔는지도 모른다.'

그러고 보니 어릴 적부터 누군가에게 감시당하는 느낌을 등으로 느낀 적이 종종 있었다. 기분 탓이겠거니 하고 별로 걱정하지 않았다 지금 처음 그 생각이 현실성을 가지고 다가와 가오루에게서 갑자기 식욕을 앗아 갔다.

4

엘리엇이 돌아왔을 때, 가오루는 점심을 다 먹은 참이었다.

"허, 대단한 식욕이 아닌가. 다행이군."

빈 쟁반을 보고 엘리엇이 만족스럽게 끄덕였다.

"이제 지긋지긋하군요. 당신 때문에 기분이 형편없습니다."

해결은커녕 말을 하면 할수록 오히려 의문이 쌓여만 갔다. 가오루는 빨리 이 사기극을 끝내고 싶었다. 무엇 때문에 이곳에 왔지? 전이성 인간 암 바이러스를 없앨 방법을 찾기 위해서였다. 이런 곳에서 시간을 보낼 수는 없었다.

"자, 오후에 이야기할 주제는 바로 자네의 사명에 대해서라네."

엘리엇은 그렇게 말하며 소파에 앉았다. 또 간파당했다. 이러니 달아나고 싶어도 달아날 수가 없다.

"나의 사명?"

"그래, 자네는 무엇 때문에 여기 왔지? 전이성 인간 암 바이러스의 치유법을 찾기 위해서인가?"

가오루와 엘리엇은 한동안 서로의 눈을 바라보았다.

자신에 관한 정보는 모두 상대가 쥐고 있지만, 엘리엇에 관해서는 무엇 하나 미리 알고 있는 것이 없다는 불공평함이 가오루를 매우 초조하게 했다. 과학사 속에서 그가 한 역할은 그럭저럭 이해했다. 하지만 가오루가 알고 싶었던 것은 더 개인적인 것이었다. 개인으로서의 모습을 더 구체적으로 알게 되면 이 불편함은 사라질 것이다.

"그럼 자네에게 한 가지 문제를 내지."

가오루의 의도와 달리 엘리엇은 오른손 검지를 천장을 향해 세웠다. 이번에는 선생이라도 될 작정인가?

"뉴트리노가 다른 물질과 상호 작용하는 경우 뉴트리노 진동의 위상이 어긋난다는 사실은 몇 년에 발표되었지?"

뉴트리노는 중성미자라고도 하며 입자의 일종이다. 그 성격 세 가지는 광속으로 움직이고, 전하를 띠지 않으며, 에너지의 덩어리라는 점이다. 이 점만 보면 빛과 아주 비슷하다. 하지만 결정적인 차이는 에너지를 지니고 있음에도 어떤 것이든 통과한다는 점이다. 태양으로부터 방사된 중성미자가 땅속을 지나 지구 반대편에 이르면 땅에서 뿜어 나온 것처럼 어둠 속으로 나아간다.

'중성미자. 소립자에 관한 발견을 왜 지금 문제로 내는 거지?'

가오루는 엘리엇의 질문에 반사적으로 답했다.

"2001년."

가오루가 태어나기 전의 일이었지만, 과학사의 한 페이지에 남겨진 작은 발자국이니 정확하게 기억하고 있었다.

"그렇지. 그때까지 질량이 제로라 여겨졌던 중성미자에게 질량의 존재가 확인된 것이지."

"그래서, 그게 대체……."

가오루가 답답한 나머지 끼어들려고 했지만 엘리엇이 이를 막았다.

"잠깐 기다려. 이야기를 끝까지 들어. 자, 모든 계획은 유기적으로 서로 얽혀 있는 데서 진행되는 거야. 이렇게 말해도 아직 자네는 모를 테지만. 만약 뉴트리노의 위상 차이가 발견되지 않았다면, 아마 자네는 존재하지 않았을 거야."

"농담도 적당히 하시죠. 뉴트리노의 성질 하나가 밝혀진 것과 내가 무슨 상관입니까?"

중성미자는 물질의 90퍼센트를 차지하는 소립자이다. 어디에나 있다. 그런 것이 자신의 출생과 관련이 있다는 말은 참을 수가 없었다.

"그래. 그저 머리 한구석에만이라도 놔 둬. 이제 3분은 뉴트리노 이야기를 하지."

그리고 엘리엇은 아주 간단히, 뉴트리노의 위상차를 이용하면 무엇이 가능한지 이야기하기 시작했다.

요컨대 어떤 물질에 뉴트리노를 방사하고 그 위상의 차이를 계측해서 재합성하면 물질의 미세한 구조를 그대로 3차원 디지털화할 수 있다. 대상은 무기물과 유기물 어느 쪽이든 상관없었지만 주로 의학과 생리학 분야에 응용할 수 있으리라 기대되었다. 어떤 생물의 모든 분자 정보를 디지털화해서 뽑아낸다는 기술이 꿈이 아니게 된 것이다. 이는 DNA을 해석하는 것과는 전혀 달랐다. DNA의 모든 유전자 서열을 분석을 마친다 해도 그것은 하나의 생물을 구성하고 있는 무수한 세포에서 세포 한 개만 빼내 검사하는 데 불과하다. 그러나 중성미자의 진동을 응용하면 뇌의 활동 상태부터 마음의 상태, 기억을 포함한 생체가 가진 모든 정보를 3차원 정보로 기록하는 획기적인 기술을 쓸 수 있다.

　"뉴트리노 스캐닝 캡처 시스템……, 대문자를 따서 NSCS, 우리는 줄여서 뉴캡이라고 부르고 있지만, 생물의 모든 분자 구조를 단박에 알아내는 장치 제작 계획은 루프 프로젝트를 시작한 지 얼마 지나지 않아 다른 연구자 그룹이 착수했어. 물론 거액의 예산을 받은 덕이지. 뉴캡의 제작에 나 자신은 직접 관여하지 않았어. 하지만 간접적으로 조언한 사실은 빼놓을 수 없구먼."

　엘리엇은 거기서 한숨 돌렸다.

　"자, 차라도 한잔 어떤가. 머리를 조금 정리했으면 하네."

　이끌리듯이 가오루는 찻잔을 들어 입으로 가져갔다. 식은 지 오래되었다. 뉴트리노에 관한 소문은 들은 적이 있었다. 하지만 뉴캡같이 대규모 장치의 계획은 금시초문이었다.

　"혼란스럽게 해서 미안하네만, 드디어 이야기를 지금 우리를 위협하는 전이성 인간 암 바이러스로 옮기도록 하지."

"이제야 본론입니까?"

가오루는 다소 안심했다. 맥락 없는 이야기를 언제까지고 듣는 것이 아닐까 걱정되었기 때문이다.

"전이성 인간 암 바이러스에 관해 자네는 무엇을 알고 있나?"

"해석된 유전자의 염기배열을 직접 보았습니다."

"그런데도 치료법도 모르고 백신 개발도 진행되지 않고 있지."

"어째서 그럴까요?"

"바이러스의 발생원을 조사하는 것은 의외로 시간이 걸리지. 전이성 인간 암 바이러스의 경우 그 발상이 어디 있는지 알 수 없어서 그래."

가오루는 전이성 인간 암 바이러스가 어디에서 생겨났는지 대충 짐작했다.

"루프군요."

예상을 깨고 엘리엇이 눈을 크게 떴다.

"어떻게 그걸 알았나?"

진짜 놀라는 엘리엇을 보니 꽤 즐거워졌다. 가오루는 대답을 미루어 이 즐거움을 오래 느끼고 싶었지만 그럴 정도로 여유 부릴 상황이 아니었다.

"전이성 인간 암 바이러스는 별로 크지 않습니다. 유전자의 수는 아홉 개이고 각각 유전자를 구성하는 수천에서 수십만이라는 오더입니다. 그런데 그 아홉 개의 유전자를 구성하는 염기수가 모두 2의 N승의 세 배입니다. 이건 우연이 아닙니다."

엘리엇이 신음 소리를 냈다.

"용케 알았군."

"자랑은 아니지만 난 숫자에 관해 직감이 뛰어난 사람입니다. 여섯 자리 숫자가 아홉 개 늘어서 있고 그게 전부 2의 N승의 세 배인 것을 알아차리는 것 따윈 어렵지 않습니다."

"그래서, 발생원을 알아차렸다는 말인가."

"네. 어째서 2의 N승의 세 배일까? 세 개의 염기가 하나의 코돈이니 하나의 아미노산을 지정하는 것으로 세 배가 되는 의미는 쉽게 알았습니다. 하지만 왜 기수가 2여야만 하나. 당연히 루프 프로젝트에 관련된 지식이 없으면 이런 발상을 떠올리지 못할 겁니다. 기수가 2인 이유는 컴퓨터가 이진법을 사용하기 때문입니다. 즉, 전이성 인간 암 바이러스는 루프에서 새어 나갔습니다. 발생원이 루프입니다."

"그렇지."

엘리엇이 애매하게 웃으며 두 손을 짝짝 부딪혔다. 박수겠지만 마치 바보 취급 당하는 기분도 들었다.

"루프가 발생원이란 게 밝혀지면 치료법도 알 수 있는 겁니까?"

가오루가 목소리를 낮추며 냉정을 가장하며 말했다. 전이성 인간 암 바이러스의 치료법…… 가장 관심 있는 주제였다.

"언제 알아차렸나?"

엘리엇이 가오루의 질문을 무시했다.

"네?"

"전이성 인간 암 바이러스의 발생원을 알아차린 게 언제지?"

"한 달도 되지 않았습니다."

"그래? 난 반년 전에 알았어."

자랑하려는 말투는 아니었다. 엘리엇은 어딘가 멍한 표정으로 어린애처럼 손가락을 꼽으며 수를 세고 있다. 그 얼굴에는 회한이 엿보였다.

"당신 생각을 듣고 싶습니다."

자못 애원하는 말투가 되었다. 하지만 엘리엇은 긴 사연을 늘어놓기 시작했다.

"암 같은 흔한 병이어서 문제였어. 좀 더 특징이 있는 병이었다면 초기에 뭔가 방법이 있었을지도 몰라. 하지만 일반적인 암에 묻혀서 전이성 인간 암 바이러스는 꾸준히 기초를 만들어 갔지. 그래. 범죄자가 몸을 숨길 장소는 대도시가 제격인 법이지. 암이라는 흔해 빠진 병 때문에 위장할 수 있었던 게지. 생각해 봐. 루프 프로젝트에 연관된 연구자가 암으로 죽는다고 해도 무슨 놀랄 일이겠는가? 원인 불명의 병이었다면 난리가 나서 무슨 바이러스인지 알아냈겠지. 하지만 흔한 병이라면 '또 그거야?' 하고 안타까워하고 끝이었지. 그렇게 조용히 와서 차례로 다 빼앗아가 버렸네."

가오루는 엘리엇의 슬픔을 잘 이해했다. 전이성 암이 지금까지와 다른 바이러스성의 무언가라고 판명된 것이 겨우 7년 전이다. 전이성 인간 암 바이러스의 순수 분리에 성공한 지 고작 1년이 지났다. 그동안 전이성 인간 암 바이러스는 꾸준히 기반을 다지며 폭발적으로 증식할 기회를 엿보고 있었다.

아마 엘리엇은 전이성 인간 바이러스로 가까운 사람을 잃었으리라. 적의나 회한, 슬픔이 혼합된 표정으로 과거를 돌아보고 있다.

엘리엇의 사람됨을 알 좋은 기회였지만 가오루는 대화 방향을 다시 바로잡았다.

"루프에서 어떻게 바이러스가 흘러나왔는지 그 경위는 파악되었습니까?"

가오루의 말을 듣고 엘리엇이 퍼뜩 고개를 들었다.

"아, 그래, 물론 파악했지."

"알려 주십시오."

"루프는 이미 20년 전에 중단되었네. 그 세계는 멈춰 버렸어. 시간이 정지되었지. 등장인물이 모두 움직임을 멈춘 채로 있네. 어째서 우리가 루프 프로젝트를 멈췄는지 알지?"

"예산이 없어서입니까?"

농담으로 한 소리가 아니었다. 하지만 엘리엇은 순간 어이없어 하다 크게 웃었다.

"그 말 그대로야. 제대로 알고 있군. 실제로 예산이 다 떨어지고 있었어. 각 분야에 대한 학문적인 피드백도 끝났고 성과도 올렸어. 예산에 걸맞은 가치를 내보였지. 하지만 프로젝트 하나가 계속 이어질 수는 없어. 뉴멕시코 사막 지하에 대체 몇 개의 초병렬 슈퍼 컴퓨터가 잠들어 있는지 알아? 실제로 64만 대야. 이걸 움직이려면 발전소가 따로 필요할 정도였지. 막대한 전력과 유지비가 엄청나. 계속 이어질 수는 없었어. 그때 마침 루프가 암화를 일으키기 시작했지."

그 경위를 가오루는 충분히 알고 있었다. 웨인스록의 폐허에서 직접 계기가 되었던 장면을 눈과 귀로 체험했다.

그 사실을 엘리엇에게 말했더니 알고 있었다는 듯이 두 번 끄덕였다.

"아아, 자네가 봤군. 봤다기보다 체험했다고 해야겠지. 그런데 자넨 왜 루프가 암화를 시작했는지 그 이유는 모르지? 그래, 먼저 말해 주지. 나 자신도 원인은 몰라. 기묘한 비디오테이프가 만들어졌고 그때까지 없었던 바이러스가 창궐하니 루프에 존재하는 개체는 절대 설명할 수 없는 내용이야. 루프에 존재하는 개체에게 설명할 수 없는 이야기라도 그것을 창조한 나는 알리라고 생각할 수도 있겠지만 솔직히 나도 몰라. 세계의 모든 현상을 설명할 수 없어. 우린 항상 도전할 과제에 직면해 있고, 세계의 멸망도 어디서나 일어날 수 있어. 모순이 없는 세계는 아무 데도 없어. 현실계의 멸망이 루프로 전염된 것인지도 모르고 아니면 다른 가능성, 컴퓨터 바이러스 때문일 수도 있지. 완벽하게 방어가 되어 있었지만 회선이 바깥으로 연결되어 있는 이상 절대적인 방어는 아니니까 말이야. 장난치고는 아주 잘 만든 장난이야. 하지만 내가 흥미를 가진 이유는 루프에 있는 다카야마 류지라는 개체야."

엘리엇이 거기서 말을 끊고 의미심장한 시선으로 가오루를 바라보았다. 동의를 구하는가 싶어서 맞장구쳤다.

"네. 상당히 재미있는 인물이죠."

"특별하지."

"그가 전이성 인간 암 바이러스를 해치울 열쇠를 쥐고 있나요?"

엘리엇이 가오루의 머릿속을 들여다보려는 듯이 눈을 가늘게 떴다. 가오루의 일거수일투족에서 눈을 뗄 수 없는 모습이었다.

"자네는, 화면으로, 다카야마를…… 봤나?"

천천히 탐색하는 말투였다.

"다카야마의 시점에서 그 사건을 겪었다고 생각합니다."

엘리엇의 말투를 흉내 내서 가오루는 한 마디씩 끊어 대답했다.

분명 그랬다. 가오루는 다카야마의 눈과 귀를 시작으로 그의 오감을 전부 활용해서 사건을 다시 경험했다.

"과연…… 그렇군."

엘리엇의 상태가 변했다. 눈을 깜빡거렸다. 가오루는 불안해서 계속 움직이는 엘리엇의 눈을 바라볼 뿐이었다.

"그게 어떻다는 거죠?"

"아니, 무슨, 조금 우스운 방향으로 이야기가 흘러가서 말이지……. 뭐, 그건 그렇다고 하고, 그럼 자네는 죽기 직전에 다카야마가 한 말을 직접 귀로 들었다는 말이구먼."

"네. 그렇습니다."

분명히 기억하고 있다. 가오루가 본 것, 들은 것, 모두 다카야마의 시각과 청각으로 접했다. 죽기 직전 그는 현실계와의 인터페이스를 발견해 전화를 걸었다. 가오루 자신의 몸 안에서 다카야마의 목소리가 들려오는 것 같았다.

"다카야마가 뭐라고 말했지?"

가오루는 되도록 비슷하게 말했다.

"나를 그리로 데려가 줘."

"무슨 의미라고 생각하지?"

"루프계에 창조주가 있는 것을 눈치 챈 다카야마가 그에게는 신의 세계, 다시 말해 우리가 사는 현실에 그 몸을 되살려 달라……. 나는 그런 의미로 느꼈습니다."

가오루는 다카야마의 소원을 잘 이해했다.

'세상의 구조를 이해하고 싶다.'

그 생각을 아버지에게 얼마나 이야기했던가. 하지만 이 세상은 구조를 완전히 이해하기에는 너무 복잡했다. 따라잡았다 싶으면 그 끝은 더 앞으로 나아가 버렸다. 쳇바퀴 돌듯이 아무리 시간이 지나도 끝나지 않았다. 영원히 잡을 수 없는 그림자 같다. 하지만 반대로 창조주의 세계가 있다면 그 소원은 간단히 이룰 수 있다. 창조주의 세계로 가면 알 수 있다.

엘리엇이 부드럽게 말했다.

"나는 다카야마의 기분을 아주 잘 이해할 수 있었다네. 다카야마는 죽음의 공포로 그런 소원을 말한 것이 아니야. 마음 밑바닥부터 그를 움직이던 경이로운 지식욕……, 그 나름의 방법으로 세계를 알고 싶다는 호기심이 순간적으로 폭발해 그가 기적을 일으킨 거지."

"기적……."

"그래. 그에게는 기적이지. 그는 죽기 직전에 이쪽 세계로 오고 싶다고 강하게 바랐지. 만일 우리 머리에 뉴캡 계획이 없었다면 그런 발상이 없었겠지. 아니, 틀림없이 상상도 못 했을 거야. 하지만 아까도 말했잖나. 사물이 유기적인 결합 속에 움직이고 있다고. 나는 20년 후, 30년 후를 내다본 셈이지. 그래서 결심했다네. 다카야마의 소원을 들어주기로."

"네? 뭐라고요?"

가오루가 놀라서 소리 질렀다.

'다카야마의 소원을 들어준다.'

역시 생각했던 대로 가상공간의 개체를 이쪽으로 되살린다는 엄청난 수를 쓴 것이다. 가오루는 어처구니가 없었다.

엘리엇은 냉정했다. 어떤 방법으로 다카야마 류지라는 개체를 현실계로 데려왔는지 그 방법을 구체적으로 설명하기 시작했다.

루프계에서 현실계로. 경험이 축적된 기억, 의식의 흐름까지 그 모든 것을 유지한 성인인 채 다카야마라는 개체를 이송하는 것은 불가능하다. 가능한 방법은 하나다. 다카야마의 세포에서 꺼낸 유전정보를 기초로 게놈 신시사이저와 GFAM을 이용해 현실 세계에서 사용되는 DNA를 만들어 낸다. DNA의 염기배열만 해석해 두면 이런 장를 써서 화학 물질로 재합성할 수 있다.

다음으로 사람의 수정란을 준비한다. 수정란의 핵을 꺼내 인공적으로 만든 다카야마의 핵과 교환한다. 수정란을 모체로 되돌리면 나머지는 다카야마 류지가 탄생하길 기다리는 일뿐이다. 지난 세기에서 실현해 낸 클론 제조 방법과 별 차이가 없다. 어려운 기술은 아니었다. 다카야마가 현실로 등장하는 방법……, 그것은 아기로 탄생하는 방법밖에 없다. 다카야마 류지와 완전히 똑같은 유전정보를 가진 인간으로 이 세상에 새로 태어나는 것이다.

"당연히 장대한 실험이었지. 가상공간의 생명체를 현실 공간에서 살려내는 거라 우리가 흥분하는 것도 무리가 아니었지. 하지만 일이 일인 만큼 극비로 진행되었어. 당연하지. 매스컴이 알면 생명 경시니 뭐니 쓸데없이 떠들어 댈 게 뻔한데. 이전 세기말에 인간의 클론을 만드는 것도 난리를 쳤으니, 그런 소동은 절대 원치 않았어. 뭐, 자네는 당시의 일을 모르겠지만……. 그래서 이 계획은 루프와 관련된 과학자 대부분에게도 비밀이었다네."

"아버지도 몰랐습니까?"

엘리엇이 크게 끄덕였다.

"그래. 그는 몰랐지. 그리고 그래서 적합했네……."

"아버지는 계획 바깥에 있었군요."

"아니. 그렇진 않아…… 아아, 뭐 그렇게 되나."

엘리엇이 왠지 말하기 어렵다는 듯 말을 흐렸다.

"그렇다는 건 결국……."

가오루는 그다음의 전개가 빨랐다.

"그래, 자네가 생각하는 게 맞아. 우리는 다카야마가 죽기 직전의 유전정보를 빼냈어. 그때는 이미 다카야마가 링 바이러스에 감염되어 있었지. 우리는 다카야마의 유전자와 함께 링 바이러스의 유전자까지 현실로 가져와 버린 거야."

"즉, 루프계에 창궐한 링 바이러스가 현재 맹위를 떨치고 있는 전이성 인간 암 바이러스의 원형이라는……."

"우린 그렇게 알고 있네. 두 바이러스의 염기배열을 신중하게 비교 검토한 결과 우연이라고 할 수 없을 정도로 유사성이 보였어. 다카야마 류지를 현실에 탄생시키는 계획 중에 링 바이러스가 우리 틈새로 슥 빠져나가 버렸어. 아마 대장균에 링 바이러스의 RNA가 삽입되어 계속 불운이 겹친 끝에 외부로 유출되어 버린 게지. 그리고 다른 바이러스와 마찬가지로 무서울 만큼 빠르게 돌연변이를 거듭해 갔지. 그렇게 발생된 것이 전이성 인간 암 바이러스야."

성립 과정은 거의 가오루의 추리와 맞아떨어졌다. 하지만 문제는 그 해결 방법이었다.

가오루는 엘리엇에게 가까이 다가갔다.

"확실하게 말해 주시죠. 전이성 인간 암 바이러스를 없애는 방법을 당신들이 개발했는지."

"그러니까 자네에게 이야기한 대로 열쇠를 쥔 사람은 다카야마야."

"다카야마가 존재하는군요. 지금 어디 있습니까?"

엘리엇이 턱을 괴며 가오루의 눈을 응시하는가 싶더니 탁 하고 손가락을 튕겼다.

"그래. 눈의 착각이로군. 인간의 선입견은 어떨 땐 판단을 어지럽히기도 하니까."

고개를 옆으로 저으며 가오루는 상반신을 끌어 소파에 등을 기댔다. 중요한 질문을 하면 늘 어물쩍 넘어간다. 대체 무슨 생각인지. 이런 엘리엇의 태도에 불신감이 들었다.

축 늘어진 가오루 옆에서 엘리엇은 빠르게 리모컨을 조작했다. 한족 벽에서 대형 디스플레이가 내려왔다.

"자네는 헤드마운트형 디스플레이로 영상을 봤지. 그런데 모르겠나? 뭐, 그럴 수도 있지. 선입견이 인식 능력을 방해해 버린 거지."

가오루에게는 엘리엇이 하는 혼잣말이 들렸다. 노인이 정원에 있는 작은 새에게 말을 하는 것처럼 들렸다.

가오루는 잠자코 기다릴 수밖에 없었다. 저항하거나 화를 내지 않고 엘리엇이 배분해 줄 카드를 확인하려 했다.

엘리엇은 정면의 디스플레이에 다카야마가 죽기 직전의 영상을 띄웠다. 처음부터 준비되어 있던 것이다. 간단하게 보려 했던 영상이 나왔다.

"자네가 체험했던 것처럼 다카야마의 시선에 고정해 보지."

웨인스록의 폐가에서 한 번 본 영상이었다.

비디오테이프를 보고 딱 일주일이 지나 죽음의 징후가 나타난 것을 알게 된 다카야마는 마지막 희망을 걸고 비디오테이프를 플레이어에 넣고 재생 버튼을 눌렀다. 텔레비전 화면에는 의미 불명의 영상이 조각조각 흘러나왔다. 납으로 된 케이스에서 회전하는 주사위…… 전화를 걸던 다카야마는 도중에 연속적으로 나타나는 주사위의 눈을 보고 비명을 질렀다.

바로 그때, 정면 비스듬히 옆에 있는 거울에 사람이 비쳤다. 귀에 수화기를 갖다 댄 경악에 찬 표정을 지은 사람은 바로 다카야마였다. 수화기를 귀에 대고 시선을 옆으로 했을 때 다카야마는 순간 거울에 비친 자신의 모습을 보았다.

엘리엇은 영상을 거기서 멈추고 거울에 비친 다카야마의 얼굴을 확대했다.

"자네는 다카야마의 시선에 고정했을 때 착각에 빠졌던 거야. 설마 했던 선입견이 자네의 망막을 흐렸어. 흔한 일이지. 자, 잘 보게. 이 얼굴을 본 기억이 있는가?"

엘리엇이 거울 속에서 희미한 다카야마의 얼굴을 선명하게 만들었다.

가오루는 입을 반쯤 벌리고 거울에 비친 다카야마의 얼굴을 마주 보았다. 인정하길 거부하는지 신경이 욱신욱신 아팠다.

모니터 속에서 다카야마는 놀란 나머지 얼굴을 일그러뜨리고 있었다. 가까워 온 죽음에 침식되어 한편으로 늙어 보이기도 했다. 하지만 그 얼굴의 윤곽, 억센 턱선은 특징이 확연했다. 어딘가 보았던 얼굴 정도가 아니었다. 태어나서부터 계속 익숙하게 보아 온 얼굴이 거기 있었다.

"전이성 인간 암 바이러스를 없앨 힌트를 줜 사람은 이 남자, 다카야마 류지, 즉 자네라네."

엘리엇이 그렇게 말하며 거대한 손으로 가오루의 가슴을 쿡 찔렀다.

단어가 머리에 닿는 것을 막으려 했지만 사실은 가차없이 가오루의 몸에 스며들었다. 세상이 무너져내리는 기분이었다. 지금까지의 자기 몸이라고 생각한 이 살 덩어리에 배신을 당했다.

"그런 말도 안 되는 일이."

두 눈을 감고 서서히 천장을 향해 고개를 젖혔다.

"우리는 자네의 힘을 빌리고 싶네. 그러니 협력해 주게."

가오루는 아무것도 보고 있지 않았다. 엘리엇의 말이 귀에 들어왔지만 그 내용을 알아들을 수 없었다. 세계가 무너져 내리고 있을 뿐이었다.

5

가오루는 무릎을 끌어안고 바위에 앉아 있었다. 평평한 산등성이 끝에서 수억 년에 이르는 세월의 힘에 침식당한 깊은 협곡을 멀리까지 바라볼 수 있었다. 붉은 갈색의 대지는 군데군데 흰 반점들이 보였다. 지평선에 우뚝 선 기암은 자연의 창조물이라기보다는 인공적으로 만들어진 것처럼 보였다. 하지만 지금 보고 있는 풍경에 사람의 손은 일체 닿지 않았다.

산등성이를 걷다가 폭우를 맞고 그 후 본 광경은 꿈처럼 잘 기억나지 않았다. 어둠에 숨어 있던 광경이 이런 모습이구나, 하고 처음 보는 듯이 대지에 새겨진 주름 하나하나를 바라봤다. 아주 자연스레 대뇌의 주름이 연상되었다. 여러 추억이 새겨져 있지만 가오루의 뇌에 주름이 새겨진 지 아직 20년밖에 지나지 않았다. 그 출생은 보통의 것이 아니었다. 생식으로 인한 발생이 아닌 디지털 정보의 재합성에 의해 이 세계에 탄생했다.

먼 곳을 보자 황토색 강이 원을 두 개 겹친 루프 형태로 흐르고 있는 것이 보였다. 신기한 모습이었다. 현실과 가상을 잇는 공시성이 이런 곳에서도 보이다니…….

뒤돌아 보니 아무도 없었다. 지하 연구 시설로 내려가는 엘리베이터 옆에 헬기장이 있었고 금속으로 마감된 헬리콥터가 서 있었다. 폭우가 그친 후 완전히 약해진 가오루를 옮겨 주었던 제트 헬리콥터였다.

엘리베이터와 헬기장 가운데 새까만 어둠이 딱 입을 벌리고 있다. 지하 깊숙이 뻗은 방대한 종유동굴의 입구다. 종유동굴 안쪽은 밥그릇 모양의 거대한 구덩이가 있다. 투명도가 높은 물이 듬뿍 고여 있다고 한다.

엘리엇은 거짓말을 하지 않았다. 그는 천장에 손가락을 향하며 위에 물의 층이 있고, 아래 거대한 공간이 있다고 했다. 둘 다 진실이었다.

지하는 1000미터 깊이로 파여 있고, 그 밑에는 직경 200미터의 구 형태의 공간이 안겨 있듯이 떠 있다. 극히 투명도가 높은 물의 층은 바깥으로부터 방사선이 구형 공간으로 쏟아지는 것을 막아 주는 디텍터의 역할을 하고 있다. 자연의 지형을 이용해 뉴트리노 스캐닝 캡처 시스템이 지하 공간 깊숙이 자리 잡고 있었다.

가오루는 아직 그 장치를 실제로 보지 않았다. 전기의자나 마찬가지로 자신의 운명을 결정할 장치를…….

지하 연구 시설에서 지낸 지 일주일이 지났다. 일주일이 지나서야 겨우 가오루는 자기가 있던 장소를 바깥에서 볼 수 있었다. 지상으로 나가고 싶다는 가오루의 바람이 드디어 이루어졌다. 그가 숨지도 도망치지도 못한다는 것을 엘리엇이 이해한 것 같다.

온화한 날씨였다. 일주일 만에 햇살을 듬뿍 받으며 가오루는 사막의 오후를 만끽하고 있었다. 그늘만 아니면 티셔츠 한 장만 입어도 춥지 않았다. 가슴 앞으로 팔짱 낀 두 팔을 살짝 움직여 비비며 열심히 생각을 정리했다. 하지만 전혀 정리되지 않았다. 지금까지의 인생을 어떻게 생각해야 할지 전례가 없어 고심했다.

엘리엇을 의심하는 것은 간단했다. 가장 간단한 해결 방법일 수도 있다. 그가 하는 말을 믿지 않는다. 완전히 거부한다. 본인이 가상공간의 유전정보에서 탄생했다는 말도 안 되는 소리를 믿을 수 있을 리가 없다. 존재를 근본부터 부정당한 것과 다름없었다. 뉴캡의 실험을 하고 싶은 나머지 엘리엇이 대충 짜 맞춘 이야기에 지나지 않는다. 부정하고, 할 수 있는 최고의 욕설을 푸짐하게 내뱉은 뒤 스스로의 의지로 이 산을 내려간다. 그 후의 인생은…… 모르겠다. 적어도 쾌적하게 굴러가진 않으리라. 사랑하는 사람들을 잃고 남는 것은 오로지 회한뿐.

몇 번이나 출발점으로 되돌아갔다. 유전자가 동일한 일란성 쌍둥이는 거의 용모가 비슷하다. 가오루와 다카야마의 유전자가 공통된다면 가오루와 다카야마가 같은 얼굴을 하고 있는 것이 당연하다. 다카야마의 목소리를 들었을 때 이상한 느낌이었다. 마치 녹음된 자기 목소리를 듣고 있는 것 같았다. 얼굴과 목소리가 일치했다. 하지만 그것만으로 증거가 되진 않았다. 컴퓨터로 처리하면 얼굴이나 목소리 따위는 어떻게든 마련할 수 있다.

가오루는 그 질문을 엘리엇에게 던졌다. 그랬더니 의심을 다 들여다본 듯 위성 전화 수화기를 가오루에게 내밀었다.

"자네 아버지 전화네. 이야기해 보게."

가오루는 수화기를 받아 병실 침대에 누워 있는 아버지의 목소리를 들었다. 그리고 질문했던 답을 다 듣고 엘리엇이 하는 이야기에 대한 신빙성이 생겨났다.

다카야마 류지의 클론을 키우기 가장 좋은 방법은 루프에 관계된 연구자 중 가장 적합한 사람을 골라 그 자식으로서 키우게 하는 방법이다.

당시 후타미 히데유키는 마치코와 결혼해 4년이 지났으나 아이가 생기지 않아 산부인과에서 진료를 받았다. 그리고 아내가 불임이라는 것이 밝혀진 상태였다.

그럼에도 불구하고 그들이 아이를 바라고 있다는 정보를 들은 엘리엇과 연구원들은 여러 사람을 거쳐 아이 입양에 대한 이야기를 히데유키에게 전했다. 히데유키도, 아내인 마치코도 갓 태어난 아기를 받아들고 자기 자식으로 키우는 것에 아무런 이의를 표하지 않았다.

일은 꽤 잘 진행되었다. 엘리엇은 교묘한 루트를 써서 나중에 있을 문제를 막기 위해서라며 출신을 전혀 밝히지 않고 갓 태어난 가오루를 히데유키와 마치코 부부에게 건넸다. 루프라는 가상 현실이 아기의 출생지라는 것을 알게 되면 그들 부부가 가오루를 받아들였는지는 알 수 없다.

그렇게 히데유키와 마치코는 양자라는 사실을 가오루에게 알리지 않고 친아들처럼 사랑으로 키웠다고 한다.

위성전화를 통해 가오루와 아버지 히데유키는 연결되어 있다. 병실 침대에서 힘없이 수화기를 든 아버지의 모습이 눈에 선했다.

"가오루……구나."

목소리가 점점 약해졌다. 아버지의 목소리가 견딜 수 없이 반가웠다.

가오루와 히데유키는 조용하게 일단 서로의 근황을 나눴다. 건강히 잘 있다고 전하자 히데유키는 "그래, 그래." 하고 기쁘게 대답하며 거짓말인지 진담인지 모를 말을 이었다.

"나는 요새 몸 상태가 좋은 것 같구나."

목소리만 듣고 판단하면 전혀 사실이 아니었다. 아버지에게 '그때'가 가까워지고 있었다.

가오루는 냉정을 유지하며 자신의 출신에 대해 넌지시 물었다. 히데유키는 가오루가 어떻게 양자라는 사실을 알았는지 크게 놀란 것 같았으나, 언젠가 알게 될 일이기에 정직하게 20년 전 일어난 일의 경위를 이야기해 주었다.

눈을 감고 기도하는 기분으로 가오루는 아버지의 말을 경청했다. 누구에게 이야기를 듣고, 어떤 루트를 통해 가오루를 입양하였는지…….

기도는 곧 끝났다. 아버지의 설명은 엘리엇이 들려준 양자 결연 경위와 한 치의 오차도 없이 일치했다.

"아버지는 자기 유전자를 물려받지도 않은 아이를 키우는 일에 아무런 망설임이 없었어?"

가오루는 차분하게 물었다. 엄마가 불임이었다 해도 부모의 유전자를 이어받은 아이를 얻는 일은 어렵지 않았다.

"중요한 것은 유전자를 물려주느냐, 물려주지 않느냐의 문제가 아니야. 부모와 자식은 함께 있으면서 인연을 깊이 이어 가는 관계야. 이 20년 동안의 나와 네 관계를 떠올려 보렴. 너는 분명 내 아들이다."

아버지의 이야기가 세포 하나하나에 스며들었다.

가오루는 인사를 나누고 아버지의 전화를 끊었다. 두 번 다시 아버지의 목소리를 들을 수 없겠지……. 가오루는 그렇게 느꼈다.

그리고 가오루는 다카야마 류지의 반생을 몇 번이고 반복해 화면으로 보았다. 과학 전반에 흥미를 품고 수학이나 물리에서 뛰어난 재능이 빛났던 어릴 적 에피소드를 보며 가오루는 여기 동일인물이 있다는 생각을 하지 않을 수 없었다. 책을 읽거나 깊이 생각할 때의 습관까지 똑같았다.

모니터로 다카야마를 관찰하는 것은 실로 기묘한 경험이었다. 똑같은 유전자를 가지며 완전히 다른 환경…… 아니, 환경이 아니라 다른 공간에서 성장해 온 개체가 여기 있다. 자신과는 다른 사람이며 다른 인격, 다른 의식을 가졌으면서 모습이 동일한 존재. 일란성 쌍둥이 그 자체였다.

가오루는 일어나서 산등성이 끝으로 조금 걸었다. 발밑 아래를 보니 수직으로 깎아지른 듯한 벼랑 바로 아래 작게 구불거리는 강이 보였다. 빛의 가감인지 아니면 흙 성분이 녹아서 그런지 수면이 녹색이었다. 현재도 물에 의한 침식이 조금씩 진행되고 있다.

역시 사실을 인정해야 했다. 다카야마 류지의 유전정보를 재합성해서 자신이 이 세계에 탄생했다. 논리적인 말이다. 사실을 직시해야 했다. 부정해도 운명을 피할 수는 없다.

그렇다. 가오루는 결국 루프로 돌아가도록 운명 지어져 있다.

바람이 강해졌다. 가오루는 벼랑 끝에서 한 걸음 물러났다. 바람에 떠밀려 벼랑 아래로 굴러떨어지면 다 끝이었다. 귀중한 정보를 잃는다. 그것은 또한 두 세계가 끝장나는 것을 의미한다.

엘리엇의 계획은 정말 악마 같았다. 자기 말대로 그의 직감은 20년 후를 내다보고 있다.

20년 전, 왜 엘리엇은 다카야마의 바람을 듣고 그의 유전자를 재합성해서 현실 세계에 다카야마의 클론을 탄생시켰을까? 클론 그 자체를 실험한다는 것도 이유가 되겠지만, 엘리엇의 머릿속에는 뉴트리노 스캐닝 캡처 시스템에 대한 구상이 명확한 형태로 떠올랐기 때문이었다.

가오루가 태어나기 직전 엘리엇의 뇌리에 날아든 것은 뉴캡을 사용해 인체 분자 정보를 3차원 디지털화하는 것이었다. 그의 생각은 무섭게도 뉴캡에 걸린 피험자의 인권까지 미쳐 있었다.

뉴캡에 스스로 들어가려는 사람은 없다. 지원자가 없으면 실험을 할 수 없다. 강제적인 생체 실험을 허락하는 시대는 끝났다. 겨우 장비가 생겼는데 젊고 건강한 피험자가 없으면 진행할 수 없다.

엘리엇의 말을 빌려 간단히 말하면 이렇다.

"루프에서 개체 하나를 뽑아 보존하면 뉴캡으로 원래 세계로 되돌리는 정당한 이유가 생기지. 원래 살던 세계로 돌아가고 싶다면 그 바람을 들어주면 되지 않나? 그 뉴캡을 써서. 루프에서 현실로 오려면 클론을 만드는 방법밖에 없어. 하지만 이쪽에서 루프로 보낼 때 뉴캡을 쓰면 지금 이 순간의 정신 상태, 기억을 그대로 갖고 개체를 고스란히 루프계에서 재합성할 수 있네."

'원래 살던 세계로 돌아가길 바란다면.'

이 전제가 문제였다. 누가 그런 것을 바랄까? 돌아가면 아버지와 어머니도, 레이코도 만날 수 없다. 레이코의 배 속에서 자라는 자신의 아이 얼굴도 영원히 볼 수 없다. 생식이라는 정상적인 방법으로 가오루는 레이코의 배에 자신의 유전자를 남겨 두었다.

물론 그냥 그것만을 위해서라면 엘리엇의 과학 게임에 어울려 줄 생각은 들지 않으리라. 당연하다. 설령 유전자가 가상공간에서 온 거라고 해도 자신은 확실히 여기 속한 존재이다. 이미 현실 세계에 사는 사람인데 옛 고향으로 가라 해도 돌아갈 생각은 없다. 이곳에서 탄생한 후의 인생은 스스로 선택해 걸어온 인생이다. 이곳의 삶에 충분히 미련이 남았다.

하지만 우연이 작용해서 가오루는 이러지도 저러지도 못하는 입장에 내몰렸다.

다카야마의 유전자를 재합성하는 도중에 링 바이러스가 유출되어 전이성 인간 암 바이러스로 변화한 것도 진실이다. 결국 링 바이러스는 다카야마의 유전자 속에 들어 있었다. 게놈 신시사이저로 합성하는 중에 사소한 사고로 미완성 상태인 프래그먼트가 실수로 대장균에 심어져 버린 모양이다. 그렇다고 다카야마의 유전자에서 링 바이러스가 도려내져 DNA가 바이러스에 감염되지 않은 정상 상태로 되돌아온 것도 아니었다. 여전히 유전자에는 링 바이러스가 들어 있고 그 일부가 되어 있다.

엘리엇의 이야기를 듣고 가오루는 의문이 들었다.

'내 유전자에 바이러스가 조합되어 있다면 왜 나는 전이성 암이 발병하지 않은 거지?'

발병이 문제가 아니라 아무리 검사해도 양성 반응은 나타나지 않았다.

그 의문에 엘리엇은 이렇게 설명했다.

"RNA에서 DNA로 전사할 때 일부가 돌연변이를 일으켜 정지 코드가 들어간 상태라 검사에 나오지 않았어. 잘 듣게. 전이성 인간 암 바이러스는 감염된 세포 P53 유전자에 돌연변이를 일으킴과 동시에 바이러스 자신이 텔로멜라제 배열을 갖고 있어서 감염된 세포의 DNA에 TTAGGG가 추가되는 거야. 이것 때문에 세포가 불사화되고 암화되지.

전이성 인간 암 바이러스의 발상지가 다카야마라는 걸 알고 자네의 세포를 가지고 자세히 검사했지. 나쁘게 생각하지는 말게. 의미를 알 수 없는 혈액검사가 있었던 것을 기억하는가……. 그런데 말이야. 놀랍게도 자네 세포는 텔로메어 영역의 배열이 TTAGGG가 아니었어. 전이성 인간 암 바이러스가 말단 텔로멜라제를 발현시켜 DNA 말단부에 TTAGGG를 추가해도 불안정해져서 바로 분해되고 마는 거야. 그래서 세포 분열 수명이 더 늘어나지 않고 세포가 암화도 하지 않아. 자네는 아마 전이성 인간 암 바이러스에 대해 진정한 저항성을 가진 완전히 새로운 타입의 인간일 거네."

엘리엇의 말이 명멸했다. 골짜기에 자신이 살아온 삶의 궤적이 빛의 꼬리를 보이고 있다. 하지만 빛이 나아가는 방향은 처음부터 정해져 있었다.

가오루는 생각했다. 대체 언제 여기 와야 한다는 암시가 걸려 있었는지.

컴퓨터 화면에 중력이상 분포도가 나타난 것이 열 살 무렵이었다. 데이터베이스에 들어가 있긴 했는데 어떻게 입수되었는지 알 수 없던 정보……, 발신자는 물론 엘리엇이다. 장수촌의 정보를 알게 모르게 흘린 것이다. 늘 지금 있는 사막의 바로 이 장소로 주의를 끌었다. 고의적이지 않게 힌트를 조금씩 남기는 방법으로 점점 호기심을 부추겼다. 우연과 우연이 반복되어 사막의 어느 지점에 어떤 의미를 부여하고 그 가능성을 신비롭게 강조했다.

어머니가 인디언 민간전승을 보게 된 것도 과학 서적을 읽다 암에 걸렸던 기적의 생환자에 대한 이야기를 발견해서였다. 뒤에서 엘리엇이 손을 쓴 것이다. 반년 전부터 우편으로 들어오는 원서가 급격히 많아졌다. 아마 더 많은 힌트가 들어 있었으리라. 그중 몇 가지가 가오루와 어머니의 그물에 걸렸다. 가오루는 혼자 힘으로 여기까지 왔지만 그걸로 충분했다.

사명감이라는 자유의사를 갖고 자기 의지로 온다는 것. 이것은 엘리엇에게 부과된 지상 명제였다. 가오루를 구속해 강제적으로 여기까지 데려왔으면 잘될 리가 없었다. 뉴트리노가 조사(照射)되는 동안 정신 상태는 그대로 디지털화되어 전달된다. 억지로 뉴캡에 들어가서 공포를 느끼며 싫어하면 그 감정도 그대로 전송된다. 어떤 강렬한 소망을 갖고 스스로의 의지로 차분하게 운명을 받아들여야 했다.

엘리엇은 "강제로 하는 방법은 내가 쓰는 방법이 아니야."라고 말했지만 무슨 생각인지는 뻔했다. 본인이 바라지 않는 형태로 억지로 뉴캡에 들어가면 성공을 보장할 수 없기 때문이다.

사명감과 자유의지, 그야말로 엘리엇이 바라는 이상적인 의욕을 가지고 가오루가 이곳에 왔다.

"전이성 인간 암 바이러스를 없앨 힌트는 모두 자네 몸에 있어. 게놈 3차원 구조와 세포 내의 미토콘드리아를 포함한 대사 사이클, 분비성 인자의 전체적인 영향을 조사하면 해결의 실마리를 풀 수 있네. DNA의 배열을 해석하는 것만으로는 안 돼. 자네 몸 전체를 디지털화하지 않는다면 말이지……. 유력한 치료법으로는 특수한 유전자 도입법을 생각할 수 있지만. 이 유전자 도입의 영향을 정확하게 이해하려면 자네의 모든 생체 데이터를 써서 정밀한 시뮬레이션을 해야 하지.

자, 자네 몸에서 얻은 지식을 바로 응용하겠네. 우선적으로 자네 아버지, 어머니, 그리고 애인…… 목숨을 건 자네의 순수한 행위에 보답하기 위해 그건 당연한 일이야."

진지하게 엘리엇이 약속했다.

지금은 환상이 된 사막의 장수촌. 유일하게 비슷한 점은 웃기게도 엘리엇이라는 노인 과학자뿐이었다. 장수촌에서 가오루가 얻은 것은 전이성 인간 암 바이러스 치료에 대한 힌트였다. 사랑하는 사람의 목숨을 구하고 싶다는 바람. 전 지구의 생명 메커니즘이 대규모로 발생한 전이성 인간 암 바이러스로 사멸되지 않게 구하고자 하는 바람. 상상도 못 한 방법으로 이룰 수 있다. 자신의 몸과 교환하는 조건으로.

가오루의 몸이 가지고 있는 전이성 인간 암 바이러스에 대한 완벽한 면역. 그 메커니즘을 빠르게, 그리고 정확하게 파악하기 위해서는 뉴캡을 이용하는 방법이 최선이다. 그 기술은 현실에서 바로 응용되리라. 그럼 전이성 인간 암 바이러스의 공포는 사라지고 아마 지구의 생명과 바이러스가 공생 관계를 갖게 될 것이다.

논리적으로는 이해할 수 있다. 지금까지 해 왔던 기존의 방법으로 해결하려면 시간이 절대적으로 부족했다. 적어도 아버지는 그러는 동안 목숨을 잃는다. 어머니는 제정신을 놓을 것이고 레이코는 아이를 잉태한 채 자살한다.

분명 가상공간에서 태어났지만, 그의 삶은 가치 있게 천수를 누렸다. 20년이라는 세월 동안 이 땅에 살아 있었다. 레이코와 나눈 사랑이 그것을 증명하고 있다. 만약 레이코를 만나지 않았다면 이렇게 실감 나는 삶의 반응을 겪지 못했으리라.

'나는 지금, 분명히 여기에 있다.'

가오루는 자신감에 찬 표정으로 바위처럼 산꼭대기에 우뚝 서 있었다. 온몸에 용기를 가득 채우고 소리를 질렀다.

우오오, 그 외침은 계곡에 메아리쳐서 대지를 뛰어넘어 지평선 너머로 사라졌다. 목숨 또한 메아리처럼 여운만 남기고 사라지리라.

엘리엇에 대한 감정은 복잡했다. 증오라는 단순한 감정을 초월했다. 그놈이 없었으면 자신의 육체는 존재할 수도 없었다. 즐겁기도, 슬프기도, 괴롭기도 한 20년의 세월은 엘리엇 덕분에 생겨났다. 그 삶을 원했냐고 한다면, 가오루는 확실하게 그렇다고 대답할 수 있다. 하지만 역시 자신의 육체가 없었으면 세상에 전이성 암 바이러스가 널리 퍼지는 일도 없었다.

자신에게 그 책임이 없다는 것은 알고 있었다. 하지만 사실 양심은 달랐다.

하지만 양심의 가책, 원망이나 증오의 감정에 휩싸이진 않았다. 중요한 것은 자신의 몸으로 제대로 마무리 짓는 것이다. 항상 미래를 바라봐야 했다.

가오루는 휙 몸을 돌려 강인한 걸음으로 절벽에서 멀어졌다.

6

모든 준비가 끝나는 데는 열흘이 필요했다. 그동안 가오루는 몇 차례나 루프 속 다카야마 류지의 기억을 체험하며 죽음에 이르기까지의 그의 반생을 공부했다. 부모님과 친구 관계부터 학문적인 지식, 사고하는 방식, 버릇이나 말투의 특징까지 하나하나 본인의 것으로 익혔다.

자동 번역 장치 없이도 대화할 수 있게 되었을 즈음, 그의 반생을 뇌리에 각인하는 작업이 드디어 종료되었다. 유전자가 완전히 똑같은 덕에 다카야마가 되는 것은 그렇게 부자연스러운 작업이 아니었다. 오히려 알면 알수록 남이라는 생각이 들지 않았다. 지금까지의 인생이 겹쳐 보이기까지 했다. 가오루라는 인간의 삶과 다카야마라는 삶이 겹치는 순간이었다.

그날 오후, 가오루는 엘리엇과 함께 엘리베이터를 타고 내려갔다. 지하 1000미터 아래로 내려가는 동안 가오루의 망설임은 사라져 갔다. 차안(此岸)에서 피안(彼岸)으로 떠나는 여행인데도 신기하게 두려움이 없었다. 현장의 분위기 탓이리라. 엄숙한 기분이었다.

엘리베이터 문이 열렸다. 앞에 뉴캡 관리 구역의 일부가 보인다. 두터운 방호벽이 둘러싸여 초병렬 슈퍼컴퓨터가 램프를 깜빡이고 있다. 하지만 여기도 뉴캡의 내부는 아니다. 내부에 들어가는 사람은 가오루 혼자다.

엘리엇은 가오루와 똑같은 속도로 휠체어를 밀었다. 전동 휠체어를 사용하지 않는 이유는 팔 근육을 단련하기 위해서라고 했다. 최신 설비 속에서 구식 휠체어를 쓰니 어울리지 않았다.

엘리엇은 약하게 숨을 몰아쉬며 말했다.

"일단 들어 주게. 그렇지 않으면 오해를 할 것 같아서 말이지. 혹시 자네는 내가 일부러 전이성 인간 암 바이러스를 퍼뜨렸다는 생각은 하지 않나?"

그런 의심을 한 적도 있었지만 이제는 하지 않았다.

"뭘 위해 당신이 전이성 인간 암 바이러스를 퍼뜨리겠습니까?"

가오루는 휠체어 뒤로 돌아 밀어주려 했지만 엘리엇이 파리라도 쫓듯이 "필요 없네."라며 친절을 거절하고 두 바퀴를 잡은 손에 힘을 주었다.

"뭘 위해서라니. 당연하지. 루프에 예산을 끌어오기 위해서지."

전이성 인간 암 바이러스를 박멸하기 위해 루프를 재개할 필요가 있다는 것을 납득시키면 막대한 예산을 끌어올 수 있었다. 전이성 인간 암 바이러스의 치료법을 발견하는 일은 전 세계의 최우선 과제였다. 개발이 성공하면 각 방면으로 막대한 부를 얻을 수 있다. 사회적인 공헌도 하면서 투자에 대한 보람은 막대했다. 예산만 있으면 20년 동안 동결되었던 루프를 다시 작동시키고자 하는 엘리엇의 꿈은 이루어진다.

"설마, 당신이 그런 짓을 할 리가 없습니다."

"호오, 왜 그렇게 생각하지?"

"바이러스가 어떻게 작용할지는 절대 예측이 불가합니다. 그리고 전이성 인간 암 바이러스에 대한 당신의 증오는 거짓이 아니었습니다."

엘리엇이 침을 삼키며 목 안쪽에서 이상한 소리를 냈다. 그 자신도 소중한 사람을 이 병으로 몇 명 잃었다. 끔찍한 적의를 가지고 있는 이유가 그 때문이라는 것을 한눈에 알 수 있었다.

"그걸 알아주니 고맙네. 바이러스가 유출된 것은 정말 사고였어. 이 정도로 끔찍한 바이러스라는 것을 알았다면 훨씬 엄중하게 주의했을 텐데……."

분하다는 듯이 그렇게 말하는 엘리엇에게서 거짓의 기색은 없었다.

"알고 있습니다. 아니면 제가 일부러 이런 지하로 내려오지도 않았죠."

엘리엇이 휠체어를 멈추고 멍한 표정으로 가오루를 올려다보았다. 두 눈에는 살짝 눈물이 어려 있었다.

"자네는 나를 원망하지 않는가?"

"무엇 때문에요?"

가오루가 다시 질문했다.

"멋대로 태어나게 하고, 시기가 되어 다시 돌려보내지 않나."

"당신이 없었으면 저는 여기 없었겠죠. 20년 동안, 나쁘지는 않았습니다. 아니, 나쁘긴커녕 좋은 추억이 많습니다. 원망 따윈 하지 않습니다."

현세를 모조리 긍정하지 않는다면 내세는 그저 두려움에 대상이리라. 그 점을 가오루는 달관하였다. 아버지를 시작으로 어머니나 레이코가 전이성 인간 암 바이러스에 감염되거나 료지의 자살을 보는 등 불행은 계속되었지만 총체적으로는 지금 인생이 좋았다고 말할 수 있다. 지금 복도를 나아갈 수 있는 것도 그 덕분이다.

"잠깐 여기서 이야기 좀 하지."

엘리엇의 입가에는 평소처럼 침이 흘렀다.

"좋습니다."

뉴캡으로 향하는 긴 복도 중간에서 두 사람은 잠시 숨을 돌리기로 했다. 가오루는 벽에 기댔고 엘리엇은 피곤한 듯 휠체어 등에 뒤통수를 푹 파묻었다. 제각각 기대는 방식을 보고 서로 웃었다.

"전에도 말했나 모르겠는데, 뉴캡 계획이 아니었으면 자네가 태어날 수 없었겠지. 모든 것은 유기적으로 이어져서 진행되고 있어. 어떤 요소 하나만 없었더라도 지금과 같지는 않았을 거야."

"우연이 거듭 축적된 결과입니까?"

"그래. 우연 덕에 루프가 다시 시작되었지. 아니, 다시 시작되어야만 했어. 왜냐면 현실과 루프는 깊은 곳에서 서로 호응하고 있으니까."

가오루 자신도 그것을 조금씩 이해하고 있었다. 암화된 채로 동결된 가상공간이 현실에 영향을 주어 작용이 일어난 것을 사실로 받아들이고 있다.

엘리엇은 다른 비유를 들어 설명했다.

"과학 영재가 아니라도 한 번쯤은 그런 상상은 해 봤을 거야. 물질의 기본인 원자 구조가 태양계의 모양과 비슷하니 원자나 소립자가 또 하나의 우주를 만들고 있고 그 작은 세계에도 우리 같은 생명이 살고 있는 것은 아닌가 하고. 생명의 고리야. 루프라는 명칭은 거기서 따왔네."

"네. 초등학생 무렵에 저도 아버지에게 이야기한 적이 있습니다."

미시적인 세계뿐만이 아니다. 거시적인 세계에 대해서도 똑같이 생각할 수 있다. 태양계가 어떠한 원자를 구성하고 있고 은하계는 원자가 모인 분자 같은 것이고 소우주는 하나의 세포, 우주 전체가 하나의 거대한 생명이다. 생명의 배 속에는 다른 생명이 잉태되어 있고 그 생명 속에 또 다른 작은 생명을 품고 있는 마트료시카 인형 같은 구조는 태곳적 종교관에도 영향을 미쳤다. 그것은 다시 전세, 현세, 내세를 반복하는 생명의 순환과도 닮았다.

"그 고리가 끊어진다면 어떻게 될까? 거시와 미시는 밀접하게 이어져 있어. 그 고리의 일부가 끊어지면 영향이 앞뒤로 오겠지."

"끊어진 고리는 이어야만 합니다."

"그래. 원래대로 되돌리는 게 아니야. 루프에 생긴 재앙을 극복한 뒤에 새로 이어야만 하네."

"그럴 경우 암화되었던 루프의 역사는 어떻게 됩니까?"

"진화의 막다른 골목에서 헤매다가 멸종한 종이나 마찬가지야. 멈춘 시점에서 끝이지. 루프의 기억 장치에 기억은 남아 있지만 암세포를 잘라 버리는 것처럼 현실 역사로부터는 잘라 내야 해.

루프의 역사는 일단 찢어 냈다가 새로운 페이지에서 다시 시작하게 되겠지."

대지를 깎아 내며 물이 흐르는 것과 마찬가지다. 지형의 작용을 받아 물이 높은 곳에서 낮은 곳으로 흐르지만, 때로는 막다른 곳에서 맴돌아 물이 계속 고이는 경우가 있다. 물길이 막혀도 물은 출구를 찾아 약한 곳의 흙을 깎으며 새로운 길을 만들어 다시 흘러간다. 바다까지 이어진 강이 되고 그 구불거리는 모양을 다시 보면 전에 막혔던 부분이 한눈에 들어온다. 예각으로 구부러지다 보면 섬이 생기기도 한다.

루프 역시 이런 흐름과 같다. 지금은 출구가 막혀 정지된 상태다. 하지만 흐름이 막힌 채로 방치하면 현실계에 악영향을 미친다. 현실은 루프와 호응하고 있다. 현실적인 방법으로 전이성 인간 암 바이러스에 대처하면서 루프계가 암화된 역사 자체를 바꿀 필요가 있다. 그렇지 않으면 근본적인 해결을 할 수 없다.

문제를 극복하고 새로운 흐름을 만드는 것이 가오루에게 주어진 두 번째 역할이었다.

엘리엇은 다시 신에 대한 이야기를 꺼냈다.

"세계는 가끔 신의 손이 필요하네. 신은 물론 처녀가 잉태하지. 그리고 다시 부활하는 거야. 준비는 갖춰 놓았네."

신이 되라는 말은 들었지만, 가오루는 실감할 수 없었다. 생생한 감각을 여전히 가지고 있다. 억지로 등을 떠밀리는 느낌은 벗을 수 없다.

다시 복도를 걷기 시작했다. 걸으며 말없이 생각했다.

'웨인스록의 폐가에서 본 인디언의 일생은 대체 무슨 의미일까?'

웨인스록에서 억지로 보게 된 가상현실은 당연히 엘리엇이 준비해 두었으리라. 그 이유를 엘리엇에게 물어본 적은 없었다. 가오루 자신은 죽음에 대한 예행 연습을 억지로 한 셈이 아닌가. 그렇게 멋대로 해석했다. 그런데 또 다른 의미가 지금 떠올랐다.

인디언 남자는 눈앞에서 처와 아이가 박살나는 꼴을 보았다. 무참하게, 속수무책으로 잃은 생명을 보고 자기 죽음보다 더욱 견딜 수 없다는 생각이 들었다. 죽음의 암흑 속으로 떨어지기 직전까지 그의 머릿속에는 그 생각만 가득했다. 아내와 아이들을 구할 수 없었다는 회한, 분노, 공포. 부정적인 생각만 깜깜하게 소용돌이쳤다. 헤드마운트형 디스플레이를 벗었을 때 가오루는 설령 가상 세계에서라도 이 체험만큼은 절대 다시 하고 싶지 않다고 절실하게 느꼈다. 인디언 남자의 이야기는 자신의 몸을 희생해 아내와 아이의 목숨을 구한 이야기가 아니다. 소중한 생명이 빼앗기는 순간을 속수무책으로 코앞에서 바라볼 수밖에 없는 지극히 잔혹한 이야기였다.

'왜 인디언 이야기를 체험해야 했을까?'

그다음에 전개되는 상황을 보면 그야말로 엘리엇이 의도한 대로 죽음의 체험은 가오루의 정신에 제대로 작용했다. 그 기억만큼은 두 번 다시 겪고 싶지 않다는 거부감이 몸을 희생해서 남을 구할 결심을 하게 했다. 부모를 비롯해 사랑하는 사람을 눈앞에서 잃고 싶지 않다는 격정의 원천이 되었다. 요컨대 엘리엇이 계획한 대로 함정에 빠졌기 때문에 가오루에게 강박관념이 심어졌다.

복잡한 심경으로 걸음을 재촉하던 가오루의 뒤를 따라 엘리엇이 꾸준히 휠체어를 움직이고 있다.

"잠깐 기다리게. 전화하지 않아도 되겠나?"

가오루가 멈춰 섰다.

"전화?"

"그래. 이야기하고 싶은 사람이 있지 않은가."

아버지와는 얼마 전에 이야기했었다. 어머니의 목소리는 듣고 싶지 않았고 이야기할 말도 없다. 이제 자신이 취할 행동을 설명한다면? 솔직히 말하면 어머니는 공황 상태에 빠지리라.

'레이코밖에 없군.'

이야기를 나눌 상대는 레이코밖에 없었다.

복도 중간에 있는 작은 방에 들어가자 엘리엇이 말없이 수화기를 내밀었다.

가오루는 그녀가 집에 있길 기도하며 번호를 눌렀다. 엘리엇이 소리 없이 몸짓만으로 물었다.

'영상을 보며 이야기하지 않아도 되겠나?'

가오루는 그 제안을 거절했다.

영상 통화를 할 필요는 없다. 쓸데없는 정보는 흘리지 않고 목소리만 듣는 편이 기억에 확실히 남아 있을 것 같았다.

전화가 연결된 것 같다.

"네. 여보세요……"

부드러운 레이코의 목소리를 접한 순간 가오루는 갑자기 눈물이 터져 나왔다. 많은 감정이 봇물처럼 터져 나왔다. 소리를 동반한 기억의 영상이 떠올랐다. 목소리를 듣자마자 순간적으로 터져 버렸다. 전혀 제어를 할 수 없었다.

"여보세요…… 여보세요……"

수화기에서 들려오는 레이코의 목소리를 들으며 가오루는 역시 전화하지 말걸 그랬다고 후회했다.

7

복도 막다른 곳에 검은색 문이 있다. 그 앞에 가오루와 엘리엇이 인사를 나누고 있다.

엘리엇은 큰 손을 내밀며 가오루에게 악수를 청했다.

힘 있게, 라고 할 정도는 아니었지만 가오루는 엘리엇의 손을 맞잡았다. 레이코와 나눈 마지막 말이 머릿속 대부분을 차지하여 마음이 심란했다. 마음은 딴 데 가 있는 상태로 눈은 허공을 보고 있다.

"내가 너무 오래 살았나 보군."

문득 정신을 차려 엘리엇을 내려다보니 거기 나이 많은 남자의 얼굴이 있었다. 자신의 수명이 이제 얼마나 남았는지 정확하게 파악하고 있는 얼굴이었다.

'언젠가 자네 뒤를 따르지.'

그렇게 말하고 싶겠지만 도착지는 서로 다르다. 엘리엇과 가오루가 같은 곳으로 갈 일은 없다.

"약속 잘 지켜 주시리라, 믿습니다."

가오루가 다짐했다. 자신의 생체 데이터로부터 얻는 지식을 그 즉시 부모님과 레이코의 치료에 사용한다는 것 말고도 가오루는 엘리엇과 약속한 것이 하나 더 있다.

"알았네. 믿고 맡겨 주게나."

엘리엇의 대답을 확인하고 가오루는 문을 열었다. 거기 들어가는 사람은 가오루뿐이다. 그 너머로 가오루가 미끄러져 들어가자 문이 자동으로 닫혔다.

이온 냄새인지, 이상한 냄새가 났다. 이 이후 지시는 스피커를 통해 듣게 된다.

스피커가 팅팅 소리를 전하는 것 말고는 바깥으로부터 소리가 새어 들어오는 일은 전혀 없었다. 외부와 완전히 차단되어 있다.

가오루는 지시에 따라 몸에 걸친 가운과 속옷을 벗었다. 샌들도 벗고 알몸으로 다음 방으로 갔다.

엘리엇의 말대로라면 무균실을 몇 개 통과해야 한다.

이다음에 어떻게 될지는 대충 들어 이해했다. 뉴캡이라는 거대한 구형 장치의 중심에 고정되어 모든 방향으로부터 뉴트리노가 조사된다. 그러기 위한 수순을 몇 가지 거쳐야만 했다.

다음 방에서 가오루는 눈앞의 간이침대에 누우라는 지시를 받았다. 똑바로 누웠더니 간이침대는 좁고 어두운 통로를 소리 없이 이동하기 시작했다. 그동안 가오루의 몸은 공기와 순수(純水)로 샤워를 하는 과정을 거쳐 몸 표면에 한 점의 불순물도 남지 않게 되었다.

포인트를 통과할 때마다 빨간 디지털 표시계의 숫자가 한없이 100퍼센트에 가까워졌다.

99.99, 99.999, 99.9999……, 이렇게 계속 숫자의 끝에 9가 붙고 있다. 방에서 불순물이 사라지는 상태를 숫자로 표현하는 시스템이다.

간이침대는 그대로 가오루를 투명한 사각형 용기 속으로 집어 넣었다. 체온보다 아주 약간 따뜻한 순수가 가득 채워지기 시작했다. 수조라기보단 약간 큰 관 같은 형태였다.

가오루의 몸은 어느새 단단히 고정되어 순수 위에 떠 있었다.

순수에 둥둥 떠서 가오루의 몸은 이윽고 뉴트리노 스캐닝 캡처 시스템 중심을 향해 움직였다.

순수에 잠겨 있어서 그런지 서서히 가오루의 의식이 가라앉았다. 어디까지 자기 몸이고 어디부터 물인지 감각이 사라지고 있었다. 물과 완전히 하나가 되어 갔다. 자아가 희미해지고 무수한 물거품이 되어 물속에 녹아들었다.

자아를 잃어 가던 도중 마지막 저항을 해 보려는 듯이 아까 전화로 들었던 레이코의 말이 머릿속에 떠올랐다.

"있지, 오늘 아침에 아기가 움직였어."

레이코가 배 속에 있는 아이의 성장을 기쁘게 알려 주었다. 양수에 담겨 움직이는 아기의 모습을 상상하니 자신이 놓인 상태를 객관적으로 느낄 수 있었다. 생각해 보면 똑같았다. 태어나려는 의지까지도.

진정한 어둠으로 지배되는 하나의 우주였다. 중력은 사라지고 몸의 무게는 전혀 느껴지지 않았다. 직경 200미터나 되는 구형 장치의 내부 모습을 가오루는 분명 보고 있으리라. 하지만 어둠 탓에 무한히 광대한 공간 속에 있는 것처럼 느꼈다.

어릴 적, 초고층 아파트 발코니에 서서 밤하늘을 올려다보는 것을 좋아했다. 별이나 달을 볼 때마다 세계의 구조를 알고 싶다고 강하게 생각했다.

초고층 아파트의 발코니와 이곳은 대조적인 위치 관계다. 한쪽은 물가에 있는 높은 곳이고, 다른 쪽은 황량한 사막 땅속 지하 1000미터나 되는 동굴. 넓은 공간에 감도는 바닷물 냄새와 폐쇄된 공간에 있는 인공적인 이온의 냄새가 대조되고 있다.

지금 머리 위의 공간에서 순간적으로 파란 빛이 번뜩인 것 같다. 뉴트리노가 조사되기 시작한 걸까? 가오루에게는 그것이 파랗게 반짝이는 별빛같이 느껴졌다.

구형 표면에 다양한 방향으로부터 뉴트리노가 조사되고 가오루의 몸을 꿰뚫고 반대쪽 벽에 닿아 분자 정보를 자세히 축적하고 있다. 그 양이 점점 늘어나 빛을 쪼일수록 육체의 미세한 구조가 3차원 디지털 정보화되어 정밀도도 높아진다. 초기에 있었던 빛의 조사는 육체를 지나칠 뿐 아무런 감각도 느껴지지 않았다. 하지만 완벽한 정보를 얻기 위해서는 그걸로 끝나지 않는다. 세포를 파괴할 정도로 조사해야만 했다. 그때, 자신의 몸에 느껴지는 이변을 가오루는 의식하지 않으려 했다.

파란빛이 깜빡이는 간격이 점점 짧아지며 암흑 속에서 명멸했다. 아름다운 광경이었다. 푸른색 광채는 흰 띠를 이끌며 공간을 사선으로 잘라 갔다. 유성우 같았다.

편안한 기분으로 가오루는 밤하늘을 바라보았다. 마치 어릴 때로 돌아간 기분이었다.

어쩌면 우주 비행사도 이런 체험을 한 게 아닐까? 지구 밖에서 지구를 바라보는 경험은 인간을 신의 영역으로 이끈다고 한다. 그 부분은 가오루의 입장과 약간 비슷하다. 가오루가 도달하려는 것은 바로 신이었다.

모든 소리가 차단되었을 텐데 꽝, 꽝, 하며 고막을 두드리는 힘이 있었다. 인간이 아닌 존재…… 가상공간의 디지털 신호일까?

갑자기 뇌리에 이미지가 끼어들었다. 샤갈의 그림을 머릿속에 직접 집어넣은 것 같은 상태였다. 눈으로 보고 있는 것이 아니다. 비디오 기계의 연결선이 직접 두뇌에 연결된 것처럼 인상적인 극채색의 상상이 흐르며 다시 사라졌다.

푸르고 흰 빛은 서로 꼬이며 끈과 같은 형태가 되었다. 공중에서 수도 없이 교차되었다. 암흑이었던 곳이 지금은 빛줄기로 넘쳐나고 있다. 빛이 서로 부딪히는 소리가 귓가에 들리고 있다. 들릴 리 없는 소리…… 디지털 신호의 소용돌이가 귓가를 어루만졌다.

몸은 우주의 무중력 공간으로 방출되고 있다. 순수의 수조에서 떠올라 빛의 고리로 들어가고 있다. 육체로부터 유리되어 마음이 점점 정명해지고 있다.

가오루의 여행이 막바지에 이르렀다. 사막에 있는 한 지점으로 가는 여행, 아니, 그것보다는 죽음과 부활의 여행이 시시각각 목적지에 다다르고 있었다.

뇌리에 삽입된 영상은 거친 입자로 만들어져 있었다. 모자이크처럼 되어 윤곽이 울퉁불퉁했다. 아무리 애를 써도 이전처럼 매끄럽고 자연스러운 영상이 떠오르지 않았다. 해석된 정보량이 부족해서 그렇다.

뉴트리노 조사가 더욱 격렬해지며 분자 구조를 디지털화했다.

그렇게 해상도가 올라갈수록 울퉁불퉁했던 모자이크 모양의 각이 점점 깎여 나가더니 가오루에게 지극히 자연스러운 영상이 뇌리에 재현되었다.

이미지가 원래대로 되돌아가고 있었다. 빛의 통로 저편으로 현실과 꼭 닮은 황천의 나라를 본 것 같다.

가오루의 여행이 끝나려 하고 있었다. 현실계의 육체는 소멸되었고 루프계에서 부활이 이루어지고 있었다.

해석이 모두 종료되자 아까까지 가오루가 떠 있던 수조에 인간의 모습이 사라졌다. 그저 산산조각으로 파괴되어 조각조각 물에 녹은 세포의 잔해밖에 남지 않았다. 자아가 물에 녹아 감과 동시에 육체도 차츰 분쇄되고 세분화하여 물에 녹아들었다. 더 이상 그 물은 순수가 아니었다. 푸른빛 탓에 피로 얼룩져 보이지는 않았지만 지금까지와는 다른 물컹한 액체로 변해 버렸다.

육체는 소멸되었지만 가오루의 의식은 존재했다. 죽기 직전인 가오루의 뇌 상태, 시냅스나 뉴런의 위치나 화학 반응에 이르기까지 뉴트리노가 정확하게 디지털로 바꾸어 재현했기 때문이다.

뉴캡으로 획득한 정보는 최종적인 청사진을 직접 구축하는 것이 아닌 발생 과정을 제어하는 방향으로 설계되어 있었다. 루프 시간으로 약 일주일이라는 시간을 거쳐 아기로 탄생한 개체는 뉴캡에 들어갔던 시점의 체격으로 성장하여 의식 상태를 되찾을 것이다.

가오루는 지금 자신이 있는 장소를 알 수 있었다. 자궁 속이다. 비유가 아니라 진짜 자궁 속에 있다. 처녀의 모태에 있는 양수에 잠겨 있다.

멀리서 다가오는 것처럼 어머니의 심장 소리가 들려왔다. 두근 두근하는 소리가 어둡게 밀폐된 구형의 공간 속을 울리며 전해지고 있었다. 소리가 점점 커졌다.

'두근 두근 두근 두근.'

가오루는 자신이 누구의 자궁에 있는 건지 알 수 없었다. 하지만 탄생하기 직전인 것은 확실했다.

세계로 나가려는 강한 의지를 갖고 가오루는 자기 몸을 밀었다.

빛이 눈부셨다. 창백한 반짝임이 아니다. 인공적인 흰 빛이었다. 병원에 있는 무영등이 발하는 빛인 것 같았다.

빛에 비추어 보니 탯줄이 보였다. 자신과 어머니를 잇는 한 가닥의 그로테스크한 끈······.

끈에 손을 뻗어 자력으로 끊으려다가 무심코 큰 소리를 지르고 말았다. 흔한 아기의 울음소리······.

"응애······ 응애······."

새로운 여행의 시작이었다.

제5장
강림

1

장마답지 않게 맑은 날이었다. 백사장과 도로를 구분하는 제방을 걸으며 수평선을 바라보니 바다 너머의 풍경이 희미해져 있다. 바다로 튀어나온 제방에는 낚시꾼 몇이 태평하게 바다에 낚싯줄을 늘어뜨리고 있다. 여름이라기엔 아직 일러서 해수욕장엔 사람이 없었다. 두 가족이 백사장에 돗자리를 펴고 피크닉을 즐기고 있다.

한가로운 해변의 풍경을 바라보고 있으니 여기가 가상공간이라는 현실을 그만 잊어버렸다. 루프계에서 부활을 이룬 지 벌써 반년이 지났다. 몸도 의식도 그대로 이 세계에 적응했다.

작년 10월에 다카야마 류지는 한 번 죽었다. 시체는 의학부에서 공부할 무렵부터 친구였던 검시의, 안도 미쓰오의 손으로 해부되었으니 확실히 죽었다. 하지만 올해 1월, 안도와 그의 동료인 병리학자 미야시타 일행의 도움을 받아 다카야마는 3개월 동안의 잠에서 깨어났다. 야마무라 사다코라는 처녀의 태내에서 기어나와 스스로의 힘으로 탯줄을 손으로 잡아 뜯어 두 번째로 태어났다. 그리고 겨우 일주일 만에 뉴캡에 있었을 때의 가오루와 동일한 육체로 성장했다. 루프계가 그보다 상위 개념에 의해 창조된 것이라는 사실을 모르는 안도나 미야시타로서는 다카야마가 되살아난 진짜 메커니즘을 이해하지도 못했다. 다카야마가 죽어 있었던 3개월은 가오루의 20년 인생과 맞먹는 기간이다. 일찍이 가오루였던 의식은 지금 다카야마 류지의 육체를 두르고 루프계에 살아 있다.

한 번 죽었던 사람이 바깥에 돌아다닐 수야 없으니 생활하기 어려웠지만 연구하기엔 최적의 환경이었다. 반년 동안 다카야마는 미야시타가 제공해 준 연구실에 틀어박혀 바이러스를 연구했다. 그것은 자신의 세포에 숨겨진 힌트를 하나씩 밝혀 나가는 작업이었다. 대략적인 연구가 끝나고 링 바이러스의 백신이 완성되기까지 반년이 필요했다.

생각해 보면 오랜만에 하는 외출이었다. 이렇게 부드러운 바람을 맞으니 마음이 참 깨끗해졌다. 가오루였을 때 살았던 고층 아파트에서는 늘 밤바람을 맞곤 했다. 취향은 변하지 않았다.

소풍을 나온 가족을 지나 파도치는 곳에 선 남자아이의 작은 윤곽이 보였다. 남자아이는 파도를 겁내며 머뭇머뭇 다가가더니 발이 닿지 않도록 슬쩍 물을 피했다. 그러다 모래 위에 쭈그려 앉아 손으로 모래를 파거나 쌓아 올렸다. 윗옷은 벗었고 수영복 바지를 입고 있는데도 젖는 것이 싫은지 동작이 참 진지했다. 남자

아이가 몸에 걸친 수영복은 몸에 딱 맞는 삼각팬티였다. 수영 모자는 쓰지 않았다.

레이코를 처음 수영장에서 봤을 때 아들인 료지는 언밸런스한 기묘한 모습이었다. 수영복이 아닌 체크무늬 반바지를 입고 머리에 쓴 수영 모자에서는 머리카락이 한 가닥도 나와 있지 않았다. 문득 그때의 광경이 떠올랐다. 레이코의 살결, 그녀와 마지막으로 나눴던 이야기……. 기억 저편에서 영상과 소리가 선명하게 남아 있다. 그녀는 지금 무엇을 하고 있을까?

바다 쪽으로도, 도로 쪽으로도 떨어지지 않게 차가운 청량음료가 든 비닐 봉투를 두 손에 들고 균형을 잡으며 제방 위를 걸었다. 사막을 가로지르는 산맥과 달리 제방의 폭은 수십 센티미터밖에 되지 않았다. 지금 이렇게 자신의 발로 이 좁은 길을 걷고 있으니 피안과 차안의 애매한 경계선을 건너고 있는 기분이 들었다.

파도가 치는 곳에서 나온 남자아이가 제방을 향해 뛰었다. 남자아이는 100미터 앞의 제방에 앉아 있는 남자를 향해 뛰고 있었다. 제방에 앉아 있는 남자는 지금 만나러 가고 있는 사람이고, 저 아이의 아버지였다.

남자의 시선은 아들에게만 고정되어 누가 가까이 오는데도 무방비하게 있었다. 모든 관심이 오로지 아들에게만 향해 있었다. 너무 놀라게 하면 안 될 터였다. 다카야마 류지는 꽤 떨어진 곳에서 그의 이름을 불렀다.

"어이, 안도."

누가 이름을 부르니 안도가 고개를 들어 이리저리 둘러보고 있다. 그러다 제방을 걸어오는 다카야마를 발견하더니 소리는 내지 않았지만 놀라는 표정을 지었다.

"야, 오랜만이네."

반년 동안 다카야마는 안도와 만나지 않았다. 다카야마의 부활을 도운 이후 안도는 대학 연구실을 떠나 모습을 감추고 어디론가 떠났다.

다카야마는 안도의 옆에 앉아 어깨가 마주칠 정도로 다가갔다. 하지만 안도는 쌀쌀맞게 눈도 마주치지 않고 해변을 뛰어오는 아들에게 다시 시선을 돌렸다.

하는 수 없이 다카야마는 비닐봉투에서 청량음료를 꺼내 마셨다. 순식간에 다 마셔 버리고 다른 한 캔을 안도에게 내밀었다.

"마실래?"

안도는 말없이 받아들더니 다카야마를 쳐다보지 않고 뚜껑을 열었다.

"여긴 어떻게 알았어?"

안도가 침착하게 물었다.

"미야시타한테 들었어."

다카야마는 사실만 간단하게 대답했다. 안도 아들의 기일이 오늘이라는 걸 아는 미야시타가 아마 여기 있을 거라며 다카야마에게 안도가 있는 곳을 이야기했다.

아들의 기일이 오늘이라는 것도 묘한 이야기였다. 이곳과 똑같은 해변에서 아들이 익사한 것이 2년 전 오늘. 하지만 죽었을 아들은 눈앞에 있다. 자신의 존재를 차치하고, 다카야마는 그 사실에 쓴웃음 지었다.

"그런데 무슨 일인데?"

낮은 목소리로 안도가 물었다. 다카야마가 찾아온 것이 별로 기쁘지 않은 기색이었다. 연구실을 빠져나와 전차와 버스를 갈아 타 겨우 왔건만. 조금은 환영해 줘도 좋을 텐데. 아무래도 오해하고 있는 것 같았다.

엘리엇은 부활의 준비를 잘 갖춰 놨다고 했다. 어떤 세계에서도 한 번 죽었던 생명이 다시 살아나는 사태는 그렇게 쉽게 받아들여지지 않는다. 그 나름의 채비가 필요했다.

엘리엇은 빈틈없이 준비를 해 두었다. 부활할 때 도움을 줄 수 있는 안도에게 넌지시 암호를 보내 되도록 강제가 아닌 방법으로 다카야마 류지가 부활할 수 있는 환경을 갖췄던 것이다. 2년 전에 죽은 안도의 아들을 되살린 것도 다카야마의 부활을 돕게 하기 위한 미끼였다.

루프의 생명인 안도 아들의 경우 뉴캡을 통과할 필요가 없었다. 루프에서 루프로 이행되는 거라면 유전정보를 재구성하기만 하면 간단히 재생할 수 있다.

루프는 생명의 나무가 암화를 시작한 때로 돌아가 반년 전부터 다시 가동되었다. 그 이전이나 이후가 아닌, 흩뿌려진 재앙을 극복할 절묘한 타이밍에 다카야마 류지가 강림한 것이다. 앞으로 아무것도 하지 않으면 루프는 똑같은 길을 밟아 암화해 버린다. 자력으로 막힌 흐름을 바꿔 새로운 역사를 만들어 가야만 했다. 그러면 이전에 살던 세계도 다시 다양성을 되찾을 것이다.

"너에겐 감사하고 있어. 내 기대대로 움직여 주었으니까."

다카야마는 그 말대로 안도에게 감사하고 있다. 루프계로 돌아오기 직전, 다카야마의 반생을 확실하게 머릿속에 새겼다. 대학 시절을 함께 보낸 안도가 얼마나 우수한지는 잘 알고 있다. 친구인 안도의 도움이 없었다면 처녀의 자궁에서 탄생한다는 합리적인 수단은 취할 수 없었으리라.

하지만 안도는 그저 단순히 이용만 당했다는 의심에서 벗어나지 못했다. 심지어 야마무라 사다코와 결탁해 세계를 멸망시키기 위해 왔다는 오해를 하는지도 모른다.

그렇다고 해도 다카야마는 변명할 방법이 없었다. 자신의 정체를 밝히는 것은 절대 해서는 안 되는 일이다. 이제 앞으로 살게 될 고독한 인생을 생각하니 소름이 끼쳤다. 그저 가슴에 품은 강한 소원이 고독한 인생을 견딜 힘이 되었다.

파도가 치는 곳에서 남자아이가 일어나 안도에게 손을 흔들었다. 안도가 답하자 남자아이가 모래를 차며 다가왔다.

"아빠, 목 말라."

안도는 다카야마가 준 청량음료 캔을 아들에게 내밀었다. 남자아이는 그걸 받자마자 벌컥벌컥 마셨다.

바로 눈앞에 남자아이의 흰 목이 뻗어 있다. 차가운 액체가 흘러들어 가는 모습이 훤히 보이는 듯했다. 근육이 확실하게 움직이고 있다. 약간 다른 방법이었지만 자신과 똑같이 재생된 육체. 같은 모체로부터 태어났으니 형제나 마찬가지다.

"한 병 더 마실래?"

다카야마가 아이에게 말을 걸며 비닐봉지에 손을 넣어 버석되며 뒤졌다. 남자아이는 다카야마에게 "이제 됐어요."라고 답하더니 아버지에게 "이거, 다 마셔도 돼?" 하고 마시던 청량음료를 머리 높이로 들어 올리며 물었다.

"그럼, 돼."

안도가 허락하자 남자아이는 캔을 흔들며 파도가 치는 곳으로 다시 돌아갔다. 빈 캔에 모래를 채워 놀 셈인가 보다. 그 등을 향해 안도가 외쳤다.

"다카노리!"

아이가 멈춰 서서 뒤돌아본다.

"왜?"

"아직 바다엔 들어가지 마라."

'알았어.'라고 말하듯이 방긋 웃으며 아이는 다시 등을 돌렸다.

빠졌던 때의 일을 기억하고 있어서 아이는 아직 바다를 무서워했다. 그 공포를 극복하지 않으면 이제부터 긴 삶을 살아갈 수 없으리라.

"참 귀여운데?"

다카야마가 말했다. 마음속으로는 레이코의 태내에서 자라는 자신의 아이를 떠올렸다.

안도가 다카야마의 말을 무시하더니 질문했다.

"그럼, 가르쳐 줘. 이제부터 세계가 어떻게 될지."

'너라면 알잖아.' 하는 눈빛으로 안도가 노려봤다. 분명히 알고 있다. 적어도 안도보다는 앞으로의 일을 잘 안다. 하지만 그것을 말할 수는 없다.

"너야말로 어떻게 생각해? 세계가 앞으로 어떻게 될 것 같아?"

다카야마가 다시 묻자 안도가 대답했다. 암화되었던 루프의 결말과 거의 비슷한 미래였다.

링 바이러스가 전 세계에 창궐하고. 비디오테이프는 다양한 미디어로 모습을 바꾸어 역시 세계를 누빈다. 배란기에 감염되거나 미디어를 접한 여성은 야마무라 사다코와 동일한 유전자를 가진 개체를 낳고, 그 이외의 존재는 배제된다. 남자도 똑같다. 새로운 미디어를 개척한 극히 일부의 사람을 제외하고 모두 배제된다. 그 결과 어떻게 될지는 의학자인 안도가 아니라도 예측할 수 있다. 야마무라 사다코라는 유전자 이외에는 모두 사라지고 생명은 단 하나의 유전자로 수렴되어 간다.

"넌 아무렇지도 않아? 그렇게 돼도."

안도의 눈이 적의로 가득했다. 역시 오해를 받고 있나 보다.

다카야마는 무표정하게 주머니에서 앰플을 꺼내 안도에게 건넸다.

"자."

"뭔데."

"링 바이러스 백신이야."

"백신……."

안도는 유리로 된 조그만 앰플을 받아서 이리저리 살펴보았다.

반년 동안 실험과 연구를 통해 다카야마는 링 바이러스에 대항할 백신을 제조하는 데 성공했다. 자신의 세포에 들어 있는 힌트를 단서 삼아 겨우 완성해서 동물실험으로 효과를 확인했다.

"그 녀석을 먹으면 바이러스를 억제할 수 있을 거야. 이제 걱정하지 않아도 돼."

"너, 이걸 갖다 주려고 일부러 여기까지 온 거야?"

"뭘, 가끔 바다도 보고 그러는 거지."

다카야마가 그렇게 말하며 쑥스럽다는 듯이 웃었다. 안도의 표정이 약간 풀렸다.

"가르쳐 줄래? 이제 세계가 어떻게 될지."

앰플을 가슴 주머니에 넣고 안도는 아까 했던 질문을 다시 했다. 말투가 부드러워졌다.

"몰라."

류지가 단박에 대답했다.

"모를 리가 없잖아. 너는 야마무라 사다코와 손을 잡고 생물계를 디자인할 생각일 텐데."

그 말을 듣고 다카야마는 웃을 수밖에 없었다. 이 이상 여기 있을 필요가 없었다.

다카야마가 일어나면서 중얼거렸다.

"이제 갈까."

"벌써 가?"

안도가 제방에 앉은 채 다카야마를 올려다보았다.

"그럼. 슬슬 가야지. 그런데 너는 이제부터 어쩔 건데?"

"미디어가 닿지 않는 무인도나 어딘가에서 일가족이 단란하게 살아가는 수밖에 없겠지."

"헤, 너답구나. 나는 인류의 최후를 끝까지 지켜볼 거야. 갈 때까지 가면, 인지(人智)로는 알 수 없는 의지의 힘이 쏟아질지도 모르지. 놓칠 수 없잖아? 그 순간을."

다카야마가 애매한 말투로 가르쳐 준 셈이었다.

'안심해. 세계는 네가 생각한 대로 되지 않아. 네가 생각하는 멸망의 그림은 한 번 진행되었어. 하지만 이번엔 달라. 왜냐하면 그것 때문에 내가 돌아왔으니까.'

다카야마는 제방 위에 서서 걷기 시작했다.

"잘 지내. 미야시타한테 안부 전해 줘."

안도의 목소리가 다카야마를 멈춰 세웠다.

"마지막으로 이것만은 기억해 줘. 어떤 재앙이 닥쳐도 정면으로 맞서서 극복했다는 경험을 쌓는 것만이 세계를 바꿀 수 있어. ……그러니까, 그래……. 괜찮을 거야."

다카야마는 손을 들어 보이고 떠났다. 마지막으로 한 말의 진의는 안도에게는 아마 전해지지 않았을 것이다. 그래도 상관없다. 언젠가 알 때가 올 것이다.

올 때와 마찬가지로 제방을 걸으며 다카야마는 때때로 뒤를 돌아보았다. 안도와 아들의 목소리가 작게 들려왔기 때문이다.

"약속이야, 아빠."

남자아이가 안도에게 다짐을 받고 있었다.

"그럼, 꼭 지킬 거야."

안도가 기대하는 대로 물의 공포를 극복했을 때의 상을 아들에게 확인했다.

"약속할게. 엄마를 만나게 해 줄게."

안도는 아들의 죽음 때문에 아내와 결별했다. 그 아내에게 다시 아들을 만나게 해 주는 것이, 물의 공포를 잘 극복했을 때의 상이라고 한다.

"엄마가 깜짝 놀랄 거야."

드문드문 부자가 나누는 이야기를 듣고 다카야마는 안도의 가족이 다시 만나는 장면을 머릿속에 그려 보았다.

그것은 다카야마가 절대 얻을 수 없는 부러운 모습이기도 했다.

2

　동경과 서경의 정확한 숫자는 확실히 기억하고 있었다. 시간도 마찬가지로 잘 기억하고 있다. 엘리엇과 약속한 시각과 장소를 잊을 수는 없었다.

　안도와 만났던 해변 마을에서 그대로 남쪽으로 내려온 다카야마는 예정보다 빠르게 지정된 장소에 도착했다. 맞은편 해안이 어렴풋이 보이는 경치 좋은 산의 경사면이었다. 소나무 숲으로 뒤덮인 완만한 경사면은 그대로 바다로 이어져 있다.

　다카야마가 풀밭에 앉아 시간이 오길 기다렸다.

　'루프 시간, 1991년 6월 27일, 오후 2시 정각.'

　그것이 엘리엇과 약속한 시간이었다. 아직 30분 여유가 있었다.

　루프가 작동된 뒤 다카야마의 시간 감각은 반년이 지났다. 하지만 엘리엇이 있는 세계의 시간은 조금 더 천천히 흐르고 있다. 이전과 같은 수의 초병렬 슈퍼컴퓨터를 사용할 수 있으면 루프는 훨씬 빠르게 작동하겠지만 컴퓨터 수가 줄어든 지금, 1년 작동시키면 루프 시간으로는 기껏 5~6년 정도밖에 되지 않았다. 다카야마에게 반년이면 엘리엇이 있는 세계의 한 달 정도이다.

　뉴트리노에 들어가기 직전, 아버지나 레이코에게 연락했지만 그 후로 한 달이 지났다. 사정을 설명하지도 못한 채, 이쪽 세계로 와 버렸다. 아버지나 레이코는 가오루가 사막 여행을 나선 뒤 행방불명되었다고 생각할 터였다. 실제로는 행방불명 정도가 아니라 육체가 완전히 소멸했다.

　적어도 남겨 둔 추억은 전하고 싶었다. 자신이 취한 행동의 의미를 명확하게 나타내는 방법…… 그것은 자신의 몸과 입을 사용해 전달하는 것 말고는 없었다.

시간과 장소만 지정해 두면 다카야마의 모습은 건너편 세계의 모니터로 쉽게 볼 수 있다. 건강한 모습을 부모님과 레이코에게 보일 수 있도록 엘리엇과 굳게 약속했다.

다카야마가 시계를 봤다. 슬슬 약속한 시간이 되려 했다.

시간이 오기를 알리듯 정면의 구름이 개고 바다 위에 빛이 비쳤다. 마치 하늘에 생긴 창처럼 느껴졌다. 딱 열린 인터페이스. 다카야마는 그 접점을 통해 상대의 얼굴이나 표정을 볼 수는 없다. 그저 그쪽이 일방적으로 관찰할 뿐이다.

2시 정각. 영상이 이어져 있을 것이다. 다카야마는 고개를 위로 들어 관찰하고 있는 사람들에게 웃음을 보였다.

하나하나 이름을 부르며 말을 걸고 상황을 이야기했다. 묻고 싶은 말이 많았지만, 이루어질 수 없었다.

자신의 육체의 정확한 디지털 정보를 통해 전이성 인간 암 바이러스를 물리칠 메커니즘이 해명되었을까? 메커니즘이 응용되어 아버지의 병이 나았을 거라 생각하고 싶었다.

레이코의 배 속에서 자라는 아이는 전화했을 때 이후로 훨씬 많이 자랐으리라. 레이코는 자신의 세계에서 살아가려는 희망을 찾아냈을까? 지금 자신의 이 모습을 보고 확실히 결의해 주었으면 좋겠다고 다카야마는 간절히 바랐다.

루프에 만연한 링 바이러스나 비디오테이프의 변이 미디어는 단호하게 처치할 생각이다. 미디어를 접하고 일주일 후 죽도록 프로그램되었다면 그것을 해제하는 시스템을 간단히 만들 수 있다.

절대적으로 자신했다. 자신은 무엇이든 극복할 수 있다는 강한 의지를 갖고, 건너편 세계로부터 이쪽의 세계로 내려온 것이다. 말하고 보니 신이나 마찬가지인 존재다. 세계의 구조는 다 파악했다. 바이러스건 변이 미디어건 전혀 문제될 것 없었다.

가오루는 그런 생각을 하늘을 향해 말하며, 루프의 역사가 정상적으로 되돌아가는 영향으로 세계도 서서히 다시 일어서는 과정을 상상하려 했다.

사막에 있던 숲은 추하게 암화되어 보기에도 끔찍한 모습이었다. 웨인스록의 폐허에서 발견한 생쥐는 빵빵한 배를 드러내고 땅에 쓰러져 있었다.

언덕 경사면에 한 그루 엷은 분홍색 꽃이 피어 있고, 그 나무만 암화를 피한 것이 기억났다. 다카야마의 의식이 거기 집중되어 상상을 펼쳐 나갔다.

추한 혹으로 뒤덮인 나무가 생생한 푸름을 되찾아가는 순간을 바랐다. 마른 가지 끝에 꽃이 피어나는 아름다운 모습이 머릿속에 떠올랐다. 루프가 다양성을 되찾기만 하면 다카야마가 상상하는 광경은 현실이 될 것이다.

바람이 불고 구름이 갈라진 틈이 커졌다. 관찰자의 얼굴이 그 속에 나타났다 사라졌다.

"잘될 거야."

다카야마가 하늘을 향해 크게 끄덕였다. 그 생각은 틀림없이 이루어질 것이다.

〈끝〉

첫 장편인 『링』을 집필한 이래로 대략 10년이 지났습니다. 속편인 『나선』은 3년이라는 집필 기간을 거쳐 1995년에 발표되었습니다. 그 후 3년 만에 새로 쓴 장편이 바로 이 책입니다. 제가 봐도 글쓰기가 더딥니다. 각 출판사 담당 편집자가 한탄하는 것도 무리가 아닙니다.

전체 구상을 마친 후 이 시리즈를 쓰기 시작한 것이 아닙니다. 『링』을 마쳤을 때 『나선』은 전혀 머릿속에 없었고, 『나선』을 다 썼을 때도 『루프』의 전개는 전혀 떠올라 있지 않았습니다. 제목만큼은 꽤나 빨리 정해졌습니다. 『링』, 『나선』 다음의 완결편은 『루프』 말고는 없었습니다.

특정 종교를 믿고 있지는 않지만 소설을 쓴다는 것은 기도를 한결같이 계속하는 것과 같습니다. 이야기를 의식적으로 천천히 구축하는 것이 아닙니다. 머리 바로 위에 떠도는 이야기를 완력으로 세게 끌어당겨 자기 몸을 통해 토해 내는 것이 제가 생각하는 소설을 쓰는 작업입니다. 정직하게 말하면 한 치 앞이 어둠이어서, 이야기가 어떻게 전개될지는 작가인 저도 전혀 알 수 없습니다.

1996년 가을 가도카와쇼텐 출판사의 편집자 호리우치와 2주에 걸친 미국 취재 여행을 다녀왔습니다. 이야기의 무대를 미국 사막 지대로 하자고 막연하게 정했기 때문입니다. 렌터카를 빌려서 정처 없이 그때그때 발 닿는 대로 애리조나나 유타 사막 지대를 5000킬로미터 정도 돌아다녔는데, 도중에 캐니언랜드 국립공원의 풍광에 압도되었습니다. 지구의 모습이라고 생각할 수 없는, 물의 침식 때문에 깊이 팬 대지를 바라보는 동안 상상력이 부풀어 올라 글을 쓸 수 있을 것 같다는 생각이 물씬 솟아올랐습니다. 문득 골짜기 가장자리에 서서 아득히 먼 계곡 바닥을 내려다보니 '루프(Loop)'라고 이름 붙은 구불구불한 급류가 있었습니다.

이야기를 쓰기 직전 사전에는 조사를 위해 인공 생명에 대한 과학서를 훑어보기로 했습니다. 책 페이지를 넘기다 보니 세계에서 최초로 자기증식 프로그램을 완성한 크리스토퍼 랭턴에 관한 글을 마주하게 되었습니다.

『링』, 『나선』을 읽으신 분들은 아시겠지만 자기증식은 작품의 중요한 키워드 중 하나입니다. 그런데 어찌된 일인지 랭턴이 만들어 낸 프로그램은 '루프'라는 이름으로 불리고 있었습니다.

이 절묘한 두 접점은 물론 우연이었습니다. 소설 준비를 시작하는 동안 마주친 신기한 우연……. 훨씬 전부터 소설 제목을 정해 놨는데 생각지도 못한 곳에서 차례로 '루프'가 튀어나오기 시작했습니다.

또 있습니다. 책으로는 부족하여 전문가에게서 직접 조언을 얻기 위해, 일본에 있는 인공 생명 연구소의 일인자인 기타노 씨와 연락을 하여 보니 공교롭게도 연구실이 저희 집에서 5분도 걸리지 않는 거리에 있어서 큰 도움을 받았습니다.

'루프'가 불러들인 우연의 일치를 믿고 이 이야기가 어딘가 실존하고 있다는 생각으로 기도하지 않았다면 이 이야기는 계속 쓸수 없었겠지요.

도움을 주신 분들이 더 있습니다. 소니 컴퓨터 사이언스 연구소 시니어 연구원 기타노 히로아키 씨와 나눈 대화를 통해 큰 힌트를 얻었습니다. 어떤 황당무계한 질문에도 신속하게 답해 준 그의 유연한 두뇌가 없었다면 아마 『루프』는 완성되지 못했을 것입니다. 진심으로 감사합니다.

전작 『나선』에 이어 의학 분야의 좋은 상담 상대가 되어 준 의사 나카노 이쿠타 씨, 게이오 대학 의학부 미생물학 교실의 조수 이마이 신이치로 씨도 크나큰 도움을 주셨습니다. 진심으로 감사드립니다.

전날 폐렴과 천식 때문에 링거를 맞으면서도 함께 오미네 산의 산조카타케까지 올라 『루프』의 완성을 기원해 준 가도카와쇼텐의 호리우치 다이지 씨에게 마음 깊이 감사드립니다. 작품의 기획 단계부터 수고를 아끼지 않는 그의 노력이 『링』에서 『나선』, 『나선』에서 『루프』에 이르는 힘든 여정에서 큰 도움이 되었습니다.

사사건건 얼굴을 보여 주며 "고지 군이라면 하면 될 거야." 하며 격려해 준 타사 담당 편집자분들께도 감사드립니다. 자네들의 말이 온몸에 스며들었어.

총 다섯 번, 30일간 틀어박혀 글을 쓰느라 아내와 딸의 곁을 비웠습니다. 미안했다. 육아하는 아빠로는 실격이구나.

1997년 12월 17일
스즈키 고지

참고 문헌*

『진화론이 변하고 있다: 다윈에 도전하는 분자생물학』 나카하라 히데오미·사가와
다카시 지음, 고경식 옮김, 전파과학사, 1992

『살인바이러스의 비밀』 하타나카 마사카즈 지음, 김정환 옮김, 꾸벅, 2009

『카오스』 제임스 글릭 지음, 박래선 옮김, 동아시아, 2013

『원소의 새로운 지식』 사쿠라이 히로무 지음, 김희준 옮김, 아카데미서적, 2002

『유전자 사랑 그리고 진화』 리처드 E. 미코트 지음, 한국유전학회 옮김, 전파과학
사, 1998

『바이오테크놀러지의 세계』 와타나베 이타루 지음, 손영수 옮김, 전파과학사,
1995

『태아의 세계: 인류의 생명 기억을 찾아서』 미키 시게오 지음, 황소연 옮김, 바다출
판사, 2014

---

* 국내 출간 도서는 번역서 정보대로 표기함.

『우주로부터의 귀환』 다치바나 다카시 지음, 전현희 옮김, 청어람미디어, 2002

『제로니모』 포리스트 카터 지음, 김옥수 옮김, 아름드리미디어, 2001

『리틀 트리』 포리스트 카터 지음, 조여주 옮김, 리틀트리, 현대문학, 1995

『바이러스가 인간을 지배한다ウィルスが人間を支配する』 요시나가 요시마사吉永良正, 고분샤 캇파사이언스光文社カッパサイエンス

『커다란 가설: DNA로부터의 메시지大いなる仮説　DNAからのメッセージ』 오노 스스무小野乾, 요도샤羊土社

『암과 DNAがんとDNA』 이쿠다 사토시生田哲, 코단샤블루백스講談社ブルーバックス

『우리는 어째서 죽는가われわれはなぜ死ぬのか』 야나기사와 게이코柳澤桂子, 소시샤草思社

『암, 세포의 무법자들Cancer, the outlaw cell』 리처드 E. 라퐁Richard E. LaFond

『암세포에 도전하다ガン細胞への挑戦』 닛케이사이언스사

『암화의 메커니즘ガン化のメカニズム』 고다마 마사히코児玉昌彦, 요미우리신문사読売新聞社

『암이 사라졌다Remarkable Recovery: What Extraordinary Healings Tell Us About Getting Well and Staying Well』 마크 이언 바라슈Marc Ian Barasch・카라일 허시버그Caryle Hirshberg

『암은 감염된다ガンは感染る』 스즈키 하지메鈴木肇, 와니북스ワニブックス

『면역의 싸움免疫の闘い』 다니구치 마사루谷口克, 요미우리신문사

『진화론을 즐기는 책進化論を愉しむ本』 벳사쓰다카라지마別冊宝島

『과학독본科学読本』 벳사쓰다카라지마

『진화론이 변하고 있다進化論が変わる』 나카하라 히데오미中原英臣・사가와 다카시佐川峻, 고단샤講談社

『The New Biology: Discovering the Wisdom of Nature』 로버트 오그로스 Robert Augros・조지 스탠추George Stanciu

『전자현미경으로 알게 된 사실電子顕微鏡でわっかたこと』 미즈노 도시오水野俊雄・우시키 다쓰오牛木辰男・호리우치 시게오堀内繁男, 고단샤블루백스

『세포 증식의 시스템細胞増殖のしくみ』 이데 도시노리井出利憲, 교리쓰출판주식회사共立出版株

式会社

『세포를 읽다細胞を読む』 야마시나 쇼헤이山科正平, 고단샤블루백스

『진화하는 컴퓨터進化するコンピューター』 기타노 히로아키北野広明, 저스트시스템ジャストシステム

『인공 생명이라는 시스템人工生命というシステム』 기타노 히로아키 • 사쿠라 오사무佐倉統, 저
스트시스템

『프랑켄슈타인의 후손들フランケンシュウタインの末裔たち』 사쿠라 오사무, 닛폰케이자이신문
사日本経済新聞社

『복잡계란 무엇일까複雑係とは何か』 요시나가 요시마사, 고단샤현대신서講談社現代親書

『인공 현실감의 세계人工現実感の世界』 핫토리 가쓰라服部桂, 공업조사회工業調査会

『불완전성 정리不完全性定理』 노자키 아키히로野崎昭弘, 닛폰평론사日本評論社

『Games of Life: Explorations in Ecology, Evolution, and Behaviour』 칼 지
그문트Karl Sigmund

『징크스ジンクス』 아라마타 히로시荒俣宏, 가도카와문고角川文庫

『아포토시스란 무엇인가アポトーシスとは何か』 다나베 야스카즈田沼靖一, 고단샤현대신서

『지렁이가 있는 지구ミミズのいる地球』 나카무라 마사코中村方子, 주코신서中公新書

『뉴트리노의 수수께끼ニュートリノの謎』 나가시마 준세이이長島順清, 사이언스사サイエンス社

『Structure of the Earth』 시드니 프록터 클라크Sydney Procter Clark

『생명의 기원 논쟁生命の起源論争』 나가노 게이長野敬, 고단샤 선서 메티에講談社選書メチエ

『바이오사이언스 입문バイオサイエンス入門』 후지모토 다이사부로藤本大三郎, 고단샤현대신서

『생명과 자유生命と自由』 와타나베 사토시渡辺慧, 이와나미신서

『Youth in old age』 알렉산더 리프Alexander Leaf

『뉴 사이언스의 세계관ニューサイエンスの世界観』 이시카와 미쓰오石川光男, 다마 출판たま出版

『사라진 대추장消された大酋長』 가토 쿄코加藤恭子, 아사히신문사

『북아메리카 토착민의 수수께끼北アメリカ先住民族の謎』 스튜어트 헨리Stewart Henry, 고분샤

『아메리카 인디언의 슬픈 역사アメリカインディアンの悲史』 후지나가 시게루藤永茂, 아사히신
문사

『Ishi, Last of His Tribe』 시어도라 크뢰버[Theodora Kroeber]

『Red Giants and White Dwarfs』 로버트 재스트로[Robert Jastrow]

『The Enchanted Loom: Mind in the Universe』 로버트 재스트로

『우주는 의지가 있다[宇宙には意思がある]』 사쿠라이 구니토모[桜井邦朋], 크레스트사[クレスト社]

『A Child is Born』 렌나르트 닐손[Lennart Nilsson]

『정신과 물질[精神と物質]』 다치바나 다카시[立花隆]·도네가와 스스무[利根川進], 분게이슌주[文藝春秋]

『신화의 이야기[神話の話]』 오바야시 다료[大林太良], 고단샤 학술문고

옮긴이 | 김수영

서일대학 일본어과, 한국디지털대학교 실용외국어학과를 졸업했다. 사카구치 안고의 『백치』를
공역했고 『6시간 후 너는 죽는다』, 『도쿄 섬』, 『제노사이드』를 번역했다.

링 3

1판 1쇄 펴냄 2003년 1월 10일
2판 1쇄 펴냄 2018년 5월 17일
2판 2쇄 펴냄 2022년 4월 4일

지은이 | 스즈키 고지
옮긴이 | 김수영
발행인 | 박근섭
편집인 | 김준혁
책임편집 | 장은진
펴낸곳 | 황금가지

출판등록 | 2009. 10. 8 (제2009-000273호)
주소 | 135-887 서울 강남구 신사동 506 강남출판문화센터 5층
전화 | 영업부 515-2000 **편집부** 3446-8774 **팩시밀리** 515-2007
홈페이지 | www.goldenbough.co.kr

도서 파본 등의 이유로 반송이 필요할 경우에는 구매처에서 교환하시고
출판사 교환이 필요할 경우에는 아래 주소로 반송 사유를 적어 도서와 함께 보내주세요.
06027 서울 강남구 도산대로 1길 62 강남출판문화센터 6층 민음인 마케팅부

ⓒ 황금가지, 2018. Printed in Seoul, Korea
ISBN 979-11-5888-377-5 04830 (3권)
ISBN 979-11-5888-001-9 04830 (set)

㈜민음인은 민음사 출판 그룹의 자회사입니다.
황금가지는 ㈜민음인의 픽션 전문 출간 브랜드입니다.